UMWEG GESUCHT

EINE ROADTRIP-ROMANCE

SYNERGY
BUCH 3

MICHELLE MCCRAW

1

SAM

NICHT JEDER WÜRDE seinen Hund zu einem Spendenessen mit hineinschmuggeln. Ihren süßen, kaum bellenden, absolut – na ja, meistens – nicht haarenden Hund.

Aber zur unendlichen Enttäuschung meiner Mutter bin ich nicht jeder.

Jeder wünschte, er hätte deine Vorteile.

Jeder sollte jemanden heiraten, der in seinen sozialen Kreis passt. Damit meinte sie reich.

Jeder will ein Jones sein.

Aber irgendwann in den letzten fünfundzwanzig Jahren hätte sie merken müssen, dass ich ein wenig … anders bin.

»Bilbo Baggins«, zischte ich und hob die weiße Tischdecke eines großen runden Tisches an.

»Sam!«

Mit einer Grimasse ließ ich die Tischdecke fallen und wirbelte zu meiner jüngeren Schwester herum. Sie sah von ihren himmelhohen Absätzen auf mich herab, eine Hand in die Hüfte gestemmt, in der anderen einen rosa Cocktail, der zum Babyrosa ihres Seidenkleides passte. Bei diesen Anlässen sah sie immer so mühelos aus. »Was machst du da?«, flüsterte sie.

»Äh, ich suche einen Ohrring?«

Natalie kniff die Augen zusammen. »Du trägst doch gar keine Ohrringe.«

»Oh. Dann suche ich wohl zwei.«

»Perlen. Du solltest Perlen tragen.« Sie musterte mich von Kopf bis Fuß und ich schob meine riesige schwarze Tasche hinter meinen Rücken. »Der Hosenanzug ist so von vorletzter Saison. Hat Mutter dir nicht einen neuen geschickt?«

Ich starrte auf die runde Spitze meiner flachen Schuhe und erinnerte mich daran, wie ich das grellpinke Monstrum in die Altkleidersammlung geworfen hatte. Dieser Hosenanzug war nicht so schlecht. Ich hatte ihn gekauft, als ich noch Geld für neue Kleidung hatte, und er war in meiner Lieblingsfarbe, Schwarz.

Natalies Stimme war sanfter, als ich sie seit Langem gehört hatte. »Sag ihr das nächste Mal, was du willst.«

»Was ich will, ist, nicht hier zu sein«, murmelte ich.

»Ach, wirklich? Was hätte Dad dazu gesagt?« Ihre Augen bekamen einen für sie untypischen Glanz, bevor sie sich auf ihren glitzernden Sandalen umdrehte und davonstakste.

Dad? Ich beging den Fehler, sein Bild auf dem Banner am Eingang des Museums anzusehen. Er wäre viel zu beschäftigt mit der Arbeit gewesen, um zu einer solchen Veranstaltung zu kommen, obwohl sie nach ihm benannt war. Ich rieb die Stelle auf meiner Brust, die immer noch schmerzte, selbst nach vierzehn Jahren.

Ich war nicht seinetwegen hier. Obwohl ich lieber geforscht hätte, mit Bilbo Baggins auf meiner Couch gekuschelt oder mir noch einmal den Blinddarm hätte entfernen lassen, war ich für meine Mutter hier. Sie verlangte, dass ihre Familie bei den Veranstaltungen der Stiftung perfekt wie aus dem Ei gepellt erschien.

Und das erinnerte mich daran, dass ich Bilbo Baggins finden musste, bevor sie es tat. Wo konnte er nur hingegangen sein? Normalerweise war er nicht schüchtern. Er würde sich nicht unter einem Tisch verstecken. Im Gegensatz zu mir wäre er mitten im Geschehen und würde Freundschaften schließen. Ich drehte mich im Kreis und ließ den Blick durch den Raum schweifen.

Ein langes Buffet nahm eine Seite des hohen Museumsraums ein. Mutter hasste normalerweise die Vorstellung von Leuten, die Essen in der Hand hielten, aber Esstische hätten nicht zu den großen Skulpturen gepasst. Auf der anderen Seite des Raumes waren kleinere Tische mit Horsd'œuvre verteilt. Vielleicht war er hingegangen, um um einen Hähnchenflügel zu betteln. Nicht, dass Mutter jemals unordentliche Hähnchenflügel servieren würde, aber das wusste Bilbo Baggins ja nicht.

Ich hatte kaum einen Schritt in diese Richtung gemacht, als eine seidige, aber stählerne Hand mein Handgelenk umklammerte. »Samantha, *was* ist das?«

Panisch sah ich mich in der näheren Umgebung um. Hatte sie ihn gesehen?

Blasse Finger mit French Nails zupften am Riemen meiner Tasche. »Warum haben Sie Ihre Schultasche nicht bei der Garderobe abgegeben?«

Langsam drehte ich mich zu ihr um. »Mutter, da habe ich mein Portemonnaie und meine Schlüssel drin.« Und meinen Hund, bevor er seine große Flucht angetreten hatte.

Ihre roten Lippen verzogen sich nach unten. »Was ist mit der Tasche passiert, die ich dir zum Geburtstag geschenkt habe?«

»Sie passte nicht zu meinem Hosenanzug.« Ich deutete auf meine schwarze Anzughose und mein weißes Hemd. Ich erwähnte nicht, dass der Verkauf der geblümten fuchsiafarbenen Handtasche auf eBay Bilbo Baggins' jährlichen Tierarztbesuch sowie seine Herzwurmprophylaxe und Allergiemedikamente abgedeckt hatte.

»Fang bloß nicht mit dem Hosenanzug an«, murmelte sie und bürstete einen Fussel von meiner Schulter. »Also, wo ist deine Verabredung?«

»Meine Verabredung?«

»Ja, erinnerst du dich, ich habe dir gesagt, dass William Winford dich kennenlernen will.«

»Sie haben nicht erwähnt, dass es eine Verabredung ist.«

Ihre blauen, blasseren Augen als meine, wanderten zu meinem Kragen, den sie zurechtrückte. »Er ist sehr angesehen. Und brillant. Soweit ich gehört habe, hat er seinen Treuhandfonds verdreifacht.«

Lass sie bloß nicht mit Treuhandfonds anfangen. »Was ist sein Geschäftszweig, Drogenboss? Waffenschieber?«

Ihr Mund formte ein schockiertes, rotes *O.* »Samantha Renée Jones, du weißt genau, dass wir uns nicht mit solchen Leuten abgeben.«

»Mutter, das war nur ein Wi–«

»Du kannst deiner Familie vertrauen, dass sie nicht zulässt, dass du solchen Leuten zum Opfer fällst.«

Meine Lippen teilten sich. Sie würde doch nicht etwa hier meinen schrecklichen Fehler zur Sprache bringen, oder? Mein Herz raste.

»Samantha.« Sie legte eine Hand auf meinen Ärmel. »Du musst den Menschen vertrauen, die dich lieben. Wir helfen dir, einen Partner zu finden, der dich versorgen kann.«

»Ich kann mich selbst versorgen.« Vielleicht traf ich beschissene Entscheidungen bei Männern, aber ich brauchte sie nicht, um mich mit einem Partner zu verkuppeln. Ich hatte einen Plan für mein Leben. Ich verschränkte die Arme. »Das Letzte, was ich brauche, ist ein Partner.«

»Du brauchst Sicherheit. Ich habe diese Bruchbude gesehen, in der du wohnst. Das ist nicht …«

»Mutter.« Die große Hand meines ältesten Bruders legte sich auf die Schulter ihres Jackets.

»Ah. Jackson.« Ihre Stimme wurde beim Namen meines Bruders ganz sanft, so wie sie es bei meinem Namen nie war.

Er beugte sich vor, um ihre Wange zu küssen, aber sein schiefes Lächeln galt nur mir. »Ich brauche Sam für eine Minute.«

»Aber ich wollte sie gerade William Winford vorstellen. Weißt du, dem *Investmentbanker*.« Sie schürzte die Lippen in meine Richtung.

»Sie kann deinen Typen später kennenlernen. Ich habe jemand anderen im Sinn.«

Ich verengte die Augen. Mein Bruder verkuppelte mich nicht und versuchte auch nicht, mich als eine Art Schachfigur in seinem Geschäftsspiel zu benutzen. Aber unter Mutters Blick verriet er nichts.

»Na gut. Ich suche dich später, Samantha. Mit William.« Sie stakste davon, ihre Absätze klackerten auf dem Holzboden.

»Was zum Teufel, Jacks–«

»Du hast nicht zufällig diese übergroße Ratte, die du einen Hund nennst, mitgebracht, oder?« Er schnippte gegen meine Tasche.

Ich sog die Luft ein. »Hast du ihn gesehen?«

»Drüben am Charcuterie-Tisch.«

»Oh nein.« Dicht gefolgt von Jackson eilte ich zu dem Tisch, der mit Platten voller Fleisch und Käse beladen war. Ich ging in die Hocke und zog das Tuch hoch, das ihn bedeckte, aber der Platz unter dem Tisch war leer. »Er ist nicht hier.«

»Sam, warum bringst du deinen Hund zu Mutters Party mit?«

Ich stand auf und tätschelte meine Tasche, als ob Bilbo Baggins auf magische Weise wieder dort hätte auftauchen können, wo er hingehörte. Mit meinem Hund an meiner Seite hatten meine Hände aufgehört zu zittern, und mein Herzschlag hatte sich von Kolibri-Geschwindigkeit auf erschrockenes Kaninchen verlangsamt. »Ich weiß nicht.« Aber ich konnte nicht anders, als auf das riesige Banner mit dem überlebensgroßen Gesicht meines Vaters zu blicken.

Sein Lächeln verblasste. »Ich hasse es auch, Samwise. Aber die Leute zahlen viel Geld, um hierherzukommen und ausgefallenen Käse zu essen, und das Geld geht an einen guten Zweck.«

Dads liebster Zweck, das musste er nicht sagen.

»Ich weiß, aber –« Die Veranstaltungen der Jones Foundation waren die schlimmsten. Die Leute wollten über Bücher reden, die ich nicht mehr las, oder über Dad, was mein Herz so schmerzen ließ, als wäre er erst ein Jahr und nicht mehr als mein halbes Leben lang tot. »Warum können sie nicht einfach Schecks ausstellen und mich da raushalten?«

Er zuckte mit den Schultern. »Ob es dir gefällt oder nicht, du bist eine Jones.«

Ich konnte meinem Namen nicht entkommen, nicht hier in San Francisco. Aber eines Tages – in einem Jahr, wenn ich mein Dissertationsprojekt in die richtige Bahn lenken könnte – würde ich ausbrechen können. Ich würde eine Forschungsprofessur irgendwo weit weg in der Mitte des Landes finden, wo Mutter nicht hinfahren würde. South Dakota oder Iowa oder sogar Arkansas. Mir war es egal, wo, solange es dort keine Designer-Boutiquen oder Sponsoren gab. Alles, was ich brauchte, war ein Computerlabor und eine Wohnung, die groß genug für mich und –

»Bilbo Baggins«, zischte ich wieder, leise. Mit seinen riesigen Ohren hätte er mich selbst unter dem Lärm der feiernden Gäste hören müssen.

»Schau, wir teilen uns auf und suchen. Du übernimmst diese Hälfte des Raumes, und ich schaue drüben beim Buffet nach.«

»Was, wenn er nach draußen gelaufen ist?« Im umliegenden Park gab es Füchse und Falken, vielleicht sogar Kojoten.

»Dieser Hund würde dich niemals verlassen, Samwise. Er ist nur auf der Suche nach einem Snack. Wir werden ihn finden.«

Das Innere meiner Nase brannte ein wenig, als ich die Hand ausstreckte und Jacksons Arm drückte. »Danke.«

»Mach dir keine Sorgen. Das ist viel unterhaltsamer, als mit hochnäsigen Literaturtypen zu reden. Hey, erinnerst du dich, wie wir in dem Spiel, das wir zusammen gemacht haben, nach Gnomen gesucht haben?«

»Gnome Dome? Das ist Jahre her.« Uralte Geschichte. »Und Bilbo Baggins ist viel trickreicher als die Gnome, die wir programmiert haben.«

»Bei Snacks ist er ziemlich berechenbar.« Er zwinkerte, bevor er zum Buffet hinüberging.

Ich drehte mich wieder zu den Horsd'œuvre-Tischen. Er musste dort drüben sein und um eine Leckerei betteln. Ich suchte den Boden ab. Keine Spur von seinem schwarzen Fell.

Ein Lachen, satt und tief, erregte meine Aufmerksamkeit. Es war nicht das höfliche Kichern, das die Leute benutzten, um ihre meist vorgetäuschte Belustigung bei solchen Anlässen zu zeigen. Es war rein und hemmungslos. Und laut. Ich sah hinüber, um zu sehen, wer den sozialen Pakt gebrochen hatte.

Er war groß und … und leuchtete, als ob er von innen heraus brennen würde. Sein Haar hatte die gleiche Farbe wie der Himmel während der Waldbrände letzten Sommer, ein tiefes Rostrot. Goldene Sommersprossen bedeckten seine Haut. Er hatte den Körperbau von jemandem, der eine dieser Sportarten spielte, bei denen man einen Ball über ein Feld trägt, breit in den Schultern und nach unten hin schmal zulaufend. Jemand, der in einem pelzgefütterten Umhang mit einer Axt in der Hand natürlicher aussehen würde als in einem anthrazitgrauen Anzug, in dem er einen …

»Bilbo Baggins!« Ich kam vor dem Wikinger quietschend zum Stehen.

»Wie bitte?« Mit einer übergroßen, sommersprossigen Hand drückte er Bilbo Baggins enger an seine Brust. Er traf mich mit einem Paar blauer Augen. Nein. Sie waren grün. Goldene Sprenkel erleuchteten sie wie Funken. Seine Wimpern waren rot. Gab es einen nordischen Gott des Feuers? Denn dieser Kerl war ein Freudenfeuer, wohlig warm, aber auch knisternd vor Gefahr.

Ich sah nach rechts und links, bevor ich mich näher heranschob. Leiser sagte ich: »Das ist mein Hund. Bilbo Baggins.«

»Dieser Kerl hier?« Er blickte hinunter in Bilbo Baggins' hervorquellende braune Augen. Bilbo Baggins streckte seine rosa Zunge heraus, um das glatt rasierte Kinn des Mannes zu lecken, und wand sich dann in seinem Griff. »Er sieht eher aus wie Toto als ein Hobbit.«

Ich konnte keine Augenbraue hochziehen wie Natalie, aber ich hob beide. »Und macht dich das zur bösen Hexe des Westens, die meinen Hund entführt?« Filmzitate, die konnte ich. Dieser Kerl sah eher aus wie ein Footballspieler als ein Bibliothekar; wenn wir im seichten Wasser blieben, müsste ich meine literarische Unwissenheit nicht verraten.

Ein Lächeln breitete sich wie Honig auf seinem Gesicht aus. »Entführung? Eher sichere Verwahrung. Es scheint, als wäre Bilbo Baggins bereit für ein Abenteuer. Um etwas Aufregung in sein eintöniges Leben zu bringen.«

»Aufregung wird überbewertet.« Mein Magen zog sich zusammen. Ich konnte Bilbo Baggins nicht einmal in die Augen sehen. »Ich weiß, ich hätte ihn nicht mitbringen sollen. Es ist nur so, dass …« Ich presste die Lippen aufeinander. Ich konnte diesem Fremden nicht erzählen, dass ich meinen winzigen Hund brauchte, um die Emotionen abzuwehren, die mich hier bedrohten.

»Hey, hey.« Er wartete, bis ich wieder aufsah. »Schon gut. Er ist jetzt in Sicherheit. Siehst du? Ich hab ihn.« Bilbo Baggins seufzte und schmiegte sich an seine Brust.

Ich wünschte, ich hätte mich auch an ihn kuscheln können.

Der Mann kicherte. »Klar, es ist genug Platz für euch beide.«

»Scheiße, das habe ich laut gesagt, oder?«

»›Kein Erbe ist so reich wie die Ehrlichkeit.‹« Er blickte sich im Raum um. »Obwohl man das von dieser Gesellschaft hier nicht behaupten könnte.«

Ich legte den Kopf schief. »Das klingt nach Benjamin Franklin.«

»Shakespeare, um genau zu sein.«

»Oh.« Trotz seines Aussehens, trotz seiner Einschätzung der Besucher der Spendenveranstaltung war er einer von den Literaturtypen. »Ich nehme Bilbo Baggins jetzt wieder.«

Seine roten Augenbrauen zogen sich zusammen, aber er streckte Bilbo Baggins zu mir aus, und mein Hund paddelte mit seinen winzigen, flauschigen Pfoten direkt in meine Arme. Ich schmiegte ihn eng an meine Brust. Zu eng, wie ich feststellte, als er einen Rülpser von sich gab.

»Du hast ihm nicht zufällig Käse gefüttert, oder?«

Der Wikinger entrollte seine andere Hand und zeigte mir eine zerknüllte Serviette mit einem einzigen orangefarbenen Würfel. »Nur ein oder zwei Stückchen.«

Ich verzog das Gesicht. »Ich bringe ihn hier raus, bevor er … bevor er Magen-Darm-Probleme bekommt, meine ich.« Ich rümpfte die Nase. »Er verträgt keine Milchprodukte.«

»Tut mir leid. Es schien ihm zu schmecken.« Seine Stimme war, wie sein Lachen, tief und satt. Ich konnte Bilbo Baggins nicht verdenken, dass er zu ihm gelaufen war. Verdammt, ich würde mich an diesen Mann kuscheln, während er mich mit Snacks füttert.

Ein Hauch von strengem Käsegeruch stieg mir in die Nase. Ich hievte Bilbo Baggins in meine Tasche.

»Er mag Käse, bis zu dem Moment, in dem sein kleiner Darm nachgibt.« War das zu viel Information? Wahrscheinlich. Wenn ich nervös war, war mein Mundwerk hemmungsloser als Bilbo Baggins' Verdauung nach dem Verzehr von Münsterkäse.

Er zuckte zusammen. »Das tut mir wirklich leid.«

»Schon gut. Das gibt mir eine Ausrede, um früher zu gehen.« Aber meine Füße blieben genau dort vor dem freundlichen Riesen stehen, der meinen Hund gerettet hatte.

»Ich bin Niall Flynn.« Er streckte seine rechte Hand aus.

»Samantha.« Meine Hand verschwand in seiner viel größeren, seine Finger waren so lang, dass sie die empfindliche Haut an meinem Handgelenk berührten. Mein Herzschlag beschleunigte sich, und ich sog die Luft ein.

Er verzog das Gesicht. »Entschuldigung. Raue Hände.«

Es stimmte. Schwielen machten seine Handfläche und jeden der Finger, die den Rücken meiner Hand bedeckten, rau. Die meisten Männer bei solchen Veranstaltungen taten nichts Anstrengenderes als eine Maus zu klicken, und ihre Hände waren glatter als meine. Niall musste ein Sportler sein. Die Stiftung arbeitete mit ein paar Profisportlern zusammen.

»Schon gut. Ich – ich mag das.« Ich beäugte, wie sich die Ärmel seines Sakkos über seinen Bizeps spannten. Meine Freundin Marlee würde mir sagen, ich solle es wagen. Flirten. Mit ihm etwas trinken. Aber ich war keine Marlee. Ich muss im Computerlabor gewesen sein, als die Lektionen über Haare-Zurückwerfen und Small Talk verteilt wurden. Auf der Gesprächsskala von leichtem Geplänkel bis zu todernst landete ich meistens bei elf – intensiv.

Als mir klar wurde, dass er immer noch meine Hand festhielt, zog ich sie aus seinem Griff. »Also, danke, dass Sie Bilbo Baggins davor bewahrt haben, von jemandes Absatz aufgespießt zu werden.«

»Warte.« Er musterte mich, ein langsames Betrachten meines Gesichts, so wie manche Leute Kunst betrachten, nicht wie die Kopfrechnung, die die meisten Leute anstellten, wenn sie eine Jones ansahen.

Ich blinzelte. »Habe ich etwas im Gesicht?«

Er schüttelte den Kopf. »Entschuldigung, ich – ich war wohl nur überrascht, jemanden wie dich hier zu finden.«

»Jemanden wie mich?« Ich rümpfte die Nase. »Was soll das heißen?« Was hatte er in unseren zehn Minuten zusammen über mich herausgefunden?

»Jemanden … der echt ist. Und doch nicht. Es ist, als würdest du dich bei Sonnenuntergang in eine Waldkreatur verwandeln.« Sein Gesicht wurde rot, sogar die Sommersprossen.

»Wie in *Der Tag des Falken?*«

»Ja, wie –«

»Niall! Da sind Sie ja.« Eine Frau ungefähr meiner Größe, mit lockigem dunklem Haar und gelbbrauner Haut, packte Nialls Ärmel. Eine Salve von Klicks hinter ihr verriet mir, dass sie einen Fotografen mitgebracht hatte. Ich zuckte zusammen und drehte dem Geräusch den Rücken zu. »Was machen Sie hier versteckt? Wir müssen dafür sorgen, dass Sie unter die Leute kommen.«

»Ich habe mit Samantha gesprochen.« Er streckte seine Hand zu mir aus. Auf keinen Fall würde ich mich in sein Fotoshooting hineinziehen lassen. Jedes Klicken des Auslösers verstärkte das kalte Gewicht in meinem Bauch. Wie konnte ich mich nur wieder so getäuscht haben? Er war kein sanfter Riese. Er war irgendein Prominenter, der hier war, um für Publicity Geld locker zu machen.

Oder schlimmer noch, er war wie Stephen, der mich in seine Falle lockte und nur darauf wartete, sie zuschnappen zu lassen. Irgendwie hatte er mich mit der Familie Jones in Verbindung gebracht, obwohl ich ihm meinen Nachnamen nicht genannt hatte. Verdammt sei dieses lächerliche Familienporträt, das sie bei diesen Veranstaltungen auf eine Staffelei stellten. Ich war zehn gewesen, mit meinem glatten dunklen Haar in einem Zickzack-Scheitel, einem Lächeln mit geschlossenem Mund, das meine Zahnspange verbarg, und Augen, die zu groß für mein Gesicht waren. Jetzt war mein Haar zu einem tiefen Pferdeschwanz zurückgebunden und die Zahnspange war weg, aber ich sah immer noch aus wie dieses vorpubertäre Kind, das zu ahnungslos war, um zu wissen, dass es kurz davor stand, seinen Vater zu verlieren.

Der Blick der Frau richtete sich auf mich, noch durchdringender als der von Niall gewesen war. »Wie ist Ihr Nachname, Samantha?«

»Gabi«, sagte Niall, »ich brauche noch eine Minute mit Samantha.« Normalerweise mochte ich meinen vollen Namen nicht, aber die Art, wie er in seiner tiefen Stimme hervorrollte, ließ mich erschaudern. Oder vielleicht war das ein warnendes Beben von Bilbo Baggins. Was konnte Niall in einer weiteren Minute tun wollen? Die Hundehaare für ein Foto von meinem Hosenanzug bürsten? Einst war ich bereit gewesen, eine Dekoration am Arm eines Mannes zu sein, für Fotos zu lächeln, die ich nicht wollte. Nie wieder.

Ich hob die Handflächen vor meiner Brust, als könnte ich sie beide wegstoßen. »Schon gut. Wir sind fertig. Nett, Sie kennengelernt zu haben, Niall.« Ich schritt zum Ausgang und ließ Niall und sein Gefolge vor dem Charcuterie-Tisch zurück.

Als wir ein Rasenstück vor dem Museum erreichten, sprang Bilbo Baggins aus meiner Tasche, um sich des bösen Käses zu entledigen, und starrte mich an, als hätte ich ihn verraten. »Das war dein neuer Freund, Niall, der dich vergiftet hat«, sagte ich, als ich die Sauerei beseitigte. »Und er war es absolut nicht wert. Er ist genau wie dieser Winford Sowieso. Will mich als Ausweis benutzen, um auf solche Scheißpartys zu kommen.« Ich schüttelte den Plastikbeutel mit Hundekot. »Ich bin niemandes goldene Eintrittskarte. Ich mache meinen Doktor und verschwinde von hier. Verstanden?«

Bilbo Baggins legte den Kopf schief.

»Ich weiß. Du verstehst es.« Ich warf den Beutel in den Müll und rieb meine Hände mit Desinfektionsgel ein.

Als ich die Leine an seinem Halsband befestigte, summte mein Handy aus der Außentasche meiner Tasche. Dr. Martells Klingelton. Normalerweise respektierte er meine Wochenenden. Vielleicht hatte er einige Tests vergessen, die er benotet haben musste.

»Hallo, Dr. Martell.«

»Samantha. Ich dachte, ich würde Ihre Mailbox erreichen. Hatten Sie heute Nachmittag nicht irgendeine Party?«

»Ich – ich bin schon fertig.« Ich führte Bilbo Baggins zu einer Bank, setzte mich und streifte meine Absätze ab.

»Gut. Gut.« Ich konnte förmlich hören, wie sein Gehirn in den Forschungsmodus zurückschaltete. Ich hatte den Fokus meines Betreuers auf das Wichtige immer gemocht.

»Wir müssen über Ihre Forschung sprechen. Montagmorgen um neun, in meinem Büro.«

Mein Magen grummelte, als hätte ich auch den schlechten Käse gegessen. »Ich weiß, es lief nicht so gut, aber –«

»Machen Sie sich keine Sorgen, Samantha. Es ist eine Gelegenheit.«

Die letzte Gelegenheit, die er mir gegeben hatte, hatte mich in eine Sackgasse geführt, und ich versuchte immer noch, das

Projekt wieder in die richtige Richtung zu lenken. »Eine Gelegenheit.«

»Sie werden es lieben. Bis Montag.«

In seiner Stimme lag keine Frage. Er war nicht nur für mein Stipendium, sondern auch für meine Promotion verantwortlich. Ohne seine Unterschrift auf meiner Dissertation wäre ich die Dr.-freie Version von Samantha Jones, unfähig, die Forschungsposition zu bekommen, die ich zur Flucht brauchte. »Okay«, sagte ich.

Er hatte bereits aufgelegt.

Ich ließ das Handy in meine Tasche fallen. »Gehen wir nach Hause, Bilbo Baggins.« Ich schlüpfte wieder in meine Schuhe und stand auf. Vorbei an der Reihe schwarzer Mercedes, Bentleys und Jacksons protzigem gelben Lamborghini trottete ich zur nächsten Bushaltestelle.

2

NIALL

ICH KONNTE ES NICHT LEUGNEN, als ich meine Hotelsuite
betrat und die Schlüsselkarte auf die Theke in der Kochnische
warf.

Meine Finger kribbelten.

Trotzdem wagte ich nicht zu hoffen. Es hätte am Champagner
liegen können, den ich getrunken hatte, oder an der erstickenden
Abendgarderobe.

Als ich an der Krawatte zerrte, die Gabi mich nicht einmal im
Auto hatte abnehmen lassen, warf sie ihre Handtasche neben die
Schlüsselkarte und tippte auf ihrem Handy herum. »Schmollst du
immer noch?«

»Natürlich nicht.« Ich nestelte an den Knöpfen meines
Hemdes und versuchte, sie anzulächeln, aber sie sah nicht von
ihrem Gerät auf. Sie hatte so viel für mich getan: den Buchvertrag,
die Fernsehserie. Hatte auf dieser langen, zermürbenden Werbe-
tour zu mir gehalten. Ich hätte nicht sauer auf sie sein sollen. Bis
ich mich daran erinnerte, wie sich Samanthas große, wunderschöne Augen in Schiefer verwandelt hatten, als dieser Fotograf
anfing, Fotos zu machen.

Groß? Wunderschön? Ich war Schriftsteller; ich konnte das besser. Oder vielleicht war ich kein Schriftsteller mehr. War man noch ein Schriftsteller, wenn man über einen Monat lang kein einziges Wort geschrieben hatte? War es eine Qualifikation, die man erneuern musste, wie eine Bio-Zertifizierung? Oder war es etwas, das einem ein Leben lang anhaftete, wie Opas Veteranenstatus? Es fühlte sich an wie ein Muskel, den ich durch Nichtbenutzung hatte verkümmern lassen, zu schwach, um so zu funktionieren, wie er es früher getan hatte.

Außer ... meine Finger kribbelten.

»Na, na, na.« Gabi ließ ihren Blick über mich gleiten, endlich von ihrem Handy abgelenkt. »Ist ja nicht so, als hätte ich das noch nie gesehen, aber die meisten meiner Klienten ziehen es vor, vor ihrer Agentin angezogen zu bleiben.«

Ohne auch nur darüber nachzudenken, hatte ich mich aus Jackett, Hemd und Schuhen geschält und stand nur in meiner Anzughose mitten im Hotelzimmer.

»Scheiße. Tut mir leid.« Ich sammelte die abgelegten Kleidungsstücke auf und schritt in das kleinere Schlafzimmer der Suite. Als ich in Jeans, einem weichen T-Shirt und einem darüber wie eine Jacke offen getragenen Flanellhemd gekleidet war, ging ich wieder hinaus ins Wohnzimmer.

Gabi saß auf der Couch, immer noch in ihrem cayenneroten Kleid. Sie tippte auf ihrem Handy. »Wir haben heute ein paar gute Bilder bekommen. Qiana wird begeistert sein. Du und Audrey und Natalie Jones, du mit dieser Science-Fiction-Autorin ...« Sie schnippte mit den Fingern.

»Tamarah Starr.«

»Genau die. Obwohl ich mir wünschte, du hättest eines mit dieser Samantha bekommen. Ich glaube, sie ist auch eine Jones. Sie hatte diesen Look.«

»Eine Jones?«

Sie verdrehte die Augen. »Die Familie, die für die Leseförderstiftung zuständig ist? Der Vater, Jasper, ist jung gestorben, bevor seine Firma richtig durchgestartet ist, aber jetzt schwimmen sie im

Geld. Man sagt, der Vater habe Bücher geliebt, und deshalb haben sie die Stiftung gegründet. Oder vielleicht ist es auch nur eine Steuerabschreibung. Wer weiß? Jedenfalls leitet die Mutter, Audrey, die Stiftung. Die Töchter sind High-Society-Girls und die Söhne sind in der Tech-Branche wie ihr Vater.«

Samantha hatte nicht wie ein High-Society-Girl ausgesehen. Sie hatte sich genauso unwohl gefühlt wie ich. Dass ihr winziger Hund auf mich zugelaufen kam und an meinen Knöcheln hochkratzte, war der Höhepunkt meines Nachmittags gewesen – bis Samantha selbst herbeigerutscht kam.

Sie hatte auch nicht wie eine aus der High Society geredet. Sie war unbedarft gewesen, offen. Anders als all diese Plastik-Aufziehpuppen dort. Mich eingeschlossen.

Bis Gabi und ihr Fotograf aufgetaucht waren und sie erstarrt war wie ein aufgeschrecktes Reh. Was wäre passiert, wenn Gabi uns nicht unterbrochen hätte? Hätten wir etwas tiefer gegraben, einen Funken von uns selbst preisgegeben, eine echte Verbindung hergestellt, bei der es nicht darum ging, was ich für sie und was sie für mich tun konnte? *Synergie.* Das war das Wort, das sie hier herumwarfen, wie meine Freunde und ich früher im Wald mit Tannenzapfen geworfen hatten.

Apropos Plastikmenschen … »Keine E-Mail von … von ihm?«

Gabi hörte auf zu tippen und blickte auf, Mitleid milderte ihre braunen Augen. »Nein, tut mir leid, Süßer. Aber ich habe die Versandbestätigung bekommen, dass das Exemplar deines Buches in seinem Büro zugestellt wurde.«

Ich schüttelte den Kopf wie Sally, unsere Ziege, die Fliegen abschüttelte. »Spielt keine Rolle. Er hat sicher viel zu tun.«

»Das hat er sicher.« Sie presste eine Sekunde lang die Lippen aufeinander und platzte dann heraus: »Aber er ist dein Vater. Er hätte eine SMS schicken können.«

Ironisch, das Ganze. Mein Vater war der CEO einer der erfolgreichsten Mobilfunktechnologie-Firmen der Welt, und er konnte sich nicht die Mühe machen, seinem Sohn eine SMS zu schicken. Besser gesagt, er hatte meiner Agentin keine SMS geschickt, da die Überreste des letzten Telefons, das er mir gegeben hatte, auf dem Grund des Teichs unserer Farm lagen.

Neben Gabi, auf dem Beistelltisch unter einem Exemplar der *Publisher's Weekly* und dem Kriminalroman, den sie las, lugte der zu neue, zu steife rote Einband meines Notizbuchs hervor. Meine Finger kribbelten.

Ich ging zum Tisch, zögerlich, wie ich mich einem verängstigten Kalb oder einem verwundeten Hund genähert hätte. Etwas, das nach mir schnappen und mich verletzen könnte, wenn ich nicht vorsichtig wäre. Ich legte eine Hand auf das Buch und die Zeitschrift und zog das Notizbuch langsam heraus.

Gabi sah mir dabei zu. Vielleicht hielt sie auch den Atem an.

»Wirst du heute Abend schreiben?«

»Ich weiß nicht.« Besser nicht verschreien, kribbelnde Finger hin oder her. Sie hatten mich schon einmal getäuscht.

Sie rutschte nach vorne und hob einen meiner Lieblingsstifte vom Couchtisch auf, die Sorte mit schnell trocknender Tinte, die nicht verschmierte, wenn ich mit der Hand über die Worte strich. »Hier.« Dann zögerte sie einen Moment, als wollte sie die magische Blase um mich herum nicht zerplatzen lassen. »Soll ich woanders hingehen?«

»Nein, ich …« Ich hatte nicht darüber nachgedacht, wohin ich das Notizbuch mitnehmen würde. Aber ein Hauch von Eukalyptus, ob real oder eingebildet, bestärkte meinen Entschluss. »Ich gehe in den Park.«

Sie blickte aus dem Fenster. »Es sind nur noch ein paar Stunden Tageslicht.«

»Das wird reichen.« Ich wollte nicht davon ausgehen, dass meine Muse mir länger als ein paar Sekunden Gesellschaft leisten würde, schon gar nicht stundenlang.

»Trotzdem, nimm besser eine Taschenlampe mit.« Sie sprang auf, ging in ihr Schlafzimmer und kam mit einer Taschenlampe im Taschenformat wieder heraus. Sie hielt sie mir hin. »Nur für den Fall.«

Ich nickte, als hätte sie mir den Zünder für die Bombe gegeben, die das Versteck des bösen Genies in die Luft jagen sollte. Obwohl wir es auf den Fernsehvertrag und meine Beratertätigkeit bei den Drehbüchern geschoben hatten, wussten wir beide, wie ernst meine Schreibblockade war. Ich war bereits einen Monat mit meinen Seiten im Verzug und hatte sie gebeten, eine Verlängerung mit meiner Lektorin auszuhandeln. Leider bedeutete das eine Verzögerung unseres Vorschusses. Mom und Opa brauchten das Geld, um Bio-Dünger zu kaufen. Gabi würde ihren Anteil für Miete und Lebensmittel brauchen, wenn wir diese Tour endlich hinter uns hatten. Und sie würde es nicht sagen, nicht jetzt, wo ich zum ersten Mal seit einem Monat nach meinem Notizbuch gegriffen hatte, aber die Leute vom Fernsehen wurden nervös. Ohne ein zweites Buch konnten sie keine Pläne für eine zweite Staffel der Serie machen. Und wir wussten beide, was Heidi sagen würde, wenn wir um eine weitere Verlängerung bitten würden.

Ich steckte die Taschenlampe in meine Jeanstasche und schob den Stift in die Spiralbindung. Ich nahm die Schlüsselkarte von der Theke und schlich hinaus, schlich den Flur entlang und aus der Tür, als ob jedes Geräusch meine Muse aufschrecken würde.

Draußen stand die Sonne ein paar Handbreit über den Baum-wipfeln im Park auf der anderen Straßenseite. Mir stieg wieder ein Hauch Eukalyptus in die Nase. Die Bäume riefen mich.

Ich wich den Autos aus und überquerte die Straße. Ich machte mir nicht die Mühe, einen Eingang zu suchen; stattdessen kletterte ich die Böschung direkt in den Wald. Die Bäume empfingen mich mit den Streicheleinheiten ihrer belaubten Äste. Weniger als eine Minute zu Fuß in den Park hinein, und die Geräusche der Stadt verstummten.

Sperlinge riefen sich gegenseitig zu. Eichhörnchen zwitscher-ten. Ich schlenderte zwischen stacheligen Lebenseichen und duftendem Eukalyptus umher, bahnte mir meinen Weg durch Farne und füllte meine Nasenflügel mit dem scharfen Duft von Kiefer und Humus.

Ein Schmetterling glitt an meiner Schulter vorbei und ich konnte mir fast vorstellen, es sei ein Elf, der gekommen war, um mir ins Ohr zu flüstern. Er flatterte in die Dämmerung davon und ließ mich allein.

Der tief gefurchte Stamm einer Monterey-Kiefer, der sich nicht so sehr von den Weißkiefern zu Hause unterschied, bettelte darum, gestreichelt zu werden. Meine Hände waren weicher geworden, die Hornhaut von der Farmarbeit war zwar noch da, aber nach Monaten ohne landwirtschaftliche Arbeiten glatter. Nur die Schwiele an der Seite meines linken Mittelfingers war geblieben, und selbst die war geschrumpft.

Ich lehnte mich gegen den Stamm und rutschte hinunter, um mich an seinem Fuß zu setzen. Ich drückte meinen Rücken gegen die Rillen der Rinde. Feuchte Erde drang in meine Jeans, und wenn ich den Eukalyptus ignorierte, roch es genau wie im Sommer im Wald auf der Farm. Als Kind war ich bei jeder Gelegenheit in den Wald gerannt, um auf dem Waldboden zu liegen und von Waldelfen, Elfen und Trollen zu träumen.

Wenn nur einer dieser Waldelfen herausspringen und mir sagen würde, wie ich die Geschichte beenden sollte.

Ich neigte den Kopf und blickte in das Blätterdach. Ein Stadtmensch wie Gabi hätte den gesprenkelten Fleck für Sonnenlicht gehalten, das durch die Bäume schien, aber das war ein Fleckenuhu. Sie saß vollkommen still auf dem Ast.

Bisher hatte ich keine Eulen in die Geschichte geschrieben. Eine von ihnen könnte hereinfliegen, um Nieven zu retten, der in der letzten Szene, die ich geschrieben hatte, mit seinem Pferd Winter durch ein Loch in die Höhle einer Riesenspinne gefallen war. Ugh, nein. Ich konnte die Worte der Kritiker schon hören: einfallslos, vorhersehbar, abgeleitet. Faul. Außerdem war da noch das Pferd. Die Bereitschaft, Unglaubliches zu akzeptieren, war eine Sache, aber kein Leser würde es mir abkaufen, dass eine Eule ein Pferd aus einem Loch zog.

Die Flecken der Eule, weiß auf braun, rührten etwas in meinem Gehirn. Nicht weiß auf braun, sondern braun auf weiß. Sommersprossen. Eine Konstellation davon, ohne Make-up, das sie verbarg, über Samanthas Nase. Diese Nase, die sie gerümpft hatte, als ich ihren Hund mit Toto verglichen hatte.

Und ihre Augen.

Niemand, der Samantha getroffen hatte, konnte ihre Augen vergessen. Dunkelblau. Nein, verdammt, ich war ein Schriftsteller, ein Wortschmied. Ich brauchte keine verdammte Mitgliedskarte oder Zertifizierung. Indigo. Violett. Die fernen Berge. Der Nachthimmel über der Farm. Lobelien, die aus den Töpfen quollen, die Mom jeden Frühling pflanzte.

Lobelia. Ein passender Name für eine Elfe. Nein, eine Fee. Samantha hätte eine sein können, mit ihrer zierlichen Gestalt und den feinen Zügen. Der schwarze Anzug, den sie wie eine Rüstung trug. Ein bisschen mehr Leder und vielleicht ein Umhang, und sie hätte direkt in eine meiner Geschichten gepasst. Eine Fee? Eine Pixie? Wärmer.

Ein Waldgeist. Ein Waldgeist. Das war es. Und wenn ich dem Waldgeist Flügel gäbe, könnte sie in die Spinnenhöhle hinabfliegen.

Was würde Lobelia zu Nieven sagen? Samantha und ich hatten über Käse gesprochen. Ihren Hund. Und, kurz, *Der Tag des Falken*. Nur der beste Fantasy-Film aller Zeiten. Vielleicht, wenn Gabi mich nicht so schnell gefunden hätte, hätten wir über Bücher reden können. Oder warum sie bei der Spendenaktion war, anscheinend widerwillig. Unsere Hoffnungen und Träume. Etwas Echtes. Wenn der Fotograf sie nicht verjagt hätte, hätte ich ihre Nummer bekommen können.

Aber dieser Zug war abgefahren, und, Scheiße, ich hatte schon wieder Winter vergessen. Wie würde ein winziger Waldgeist einen ausgewachsenen Elfen und sein Reittier aus der Falle befreien?

Ich starrte die Eule an, die sich mit ihren Krallen am Ast festhielt. Ein Waldgeist hätte vielleicht eine Art Baummagie. Waldgeister halfen den Bäumen im Frühling zu knospen und färbten die Blätter im Herbst bunt. Sie könnte eine Baumwurzel in das Loch hinabwachsen lassen und eine Leiter – nein, eine Treppe –

erschaffen, die Nieven und Winter zur Flucht nutzen könnten. Dazu die große, haarige Spinne direkt auf ihren Fersen, und –

Ich öffnete mein Notizbuch, schlug es um, damit die Metallspirale nicht in meine Schreibhand drückte, und setzte den Stift oben auf die Seite. *Kapitel 17*, schrieb ich, *Die Flucht*. Aber nicht einmal mein Ritual konnte mich dazu bringen, mich auf Nieven und seine missliche Lage zu konzentrieren, konnte das Bild ihrer blauen Augen, die zu mir aufblickten und lachten, nicht vertreiben. Also begann ich, über sie zu schreiben. Über sie.

Meine Hände kribbelten, die Worte flossen.

Wie der plätschernde Bach auf der Farm, wie der salzige Wind vom Pazifik, der sich zwischen den Bäumen im Park kräuselte, strömten die Worte aus meinem Stift in das Notizbuch. Vielleicht war Lobelia dort im Wald und flüsterte sie mir ins Ohr. In diesem Moment war es mir scheißegal, wessen Worte es waren.

Es waren Worte.

Als ich ein Wort auf eine Seite kritzelte, die sich meinem Stift widersetzte, kniff ich die Augen zusammen, um meine brennenden, trüben Augen auf das Notizbuch zu konzentrieren. Ich hatte den steifen Einband erreicht. Das Ende des dicken Notizbuchs. Ich blätterte zurück durch Seiten voller hingekritzelter Worte, die ich nicht lesen konnte. Der Himmel hatte sich in den Lücken des Blätterdachs lila verfärbt, und dicke Schatten verbargen den Waldboden. Der Fleckenuhu war verschwunden.

Als ich aufstand, traf kühle Luft auf meine Jeans, die vom Dreck feucht war. Die Kälte war in meine Muskeln eingedrungen, und ich streckte mich, um sie zu lockern, und schüttelte meine linke Hand aus. Aber die Kälte, die Schmerzen, das nachlassende Kribbeln in meinen Fingern waren allesamt die beste Art von Unbehagen. Das wohlverdiente.

Aber ich war noch nicht fertig. Ich brauchte mehr Seiten. Als ich zurück zum Hotel joggte, blieb mein Gehirn im mythischen Wald bei Nieven, der Lobelia nun sein Leben schuldete und im Begriff war, auch sein Herz an sie zu verlieren.

3

SAM

ICH SCHOB den Bügel mit dem schwarzen Anzug in den hintersten Teil des Kleiderschranks, dorthin, wo die albernen, mädchenhaften Kleider hingen, die ich auf Mutters Geheiß zum Sonntagsbrunch tragen musste, und das glänzend schwarze Abendkleid, das ich nie wieder anziehen wollte. Aus der Mitte des Schranks zog ich eine Cargohose hervor, eine Secondhand-Hose, die bereits weich getragen war, in einem Schwarz, das so verblichen war, dass man es für Grau hätte halten können.

Ich trug bereits ein langärmeliges schwarzes T-Shirt, ähnlich ausgewaschen und verblichen. Nachdem ich in die Hose geschlüpft war, schnürte ich meine Kampfstiefel.

Bilbo Baggins tanzte an der Tür meiner Wohnung. Er wusste, was die Stiefel bedeuteten.

»Wir müssen uns heute beeilen, okay, Bilbo Baggins? Ich muss zum Campus.« Wegen des Treffens mit Martell. Wegen der *Gelegenheit*. Die Schwere in meinem leeren Magen sagte mir, dass mir diese Gelegenheit nicht gefallen würde.

Bilbo Baggins zitterte vor Aufregung, als ich ihm sein winziges Geschirr anlegte. Er tänzelte den Flur entlang, seine kurzen Beine wirbelten so schnell, dass ich traben musste, um mitzuhalten. Er führte mich die Treppe hinunter und hinaus auf die Straße, wo die Leute ihn anlächelten und ihm zuwinkten. Mich ignorierten sie meistens. Ich war nur die Leinenhalterin des charmanten Hundes mit der überlebensgroßen Persönlichkeit.

Ich trieb ihn zur Eile an, und fünfzehn Minuten später schloss ich ihn mit frischem Wasser und seinem Hundebett, das ich an einen Platz gestellt hatte, wo es von der Sonne gewärmt wurde, in meiner Wohnung ein. Dann stapfte ich die paar Blocks zum Campus.

Worüber konnte Martell sprechen wollen? Wahrscheinlich wollte er einen aktuellen Stand zu meinem Projekt, da ich ihn gemieden hatte. Meine KI, CASE, sollte Forschungsergebnisse in eine wissenschaftliche Arbeit umwandeln. Ich hatte mir vorgestellt, wie Akademiker überall ihre Daten in CASE hochladen würden, das dann in Sekundenschnelle eine einreichungsfertige Arbeit ausspucken würde. Kein wochen- oder monatelanges Schreiben mehr, das wertvolle Zeit von ihrer Forschung stahl. Wie viel effizienter könnte CASE die Forscher machen? Wie viel schneller würde die Wissenschaft voranschreiten? Die Möglichkeiten hatten meine kühnsten Vorstellungen übertroffen.

Aber CASE hatte seinen eigenen Kopf. Anstelle von akzeptablen Ergebnissen wie *»Die hohle sphärische Struktur von C60 mit 30 konjugierten Kohlenstoff-Kohlenstoff-Doppelbindungen und dem unbesetzten niedrigsten Molekülorbital ermöglicht es, überschüssige freie Radikale zu entfernen«*, schrieb es: *»Die seltsam schöne Struktur von C60 konnte nur von mythischen Kreaturen entworfen worden sein.«*

Die KI mit belletristischen Werken zu füttern, um ihr ein besseres Sprachverständnis zu vermitteln, war vielleicht ein Fehler gewesen.

Dann, eines späten Abends, hatte ich vergessen, die Testdaten hochzuladen. Ich wachte am nächsten Morgen auf und fand einen vollwertigen Roman vor, dem CASE den Titel *Der Magier in der Maschine* gegeben hatte. Als CASE ihn mir vorgelesen hatte, hatte ich über die unsinnige Geschichte gelacht, die sich um einen

Magier drehte, der in der Landschaft einer Computer-CPU lebte und gegen einen bösen Nekromanten und seine Zombie-Armee kämpfte. Der Magier war am Ende der Geschichte gestorben, aber nicht, bevor er heldenhaft den Nekromanten besiegt hatte. Die Zombies hatten überlebt und das Silizium-Königreich übernommen.

Ich hatte es Martell als Witz geschickt. Aber am nächsten Tag hatte er mich in meinem winzigen Büro aufgesucht und gefragt, ob CASE mehr Geschichten dieser Art produzieren könne. Ich hatte mit den Schultern gezuckt. Was war der Sinn? Die einzige Möglichkeit, wie *Der Magier in der Maschine* Forschern helfen könnte, wäre, wenn es ihnen hülfe, nachts einzuschlafen, damit sie bei der Wiederaufnahme ihrer Arbeit einen klareren Kopf hätten.

Martell konnte doch nicht im Begriff sein, mein Stipendium zu streichen, oder doch? Mein Bauch verkrampfte sich. Aber, wie mein Dad mir immer über Herausforderungen in der Schule sagte, der einzige Weg hinaus führte hindurch. Und ich musste dieses Treffen mit meinem Betreuer durchstehen, um der Reichweite des Namens Jones zu entkommen.

Ich zeigte meinen Ausweis am Eingang des beruhigend schmucklosen Informatikgebäudes vor und stieg die Treppe in den dritten Stock hinauf. Als ich in meinen Stiefeln den Flur entlangstampfte, lehnte sich Kyle aus der Tür unseres gemeinsamen Büros.

»Hey, Sam, ein paar von uns gehen später was trinken. Willst du mitkommen?«

»Ich glaube nicht.« Meine Antwort war automatisch geworden. In der Sekunde, als ich letzten Monat von ihm heruntergerollt war, hatte ich erkannt, dass es eine schreckliche Idee war, meiner Freundschaft mit meinem Bürokollegen gewisse Vorzüge hinzuzufügen. Sicher, ich bevorzugte Orgasmen, die keine Batterien erforderten, aber mit Kyle zu schlafen war nicht wie meine One-Night-Stands auf der anderen Seite des Campus.

Bedauern hatte mich durchströmt, sobald der Endorphinrausch nachgelassen hatte. Ich hatte etwas gefühlt, als ich in Kyles gütige Augen geblickt hatte. Zuneigung, vielleicht. Aber Zuneigung war ein Gefühl, und mit denen war bei mir Schluss. Ich würde mich nie wieder verletzlich machen. Der unvermeidliche Schmerz war es nicht wert.

Stephen hatte mich so weit vom Kurs abgebracht, dass ich fast meinen Abschluss nicht geschafft hätte. Deshalb war ich für mein Aufbaustudium immer noch in Kalifornien und nicht an der Ostküste, wie ich es geplant hatte. Woher sollte ich wissen, dass Kyle nicht etwas von mir wollte, etwas, das er sich zunutze machen würde, indem er meine durch Sex gesenkten Barrieren durchbrach? Nichts, nicht Kyle oder irgendjemand anders, würde mich davon abhalten, meine Doktorarbeit zu beenden und meine erste Postdoc-Forschungsstelle hunderte von Meilen vom nächsten Direktflug von SFO entfernt anzutreten.

»Okay, vielleicht nächstes Mal.« Mit einem spöttischen Lächeln zog er sich an seinen Schreibtisch zurück, und ich stapfte zum Ende des Flurs zu Martells Tür.

Ich klopfte, und auf sein schroffes »Herein« drückte ich die Klinke und trat ein.

Dr. Martell hatte die vier großen Computermonitore beiseitegeschoben, um eine freie Sicht auf die Besucherstühle auf der anderen Seite seines Schreibtisches zu haben. Der rechte war leer. Aber auf dem linken saß jemand.

Sie stand auf, als ich eintrat, ihr grau melierter Bob schwang, als sie sich umdrehte. Sie war kleiner als ich, zierlich, aber eine Energie umgab sie wie ein Heiligenschein.

»Samantha.« Auch Martell stand auf. »Darf ich vorstellen, meine Freundin, Heidi Lentz. Heidi und ich haben zusammen studiert—«

»Reden wir nicht darüber, wie viele Jahre das her ist.« Heidis Lächeln war spitz. »Sagen wir einfach, John und ich kennen uns schon sehr lange.«

Ich schüttelte ihre eiskalte Hand. »Arbeiten Sie auch in der Informatik?« Mein Betreuer hatte eine Gelegenheit erwähnt. War

Heidi eine Risikokapitalgeberin, die uns Geld für CASE geben wollte?

»Nein.« Sie lachte perlend auf, ein Lachen, das zu einer von Mutters Veranstaltungen gepasst hätte. »Ich bin ins Verlagswesen gegangen, als John sein Aufbaustudium anfing. Ich habe mich durch eine Reihe größerer Verlage hochgearbeitet, bis ich vor ein paar Jahren meinen eigenen Verlag gegründet habe.«

»Ach so?« Meine Aufmerksamkeit war bereits zu dem mit einem Gummiband zusammengebundenen Papierstapel auf Martells ansonsten leerem Schreibtisch gewandert. Ich hätte es ohnehin nur schwer lesen können, aber auf dem Kopf stehend gab es keine Hoffnung.

Martell deutete auf den leeren Stuhl, und als ich mich setzte, sagte er: »Samantha, Heidi leitet Happy Troll, einen kleinen, aber wachsenden Verlag für Science-Fiction und Fantasy.«

»Wir sind avantgardistisch. Innovativ. Grenzüberschreitend«, fügte Heidi hinzu und zog die Augenbrauen hoch, als ob ich verstehen würde, warum sie hier war und mit mir sprach.

Tat ich nicht. »Das ist ja nett.«

Heidis Nüstern blähten sich. »John hat mir ein sehr interessantes Manuskript gezeigt. *Der Magier in der Maschine.*«

Mir entwich der Atem, als hätte sie mir in den Magen geschlagen. »Was?«

»Ich habe gehört, es wurde von künstlicher Intelligenz generiert. Es kam so aus dem Computer? Sie haben es nicht bearbeitet oder von einem Freund bearbeiten lassen?«

»Nein, ich—« Was ging hier vor sich? »CASE hat es produziert, genau so, wie ich es Dr. Martell geschickt habe.«

»Und CASE ist Ihre KI?«

»Es ist ein Akronym für Computer Analysis and Synthesis Engine. Um wissenschaftliche Arbeiten zu erstellen.«

»Aber es hat den *Magier* produziert.«

»Ja.« Ich rümpfte die Nase. Wir drehten uns im Kreis.

»Soweit ich weiß« – Heidi tippte sich ans Kinn – »verwenden

die meisten Programmierer Quellmaterial, um der KI das Schreiben beizubringen. Haben Sie CASE so programmiert?«

»Ähm, ja. Ich meine, ja.« Heidi war verdammt schlau für jemanden, der keine Informatik studiert hatte.

»Sind die Autoren dieses Quellmaterials« – sie zog ihre dunklen Augenbrauen hoch – »tot?«

»Ja.« Dads Lieblinge waren die Klassiker gewesen, J.R.R. Tolkien, C.S. Lewis, Octavia Butler, Madeleine L'Engle, also hatte ich die geladen. »Außer—« Das letzte, das ich eingegeben hatte, das die Universitätsbibliothekarin empfohlen hatte, war ein neuerer Titel gewesen. Die Buchstaben auf dem Cover wirbelten in meiner Erinnerung. »Irgendwas über Elfen. Von Nail Flying.«

Ihre Lippen verzogen sich zu einem Lächeln. »*Geheimnisse der Waldelfen* von Niall Flynn, meinen Sie?«

Mein Gesicht wurde heiß, während ich mit den Buchstaben in meiner Erinnerung kämpfte. Ich kannte diesen Namen. Das Bild eines bulligen, rothaarigen Mannes, der Bilbo Baggins auf der Spendenveranstaltung am letzten Wochenende im Arm hielt, legte mein Gehirn lahm. »Niall Flynn, der … Sportler?«

»Nein, er ist Schriftsteller.«

Ein Schriftsteller? Wir hatten über Filme gesprochen. *Der Tag des Falken.*

Heidis scharfe Stimme holte mich zurück in Martells Büro. »Er ist der einzige lebende Autor, den Sie verwendet haben?«

»Das stimmt.«

»Dann ist das kein Problem. Ich würde *Der Magier in der Maschine* gerne veröffentlichen. Den weltweit ersten vollständig von einer KI generierten Roman zu haben, würde perfekt zur Marke Happy Troll passen.«

»Veröffentlichen? Sie meinen einen Artikel darüber in einer Fachzeitschrift?«

Ihre Nüstern blähten sich wieder. »Nein, Samantha. Ich meine, ihn in die Belletristik-Regale der Buchhandlungen stellen. Das E-Book online verkaufen. Ein Hörbuch mit einer computergenerierten Stimme produzieren, wenn ich das hinbekomme.«

Dr. Martell sagte: »Da CASE auf den Servern der Universität läuft, gehört *Der Magier in der Maschine* technisch gesehen der Universität. Ich habe bereits zugestimmt, dass Happy Troll es veröffentlicht.«

»Oh. Okay.« Ich konnte fast die Vibration des Serverraums im Keller durch die Böden spüren. Tausende von Servern summten dort unten, und auf einem von ihnen lief der Code von CASE. Ich war also nur zur Information hier?

»Sie fragen sich wahrscheinlich, warum wir Sie hierher gerufen haben«, sagte Heidi, ihre Stimme wurde auf eine Weise sanfter, von der ich wusste, dass jetzt die Bitte kam.

Ich nickte. Wollten sie, dass CASE ein weiteres Buch schreibt? Eine Fortsetzung? Es wäre ein interessantes Problem, das zu lösen wäre, da *Der Magier in der Maschine* durch einen Zufall entstanden war und die Hauptfiguren alle tot waren. Was wäre, wenn ich—

»Ich bin noch nicht bereit, die Herkunft des Romans preiszugeben. Ich möchte sicherstellen, dass er erfolgreich ist, bevor wir das tun. Also brauche ich einen Autor.« Sie lehnte sich in ihrem Stuhl zurück.

Ich blinzelte die Gedanken an die Festlegung der Parameter für die Fortsetzung weg. »Sie sind doch Verlegerin. Haben Sie nicht einen Haufen Autoren?«

»Meine Autoren schreiben alle weitere Bücher. Ich brauche Sie.«

Alles, von meiner Nasenspitze bis zu meinen Zehen, wurde taub, als hätte sie mich in Eiswasser getaucht. »Mich?«

»Ich brauche einen Autorennamen, den ich auf das Cover setzen kann.«

»Warum muss es mein Name sein?«

Sie wechselte einen Blick mit Martell. »Wegen Ihrer Verbindung zu dem Buch. Es ist auf diese Weise einfacher.«

Ich kniff die Augen zusammen. »Was ist einfacher?« Mutters einfache Dinge – wie die Spendenveranstaltung am Samstag – hatten immer eine Komplikation, wie Winford Soundso.

»Als Anreiz«, Martell beugte sich vor, »wäre ich bereit, die

Genehmigung Ihrer Dissertation zu beschleunigen. Es wäre nicht nötig, den ursprünglichen Umfang Ihres Plans abzuschließen. Sie könnten jetzt anfangen, Ihre Dissertation zu schreiben, basierend auf dem, was Sie getan haben.«

»Jetzt?« Ich massierte das Gefühl zurück in meine Finger. Ich würde mir monatelange Arbeit an CASE sparen, indem ich die Fehler fände und beheben würde, die es dazu brachten, so blumige Worte zu schreiben. Es stünde außer Frage, dass ich im nächsten Frühling über die Bühne gehen, mein Diplom aus der Hand des Universitätspräsidenten entgegennehmen und dann mit Bilbo Baggins in ein Flugzeug steigen würde – zwei oder drei Flugzeuge wären noch besser – zu irgendeiner abgelegenen Universität, wo ich neu anfangen könnte. Ohne die dunkle Vergangenheit und das Misstrauen wäre ich frei, die Welt zu meinen eigenen Bedingungen zu verändern. Wenn ich die Fehler aus CASE herausbekommen könnte, würde es vielleicht Forschern helfen.

Bonus: Ich würde Mutters Machenschaften für immer entkommen.

Der glückliche Gedanke musste sich auf meinem Gesicht gezeigt haben, denn Heidi lehnte sich zurück. »Es gibt eine Bedingung für unseren Deal.«

»Eine Bedingung?« Ich beugte mich vor.

»Sie werden sagen, dass Sie den Roman geschrieben haben. Sie werden keine Verbindung zwischen *Der Magier in der Maschine* und CASE oder künstlicher Intelligenz herstellen, bis ich es bekannt gebe.«

Ich hasste es zu lügen. Außerdem würde es mir niemand, der mich kannte, glauben. Ich stellte mir das Gesicht meiner Mutter am Tisch beim Sonntagsbrunch vor, wie sie sagte: »Samantha, wie hast *du* einen Roman geschrieben?«

Aber am Ende würde mich die Lüge von vielen Sonntagsbrunches befreien. Und von Verkupplungsversuchen mit Typen wie Winford. Wie Stephen.

»Können wir einen falschen Namen verwenden?«

»Natürlich können wir ein Pseudonym verwenden. Ich brauche nur Sie als die Person hinter dem Namen.« Heidi legte die Fingerspitzen unter ihrem Kinn aneinander.

Es war für die Wissenschaft. Für CASE. Ich könnte meine ursprüngliche Idee in ein anderes Labor mitnehmen, weit, weit weg, und sie zu dem machen, was ich mir vorgestellt hatte: eine Zeitersparnis für Wissenschaftler. Es würde so viele Forschungen beschleunigen. Wie die Prävention von Herzkrankheiten. Damit andere kleine Mädchen ihre Papas nicht verlieren.

»Okay. Ich mache es.«

Heidis Lippen verzogen sich zu etwas, das einem Lächeln ähnelte. »Ausgezeichnet. Ich werde die Papiere zur Unterschrift an John schicken.«

Das klang für mich wie eine Entlassung. »Kann ich jetzt gehen?«, fragte ich Martell. Meine Haut fühlte sich gespannt an, so wie damals, als ich aus Kyles Wohnung gerannt war, während er in seinen Boxershorts mit gerunzelten Augenbrauen in der Tür stand.

»Natürlich, Samantha. Ich bin sicher, Sie stimmen mir zu, dass dies eine ausgezeichnete Gelegenheit für die Fakultät und die Universität sein wird.«

»Sicher.« Zu diesem Zeitpunkt waren mir die Fakultät und die Universität egal. Ich ignorierte die Schwere in meinem Bauch. Für die Wissenschaft.

Aber es hätte mich interessieren sollen. Ich hätte mich für die Papiere interessieren sollen, die ich unterschreiben würde, ohne sie zu lesen, und für die Lügen, die bereits begannen, mich wie eine Beute in einem Spinnennetz einzuwickeln.

4

NIALL

ICH FOLGTE Gabi durch das Labyrinth aus weißen Tischdecken im Restaurant an der Bucht zu dem Tisch am Fenster, an dem Heidi saß und winkte. Die spritzigen Klänge des 90er-Jahre-Songs »Breakfast at Tiffany's« bildeten den Kontrapunkt zum Klimpern von Besteck auf Porzellan.

Ich beschleunigte, um Gabi einzuholen, und flüsterte ihr ins Ohr: »Erwähn nicht, dass ich eine Blockade hatte, okay? Es ist jetzt alles wieder gut.« Das war nur zum Teil eine Lüge. Nach dieser Spendenveranstaltung hatten meine Finger ein paar Tage lang gekribbelt. Aber meine Muse war launisch und neigte dazu, mich im Stich zu lassen, wenn ich sie am meisten brauchte.

»Und das sollte jetzt besser wieder gut sein, verdammt. Ich brauche meine fünfzehn Prozent im Oktober. Meine Nichten und Neffen wollen Weihnachtsgeschenke von Tía Gabi.«

Meine Brust zog sich zusammen. Gabi spielte es herunter, aber sowohl meine Familie als auch meine beste Freundin, die zugleich meine Agentin war, brauchten das Geld. Ich würde mich eher eine Woche lang mit einer Kiste Red Bull in einen Schrank einschließen, als einen weiteren Aufschub zu akzeptieren, der den Zahltag erneut nach hinten verschieben würde.

»Niall!« Heidi stand auf, als wir ihren Tisch erreichten, und winkte mich für eine Umarmung zu sich. Ich beugte mich vor und tätschelte sanft ihre zierlichen Schultern. Sie war jedoch stark, und ihre sehnigen, kleinen Arme schlangen sich um meine Brust. Nachdem sie Gabi umarmt hatte, nahm ich den Stuhl, der dem Fenster am nächsten war, von wo aus ich heimliche Blicke auf die tiefer hängenden Wolken draußen werfen konnte. Ihre Unterseiten waren dunkel und verhießen Regen. Fiel auf der Farm auch Regen? Ich musste bald zu Hause anrufen.

In dem Baum im Topf auf der anderen Seite des Glases ließ sich ein Singammer nieder und öffnete seinen Schnabel. Schade, dass ich seinen Ruf über die laute Restaurantmusik nicht hören konnte, die gerade zu A-Has »Take On Me« wechselte. Gabi ließ sich auf den Stuhl neben mir fallen, Heidi gegenüber.

»Danke, dass Sie sich mit mir treffen, bevor ich zurück nach New York muss«, sagte Heidi und überprüfte ihr Handy. »Wohin geht es für Sie als Nächstes?«

Gabi tippte auf ihr Handy. »Wir fliegen am Samstag zur Comic-Con.«

»Lieber Sie als ich. Ich muss in meinem Büro sein, um etwas zu schaffen.« Heidi blickte von ihrem eigenen Handy auf. »Wie läuft das Buch, Niall?«

Ich verschluckte mich an dem Wasser, das zu trinken ich gewagt hatte, und Gabi schlug mir auf den Rücken. Schließlich stotterte ich: »Gut.«

»Gut, gut. Sind Sie im Zeitplan, um Ihre Frist einzuhalten?«

»Ich schaffe das.«

Bei meinem Knurren riss Heidi den Blick von ihrem Handy los.

»Natürlich schafft er das.« Gabi funkelte mich böse an, bevor sie Heidi ein strahlendes Lächeln schenkte. »Sie werden die neue Figur lieben, die er eingeführt hat. Er fügt nur noch die letzten, magischen Feinheiten hinzu.«

»Oh?« Heidi durchbohrte mich mit ihrem scharfsinnigsten Blick. »Eine Liebesbeziehung für Nieven?« Seit sie mein erstes Buch gekauft hatte, drängte sie auf einen romantischen Nebenhandlungsstrang.

»Vielleicht.« Ich war mir noch nicht sicher. Nachdem Lobelia Nieven und Winter aus der Höhle der Spinne befreit hatte, war sie kalt und schweigsam geworden. Nieven stolperte so vor sich hin, wie er es normalerweise tat, aber bisher hatte Lobelia weder dem Waldelfen noch mir etwas zu sagen gehabt.

»Ich dachte, Nieven könnte mit Greva zusammenkommen.« Heidis Handy summte, und sie warf einen Blick darauf.

Ich sah Gabi nicht an. Stattdessen nahm ich meine Speisekarte. Sie wusste, dass ich die Freundschaft zwischen Nieven und Greva unserer eigenen nachempfunden hatte. Und obwohl wir im College kurz zusammen gewesen waren – bis zu jenem unglückseligen Besuch auf der WLAN-freien Farm –, funktionierten wir als Freunde besser. Und als Geschäftspartner. Wie Nieven und Greva. »Wer sagt denn, dass es überhaupt eine Liebesbeziehung geben muss?«

Die Titelmelodie von *Friends* begann zu spielen. Die Musik würde mir noch den Appetit verderben.

»Niemand«, sagte Heidi in einem nichtssagenden Ton. »Ich kann es kaum erwarten, diese neue Figur zu lesen.«

»Planen wir die Veröffentlichung immer noch für nächsten Sommer?«, fragte Gabi.

»Tatsächlich …« Heidis Lächeln verbarg ein Geheimnis. »Wir ziehen Sie vor.«

»Vor?« Gabi ließ ihre Speisekarte auf den Tisch fallen und nahm ihr Handy. »Schicken Sie mir den neuen Zeitplan?«

»Wie weit vor?« Mein Herz rutschte mir in den Hals und schnürte mir die Luft ab.

»Wir haben die Gelegenheit für einen Doppelschlag.« Heidi tippte auf ihr Handy. Ich wünschte, ich könnte es aus dem Fenster schleudern. »Ich kann nichts sagen, bis es offiziell bekanntgegeben wird, aber ich habe ein Sehr Aufregendes Buch unter

Vertrag genommen.« Heidi hatte eine Art, ihre Worte so großzuschreiben. »Es ist ein Crossover aus Urban Fantasy und Sci-Fi, und es wird Synergien mit Ihrer Fangemeinde haben. Es kommt in ein paar Monaten heraus, und ich erwarte einen Riesenrummel darum. Vielleicht sogar einen Filmvertrag. Ihr Studio liest es gerade und hat zugestimmt, eine Gemeinsame Tour mitzufinanzieren. Ich habe Qiana gebeten, sie zu organisieren. Im Februar. Das ist eine ausgezeichnete Gelegenheit für Sie.«

Ich konnte nicht schlucken. Ich würde ohnmächtig werden, wenn ich nicht bald Luft bekäme.

»Februar?«, wiederholte Gabi.

»Wir bewerben bereits *Verrat der Waldelfen.* Wir müssen das Ganze beschleunigen, aber ich möchte diese Gelegenheit nicht verpassen.«

»Natürlich nicht.« Gabi strahlte, aber unter dem Tisch trat sie mir gegen das Schienbein. Hart. Ich schnappte nach Luft, und dadurch setzte meine Atmung wieder ein.

Ich schluckte den letzten Rest meines Wassers hinunter und stellte das Glas mit einem dumpfen Geräusch ab. Februar war in neun Monaten. Ich durfte keine einzige Frist verpassen, nicht einmal um einen Tag. Ich stand auf. »Ich gehe mich frisch machen.«

»Torn« lief, als ich am Empfang vorbeiging. Sehnsüchtig blickte ich auf die Straße draußen, auf die grünen Blätter der verkümmerten Bäume, die aus dem Gehweg wuchsen. Aber ich würde nicht weglaufen. Ich konnte nicht. Opa, Mom und die Farm waren darauf angewiesen, dass ich das verdammte Buch rechtzeitig fertigstellte.

Außerdem schuldete ich Gabi zu viel, um zu scheitern. Sie hatte an mich geglaubt. Selbst nachdem wir uns getrennt hatten, war sie zu meinem Tisch in der Bibliothek gekommen, wo ich meine Geschichten kritzelte. Sie las sie. Einige mochte sie; andere ließ sie mich in den Schredder werfen.

Nach unserem Abschluss schrieb sie mir – sie schrieb mir tatsächlich Briefe, weil sie wusste, dass ich E-Mails hasste – und drängte mich, meinen Roman zu beenden. Als ich ihn auf den Komposthaufen werfen wollte, hatte sie mich gezwungen, ihn ihr zu schicken, und sie hatte ihn lektoriert und zurückgeschickt. Dann hatte sie mit einigen Leuten gesprochen, die sie kannte. Ehe ich mich versah, hatte ich einen Vertrag über drei Bücher bei »Happy Troll« und das Interesse aus Hollywood. Ich schuldete ihr so viel.

Einschließlich des Herzinfarkts, den ich gleich erleiden würde. »Februar«, keuchte ich im Flur vor der Herrentoilette.

»Rast nicht aus, Niall.« Gabis kleine Hand drückte meine. Ich konnte mich immer darauf verlassen, dass sie nach mir sah. »Du schaffst das.«

»Ich – ich weiß nicht.«

»Doch, das tust du. Du brauchst nur Inspiration. Wir werden dafür sorgen, dass du wieder rauskommst und dich in der Natur und dem ganzen Kram wälzt. Was auch immer nötig ist, okay?«

»Ich glaube nicht, dass ich mich tatsächlich in dem Kram wälzen muss, um inspiriert zu werden.«

Sie lächelte. »Was auch immer du brauchst, sag es mir, okay?«

Kannst du mir Samantha und ihre veilchenblauen Augen finden? Nein, das konnte ich nicht fragen. Denn sie würde es tun, und das wäre mehr als nur unangenehm. Sie hatte recht. Ich würde den Nachmittag im Park verbringen und versuchen, meine Muse zu kanalisieren.

Das musste ich. Für Gabi. Und Opa. Und Mom. Und, verdammt noch mal, auch für mich selbst. Ich war keine Eintagsfliege wie Natalie Imbruglia. Ich hatte einen Vertrag über drei Bücher und eine Fernsehserie, für die eine zweite Staffel gewünscht wurde. Ich wischte meine verschwitzten Hände an meiner Hose ab.

»Ich schaffe das schon. Ich verspreche es.«

Gabis hochgezogene Augenbraue verriet mir, dass sie mir auch nicht glaubte.

5

SAM

ICH STAMPFTE mit den Stiefeln auf die Matte direkt hinter dem
Eingang des Cafés und strich mir mit den Händen über die
Ärmel, um etwas Wasser abzustreifen. Ich spähte in meine Trage-
tasche, die ich unter meine Jacke geschoben hatte.

»Alles gut bei dir, Bilbo Baggins?«, flüsterte ich.

Die Tasche wackelte, so heftig wedelte er mit dem Hintern.

»Gut. Bei mir auch.« *Bis jetzt.*

Ich ließ den Blick durch das Café schweifen, sah aber weder
Heidi noch Dr. Martell. Mein Magen entspannte sich ein wenig,
als ich einen Tisch weit weg von der Gruppe lachender Teenager
und in der Nähe eines Fensters und des weißen Rauschens des
prasselnden Regens wählte. Vielleicht würden sie nicht auftauchen. Worüber sollten wir auch schon reden? Ich hatte die Papiere
unterschrieben, genau wie sie es mir aufgetragen hatten.

Die Tür öffnete sich und ich blickte auf, aber es war nur ein
Pärchen, die Hände jeweils in der hinteren Hosentasche des anderen. Sie setzten sich in die gegenüberliegende Ecke, in die Nähe
der Teenager. Ich würde Martell und Heidi fünfzehn Minuten
geben. War das nicht die akademische Viertelstunde? Er war

immer pünktlich, daher war es nie von Belang gewesen. Ich schaute auf meine Uhr und warf ein Leckerli in meine Tragetasche. Bilbo Baggins zerknackte es mit seinen winzigen Zähnen.

Zehn Minuten später kam Heidi herein und schüttelte einen schwarzen Regenschirm aus. Als sie mich entdeckte, lächelte sie scharf und schritt zum Tisch.

»Samantha!« Sie breitete ihre Arme aus.

Ich erstarrte für ihre Umarmung und ließ zu, wie sie laute Luftküsse neben meine beiden Wangen hauchte. Dort, wo ich mit meiner Doktorarbeit hingehen würde, gäbe es keine Luftküsse. Keine Cafés. Nur mein ruhiges Labor und Bilbo Baggins, der zu Hause auf mich wartete.

Sie winkte die Bedienung herbei, bevor sie auf der anderen Seite des runden Tisches Platz nahm. Nachdem wir unsere Bestellung aufgegeben hatten, platzte ich heraus: »Wo ist Dr. Martell?«

»Er muss hierfür nicht anwesend sein. Unsere heutige Besprechung betrifft nur Sie und mich.«

Ich schluckte. »Haben Sie alles, was Sie brauchen? Muss ich Ihnen das Manuskript in einem anderen Format schicken? Oder, ähm, eine Rechtschreibprüfung durchführen?« Nicht, dass CASE jemals Rechtschreibfehler machte. Aber ich hatte keine Ahnung von der Verlagswelt. Die wenigen wissenschaftlichen Arbeiten, an denen ich mit Dr. Martell gearbeitet hatte, waren mit viel Getue um Format und Grammatik verbunden gewesen, was eines der Dinge war, die wir mit CASE erleichtern wollten – oder gewollt hatten.

»Nein, nein.« Sie lachte glockenhell und wischte meine Fragen beiseite, als würde sie eine Fliege verscheuchen. »Wir müssen über Werbung sprechen.«

»Werbung?« Mein Gehirn ratterte, um einen Kontext für das Wort zu finden, aber es fand nichts.

Sie presste die Lippen zusammen, als versuchte sie, Worte und ein Lächeln zugleich zurückzuhalten. Ihre Augen funkelten. »Wir schicken Sie nächstes Frühjahr auf Lesereise.«

Mein Gehirn suchte wieder nach Halt, rutschte aber auf den

unsinnigen Worten aus. »Eine ... eine Lesereise? Und *ich* soll mitkommen?«

»Das Buch kann nicht allein auf Tour gehen.« Ihr Lachen klang wieder hell wie splitterndes Glas. »Leser wollen den Autor kennenlernen.«

»Aber ich bin nicht ...« Dr. Martell kannte meine Leseschwäche, also hatte er auf die Klauseln im Vertrag hingewiesen, die die Konsequenzen für einen Bruch der Vertraulichkeitsvereinbarung festlegten. Und da ich meinen Treuhandfonds mit fünfundzwanzig gespendet hatte, hatte ich nicht das Geld, um jemanden vor Gericht zu verklagen. Die Nervosität kroch von meinem Magen in meine Kehle und ließ mich flüstern. »Ich bin nicht der Autor.«

Heidis glitzernde Augen wurden tödlich. »Natürlich sind Sie das, Samantha. Ihr Pseudonym wird auf dem Cover gedruckt. Sie sind Sam Case.«

Die Bedienung kam mit unseren Kaffeetassen zurück, und ich umklammerte meine, um zu verbergen, wie sehr meine Hände zitterten. »Was muss ich tun?«

Sie schraubte die Flamme in ihren Augen herunter. »Wir arbeiten noch am Zeitplan. Ich schätze, ein Dutzend Städte über drei Wochen. Die meisten Veranstaltungen werden in Buchhandlungen stattfinden. Sie werden einen Vortrag über das Buch halten und dann signieren.«

»Einen Vortrag?« Ich hatte nichts über Bücher zu sagen. Meine Lunge hatte vergessen, wie man atmet. Ich ertrank hier mitten im Café.

Ihre Augen weiteten sich. »Ich hätte fast vergessen, Ihnen das Beste zu erzählen! Sie werden einen Tourpartner haben, Niall Flynn.«

Das versetzte meiner Lunge einen Schock und brachte sie wieder in Gang. »Was? Aber ich ...«

»Niall ist zufällig auch ein Autor von Happy Troll, und er bringt diesen Frühling ein neues Buch heraus.« Sie griff in ihre

Designer-Tragetasche und zog ein dickes Hardcover hervor. Das Cover kam mir bekannt vor, eine Illustration einer Person mit spitzen Ohren, die einen tiefgrünen Umhang trug und auf einem schneeweißen Pferd saß. Ein langes Schwert glänzte an seiner Seite. Ich brauchte ein paar Sekunden, um den Titel oben zu entziffern. *Geheimnisse der Waldelfen.* »Das hier haben Sie doch gelesen, oder?«

»Oh. Mist.« Natürlich hatte ich es nicht gelesen. Ich würde nie wieder versuchen, etwas so Dickes zu lesen. Nicht mehr. Ich hatte die Datei nur in CASE geladen. Versuchte sie, mich dafür zu bestrafen? Wie peinlich würde es werden, wenn ich auf der Tour auftauchen und sagen würde: *Also, hey, dein Buch hat dazu beigetragen, diesen Roman zu erschaffen, den ich absolut nicht geschrieben habe, aber tun wir einfach so, als ob?*

Als könnte sie die Gedanken in meinem Gesicht lesen, sagte sie: »Machen Sie sich keine Sorgen um Niall. Ich kümmere mich um ihn. Denken Sie nur an die Verschwiegenheitserklärung. Es wäre besser, wenn Sie nicht mit ihm über« – ihr Blick huschte durch das Café, bevor sie den Rest des Satzes flüsterte – »K.I. sprechen würden. Sein Vater ist Paul Swift, der Erfinder des Swift-phones, wissen Sie.«

Ich hatte Paul Swift ein paar Mal auf den Veranstaltungen getroffen, zu denen meine Mutter mich mitschleppte. Tech-Leute umkreisten ihn wie Planeten, die im Gravitationsfeld der Sonne gefangen waren. Kein Wunder, dass Niall so lebhaft war. Sein Vater war es auch.

Sie lächelte wieder. »Also, wie ich schon sagte, Sie und Niall werden sich gegenseitig Fragen stellen und über Ihre Bücher sprechen. Qiana, unsere PR-Agentin, wird Ihnen eine Liste mit Themen schicken. Und dann beantworten Sie Fragen aus dem Publikum. Oh, aber zuerst lesen Sie einen kurzen Auszug aus dem Buch.«

»Lesen? Laut?« Der denkende Teil meines Gehirns schaltete sich ab und ließ nur den herzrasenden, handflächenschwitzenden, körperzitternden Teil übrig. Den Teil, der sich daran erinnerte, in der Schule vor der Klasse gelesen zu haben. Das Grinsen. Das Kichern. Der ungeduldige Blick der Lehrerin.

»Natürlich, laut. Nur ein kurzer Abschnitt. Sie können ihn auswendig lernen, wenn Sie möchten. Wir hoffen, bei jeder Veranstaltung ein paar hundert Leute anzuziehen. Niall ist bei diesen Dingen wunderbar. Sie brauchen sich absolut keine Sorgen zu machen.«

Keine Sorgen machen? Jeder Teil dieser Tour war etwas, worüber ich mir Sorgen machen musste. Um das Zittern meiner Finger zu verbergen, schlug ich das Buch am Ende auf. Auf der hinteren Klappe befand sich ein Absatz oder zwei Text, und darüber war ein Schwarz-Weiß-Foto. Ein Mann, der in einem Feld neben einem Hund hockte. Hätte ich ihn nicht in echt gesehen, hätte ich angenommen, er sei ein braunhaariger Mann mit einem normal großen Hund. Aber ich kannte dieses Gesicht und das flammend rote Haar, das es krönte. Und wenn man bedachte, wie groß Niall war, musste dieser Hund eine Art Höllenhund sein, denn er war so groß wie der hockende Mann neben ihm.

Ich kniff die Augen fest zusammen. Niall war ein prominenter Autor, der die meiste Aufmerksamkeit von mir ablenken würde, was eine gute Sache war. Aber es würde Aufmerksamkeit geben, und von mir würde erwartet werden, in der Öffentlichkeit zu sprechen – zu lesen. Zwei furchterregende Dinge.

»Bilbo Baggins kommt mit auf die Tour.« Das war die einzige Möglichkeit, wie ich das überleben würde.

»Wer?« Endlich hatte ich es geschafft, Heidi in die Enge zu treiben.

Ich griff nach unten und zog meine Tragetasche auf meinen Schoß. Bilbo Baggins' flauschige Ohren tauchten zuerst auf, und dann sein grinsendes Gesicht. »Bilbo Baggins.«

Ihre Lippe kräuselte sich. »Das ist doch kein Nagetier, oder?«

»Er ist ein Chihuahua-Mischling. Und er geht dahin, wohin ich gehe.« Meine Stimme war kräftiger, als ich es erwartet hatte.

»Ich glaube nicht, dass das möglich ist.« Als sie Bilbo Baggins finster anblickte, duckte er sich zitternd zurück in die Tasche.

»Sie brauchen eine Autorin. Entweder kommt er mit, oder ich komme nicht.« Ich hatte rechtlich nichts in der Hand, und Martell würde wütend auf mich sein, wenn ich einen Rückzieher machte. Trotzdem reckte ich mein Kinn und hob den Kopf, genauso wie ich es getan hatte, als der Anwalt unserer Familie versucht hatte, mich davon abzubringen, meinen Treuhandfonds zu spenden.

»Na schön. Aber nicht alle Veranstaltungsorte werden hunde-freundlich sein. Er wird in Ihrem Hotelzimmer bleiben müssen.«

»Okay. Und außerdem keine Fotos.«

»Was meinen Sie mit keine Fotos? Meinen Sie keine PR-Aufnahmen oder meinen Sie auch …«

»Keine Selfies. Keine Fotos mit den Lesern. Keine sozialen Medien. Kein Bild von mir wird im Zusammenhang mit der Tour veröffentlicht.«

Sie blinzelte. »Ich weiß nicht, ob das …«

»Sorgen Sie dafür, oder ich gehe nicht.« Ich hatte geschworen, nie wieder ein Foto zu machen, nach dem, was mit Stephen passiert war. Es spielte keine Rolle, dass ich diesmal klug sein und meine Kleidung anhaben würde. Jedes Foto konnte manipuliert werden. Ich wusste genau, was K.I. tun konnte.

Sie spitzte die Lippen. »Schön. Aber keine weiteren Bedingun-gen. Wenn Sie auch nur nach einem zusätzlichen Kopfkissen fragen, verklagen wir Sie wegen Vertragsbruchs.«

Verdammt. Jetzt wünschte ich wirklich, ich hätte den Vertrag gelesen. Meine Mutter hätte mich umgebracht, wenn sie gewusst hätte, dass ich Papiere unterschrieben hatte, die ihr Anwaltsteam nicht geprüft hatte. Aber ich hatte mich nur auf eine Sache konzentriert – meine Doktorarbeit – und den kürzesten Weg zwischen mir und der Freiheit.

Neben der Möglichkeit, der Tour ganz zu entgehen, würde mir die Mitnahme von Bilbo Baggins und die Vermeidung von Fotos die besten Überlebenschancen geben.

Ich nickte. Ich hatte all meinen Mut aufgebracht. Ich umarmte Bilbo Baggins in der Tasche. Ich war klug. Ich würde einen Weg aus dem Schlamassel finden, in den ich mich irgendwie hineinmanövriert hatte.

6

NIALL

HOCHSTAPLER.

Das war das Wort auf dem Schild, das ich mir um den Hals hängte. Jedes Mal, wenn ich eine der Fragen der Studenten beantwortete, wurde es ein Pfund schwerer und lastete auf meinen Schultern. Wie konnte ich mit diesen jungen Leuten über das Schreiben sprechen? Nach diesem glorreichen Tag am letzten Wochenende hatte meine Muse mich verlassen.

Am Tag zuvor war ich rastlos durch den Park gewandert. Den Wald. Den Strand. Die Prärie. Keiner davon inspirierte mich. Keiner von ihnen flüsterte mir Lobelias Worte zu. Ich hatte ein paar Ideen auf eine Seite meines Notizbuchs gekritzelt, aber am Ende hatte ich sie herausgerissen und weggeworfen. Sie waren alle schrecklich.

Und doch erwarteten diese Universitätsstudenten von mir, dass ich ihnen erzählte, wie man schreibt.

Wie konnte ich das, wenn ich selbst nicht wusste, wie es ging?

Als mein Vortrag endete und die Studenten sich zerstreuten, schritt ich aus dem Auditorium und durch die Bibliothek, bis ich nach draußen gelangte, wo ich nach der frischen Luft schnappte, als wäre sie ein Heilmittel für mein Hochstaplertum.

Ich erhaschte einen schwarzen Blitz in meinem Augenwinkel und mein linker Zeigefinger zuckte. Ich überflog den Portikus der Bibliothek. Ein paar Studenten schleppten sich die Stufen hinauf. Ein graues Eichhörnchen klammerte sich an einen nahen Baumstamm. Ich schüttelte den Kopf. Ich bildete mir das nur ein. Ich würde einen anderen Park finden. Vielleicht würde Lobelia dort zu mir sprechen.

Doch bevor ich unter dem Portikus der Bibliothek hervortreten konnte, stellte sich mir eine kleine Barriere mit einer Fülle dunkler Haare in den Weg.

»Hallo, Niall, ich bin Kari Singh und schreibe hier auf dem Campus einen Promi-Blog.«

Ich runzelte die Stirn. »Ich kann Ihnen nicht viel über das Bloggen erzählen, aber ich schätze, Schreiben ist Schreiben. Womit haben Sie denn Schwierigkeiten?«

Ihre Lippe kräuselte sich. »Bei mir läuft's. Aber ich habe ein paar Fragen an Sie.«

»An mich?« Ich kniff die Augen zusammen. »Ich bin kein Promi.«

»Hören Sie, Sie sind das Aufregendste, was wir hier seit Monaten hatten, seit sich eine von Mark Zuckerbergs Schwestern verlaufen hat und auf dem Campus gelandet ist. Das hier ist eine Uni für Nerds. Die wissen, wer Sie sind.«

»Oh. Okay.« Das Venn-Diagramm von Nerds und Fantasy-Lesern hatte eine gesunde Schnittmenge. Außerdem hatten Qiana und Gabi mich darauf vorbereitet. Ich sollte positiv, aber vage sein: *Ja, das Buch ist fast fertig. Ja, Sie werden all Ihre Lieblingscharaktere wiedersehen. Ja, es wird einige neue Charaktere und Überraschungen geben. Ja, die Produzenten der Serie bekommen eine Kopie, sobald es fertig ist.*

Als Autor hätte ich begeistert sein sollen, nach einer Fernsehserie gefragt zu werden, die auf meinen Büchern basiert. Ich hätte ekstatisch sein sollen, diese Chance zu bekommen, die so viele andere Schriftsteller nicht bekamen. Aber die Angst, die sich in meiner Brust zusammenzog, erstickte meine Aufregung. Was, wenn ich es nicht fertigstellen konnte?

»Haben Sie Ihren Vater in letzter Zeit gesehen?«

»Meinen … was?« Ich trat einen halben Schritt zurück. Niemand fragte mich nach ihm. Schon lange nicht mehr.

Sie lächelte raubtierhaft. »Sie sind in San Francisco und er ist nur einen Katzensprung entfernt im Silicon Valley. Haben Sie ihn gesehen?«

»Nein.« Meine Stimme brach, wie damals, als ich ihn das letzte Mal auf der Farm gesehen hatte, als ich ungefähr zwölf war. Ich räusperte mich. »Nein, habe ich nicht. Wir stehen uns nicht nahe.« Eine Untertreibung. Er war aus unserem Leben verschwunden und hatte sich eine neue Familie aufgebaut, eine legitime, passend zu seinem milliardenschweren Tech-Unternehmen.

Eine Bewegung hinter ihr erregte meine Aufmerksamkeit, aber als ich dorthin blickte, war da nichts außer dem Eichhörnchen.

»Und warum ist das so, Niall?« Sie hielt mir ihr Handy hin, um meine Antwort aufzunehmen. Es war eines von ihm. Ich erkannte es an dem silbernen Symbol eines fliegenden Vogels auf der Rückseite. »Warum stehen Sie und Paul Swift sich nicht nahe?«

Ich hatte nicht vor, dieser völlig Fremden zu erklären, wie er so langsam aus unserem Leben verschwunden war, dass ich es fast nicht bemerkt hatte. Wie seine Geschäftsreisen immer länger und länger wurden. Wie er, anstatt wie versprochen zu Weihnachten aufzutauchen, eine Kiste geschickt hatte. Darin waren drei nagelneue Spitzenmodelle der Swiftphones.

Einer meiner Freunde hatte meins für mich in einer Online-Auktion verkauft, und ich hatte schließlich Grandpa überredet, das Geld für das Saatgut dieser Saison zu nehmen. Schon mit zwölf hatte ich die Ironie zu schätzen gewusst, meinen Vater für das Landleben bezahlen zu lassen, das er hasste.

Ich war wütender und selbstsüchtiger gewesen, als er das zweite geschickt hatte, als ich fünfzehn war. Ich hatte es zertrümmert, mit dem Handy meines Freundes ein Foto gemacht und es meinem Vater geschickt. Er hatte kein weiteres geschickt.

Aber all das ging diese Bloggerin nichts an. Ich zuckte mit den Schultern. »Man lebt sich auseinander. Er hat sein Leben und ich habe meins.«

Ihr Mund wurde schmal, aber ein Glanz trat in ihre Augen. »Sind Sie mit Lulu Bridges zusammen?«

Ich trat einen weiteren halben Schritt zurück und stieß gegen eine der Säulen der Bibliothek. Es war Gabis Idee gewesen, mich letzten Monat in L.A. mit einer Schauspielerin in einem Restaurant sehen zu lassen. Lulus Leute waren einverstanden gewesen – Qiana, die Publizistin von Happy Troll, hatte es arrangiert –, also hatten wir in einem Straßencafé gesessen und die Paparazzi Fotos schießen lassen.

»Nein, ich bin mit niemandem zusammen und Lulu ist eine Freundin.« Das war eine Übertreibung. Es waren zwei langweilige Stunden gewesen. Sie hatte über mein Trainingsprogramm, meine Ernährung, meine Lieblingsdesigner reden wollen. Und natürlich über die Serie und ob ich ihr ein Vorsprechen verschaffen könnte. Ich sagte ihr, ich würde ein Wort für sie einlegen, wenn ich die Produzenten das nächste Mal sähe, und sie gab mir den Namen ihres Meditationsgurus.

Gabi hatte versucht, es vor mir zu verbergen, aber eine Zeitschrift hatte ein Foto von uns neben einem noch größeren Bild meines Vaters auf der Bühne gedruckt, in einem seiner schwarzen Button-Down-Hemden, bestickt mit dem SwifTech-Logo, ein kabelloses Mikrofon an seinem Kinn entlang geschwungen.

Diesmal bemerkte ich den schwarzen Blitz, als er sich offen über den Campusplatz bewegte. Und obwohl ich sie nur einmal gesehen hatte, hatte ich unsere Begegnung so oft in meiner Fantasie durchgespielt, dass ich diese schlanke Gestalt kannte. Dieses lange, dunkle Haar, zu einem schlaffen Knoten hochgesteckt. Hätte sie sich umgedreht, hätte ich eine Konstellation aus Sommersprossen und die atemberaubendsten Augen gesehen, die mir je begegnet waren.

Lobelia. Nein, Samantha.

»Entschuldigen Sie mich, Kari.«

»Warten Sie, ich habe—«

Aber ich flog bereits die Stufen der Bibliothek hinunter und den Weg entlang, der den Campusplatz säumte. Ich durfte sie nicht in einem der Gebäude verschwinden lassen, für die man einen Ausweis brauchte. Glücklicherweise waren ihre Schritte kein Vergleich zu meinen langen Beinen, und ich holte sie gerade ein, als sie vom Platz auf einen schmalen Bürgersteig abbog. »Samantha.«

Sie blieb stehen, ihre Schultern sackten in sich zusammen. Ich joggte zwei weitere Schritte, um mich vor sie zu stellen. »Hallo nochmal.«

»Ich-ich verfolge dich nicht.«

Ich spürte, wie sich meine Lippen zu einem Lächeln verzogen. »Tust du nicht?«

»Nein. Ich studiere hier. Ich habe dich gesehen, als ich vorbeiging.«

»Vorbeigegangen, hm?« Ich glaubte ihr nicht, nicht wirklich. Aber die geringe Chance, dass sie mich nicht gezielt gesucht hatte, verursachte ein Ziehen in meiner Magengegend.

Sie hievte ihren Rucksack auf die Schulter. »Du hast mir nicht erzählt, dass du Schriftsteller bist.«

Ich zuckte mit den Schultern. »Das bin ich.«

Sie starrte mich an. »Ein berühmter Schriftsteller. Mit einer Fernsehserie, die auf deinem Roman basiert.«

Ich verschränkte die Arme. »Ich weiß nicht, wie berühmt ich bin. Du wusstest nicht, wer ich war.«

Sie spiegelte meine Haltung. »Du hast auch nicht erwähnt, dass du der Sohn von Paul Swift bist. Oder dass du mit Schauspielerinnen ausgehst.«

Ich breitete die Arme aus. »Wir haben weniger als eine halbe Stunde geredet. Ich hatte keine Zeit, dir meine Lebensgeschichte zu erzählen. Und ich gehe nicht mit Schauspielerinnen aus. Das war eine PR-Aktion, nichts weiter.« Ich wusste nicht, warum ich das Bedürfnis hatte, das zu sagen. Ich kannte Samantha kaum. Ich musste mich ihr nicht erklären.

Es war die Art, wie sie sich aufgerichtet hatte. Sie war winzig, verglichen mit mir, aber sie schaffte es, größer auszusehen, als stünde sie auf einem Podest über mir und ich wäre ein Leibeigener, der seine Herrin um einen Gefallen bat. Meine Finger kribbelten.

»Wer bist du?«, murmelte ich, mehr zu mir selbst als zu ihr. Sie war keine Dame der Gesellschaft, egal, was Gabi gesagt hatte.

»Ich bin Doktorandin. Ich war auf dem Weg in mein Büro, als ich dich sah.« Sie hob das Kinn.

»Warst du?« Sie sah aus wie eine Doktorandin. Schwarze Cargohosen, ein schwarzes T-Shirt, Kampfstiefel. Das passte nicht zu dem Bild der Dame der Gesellschaft, das Gabi mir gezeichnet hatte.

»Informatik.« Sie wedelte mit der Hand, und die Anmut in dieser Geste raubte mir den Atem.

»Huh.« Meine Finger kribbelten wieder. Ich blickte zurück auf das gedrungene, beigefarbene Backsteingebäude mit zu wenigen Fenstern. Es war kein Märchenschloss.

Ein analytischer Verstand. War sie auch süchtig nach Technologie, wie Gabi? Ich versuchte, das heutige Bild von Samantha – misstrauisch, schroff, wachsam – über die charmante, witzige Frau zu legen, mit der ich bei der Veranstaltung gesprochen hatte. Und dann versuchte ich, das, was Gabi mir über ihre gesellschaftlich hochstehende Familie erzählt hatte, darüberzulegen. Es gelang mir nicht. Bisher war Samantha Jones ein Rätsel.

»Wie geht es deinem Hund?«

»Bilbo Baggins?« Ein langsames Lächeln breitete sich auf ihrem Gesicht aus. »Er hat sich von dem Käse-Vorfall erholt. Es geht ihm jetzt gut.«

»Gut.« Ich wippte auf den Fersen. Sie war ein Puzzle und ich bekam nicht alle Teile zusammen. Vielleicht konnte ich sie durcheinanderschütteln und anders betrachten.

»Ich kenne dein Geheimnis.«

Ihre Wangen wurden blass und die Sommersprossen auf ihrer Nase schienen dunkler zu werden. »Welches Geheimnis?«

»Deine geheime Identität.«

»Woher weißt du—«

»Gabi hat es mir erzählt. Du bist Samantha Jones, aus der Familie der Jasper-Jones-Stiftung für Leseförderung.«

Die Luft schien aus ihr zu weichen. »Jasper Jones war mein Vater.«

Ich zuckte zusammen. In meinem Wunsch, Hercule Poirot zu sein, hatte ich vergessen, dass sie ihn vermissen könnte. »Mein Beileid zu deinem Verlust.« Es klang hölzern. Jasper Jones war wahrscheinlich ein besserer Vater gewesen als meiner. Viel hätte es dazu nicht gebraucht.

»Danke.« Aber sie sah mich nicht an. Ihr Blick war abwesend, als sähe sie etwas, das andere Menschen – ich – nicht sehen konnten.

Meine Finger kribbelten wieder. *Später*, sagte ich zu ihnen. Samantha war mehr als eine Inspiration. Sie war jemand, den ich kennenlernen wollte.

»Hey, kann ich dich zum Mittagessen einladen? Oder auf einen Kaffee?« Wenn ich ein wenig mehr Zeit mit ihr verbringen könnte, könnte ich ihre Geheimnisse entschlüsseln.

Sie blinzelte und blickte wieder zu dem Gebäude, bevor sie meinen Blick erwiderte. Ich hatte noch nie Augen in dieser Farbe gesehen. Wenn ich ein Maler wäre, welche Farbtöne würde ich mischen, um sie nachzubilden? Und wie würde ich sie so klar und intelligent und wachsam erscheinen lassen, als ob sie mich beurteilten und für unzureichend befanden?

»Ich – ah. Ich nehme an –« Sie verzog das Gesicht. »Natürlich nicht. Oder du würdest… Ich wünschte, ich könnte. Aber ich muss wirklich zur Arbeit. Ich habe einen Stapel Klausuren, die sich nicht von selbst korrigieren.« Sie schenkte mir ein Lächeln. Ein Mundwinkel hob sich höher als der andere, als ob Geheimnisse die andere Seite beschwerten.

Ich wollte sie alle entdecken.

»Morgen dann. Scheiße, nein, wir reisen morgen ab.« Wann würde ich wieder in San Francisco sein? Nicht für eine Weile, nicht vor – »Nächstes Frühjahr. Ich weiß, das ist noch eine Weile hin, aber ich werde auf Tour für mein nächstes Buch sein, und ich bin sicher, wir werden hier Halt machen.«

Die Rollläden fielen über diese undurchsichtigen Augen, kurz bevor sie auf die Spitze ihres Stiefels blickte. »Ich-ich habe da vielleicht eine Verpflichtung. Ich versuche, mich davor zu drücken, aber…«

Meine Brust zog sich zusammen. »Ich habe dir nicht einmal die Daten genannt.«

»Ich weiß, aber es ist die Art von Konflikt, du weißt schon, der sich sicher überschneiden wird. Aber wenn ich kann, komme ich dich besuchen, wenn du wieder in San Francisco bist. Ich verspreche es.«

»Wenn du mir deine Nummer oder deine – deine E-Mail gibst« – bis dahin könnte ich mich doch daran erinnern, wie man sich in seine E-Mails einloggt, oder? – »schicke ich dir den Tourplan. Wir können uns dann verabreden.«

»Ich werde dich einfach finden. So ist es doch aufregender, oder?«

»Aufregung wird überbewertet.« Als wir uns kennengelernt hatten, hatte sie gesagt, sie wolle sich an mich kuscheln. Woher kam diese neue Zurückhaltung?

Sie rümpfte die Nase und verdeckte dabei ein paar ihrer Sommersprossen. »Ich glaube, das Geheimnisvolle gefällt dir, Niall Flynn. Lassen wir es dabei.« Und ohne auch nur einen kalifornischen Kuss auf die Wange oder einen Händedruck, schritt sie von mir weg auf das beigefarbene Gebäude zu.

Mein Gehirn brauchte ein paar Sekunden, um aufzuholen. Endlich blinzelte ich und sah zu, wie sie zum Eingang ging, ihren Ausweis an den Sensor hielt, die Tür aufzog und hindurch verschwand, alles ohne einen Blick zurück zu mir.

Ich wartete eine halbe Minute und erwartete, dass sie – *was genau tun würde, Niall?* Wieder herausspringen und mir ihre Telefonnummer zurufen? In ihrem Superheldenkostüm durch die Türen gleiten, nachdem sie ihre Tarnung als sanftmütige Doktorandin abgelegt hatte?

Meine Finger kribbelten wieder, das Gefühl war diesmal scharf. Als ich ein paar Dutzend Meter entfernt eine Bank unter einem Baum entdeckte, ging ich darauf zu und zog bereits mein Notizbuch aus meiner Tasche. Sie hatte recht. Es war nicht das Verstehen von Samantha, das mich inspirierte; es war das Geheimnis. Mit meiner Fantasie konnte ich das Rätsel selbst lösen.

Ich schlug das Notizbuch auf der nächsten leeren Seite auf, und noch bevor ich meinen Stift daraufgesetzt hatte, formte sich ein Bild. Eine Prinzessin in Verkleidung, auf der Suche nach Abenteuern. Die nicht nur ihre Identität, sondern auch ihr Herz schützte.

Ich füllte Seite um Seite des Notizbuchs, bis meine Hand verkrampfte. Ich schüttelte sie aus und machte trotz des Schmerzes weiter, bis Lobelia ihre Geheimnisse Nieven offenbarte – und mir, ihrem Schöpfer.

7

SAM

ICH ZOG MEINEN MANTEL ENGER, um mich vor der feuchten Januarkälte zu schützen, und stapfte die abschüssige Auffahrt zum Haus meiner Mutter und Charles' hinauf. Es kam mir vor, als wäre es eine andere Sam gewesen, die ihre Mittel- und Oberschuljahre in dem Zimmer im Obergeschoss verbracht hatte, das meine Mutter immer noch meins nannte.

Das eine Mal, als meine Mutter mein Einzimmerapartment in der Nähe der Universität besucht hatte, hatte sie mich gefragt, warum ich darauf bestand, in einem Loch zu leben. Trotz der Risse in der Decke, des tropfenden Wasserhahns im Bad und des gelegentlichen gespenstischen Rumpelns der Rohre liebte ich es, weil es meins war, bezahlt von meinem Stipendium und nicht von der Firma, die erst erfolgreich geworden war, nachdem Dad sich dafür zu Tode gearbeitet hatte.

Ich stieg die Stufen zur Haustür hinauf und nahm mir einen Moment, um mich zusammenzureißen. Monatelang hatte ich den Brunch geschwänzt und meine Arbeit als Ausrede benutzt. Aber meine Dissertation lag jetzt bei Dr. Martell, und das schon seit kurz nach Neujahr. Das war schon Wochen her. Als ich ihn darauf ansprach, sagte er, es sei ein guter erster Entwurf, aber er wolle sehen, ob wir mehr »Ergebnisse aus der Praxis« erzielen könnten. Laut Heidi waren die Verkaufszahlen gut gewesen, seit *Magician in the Machine* vor drei Monaten erschienen war, aber Heidi erwartete durch die Tour einen »großen Schub«.

So sehr ich auch gebettelt hatte, Martell wollte mich nicht aus der Sache rauslassen. Er sah die Tour als entscheidenden Teil des Experiments an. Er wollte messen, wie die Leute auf ein Buch reagierten, von dem sie dachten, es sei von einem Menschen geschrieben worden, und wie sich diese Reaktion änderte, wenn sie herausfanden, dass es von einer Maschine geschrieben worden war. Das war ein stichhaltiges Argument.

Aber den persönlichen Aspekt hatte er für mich außer Acht gelassen. Wie peinlich würde die Tour werden, nachdem ich es versäumt hatte, Niall Flynn mein Pseudonym zu verraten, als ich ihm letzten Sommer in der Unibibliothek nachgestellt hatte? Inzwischen mussten Heidi oder die PR-Agentin Qiana ihm gesagt haben, dass ich Sam Case war. Ich hatte ihm meine Nummer nicht gegeben, also hatte ich zumindest keine Flut anklagender SMS von ihm zu erwarten. Aber ihn in ein paar Wochen bei unserem ersten Halt in Ohio zu treffen, würde eine absolute Katastrophe werden. Vor allem, wenn ich versuchen würde zu lesen.

Doch bevor ich mich diesem Albtraum stellen konnte, musste ich erst diesen hier überstehen: meiner Familie zu erzählen, dass ich die Stadt verlassen würde, ohne die Geheimhaltungsvereinbarung zu verletzen.

Die Tür öffnete sich und meine Freundin Marlee trat heraus.

»Was machst du denn hier?« Meine Mutter zählte Marlee, die für Jackson arbeitete, nicht zum Kreis derer, die zum Sonntagsbrunch eingeladen wurden.

»Dir auch hallo.« Marlee zog ihren rosa Mantel am Hals enger.

»Entschuldigung, ich …« Ich zuckte zusammen. »Ich habe gerade an etwas anderes gedacht, und du hast mich überrascht.«

Sie grinste. »Mach dir keine Sorgen. Denk dran, ich arbeite

für deinen Bruder. Ich weiß, wie ihr Genies tickt. Ich musste ein paar Papiere vorbeibringen. Von Weston.« Sie verzog das Gesicht.

»Nichts Schlimmes, hoffe ich?« Jackson hatte mir Geschichten über seine Nemesis, den CEO seiner Firma, erzählt.

»Keine Ahnung. Das liegt über meiner Gehaltsklasse. Hey, ich habe dich vermisst, seit dein Praktikum zu Ende ist. Wir sollten uns mal zum Mittagessen treffen. Vielleicht nächste Woche? Nein, nicht nächste Woche. Große Deadline bei der Arbeit. Die Woche danach?«

In dieser Woche begann die Tour. Mein Magen zog sich bei dem Gedanken daran jedes Mal krampfhaft zusammen. »Tut mir leid, das geht nicht. Ich fahre weg.« *Bitte frag nicht nach.*

»Du fährst weg? Sag mir, dass es irgendwohin geht, wo es warm und sonnig ist, damit ich stellvertretend durch dich leben kann. Naja, bis zu unseren Flitterwochen nächsten Sommer. Habe ich dir das erzählt? Wir fliegen nach Hawaii!« Sie wedelte mit der Hand und ihr Verlobungsring funkelte.

»Das klingt nach Spaß. Wie geht es Tyler?« Wenn ich sie dazu bringen konnte, über ihren Verlobten zu reden, wäre ich vor ihren Fragen sicher.

»Fantastisch.« Sie blickte hinter mich und winkte. »Er hat mich hergefahren. Und ich sollte auch wirklich los. Wir haben, ähm … etwas vor.« Ihre Wangen röteten sich.

Normalerweise hätte ich gefragt, was sie vorhatten, aber die einfache Möglichkeit, die Buchtour nicht verheimlichen zu müssen, war zu verlockend.

Sie umarmte mich. »Rufst du mich nach deiner Reise an?«

»Klar.« Vielleicht hätte Heidi bis dahin die Ankündigung gemacht und ich könnte ihr davon erzählen. Marlee liebte sowohl Bücher als auch Informatik. Sie würde sich dafür interessieren, was CASE geschafft hatte.

Mit einem Winken eilte sie den Weg zur Auffahrt hinunter, wo ein blauer Mustang im Leerlauf wartete.

Als ich mich wieder zur Tür drehte, grinste Jackson auf mich herab. »Kommst du rein oder willst du den ganzen Tag da draußen stehen?«

»B. Definitiv das Stehen.«

Er blickte über seine Schulter. »Wünschte, ich könnte auch draußen bleiben, aber Mutter hat heutzutage ein Enkel-Radar. Sie kann spüren, wenn Alicia kommt.«

Ich streckte die Hand aus und drückte seine. Er hatte wieder diesen wilden Blick in den Augen. »Du wirst ein großartiger Vater sein, Jackson. Genau wie Dad.«

»Hoffen wir mal, dass ich länger durchhalte.« Er versuchte zu lächeln, aber seine Lippen zitterten.

»Du hast eine viel bessere Work-Life-Balance als er. Und du und Alicia passt aufeinander auf.« Seit er mit Alicia zusammen war, hatte ich die kleinen, prüfenden Berührungen bemerkt, die sie einander gaben, die Art, wie Alicia ihren Kopf zu ihm neigte, wenn er nach dem einen Drink zu viel griff, die Art, wie er die Anspannung aus ihren Schultern rieb. Ich beneidete ihn fast.

»Das tun wir.« Er drückte meine Hand und ließ sie los. »Ich hoffe nur, ich tue nicht …«

»Wirst du nicht.« Er war bekannt für sein unverschämtes Verhalten, wenn er gestresst war. »Und wenn du in Versuchung gerätst, ruf mich an. Denk daran, ich bin die Vernünftige.« Obwohl, wenn man bedachte, was mit Stephen passiert war, und jetzt diese gefälschte Buchtour, stimmte das wirklich?

Seine langen Arme legten sich um mich und ich atmete den Duft von Leder ein, während er mir die Luft aus den Lungen drückte. »Danke, Samweis.«

Er nahm mir meinen feuchten Mantel ab, zwängte ihn auf einen Bügel und hängte ihn in den Schrank neben dem Foyer. »Bist du bereit dafür?«

Ich schenkte ihm ein ironisches Lächeln. Vor Jahren waren wir Partner gewesen, die beiden schwarzen Schafe meiner Mutter, die immer das Falsche taten. Jackson hatte den Großteil ihrer Aufmerksamkeit auf sich gezogen, indem er meine Patzer mit einem noch unverschämteren übertraf. Aber jetzt war auch er der

Goldjunge. Er hatte nicht nur eine aufstrebende Softwarefirma gegründet, sondern auch als Erster geheiratet und für das erste Enkelkind meiner Mutter gesorgt. Ich war jetzt die einzige Enttäuschung der Joneses.

»Ich werde niemals bereit sein für einen Brunch mit der Familie«, sagte ich. »Aber ich schätze, es ist jetzt zu spät, um einen Rückzieher zu machen.«

»Ich werde dir so viel Deckung geben, wie ich kann.«

»Verschütte diesmal keinen Kaffee auf den Boden, okay?«

»Du musst zugeben, dass es effektiv war.«

»Ich hatte diese albernen Ballerinas an, die sie mir gekauft hatte, und es hat mir die Füße verbrannt.«

»Aber sie hat aufgehört, dich wegen der Spende deines Treuhandfonds anzuschreien.«

»Vorübergehend.« Sie würde das niemals ruhen lassen. »Und war es das wert, ihr einen neuen Teppich kaufen zu müssen?«

»Samweis.« Er zog mich kurz bevor wir um die Ecke zum Esszimmer bogen, zum Stehen. »Was auch immer ich für dich tue, ist es wert.«

Ich stieß ihm in die Schulter, so wie er es mir beigebracht hatte, die Fingerknöchel flach, mein Daumen außerhalb meiner Faust.

»Au!« Er rieb sich die Schulter. »Wofür war das?«

»Dafür, dass du versucht hast, mich dazu zu bringen« – ich rümpfte die Nase – »Gefühle zu haben.«

Er nahm meine Hand und drückte sie einmal. »Es ist okay, Gefühle zu haben. Du musst sie nicht wegheucheln.«

Das war eine Lüge. Dieses Haus war der Beweis. Die Emotionen, die ich unterdrückt hatte – Trauer um Dad, Demütigung und Verrat wegen dem, was Stephen getan hatte, Einsamkeit – schienen praktisch mit ihren gespenstischen Fingern aus den Wänden zu sickern und mich zurückzulocken.

Nicht mehr. Diese Emotionen hatten mir nie etwas Gutes getan, und ich war genauso fertig mit ihnen wie mit diesem Haus. Mit dieser Familie. Zumindest mit dem größten Teil davon.

Ich drückte Jacksons Hand und ließ sie dann los. »Bringen wir's hinter uns.«

Alle anderen waren schon im Esszimmer versammelt, als wir eintraten. »Jackson, wo hast du … Samantha.« Mutters Gesicht machte eine seltsame Bewegung, als sie mich sah. Vielleicht hatte sie wieder Botox bekommen.

»Mutter.« Ich ging zum Kopfende des Tisches und küsste ihre weiche, glatte Wange. Sie hatte einen leichten Goldton von ihrer Weihnachtsreise nach Hawaii. Sie roch nach frisch gebügelter Baumwolle und Lavendel, wie immer.

Charles wartete nicht darauf, dass ich es zum anderen Ende des Tisches schaffte. Als ich mich von meiner Mutter entfernte, war er schon da, seine Handfläche eine warme Last zwischen meinen Schulterblättern. Er lächelte, seine dunkle Haut legte sich in die vertrauten Falten. Als ich vor zwei Monaten an Thanksgiving hier gewesen war, hatte ich ein paar mehr graue Haare zwischen seinen schwarzen Locken bemerkt. Es ließ ihn distinguiert aussehen, wie ein Stockfoto für eine erfolgreiche Führungskraft. Was genau das war, was er war. »Schön, Sie zu sehen, Samantha.«

»Hey, Charles. Wie läuft's beim, äh, Golfen?« Charles war eine freundliche Präsenz in meinem Leben gewesen, seit er meine Mutter ein Jahr nach Dads Tod geheiratet hatte. Ich hatte versucht, ihn zu hassen – ich war zwölf gewesen –, aber niemand konnte Charles hassen. Er war zu nett. Trotzdem sprachen wir nie über etwas Substanzielleres als Golf oder sein Geschäft.

»Ich habe nicht gespielt, seit wir aus Lanai zurück sind. Ich wünschte, Sie wären mitgekommen.«

»Das hätte dir gutgetan, Samantha. Du siehst so … kränklich aus.« Mutter streckte eine Hand zu meiner Wange aus, aber ich wich zurück und ging zu meinem Stuhl am anderen Ende des Tisches.

»Hey, Nat«, sagte ich, als ich an ihrem Stuhl vorbeiging.

»Sam.« Sie hielt ihre Hände in ihrem Schoß, genau da, wo sie sein sollten, und ihre schlanken Schultern waren an die Rücken-

lehne ihres Stuhls gepresst, als hätte sie einen Stahlstab als Wirbel-
säule. Ihr seidiges blondes Haar fiel über eine Schulter ihres
rosafarbenen Etuikleides. Mutter würde nie im Traum daran
denken, sie kränklich zu nennen.

»Sam!« Andrew stand auf und hielt mir eine Faust zum
Anstoßen hin. Nachdem ich meine Knöchel gegen seine gestoßen
hatte, zog er meinen Stuhl heraus und half mir, das schwere Ding
wieder unter den Tisch zu schieben.

Ich winkte Noah zu, der auf der anderen Seite des Tisches
zwischen Alicia und Jackson saß. Er war zwölf, also versuchte er,
mir eines dieser Kopfnicken zuzuwerfen, und blickte dann wieder
in seinen Schoß. Er musste dort ein Handy oder eine Spielkonsole
haben. Ich wünschte, ich wäre damit durchgekommen.

Überraschenderweise hatte Mutter Alicias Neffen in die
Familie aufgenommen wie ein leibliches Enkelkind. Und sie war
so begeistert von dem Baby, das Alicia erwartete, dass Alicia auf
den Ehrenplatz zu Mutters Rechter gerückt war. Jackson nahm
seinen Platz gegenüber von mir an Charles' Ende des Tisches
ein.

Er stieß Noah in die Seite. »Denk daran, was wir über Bücher
am Tisch gesagt haben.«

»Was liest du denn, Noah?«, fragte Charles. Charles hatte oft
ein Buch in der Hand, besonders nach dem Abendessen in der
Bibliothek mit seiner Lesebrille auf der Nase und einem Glas mit
etwas Braunem in der anderen Hand.

»Dieses neue Buch, *Magician in the Machine*«. Er hielt den
vertrauten grünen Einband hoch, und mein Herz rutschte mir in
die Hose.

»Geht es da um Computer?« Charles kniff die Augen zusammen, um das Cover zu betrachten, und bemerkte das Leiterplat-
tenmuster unter dem Titel.

»So ähnlich. Es ist Belletristik. Es ist ein bisschen schwer zu
verstehen, aber alle lesen es.«

»Alle?« Meine Stimme war nur ein Krächzen und ich griff
nach der nächstbesten Tasse Kaffee, die zufällig Andrews war.

»Lass mich dir eine frische Tasse einschenken.« Andrew runzelte die Stirn und ging zur Kanne auf dem Buffet.

»Ja, hauptsächlich die Schüler in den höheren Klassen.«

Jackson wuschelte ihm durchs Haar. »Noah liest auf dem Niveau eines Zehntklässlers.«

»Ich habe es auch gelesen.« Natalies Stimme hallte über den Tisch. »Er hat recht. Jeder liest es.«

»Was hieltest du davon?« Warum, warum, *warum* lenkte ich die Aufmerksamkeit auf mich? Ich würde das Geheimnis herausplatzen lassen, und dann würde Mutter etwas Lächerliches tun, wie zu Heidi zu gehen und zu verlangen, dass ich, nicht die Universität, die Tantiemen erhalte.

Natalie blickte mich über Andrews leeren Stuhl hinweg an. »Warum interessiert dich das? Du liest doch nicht.«

Ich nahm meine Gabel und stocherte in den Eiern auf meinem Teller herum, um den Schmerz nicht zu zeigen. »Ich versuche nur, ein Gespräch anzufangen.«

»Ich stimme Noah zu«, verkündete sie. »Der Schreibstil ist dicht. Aber es wirft einige interessante Fragen über unsere Besessenheit von Technologie auf.«

Tat es das? Ich hatte gedacht, es ginge nur um den Magier und den Nekromanten. Und Zombies.

»Ja«, sagte Noah. »Und ob künstliche Intelligenz klüger sein kann als Menschen.«

Natalie beugte sich vor. »Der Magier scheint Nein zu sagen, aber der Nekromant glaubt daran. Ich denke, die Botschaft ist, dass sie beide …« Sie hielt inne, als ob ihr gerade erst bewusst geworden wäre, dass alle Augen auf sie gerichtet waren. Ich hatte Natalie noch nie über Bücher reden hören, es sei denn, es handelte sich um die Memoiren irgendeines Prominenten. Sie nahm ihre Kaffeetasse. »Wir sollten diesen Sam Case für die nächste Benefizveranstaltung der Stiftung gewinnen.«

»Das sollten wir wohl, wenn jeder sein Buch liest«, sagte Mutter.

Andrew stellte eine dampfende Tasse Kaffee vor mich hin und

eine zweite Tasse außer meine Reichweite. »Wie läuft das Aufbaustudium?«

Ich schloss die Augen und atmete durch die Nase ein. Ich wusste, dass das kommen würde. Ich konnte es genauso gut direkt angehen.

»Es läuft gut.« Ich würde die Verzögerung bei der Genehmigung meiner Dissertation nicht erwähnen. »Ich bin auf dem besten Weg, dieses Frühjahr meinen Abschluss zu machen.«

»Gott sei Dank kannst du dieses Kapitel abschließen und mit deinem Leben weitermachen.« Mutter nippte an ihrer Porzellantasse. »Der Hungerlohn, den du verdienst, ist eine Schande. Ich habe versucht, mit John darüber zu reden, aber er sagte, das sei das, was alle verdienen.«

»Du hast mit meinem *Doktorvater* über mein Stipendium gesprochen?« Ich konnte spüren, wie sich meine Nasenflügel weiteten, um die Luft einzusaugen, die aus dem Raum entwichen war.

»Natürlich habe ich das. Ich mache mir Sorgen um dich.«

»Was haben Sie nach dem Abschluss vor?« Charles' Stimme dröhnte auf meiner anderen Seite.

»Ich suche nach Forschungsstellen.« Ich sog meine Lippen zwischen die Zähne, um ihnen nicht zu erzählen, dass ich die Woche zuvor ein Angebot für eine Postdoc-Stelle an einer Universität in Idaho bekommen hatte. Ich hatte Monate Zeit, um darauf hinzuarbeiten.

»Nun, ich bin sicher, Charles oder Jackson wären begeistert, dich bei sich aufzunehmen.« Mutter sprach es aus wie die Antwort auf eine mathematische Aufgabe.

»Forschung, Mutter. Nicht Programmieren.«

»Forschung klingt nicht sehr ... lukrativ.« Ihr Mund verzog sich, als hätte sie etwas Schlechtes geschmeckt.

»Es gibt andere lohnende Belohnungen. Außer Geld.«

Stille senkte sich wie eine Decke über den Tisch. Eine nasse.

»Wie die Familie.« Jackson legte seinen Arm um Noahs Schultern.

Ich zuckte zusammen.

Und tatsächlich sagte Mutter: »Triffst du dich mit jemandem, Samantha?«

»Nein, Mutter.« Ich hatte seit Monaten nicht einmal einen One-Night-Stand gehabt. Nicht seit Kyle. Der ganze Stress wegen CASE hatte meine Libido lahmgelegt.

»Was ist mit Jacksons Freund Cooper? Ich habe dich auf der Weihnachtsfeier der Stiftung mit ihm reden sehen.«

»Coop?« Jacksons Lachen war laut. »Nicht die geringste Chance.«

»Er ist wie ein weiterer älterer Bruder, Mutter.«

»Er ist eine sehr gute Partie. Vielleicht aber eine bessere für Natalie.«

Während sie und Natalie darüber stritten, ob Cooper Fallon zu alt für Nat war, hatte ich endlich die Gelegenheit, meine abkühlenden Eier und Pfannkuchen zu essen. Aber die Verschnaufpause dauerte nicht lange.

»Samantha, ich habe das perfekte Kleid für dich für den Valentinsball gefunden. Ich habe das schwarze bestellt, weil ich weiß, dass das die einzige Farbe ist, die du trägst. Aber es gibt es auch in Roségold, was viel festlicher wäre.«

Und jetzt musste ich mit meiner Neuigkeit herausrücken. »Mutter, ich werde es dieses Jahr nicht zum Ball schaffen. Ich fahre weg.«

»Du … fährst weg?« Sie blinzelte. »Noch eine akademische Konferenz?«

Also hatte sie in den letzten vier Jahren doch aufgepasst. »Nein, das ist anders.« Ich musste meine Worte sorgfältig wählen. Heidis Geheimhaltungsklausel machte keine Ausnahmen für die Familie. »Es ist eine Art Roadtrip. Mit einem … Freund.«

»Einem Freund?« Ihre Augenbrauen schossen zu ihrem Haaransatz hoch.

»Oder einem Kollegen?« Ich wünschte, ich wüsste die richtigen Worte, um sie nicht aufzubringen.

»Was ist es nun: ein Freund oder ein Kollege?«

Ich zögerte. »Ein Kollege, der auch ein Freund ist.«

»Ein männlicher Freund?«

Ich schrak zusammen. »Ja.«

»Samantha.« Ihr Mund verzog sich nach unten. »Das ist doch nicht wieder so eine Stephen-Situation, oder? Er hat es nicht auf eine Stelle in Jacksons Firma abgesehen? Oder in Charles'? Er muss wissen, dass du kein eigenes Geld hast.«

Meine Brust wurde heiß. »Nein, Mutter. So ist es nicht. Wir sind Freunde. Und Kollegen. Nichts weiter. Wir reisen für ein paar Wochen zusammen, um ein paar Dinge für die Uni zu erledigen.« Es war gewissermaßen wahr. Die Buchtour war für mich mit der Uni verbunden.

Ihre Stirn legte sich nicht mehr in Falten, aber ihre Augenbrauen zuckten. »Dinge für die Uni.«

»Es ist sehr technisch. Willst du, dass ich es dir erkläre?« Das brachte sie normalerweise von meinem Hals. Mutter hatte einen Kopf für Finanzen, nicht für Computer.

»Wie lange dauert diese Reise?«

»Ungefähr drei Wochen. Du kannst mir eine SMS schreiben, wenn du dich melden musst.«

»Sei vorsichtig, Samantha. Du willst doch nicht schon wieder in eine unglückliche Situation geraten.«

Sie würde es mich niemals vergessen lassen. Nicht, dass ich es könnte. »Werde ich nicht.«

Mit einem letzten falkenähnlichen Blick auf mich wandte sie sich an Alicia und fragte sie etwas über das Kinderzimmer, das sie und Jackson einrichteten.

Ich sackte in meinem Stuhl zusammen. Mein Appetit war verflogen und sogar mein Kaffee war zu kalt, um ihn zu trinken.

Ohne von seinen eigenen Pfannkuchen aufzublicken, murmelte Andrew: »Wenn dieser Kerl irgendetwas versucht, kommen Jackson und ich und holen ihn uns.«

Ich verdrehte die Augen. »Ich bin ein großes Mädchen, Andrew. Ich kann auf mich selbst aufpassen.«

Daraufhin blickte er auf. In seinem Blick lag dasselbe Mitleid wie in jener Nacht vor sechs Jahren, als ich vor meiner Familie am Esstisch gesessen und geschluchzt hatte, wie ich vorzeitig auf mein Treuhandvermögen zugreifen müsse, um Stephen auszubezahlen, sonst würde er die Nacktfotos veröffentlichen, die ich ihn dummerweise hatte machen lassen. »Bist du das?«

Ich schob die kalten Eier auf meinem Teller hin und her. »Das ist Jahre her.«

»Du hast so ein weiches Herz, Sam. Ich will nicht, dass du wieder verletzt wirst.«

Er hatte einmal recht gehabt. Die letzten sechs Jahre hatte ich damit verbracht, Schicht um Schicht über diesen weichen Teil von mir zu legen. Jetzt war mein Herz wie eine der Perlen meiner Mutter, außen stark und den Makel im Inneren verbergend. Nichts würde durchdringen.

Vielleicht, nachdem ich meinen Doktortitel hätte und weit weggezogen wäre, an einen Ort, an dem die Joneses kein bekannter Name waren, würde ich jemanden nah genug an mich heranlassen, um daran zu kratzen. Aber bis dahin musste ich mich auf meine Ziele konzentrieren.

Ziel Nummer eins: die Tour überstehen, ohne mich zum Narren zu machen.

8

NIALL

ICH TRAT durch die Hintertür in die Küche meiner Mutter und ließ meine schneeverkrusteten Stiefel auf die Matte neben ihr kleineres Paar fallen. Thorin sprang an mir vorbei, seine nassen Pfoten schlitterten auf dem zerkratzten Holzboden, bis er Halt fand und kurz davor abbremste, gegen die Küchenschränke zu krachen. Er trottete zu Moms Füßen vor dem Herd und setzte sich. Der Duft von gebratenem Speck und buttrigen Biscuits hieß uns willkommen.

Genauso wie das Lächeln meiner Mom, als sie sich umdrehte. »Niall. Warst du schon früh wach und hast geschrieben?«

Ich presste die Kiefer zusammen. »Ich hab's versucht.« Ich streifte meinen Mantel ab und hing ihn an den Haken neben der Hintertür. Ich legte mein fast leeres Notizbuch auf die Arbeitsplatte und stellte die Kanne mit frischer Milch in den Kühlschrank.

»Mach dir keine Sorgen deswegen.« Sie schob mein Notizbuch außer Reichweite des spritzenden Fetts. »Du hast dein Buch gerade erst fertiggestellt. Du solltest deine Auszeit genießen, bevor du wieder auf Tour gehen musst.«

»Sicher, Mom.« Ich küsste ihre Wange, faltig und vom Winter rau. Ich hatte *Treachery* vor Monaten abgegeben. Es war überfällig, zumindest einen Entwurf für das dritte Buch, *Schlacht der Waldelfen*, zu haben. Ich hatte ein paar Ideen dafür notiert. Keine einzige davon war gut. Sicherlich nicht bedeutsam genug für das möglicherweise letzte Buch der Reihe.

Ich hatte gedacht, die Heimkehr auf die Farm würde mich inspirieren. Aber mein Gehirn lag so brach wie die schneebedeckten Felder draußen. Sogar der Bach, der neben meinem liebsten Schreibplatz floss, war trüb und träge. Ich brauchte etwas anderes. Ein Paar violetter Augen schoss wie eine Schwalbe durch meine Vorstellung. Ich würde sie wiedersehen, wenn die Tour in San Francisco Halt machte. Sicherlich würde meine Muse meine Fantasie dann beflügeln.

»Hast du deinen Großvater da draußen gesehen?«

Ich verscheuchte das Bild dieser Augen und der dunklen Haarsträhnen, die darübergefallen waren, als ich sie letzten Sommer auf dem Campus gesehen hatte. »Er kommt gleich rein. Er hatte eine Unterredung mit Sally über ihre Milchproduktion.«

»Dad und diese Ziegen.« Ihr Gesicht verzog sich zu einem liebevollen Lächeln.

»Letztes Mal hat es funktioniert. Er beherrscht eine Art Ziegenmagie.«

Sie schaltete den Herd aus und wandte sich mir zu. »Das ist eine der Sachen, die ich an dir liebe, Niall. Du hast schon immer überall Magie gesehen, wohin du auch geschaut hast.«

In letzter Zeit nicht. Die Schatten des Waldes sahen nicht aus wie Klauen oder Schwerter oder Trolle. Sie sahen aus wie kahle Äste auf trockenem, gefallenem Laub.

»Frank Turner war vor einer Weile hier. Er hat ein Paket für dich von der Post mitgebracht.« Sie deutete auf den Küchentisch.

»Ein Paket?« Es war ein kleiner brauner Karton, etwa so groß wie ein ungekürztes Wörterbuch. Die Absenderadresse war aus New York. Wahrscheinlich von Qiana. Ich zog mein Taschenmesser heraus und schnitt durch das Klebeband.

Obenauf lag eine Notiz in Qianas schwungvoller Handschrift. Darunter befand sich ein gehefteter Stapel Papiere. Und ganz unten lagen zwei Bücher, ein Taschenbuch und ein Hardcover. Das Hardcover, etwa doppelt so dick wie das andere, hatte die inzwischen vertraute, rotgetönte Cover-Illustration, meinen Namen und *Verrat der Waldelfen* obenauf. Mein erstes Belegexemplar. Eine Wärme breitete sich von meiner Mitte bis in meine Fingerspitzen aus, als ich die geprägten Worte streichelte.

»Was ist es?«, fragte Mom und stellte den Teller mit Speck ab.

»Mein Belegexemplar.« Ich nahm das Buch und reichte es ihr.

Sie hob die Hände. »Lass mich erst abwaschen. Ich will kein Fett auf den Einband bekommen.«

Sie ging zum Waschbecken und ließ das Wasser laufen. »Was haben sie noch geschickt?«

»Den Zeitplan für die Tour. Und das Buch meines Tour-Partners.« Ich hob es aus dem Karton. Der Einband des Taschenbuchs war grün. Kein Waldgrün wie bei *Secrets*, sondern ein giftiges, säuerliches Grün. Wie die Baumpython, die ich vor langer Zeit bei einem Schulausflug im Zoo von Columbus gesehen hatte. Der Titel, *Magier in der Maschine*, erstreckte sich über das Bild von etwas Eckigem, Technisch aussehendem. Der Autorenname, unten in Weiß, war Sam Case. Ich drehte es um. Kein Autorenfoto, nur der Klappentext und die Verlagsinformationen. Ich überflog es. *Ein fantastischer Techno-Thriller?* Glaubte Heidi wirklich, dass unsere Leserschaften sich überschneiden würden?

Mom kehrte zum Tisch zurück und trocknete sich die Hände ab. Ich reichte ihr mein Buch. Dieses erste Knacken des Buchrückens, als sie es aufschlug, ließ die Wärme wieder in mir aufsteigen. *Mein Buch.* Ich hatte es wieder geschafft. Meine Worte füllten die Seiten. Bald würden Menschen diese Worte lesen. Nervosität durchbrach die Wärme, wie Blasen in einem Topf mit kochendem Wasser.

»Es ist wunderschön, Niall. Ich kann es kaum erwarten, es zu lesen.« Sie nahm mir das andere ab. »Das sieht … interessant aus. Ziemlich anders als deins.«

»Heidi hat etwas von Synergie gesagt. Ich schätze, wir müssen es lesen, um herauszufinden, was sie meinte.«

Ich nahm den Zeitplan und überflog ihn. Wir fingen in Columbus an, genau wie Qiana gesagt hatte. Ich hatte das Buch in der Bibliothek Enchanted Forest herausbringen wollen, so wie wir es bei meinem ersten Roman getan hatten, aber Qiana meinte, der Veranstaltungsort sei nicht groß genug. Der Veranstaltungsraum der Bibliothek bot Platz für fünfundzwanzig Personen. Wie viele Leser erwartete sie denn bei meiner Buchvorstellung? Bei *Geheimnisse der Waldelfen* waren es vier gewesen: Mom, Opa, Gabi und mein Highschool-Englischlehrer. Vielleicht erwartete sie, dass Sam Case mit seinem Debütroman ein größeres Publikum anziehen würde.

Ich blätterte die Seiten um. Chicago, Ostküste, Südwesten, Kalifornien. Wir kamen erst am Ende der Tour nach San Francisco. Pech gehabt. Ich würde auf meinen Inspirationsschub warten müssen. Falls Samantha überhaupt kam. Hatte sie sich von ihrer Verpflichtung lösen können? Würde sie in der Buchhandlung in San Francisco auf mich warten?

Moms Stimme riss mich aus meinen Gedanken über die leichten Sommersprossen unter diesen bezaubernden Augen. »Dein Großvater führt aber ein langes Gespräch mit Sally. Würdest du bitte nach ihm sehen?«

»Du weißt, wie bockig sie ist. Sie gibt ihm wahrscheinlich Widerworte.« Ich legte die Papiere in den Karton und ging zurück zur Hintertür. Draußen keine Spur von Opa. Ich schlang meinen Schal um den Hals, zog meinen Mantel an und schob meine Füße in meine kalten Stiefel. »Bin gleich zurück.«

Ich schloss die Tür fest hinter mir, um die Wärme drinnen zu halten, und schritt über die verschneiten Felder, wobei ich meinen Fußspuren zurück zur Scheune folgte. Ich schob die Tür auf, trat ein und ließ meine Augen sich von der zu hellen Außenwelt an die Dunkelheit im Inneren gewöhnen.

»Opa?«

Sally und Susie meckerten mir als Antwort entgegen. Ich rieb ihre weichen Ohren mit meiner behandschuhten Hand. Opa war nicht in ihrer Box. Ich ging zu den Gehegen der Alpakas und fand sie leer. Wir hatten sie heute Morgen auf die Weide gelassen. Ich wirbelte herum und suchte die Scheune ab. »Opa!«

Ein Stöhnen kam aus der Ecke, neben der Leiter, die bei meinem Weggang nicht dort gewesen war.

»Opa!« Ich raste zur Leiter. Darunter lag Opa auf dem Bauch, ein Arm unter ihm und der andere zur Seite ausgestreckt, seine Finger bedeckten den Stiel eines alten Besens. »Opa!« Ich packte ihn an der Schulter.

»Ich bin ausgerutscht«, krächzte er. Sein Rücken hob sich, zuckte und senkte sich.

Ich berührte sanft seinen Nacken. Der Winkel schien richtig zu sein. »Tut das weh?«

»Nein. Mein Arm.«

Der Arm, den ich sehen konnte, sah in Ordnung aus. Ich tastete ihn ab.

»Der andere Arm.« Es kam als Grunzen heraus.

Ich packte ihn an Schulter und Hüfte und zog ihn zu mir, wobei ich seinen Körper mit meinem stützte. Er war keineswegs gebrechlich und schwerer als er aussah. Er stieß einen kurzen Laut aus, als er auf dem Rücken landete.

Ich verzog das Gesicht. Der Arm, der über seine Brust gelegt war, war falsch abgewinkelt. Das Handgelenk hing schlaff herab wie das einer Marionette. »Opa.« Das Wort quoll aus mir heraus wie bei einem von Thorins Quietschespielzeugen, kurz bevor er es aufreißt.

Ich rappelte mich auf. »Du weißt, dass die Spinnweben meine Aufgabe sind.« Die Arbeit, die ich an diesem Morgen zu erledigen vergessen hatte, weil ich zu sehr darauf konzentriert war, wie meine Geschichte nicht zusammenkam. Ich holte den Erste-Hilfe-Kasten aus dem Schrank an der Scheunentür und nahm ein etwa dreißig Zentimeter langes Holzstück aus dem Behälter.

»Kannst du dich aufsetzen?«

Seine Augen blitzten mich an. »Ich habe mir den Arm gebrochen, nicht den Rücken.«

»Da bist du ja wieder, alter Mann.« Von hinten schob ich ihn aufrecht, achtete auf seinen verletzten Arm. Dann schiente ich so sanft wie möglich sein Handgelenk.

»So habe ich dich nicht mehr fluchen hören, seit du mit dem Fuß in den Mähdrescher geraten bist.« Ich wickelte den Netzverband ein letztes Mal herum und befestigte das Ende mit einem Stück Klebeband.

»Ich habe mir seit Jahren keinen Knochen mehr gebrochen. Vergessen, wie sehr das wehtut. Hast du ein Aspirin in dem Kasten?«

Ich fand eine Flasche und nahm sie in die Hand. »Bist du sicher, dass du im Krankenhaus nicht auf etwas Stärkeres warten willst?«

»Krankenhaus? Ich bin so gut wie neu.«

»Dein Handgelenk ist gebrochen. Das hier ist nur, um zu verhindern, dass du es noch mehr beschädigst, bis sie den Knochen richten und eingipsen können.«

»Einen Gips?« Seine Augen waren weit und unfokussiert. Vielleicht hatte er sich auch den Kopf gestoßen.

Ich fuhr mit der Hand über sein dichtes, weißes Haar. Ich konnte keine Beulen fühlen, aber das bedeutete nicht, dass er keine Gehirnerschütterung hatte. »Welches Datum haben wir heute?«

»31. Januar. Dienstag.«

»Was hast du getan, als du gestürzt bist?«

»Spinnweben entfernt. Muss man machen, besonders in der Nähe der Lampen. Die sind brennbar. Eine Gefahr für die Tiere.«

Okay, also hatte er sein Kurzzeitgedächtnis nicht verloren. »Wie lange lebe ich schon auf der Farm?«

»Seit du nur ein Knirps warst. Seit dein Vater–«

»Dein Gehirn ist in Ordnung. Bringen wir dich zum Wagen.« Ich packte seine gute Hand und seinen Ellbogen und zog ihn auf die Beine.

Viel später, nach dem Krankenhaus, nach dem Abendessen und den abendlichen Stallarbeiten, nachdem Opa dank der starken Schmerzmittel eingeschlafen war, saßen Mom und ich auf dem alten Sofa vor dem Kamin. Wir hatten beide ein Buch – *Treachery* für Mom und Sams Buch für mich – aber sie lagen unbeachtet auf unseren Schößen, während wir in die Flammen starrten. Thorin schlief zu Füßen meiner Mutter und zuckte mit seinen riesigen Pfoten.

Ich brach als Erster die Stille. »Ich glaube nicht, dass ich auf Tour gehen sollte. Ich rufe Qiana morgen an und sage ab.«

Sie schreckte auf und richtete ihre großen Augen auf mich. »Nein, Niall. Das kannst du nicht.«

»Ich kann dich und Opa nicht hier lassen. Nicht, während sein Arm heilt. Er wird versuchen, zu viel zu machen. Ihr beide werdet das.«

»Wir haben etwas Geld gespart. Wir können einen von Frank Turners Söhnen einstellen, der bei den Stallarbeiten hilft.«

»Das Geld ist für die Saat im Frühling. Und Opas Krankenhausrechnung.«

Sie strich über den geprägten Titel meines Buches. »Die beste Art zu helfen, ist, auf deine Tour zu gehen. Bücher zu verkaufen. Du bist immer so großzügig mit–«

»Es ist keine Großzügigkeit, dafür zu sorgen, dass meine Familie ein Dach über dem Kopf und etwas zu essen hat. Helfen zu wollen. Ich bin nicht wie – nicht wie er.« Weder in der Art, wie er seine Familie im Stich gelassen hatte, noch in seinem Erfolg. Es würde mehr als ein paar Bücher und eine Fernsehsendung brauchen, um ein Name zu werden, den jeder so gut kannte wie den meines Vaters.

Sie lächelte, aber Schmerz überschattete ihre Augen. »Du bist ihm ähnlicher, als du ahnst.« Sie streichelte meine Schulter. »Attraktiv. Talentiert. Voller Feuer und Entschlossenheit. Jeder, der einen von euch beiden trifft, verliebt sich.«

Ich schnaubte. »Wenn das wahr wäre, wäre ich nicht–« Ich hätte fast *allein* gesagt. Aber ich war nicht allein. Ich hatte Mom und Opa. Meine Freundin Gabi. *Allein* ließ mich undankbar klingen für die Menschen, die mich liebten und unterstützten.

»Man kann von Menschen umgeben sein – von Menschen, die einen lieben – und sich trotzdem einsam fühlen, Niall.«

»Bist du einsam, Mom?«

Sie zog ihr Bein unter sich und drehte sich zu mir. »Manchmal. Aber ich habe Freunde. Deinen Opa. Meinen Sohn, wenn er nicht gerade unterwegs ist, um ein berühmter Schriftsteller zu sein.« Sie grinste und drückte meine Schulter, aber dann verblasste ihr Lächeln. »Ich bin nie so einsam wie ich es war, als ich mit deinem Vater zusammen war. Selbst wenn er bei mir war, hat er einen Teil von sich zurückgehalten. Er hat immer an seine Arbeit gedacht, an die Zukunft.«

Wenn er früher zu Besuch kam, hatte er riesig gewirkt – obwohl ich wusste, dass ich jetzt größer war – und voller Leben. Mit seiner fremden Technologiesprache war er so fremd in der Stille der Farm, wo wir weder einen Fernseher noch einen Computer hatten. Das Einzige, wann ich Technologie vermisste, war, wenn Dad kam und die meiste Zeit über seinen Laptop gebeugt verbrachte. Vielleicht, wenn ich auch einen gehabt hätte, hätten wir nebeneinander sitzen können. Vielleicht hätte er dann nicht entschieden, dass ich es nicht wert war, zu bleiben.

Ich war so naiv gewesen, dass ich nicht gedacht hatte, selbst als seine Besuche auf der Farm so selten wurden wie einmal im Jahr, dass er aufhören würde zu kommen, also hatte ich nie in Betracht gezogen, dass jedes Mal, wenn ich Dad sah, das letzte sein könnte. Wenn ich das getan hätte, hätte ich versucht, die Erinnerungen zu sammeln? Den letzten Besuch zu etwas Besonderem zu machen?

Moms warme Handfläche umschloss meine Wange, so wie sie es getan hatte, als sie mir die Nachricht überbrachte, dass Dad nicht zurückkommen würde. Er hatte ein ungarisches Model geheiratet, das zehn Jahre jünger war als meine Mutter, und sie hatten eine Villa in Monterey gekauft. »Er hat dich auf seine Weise geliebt. Ich weiß, es war nicht die Art, wie du geliebt werden wolltest. Und das hat dich zögern lassen, deine Liebe wegzugeben. Eines Tages wirst du deine Person finden. Die Person, der du dein Herz anvertrauen kannst. Und ich hoffe, du wirst dich öffnen. Dass du den Schmerz riskieren wirst. Denn die Liebe ist es wert.«

»Ist sie das, Mom?« Es war eine grausame Frage, aber ich konnte nicht verhindern, dass sie aus mir herausbrach.

Ein Licht leuchtete in ihren Augen. »Diese ersten Jahre, als wir uns kennenlernten, als er so charismatisch war, so voller Leidenschaft und großer Ideen? Das waren die aufregendsten Jahre meines Lebens. Und dann bekamen wir dich. Ich sah ihn jedes Mal, wenn ich in dein Gesicht blickte. Fühlte ihn jedes Mal, wenn ich deine kleinen Finger in meinen hielt. Du bist erwachsen geworden und deine eigene Person geworden, eine, die ich von ganzem Herzen liebe. Ich hätte nichts davon missen wollen. Nicht die Liebe, nicht einmal den Schmerz. Der Schmerz ist ein Teil davon, siehst du. Ohne ihn würde ich die glücklichen Zeiten nicht zu schätzen wissen.«

Ich starrte ins Feuer. Glaubte ich das? Jemanden zu finden, der mich nicht verletzen würde, schien eine vernünftigere Strategie zu sein. Jemand, der glücklich wäre, hier auf der Farm ein ruhiges Leben zu führen. Der den Ruhm – meinen Ruhm – oder sogar ihren eigenen nicht brauchte.

»Im Moment bin ich glücklich, hier zu sein.« Mein Lächeln war beinahe echt.

»Aber du gehst trotzdem auf Tour? Du sagst nicht ab?«

Sie hatte in vielen Dingen recht. Mein Buch zu promoten war das Beste, was ich für sie und Opa tun konnte. Das, und das nächste Buch zu schreiben. »Ich sage nicht ab. Solange ich weiß, dass es euch beiden gut gehen wird.«

»Das wird es. Ich spreche morgen mit Frank über eine zusätzliche helfende Hand hier. Mach dir keine Sorgen um uns. Genieß einfach die Tour. Weißt du viel über deinen Tour-Partner? Hast du ihn schon getroffen?«

»Nein. Und sein Buch…« Ich hatte es mit ins Krankenhaus

genommen. Vielleicht waren es die Angst und die Ablenkung dort, die mich daran hinderten, vollständig in die Geschichte einzutauchen. Die Sprache schien unzusammenhängend, jeder Satz ließ mehrere Interpretationen zu, mehr wie ein Werk der literarischen Fiktion als Genrefantasy. »Sein Buch ist ungewöhnlich.«

»Sollte dann eine ungewöhnliche Tour werden.«

Wahrscheinlich nicht. Städte und Touren waren alle gleich. Buchhandlung nach Buchhandlung, dieselben müden Worte lesen, bis sie ihre Bedeutung verloren. Ich konnte es kaum erwarten, es hinter mir zu lassen und zur Farm zurückzukehren, wohin ich gehörte.

Nur dieses Mal hatte ich etwas, worauf ich mich freuen konnte: Samantha in San Francisco zu sehen. Und meine Muse zurückzubekommen.

9

SAM

DEN GELANGWEILT AUSSEHENDEN WEISSEN MANN, der direkt hinter der Sicherheitskontrolle am Flughafen von Columbus ein Schild mit der Aufschrift »S. CASE« hochhielt, hatte ich erwartet. Nicht erwartet hatte ich die schwarze Frau, die neben ihm stand und auf den Zehenspitzen wippte, wobei ihre Zöpfe mit den roten Spitzen zu einem Heiligenschein um ihr Gesicht aufflogen, das von einem entzückten Grinsen erhellt wurde.

Als ich zögerlich meine Hand hob – die, die nicht Bilbo Baggins' Transportbox umklammerte –, breitete sie die Arme aus. »Sam!«, quietschte sie.

Sie wartete nicht, bis ich die letzten paar Schritte auf sie zugegangen war. Sie stürmte auf mich zu und drückte mich in einer rippenbrechenden Umarmung. Ich hielt sie fest. Wie lange war es her, dass ich eine so wohltuende Umarmung bekommen hatte? Zu lange.

Sie ließ mich los und trat einen Schritt zurück. »Ich bin Qiana. Wir haben schon, keine Ahnung, hundertmal gemailt. Und ich konnte es kaum erwarten, dich kennenzulernen, also ... Überraschung!« Sie umrahmte ihr Gesicht mit gespreizten Händen. »Lieber Sam oder Samantha?«

»Sam, bitte.«

»War dein Flug in Ordnung? Keine Probleme? Sie haben doch nicht wegen Mr. Baggins rumgezickt, oder?« Sie beugte sich in der Taille vor und spähte durch das Netz zu Bilbo Baggins. Sein wedelnder Schwanz brachte die Tasche zum Wackeln. »Oh, du süßer kleiner Kerl! Wir holen dich da bald raus. Draußen gibt es einen Bereich für Haustiere, und dann düsen wir rüber zu Nialls Buchvorstellung.«

Da es Nialls Veranstaltung war, musste ich nichts weiter tun, als im Hinterzimmer ein paar Exemplare von *Magier* zu signieren. Darüber war ich froh. Dennoch war ich nicht begeistert davon, Niall zum ersten Mal als Sam Case zu treffen. Vor allem nicht in der Öffentlichkeit vor Dutzenden von Smartphones. Ich hatte zwar gesagt, keine Fotos, aber Happy Troll konnte nicht alles kontrollieren.

Wenn Niall und ich uns wieder gegenüberstanden, würde er dann wütend sein, dass ich seine Arbeit für CASE benutzt hatte? Würde er eine Szene machen? Auf der Spendenveranstaltung hatte er ziemlich locker gewirkt. Aber das hatte Stephen auch, bis zu dem Moment, als er mein Vertrauen gebrochen hatte. Es wäre viel besser, Niall zum ersten Mal im Hotel zu treffen, vorzugsweise in einer ruhigen Ecke der Lobby.

»Brauchen Sie mich bei der Vorstellung wirklich?« Ich täuschte ein kieferbrechendes Gähnen vor. »Ich bin vom Flug ziemlich müde. Bilbo Baggins auch.«

Als er seinen Namen hörte, stieß Bilbo Baggins eine Reihe von hohen Bellern aus und kratzte an der Netztür der Transportbox. *Verräter.*

Qianas dunkle Augen wurden groß. »Natürlich brauchen wir dich! Das ist eure gemeinsame Tour. Ihr seid jetzt ein Team und unterstützt euch gegenseitig. Du kannst auf dem Weg dorthin ein kurzes Nickerchen machen. Ich verspreche, leise zu sein. Na ja, vielleicht nicht still – das ist nicht wirklich meine Art –, aber ich werde versuchen, dich schlafen zu lassen. Okay?«

»Okay.« Ich konnte mich hinter Qiana und ihrer Wortflut verstecken. Niall würde keine Gelegenheit haben, mich anzuschreien, wenn sie weiterredete.

Nachdem ich dem Fahrer beschrieben hatte, wie meine Tasche aussah, führte mich Qiana zu einem Grünstreifen vor dem Gebäude, und ich ließ Bilbo Baggins aus seiner Transportbox. Er erledigte sein Geschäft und kratzte dann an Qianas Knöcheln, bis sie ihn auf den Arm nahm.

Er leckte ihr Kinn. »Whoa, kleiner Kerl. Pass auf den Lippenstift auf. Ich trage heute keinen kussechten. Ich hatte nicht erwartet, dass ich rumknutschen würde.« Sie hielt ihn ein Stück weiter von sich weg, und er streckte sich nach ihr. »Okay, na schön. Ich bessere das nach, bevor wir reingehen.« Sie schmiegte ihn an sich.

Mein steinernes kleines Herz wurde drei Nummern größer. Vielleicht würde die Tour doch nicht so schlimm werden. Nicht, wenn alle so nett wie Qiana wären.

Ein schwarzes Auto fuhr am Bordstein vor. »Shawn ist da«, sagte sie. »Auf geht's!«

Sie saß mit mir auf der Rückbank und streichelte immer noch Bilbo Baggins, der sich auf ihrem Schoß zusammengerollt hatte. »So. Ich weiß, ich habe dir eine Menge Informationen geschickt. Welche Fragen hast du zur Tour?«

Ich hatte das Paket nur überflogen, immer noch in der Hoffnung, nicht fahren zu müssen. Jacksons bester Freund, Cooper, sagte immer, Hoffnung sei keine Strategie. Das hatte ich auf die harte Tour gelernt. »Kommst du mit uns?«

Ihre roten Lippen verzogen sich zu einem Schmollmund. »Ich wünschte! Das wäre so ein Spaß. Niall ist ein Energiebündel, und ich weiß, du und ich werden die besten Freundinnen. Ich bin nur für die Buchvorstellung hier. Aber wir sehen uns in New York. Dort werde ich bei allen Veranstaltungen dabei sein.«

Als sie meinen Gesichtsausdruck sah, sagte sie: »Mach dir keine Sorgen! Niall ist fabelhaft. Ein-fach-toll. Ich habe noch nie jemanden gesehen, der so für die Kameras – ich meine, die Leser – auftritt wie er. Natürlich wird es bei den Veranstaltungen gemäß deinen Vorgaben keine Kameras geben.« Ihr Grinsen wurde noch breiter. »Ihr Schriftsteller seid ja eher ein schüchterner Haufen. Nicht Niall. Er macht einfach mit. Und er wird sich um dich kümmern. Er ist der netteste Kerl …«

Das Summen in meinen Ohren war zu laut geworden, um sie zu hören. *Ihr Schriftsteller.* Also hatte Heidi ihr nichts von mir erzählt. Sie hatte ihr nicht erzählt, dass ich nur da war, um zu beweisen, dass CASE einen Roman schreiben konnte, den die Leute lesen wollten. Dass ich überhaupt keine Schriftstellerin und auch keine große Leserin war. Wenn Qiana wüsste, wer ich wirklich war, würde sie mich dann immer noch mögen? Wahrscheinlich nicht. Was blieb übrig, wenn wir keine Bücher gemeinsam hatten? Ich rutschte ein paar Zentimeter von ihr weg und blickte nach vorn.

»Hey, Sam, alles in Ordnung? Es tut mir leid. Du sagtest, du seist müde, und hier plappere ich munter drauf los.«

»Schon gut.« Ich winkte halbherzig mit der Hand. »Mach dir keine Sorgen um mich.«

Sie schürzte die Lippen. »Das ist sozusagen mein Job. Mir Sorgen um dich zu machen. Mich um dich zu kümmern. Wenn du irgendwas brauchst, sagst du mir Bescheid, okay? Ich werde nicht immer bei dir sein, aber du wirst in jeder Stadt einen Betreuer haben. Ich bin für dich verantwortlich, während du auf dieser Tour bist, und wenn irgendetwas passiert, kümmere ich mich darum.«

Ich war es gewohnt, dass Leute versuchten, sich um mich zu kümmern. Wenn Mutter es tat, hasste ich es. Aber Qiana an meiner Seite zu wissen, fühlte sich besser an.

»Apropos …« Sie kramte in ihrer Handtasche und zog ein winziges rotes Geschirr heraus, auf dessen schwarzen Aufnähern auf jeder Seite in Weiß die Worte ASSISTENZHUND gestickt waren. »So kann Bilbo zu den Veranstaltungen mitkommen.«

»Aber er ist nicht wirklich …«

»Ah-ah. Er ist dein emotionaler Begleithund. Du brauchst ihn doch, oder?« Ihre braunen Augen bohrten sich in meine, als könnte sie den Teil meines Gehirns sehen, den Bilbo Baggins beruhigte.

Ich ließ meinen Blick auf seinem seidig schwarzen Fell ruhen. Allein das verlangsamte meinen rasenden Herzschlag. »Ja, schon. Aber ich fühle mich schlecht, so zu tun, als wäre er ein ausgebildeter Assistenzhund.«

»Er ist ein braver Hund.« Qiana kraulte ihn unter dem Kinn. »Und es ist nur, damit du diese Tour überstehst.« Sie zog ihm die Weste über den Kopf und schnallte sie um seinen Bauch. »Siehst schick aus, Bilbo.« Sie fuhr ihm über seine übergroßen Ohren und strich das lange Haar glatt.

»Danke.« Die Worte kamen als Flüstern an dem Kloß in meinem Hals vorbei.

»Ich bin für dich da, meine Liebe.«

Wenn das stimmte, wäre sie neben Jackson und Dr. Martell die Einzige.

10

NIALL

ICH STARRTE durch die Windschutzscheibe des Trucks auf die zweistöckige Buchhandlung in einem Vorort von Columbus. Dicke Schneeflocken schwebten herab und schmolzen, als sie auf dem Glas landeten. Meine Hände zitterten, und ich umklammerte das Lenkrad fester, um es zu verbergen.

»Steigen wir jetzt aus, oder willst du die Buchvorstellung vom Truck aus machen?«, Opa lehnte sich zwischen den Vordersitzen nach vorne. »Ist vielleicht ein bisschen frisch draußen, aber ich nehme an, du könntest auf der Ladefläche stehen und deine Lesung von dort aus halten.«

»Dad, gib ihm eine Minute. Er muss sich nur kurz sammeln. Nicht wahr, Schatz?« Die Stirn meiner Mutter legte sich in Falten, aber ihre Augen leuchteten vor Stolz.

Sammeln. Ich richtete mich im Sitz auf. Straffte meine Schultern. Nickte. »Ich bin bereit.« Wenn ich es sagte, war es vielleicht wahr.

Ich sprang aus dem Wagen und öffnete Opa die kleine hintere Tür des Trucks, wobei ich in der Nähe blieb, falls er stolpern sollte. Mit dem Arm in der Schlinge war er immer noch etwas unsicher auf den Beinen.

Auch sein Temperament war aus dem Gleichgewicht. »Geh zurück, Junge. Ich bin doch kein gebrechlicher alter Kauz.«

»Sicher, sicher. Ich muss nur meine Tasche holen.« Als er stabil neben dem Truck stand, schnappte ich mir meine abgenutzte Umhängetasche vom Rücksitz und warf sie mir über die Brust.

Mom traf uns an der Vorderseite des Trucks, und wir überquerten den weitläufigen Parkplatz. Er war voller Autos, aber er wurde auch von ein paar Restaurants und einem Tractor Supply genutzt. Die Buchhandlung wurde immer größer, bis sie mein gesamtes Blickfeld ausfüllte, hell erleuchtet und an einem Dienstagabend voller Käufer. Warum, warum, *warum* hatten sie die Buchvorstellung nicht in der Bibliothek von Enchanted Forest geplant? Ich würde in diesem Monstrum unmöglich auch nur den kleinsten Raum füllen können. Vielleicht hatten sie einen kleinen Veranstaltungsraum an der Seite, der meine kleine Gruppe von Unterstützern nicht so winzig erscheinen ließe.

Ich hielt Mom und Opa die Tür auf und folgte ihnen hinein.

»Niall, schau.« Mom zeigte auf ein Schild. Mein überlebensgroßes Gesicht grinste uns entgegen. Hatte ich wirklich so viele Sommersprossen? Ich zuckte zusammen. Vielleicht hätten wir das Cover nicht in Rottönen gestalten sollen. Das Poster sah aus wie Enchanted Forest im Herbst, alles in Rot-, Orange- und Goldtönen. Es brannte in meinen Augen, es anzusehen.

»Eines Tages wirst du weißhaarig sein wie ich«, sagte Opa. »Du wirst all das Rot vermissen.«

»Heute ist nicht dieser Tag, Opa.«

»Hier steht, wir müssen nach oben«, sagte Mom. Die breite Treppe hinauf summten Stimmen wie in dem Hornissennest, das wir vor ein paar Sommern im Heuboden gefunden hatten.

Mit einem tiefen Atemzug stieg ich die Treppe mit derselben Beklommenheit hinauf, mit der ich auf die Leiter geklettert war, um das Nest herunterzuholen. Ich hoffte, ich würde weniger Stiche abbekommen.

»Niall!« Qiana traf mich wie eine Kanonenkugel in der Brust, ihre Arme schlangen sich um meine. »Das ist so aufregend! Ist das nicht aufregend? Schau dir all die Leute an! Schau dir meine Haare an!« Sie schüttelte den Kopf und wedelte mit den roten Spitzen. »Ich habe sie passend zu deinem Cover gefärbt! Warte, wo ist Gabi?« Sie spähte um mich herum, als würde sich meine Agentin jemals hinter mir verstecken.

Meine Brust zog sich bei der Erinnerung zusammen. »Sie konnte nicht kommen. Ein Problem mit einem anderen Klienten.«

»Oh. Ich weiß, du magst es, wenn sie bei dir ist. Elaine! Und Jerry! Ihr seid hier! Ich halte euch vorne Plätze frei. Lasst mich euch zuerst Sam vorstellen.«

Sam. Es war ein weiterer Jenga-Stein im Turm meiner Nervosität. Als ich sein Buch beendet hatte, war ich ein neidvolles, irrationales Wrack. Wie zum Teufel hatte er das geschafft? Ein literarisches Meisterwerk geschrieben, das gleichzeitig ein umwerfendes Fantasy-Werk war? So etwas hätte ich nicht erschaffen können, nicht einmal, wenn ich zwanzig Jahre dafür geschuftet hätte. Nicht mit einem Raum voller Assistenten und Schreibkräfte. Ich hatte mich auf diesen Tag gefreut – okay, und ihn auch ein wenig gefürchtet –, damit ich dem erstaunlichen literarischen Talent ein Gesicht, eine Person zuordnen konnte.

Doch als Qiana die Person in unsere Runde zog, setzte mein Gehirn aus. Das war nicht Sam Case. Das war jemand, den ich kannte. Jemand, dessen wunderschöne Augen monatelang meine Träume, meine Fantasie, mein verdammtes Manuskript heimgesucht hatten. Lobelia. Aber sie hatte einen anderen Namen. Samantha. Samantha Jones. War sie hier, um die Stiftung zu vertreten?

»Niall!«

Ich blinzelte.

»Niall, ist alles in Ordnung?« Qiana packte meinen Arm. »Du hast gerade für einen Moment geschwankt. Brauchst du einen Stuhl? Etwas Wasser? Ätherische Öle? Ich glaube, ich habe etwas Lavendel in meiner Tasche.«

Ich blinzelte erneut, kräftig. Samantha war immer noch da. »Mir geht's gut. Was ist los? Wo ist–«

»Hallo, Niall.« Sie streckte mir ihre Hand entgegen, blass und zitternd. »Erinnerst du dich an mich, Samantha Jones? Aber auf dieser Tour bin ich Sam Case.«

Jetzt brauchte ich wirklich einen Stuhl. »Du bist Sam Case.« Sie war Doktorandin, keine Schriftstellerin. Sie studierte nicht einmal Literatur. Sie hatte Informatik gesagt. Sie konnte nicht älter als fünfundzwanzig sein. Wann hatte sie die Zeit oder die Ausbildung gehabt, ein Meisterwerk wie *Magier in der Maschine* zu schreiben? Mein Gehirn hatte auf Leerlauf geschaltet, unfähig, die neue Information zu verarbeiten. Ich starrte sie an und versuchte, das, was ich vor dem Betreten der Buchhandlung zu wissen geglaubt hatte, neu zu ordnen.

»Sam.« Mom stieß mir den Ellbogen in die Seite, als sie sich vordrängte und Samanthas immer noch ausgestreckte Hand schüttelte, die ich nicht berührt hatte. »Sehr schön, Sie kennenzulernen. Ich habe Ihren Roman gelesen. Er ist so interessant. Ich würde liebend gern mehr darüber hören, wie Sie auf die Idee dazu gekommen sind.«

Wenn es möglich war, wurde Samantha noch blasser. »Danke. Aber heute Abend geht es um Niall und sein Buch.«

»Das stimmt, nicht wahr?« Mom ließ Samanthas Hand los und legte ihren Arm um meine Taille. Für Samantha und Qiana sah es wahrscheinlich wie eine Mutter-Sohn-Umarmung aus. Es fühlte sich an wie ein ›Reiß-dich-jetzt-zusammen-du-Mistkerl‹-Griff. In der Nähe klickte das Geräusch eines falschen Kameraverschlusses von jemandes Handy. Qiana drehte sich weg, um mit der Person zu murmeln.

Ich setzte mein Werbelächeln auf, dasselbe, das ich für meine Autoren-Nahaufnahme unten benutzt hatte. Ich streckte meine Hand aus, und Samanthas kleine, weiche Handfläche legte sich in meine. Ich drückte sie einmal und ließ los. »Schön, dich wiederzusehen. Entschuldige, ich habe nicht erwartet – Du hast nicht gesagt, du würdest – Du hast mich etwas überrumpelt.«

»Warte, ihr kennt euch?« Qianas scharfem Blick entging nichts. Nicht der Schweißtropfen, der an meinem Haaransatz herunterlief. Nicht meine rechte Hand, die ich zur Faust geballt hatte, weil sie immer noch pochte, als hätte ich einen heißen Draht im Traktormotor berührt. Nicht mein Atem, der in meiner Kehle rasselte. Nicht Samanthas wilde Augen, die mich anstarrten, als wäre ich ein Kupferkopf, zusammengerollt und zum Angriff bereit.

»Wir haben uns in San Francisco getroffen. Bei einer Spendenveranstaltung«, sagte Samantha.

»Und noch einmal an Samanthas Universität. Sie hat nicht erwähnt, dass sie ein Buch geschrieben hat. Ist das nicht etwas, von dem man annehmen würde, man würde es erwähnen, wenn man mit jemandem spricht, von dem man weiß, dass er ein Schriftsteller ist?«

»Niall.« Mom kniff mich unter meiner Jacke, als könnte sie mich aus meinem flegelhaften Verhalten reißen.

»Ich versuche nur, es zu verstehen.« Samantha war offen und ehrlich erschienen. Und ich hatte Lobelia auch so geschrieben. War das mein Problem? Ich hatte sie mir auf eine bestimmte Weise vorgestellt, und als sie sich anders verhielt, wurde ich wütend? Ich hatte mich darauf gefreut, sie in San Francisco zu sehen und – warte. Sie hatte gesagt, sie versuche, sich einer Verpflichtung zu entziehen. Meinte sie damit diese Tour?

Ich würde sie später danach fragen. Wenn sie mir nicht denselben Gesichtsausdruck zeigte, den sie gezeigt hatte, als all diese Fotografen bei der Spendenveranstaltung letztes Jahr auf uns zugekommen waren. Ich musste etwas wiedergutmachen.

»Entschuldigung.« Ich verzog das Gesicht und zeigte auf mich. »Nervosität vor der Premiere. Lass es mich noch einmal versuchen. Hallo, Samantha. Ich freue mich sehr, dich wiederzusehen.«

Misstrauisch musterte sie mein Gesicht. Dann öffnete sie ihre Tasche, und ein flauschiger, schwarzer Kopf lugte heraus. »Wenn ich nervös bin, hilft mir Bilbo Baggins.« Sie holte ihn heraus und reichte ihn mir.

Ich kuschelte ihn an meine Brust, während meine Mutter sein übergroßes Ohr streichelte. Mein Herzschlag verlangsamte sich. Das, *das* war meine Lobelia. Oder Samantha. Sie bot Hilfe an, wenn sie gebraucht wurde. Ich lächelte. »Danke.«

»Kein Problem.«

»Niall, es geht los.« Qiana streckte ihre Hände nach dem Hund aus und gab ihn Samantha zurück. »Warum nehmt ihr nicht alle eure Plätze ein – das sind die vorne mit einem *Reserviert*-Schild darauf –, während ich Niall das Mikro anstecke?« Qiana umklammerte mein Handgelenk. Auch ihre langen Nägel passten zu meinem Buchcover.

»Komm, Sam. Oder ist es Samantha?«, fragte Mom.

»Sam. Bitte.«

»Wir hatten mal einen Hahn, der hieß Sam …« Opas Stimme verklang, als sie sich durch die Menge nach vorne zum Anfang des Raumes durcharbeiteten.

Qiana zog mich an meinem Handgelenk herunter, bis mein Ohr neben ihren roten Lippen war. »Was zum Teufel ist hier los? Ich habe dich noch nie so mit jemandem umgehen sehen, schon gar nicht mit einer anderen Autorin. Einer *Anfängerin* auf ihrer ersten Tour.«

Sie starrte mich eine Sekunde lang erwartungsvoll an.

»Ich schätze, ich war einfach überrascht. Dass ich sie kannte. Dass sie–«

»Hast du mal darüber nachgedacht, Niall, dass sie vielleicht ein wenig eingeschüchtert war von einem Bestsellerautor mit einem Fernsehvertrag? Besonders von einem mit so viel« – sie machte eine Pause, um mich von oben bis unten zu mustern – »Präsenz wie du sie hast?«

Eiseskälte durchfuhr mich wie der Bach im Januar. Ich kam mir klitzeklein vor. Qiana hätte mich mit ihren glänzend schwarzen Stilettos zertrampeln können.

»Es tut mir l–«

»Entschuldige dich nicht bei mir. Entschuldige dich bei Sam. Später. Jetzt musst du dich zusammenreißen.«

Zum ersten Mal sah ich mich um, als sie mich zum Podium zog. Ein Meer von Stühlen stand aufgereiht vor einer Wand des Obergeschosses. Es mussten zweihundert sein. Und sie waren fast alle besetzt. Woher waren all diese Leute gekommen?

Qiana ließ mich los, als wir das Podium erreichten. Sie reichte mir das Akkupack, das ich mir an den Gürtel klemmte. Sie umfasste das Mikrofon. »Bist du sicher, dass du nichts brauchst, um dich zu beruhigen?«

Ich schüttelte den Kopf. Samanthas Hund – und ihre Bereitschaft, ihn mit mir zu teilen – hatten mich beruhigt.

Sie schürzte wieder die Lippen, klopfte auf das Mikrofon, um sicherzugehen, dass es ausgeschaltet war, bevor sie es an meinen Kragen klemmte. »Du weißt, was du vorliest, oder?«

Ich zog mein Autorenexemplar aus meiner Umhängetasche. Ein rotes Klebeband ragte daraus hervor.

Ihr Gesichtsausdruck entspannte sich ein winziges bisschen. »Du bist ein Profi, Niall. Jetzt benimm dich auch so.« Sie hielt ihr Gesicht zu einem Lächeln erstarrt und presste die nächsten paar Sätze zwischen den Zähnen hervor. »Da sind ungefähr zehn Buchblogger im Publikum. Und zwei lokale Fernsehteams. Dreh dich nicht um. Ihre Berichterstattung könnte von den nationalen Buchblogs und Lifestyle-Websites aufgegriffen werden. Lass das, was auch immer zwischen dir und Sam abgeht, das hier nicht vermasseln. Verstehst du mich? Das ist ein wichtiger Abend für dich.«

Ich nickte, froh, dass mein Rücken dem Publikum und den Fernsehkameras zugewandt war. Sie hatte recht: Es war ein wichtiger Abend für mich. Ich stellte nicht nur mein Buch vor, sondern war auch wieder in der Gegenwart der Frau, die Lobelia inspiriert hatte, die mich inspiriert hatte, das Buch zu beenden.

Ich starrte auf das rot getönte Gemälde auf dem Cover. In der Ecke, an Nievens Ohr flatternd, war die winzige Gestalt einer Waldelfe. Der entschlossene Ausdruck ihres kleinen Mundes beruhigte mich. *Mut, Niall.*

Ich konnte das schaffen. Und jetzt, da die Quelle meiner Inspiration die nächsten drei Wochen mit mir reiste, konnte ich noch mehr schaffen. Als ich über Lobelias winzige Flügelspitzen strich, kribbelten meine Finger.

Ich konnte schreiben.

11

SAM

GESTERN IN COLUMBUS war es nur um Niall gegangen. Heute ging es um uns beide. Na ja, um Niall und Sam Case, wer auch immer sie war.

Vom Auto aus sah die Buchhandlung in Chicago absolut einladend aus. Im Fenster rechts neben der Tür saß ein Stoffbär in einem Schaukelstuhl, ein Bilderbuch zwischen seinen Pfoten aufgeschlagen, flankiert von Stapeln anderer Kinderbücher. Da es Februar war, wurden im Fenster links neben der Tür Liebesromane ausgestellt, einige mit leuchtenden Covern, andere zeigten Frauen, deren Seidenröcke sich um sie herum bauschten und die Ausschnitte ihrer Kleider tief über ihre Schultern hingen.

Ich zog das Revers meiner Jacke hoch. Der oberste Knopf fehlte. Zuhause hatte ich ihn nicht gebraucht. Aber ich würde mehr als nur einen besseren Mantel brauchen, um eine Tour mit Niall Flynn zu überleben. Zum Beispiel eine komplette Rüstung und ein Schwert. Und vielleicht einen Keuschheitsgürtel.

Letzte Nacht, nach seiner Buchvorstellung in Columbus, hatte es so ausgesehen, als wollte er reden. Aber wie ein Feigling hatte ich mich mit Qiana aus dem Staub gemacht und behauptet, ich sei müde. Und das war ich auch. Aber in Wirklichkeit war ich von dem Feuer in seinen Augen und dem Funken bei unserer Berührung schockiert gewesen. Ich hatte es vermasselt, als ich ihm auf dem Campus nichts von dem Buch und der Tour erzählt hatte. Zuerst hatte er wütend gewirkt. Aber dann hatte sein Blick mit einer Intensität gebrannt, die nicht wie Wut schien.

Und meine verschwundene Libido? Bumm, wiedergefunden. Aber das galt auch für jede andere Frau in diesem Raum, die nicht Nialls Mutter war. Eine Frau hinter mir hatte versucht, eine Frage zu stellen, aber sie hatte sich nicht mehr eingekriegt und zu sehr gekichert, um sprechen zu können. Und die Schar von Frauen um den Tisch nach seiner Signierstunde? Ich hätte mich ihm nicht nähern können, selbst wenn ich es gewollt hätte.

Ich wünschte, ich hätte es ihm schon auf dem Campus erzählt. Oder dass ich seitdem versucht hätte, ihn zu erreichen. Aber bis zu dem Moment, als Bilbo Baggins und ich in San Francisco ins Flugzeug gestiegen waren, hatte ich gehofft, ich könnte mich vor der Tour und all den Lügen drücken.

Wie vor der, das Buch als mein eigenes auszugeben. Besonders, nachdem ich Nialls Buch als Input für CASE verwendet hatte. Heidi hatte gesagt, sie würde sich darum kümmern und dass ich mit Niall nicht über die KI sprechen sollte. Und da Heidi jetzt die Kontrolle darüber hatte, ob ich im Juni über die Bühne gehen würde, um meinen Doktorhut und meine Urkunde zu erhalten, musste ich tun, was sie sagte.

Ein Blatt Papier wirbelte vor der Buchhandlung durch die Luft. Ich klemmte mir Bilbo Baggins unter den Arm und machte mich auf den Sprint vom Auto zur Buchhandlung gefasst.

Ein Geräusch wie ein fernes Feuerwerk, ein Knallen und Prasseln, setzte ein. Ich duckte mich. »Was ist das?«

»Nur ein bisschen Graupel. Wenn Sie schnell sind, werden Sie es kaum spüren.« Kathy, unsere Begleiterin, nickte zur Windschutzscheibe, wo winzige weiße Flocken auf das Glas trafen und wieder abprallten.

Aber außerhalb des Schutzes des Autos fühlte sich der

Graupel wie winzige Dolche auf meiner unbedeckten Haut an. Ich legte eine Hand über Bilbo Baggins' Augen und rannte zur Tür.

Der langbeinige Niall war zuerst da, nicht einmal außer Atem. Er kämpfte gegen den Windstoß, der die Tür zuschlagen wollte, riss sie auf und hielt sie mir auf, als ich mit Bilbo Baggins hindurchhuschte. Ich zog die innere Tür auf und starrte ungläubig.

Die Buchhandlung hatte von außen klein ausgesehen, aber innen war die Mitte von Tischen und Bücherregalen befreit worden, um Platz für Reihen über Reihen von Stühlen zu schaffen. Am anderen Ende des Raumes stand auf einer erhöhten Plattform ein Podest mit zwei Sesseln und ein paar Topffarnen. Direkt davor befand sich ein langer Tisch mit zwei Stühlen und zwei Stapeln von Büchern, einer mit grünen und der andere mit roten Umschlägen.

Fast jeder Stuhl im Raum war besetzt. Meine Augen glitten über die Dutzenden von Köpfen direkt zu den beiden Standmikrofonen auf dem Podium, eines vor jedem Sessel.

Ich würde in eines davon sprechen müssen.

Ich kniff die Augen fest zu und versuchte, das Kichern meiner Lesegruppe in der Grundschule zu vergessen. Das Augenrollen meiner Klassenkameraden in der Highschool, wann immer wir – ugh – Shakespeare lesen mussten. Die Art, wie die Worte auf der Seite verschwammen und ich darum kämpfte, sie festzuhalten und vorzutragen.

»Mir ist nicht gut.« Ich umklammerte Bilbo Baggins so fest, dass er sich wand.

»Das wird schon. Dir wird nichts passieren.« Nialls langsame, tiefe Stimme war fast beruhigend. »Qiana hat dir doch die Liste mit den Fragen geschickt, oder?«

»Fragen?«

»Sie waren am Ende von meinem Reiseplan. Hast du sie nicht bekommen?«

Ich hatte gehofft, ich müsste nie in das Flugzeug steigen, geschweige denn Fragen beantworten.

Er öffnete seine Tasche und zog einen Stapel Papiere heraus. Er blätterte ein paar Seiten um und hielt sie mir hin. »Lies dir das durch. Das ist nichts Außergewöhnliches. Und wenn es welche gibt, die du nicht beantworten willst, streich sie einfach durch.« Er hielt mir einen Stift hin.

Konnte ich sie alle durchstreichen? Den Abschnitt vorlesen, den ich auswendig gelernt hatte, und dann zum Signieren übergehen? Ich hatte geübt, mit meinem Pseudonym Sam Case zu unterschreiben. Großes *S*, großes *C*, mit schnörkeligen Buchstaben nach den Initialen. Schnell. Effizient.

Sorgfältig darauf bedacht, seine Finger nicht zu berühren, nahm ich die Liste und überflog sie. Ein paar Worte sprangen mir ins Auge. *Inspiration* – das hatte mich Nialls Mutter gestern Abend gefragt. *Schreibprozess. Nächstes Buch.* Wie sollte ich nur eine dieser Fragen beantworten? Es war lächerlich, wenn man bedachte, dass ein Fehler CASE dazu veranlasst hatte, *Magie in der Maschine* auszugeben, und dass meine Pläne vorsahen, mich für den Rest meines Lebens in einem Forschungslabor zu verstecken.

Ein dünner, weißer Mann, dessen graues Haar am Nacken zu einem Dutt zusammengebunden war, ordentlicher als mein vom Wind zerzauster, eilte auf uns zu. »Willkommen, willkommen. Mr. Flynn, ich würde Sie überall erkennen. Und Ms. Case.« Er schüttelte uns die Hände. »Ich bin Peter Pettingill, der Geschäftsführer. Wir machen zuerst ein paar Fotos und dann –«

»Keine Fotos«, sagte ich mit flacher, automatischer Stimme. »Das steht so im Vertrag.«

»Keine Fotos?« Er schüttelte den Kopf. »Wir machen immer Fotos.« Er deutete hinter die Kasse, wo Dutzende von Bildern an die Wand geheftet waren.

Mein Magen drehte sich um. Es schien harmlos, neben Niall für ein Foto zu posieren. Es würde die Buchhandlung wahrscheinlich nicht verlassen. Peter Pettingill sah nicht so aus, als wüsste er, wie man mit Photoshop meinen Kopf auf den nackten Körper von jemand anderem montiert.

»Willst du?« Nialls Stimme war leise in meinem Ohr, sein Atem kitzelte meinen Hals. »Du musst nicht.«

»Okay.« Meine Stimme war ein hauchdünnes Flüstern. Ich räusperte mich. »Okay.«

Pettingill hielt sein Handy hoch. »Bereit?«

Die Art, wie das Handy sein halbes Gesicht verdeckte, katapultierte mich zurück. Nicht in eine überfüllte, gut beleuchtete Buchhandlung, sondern in das Schlafzimmer in Stephens schickem Apartment außerhalb des Campus. Ich war eine unbedeutende Erstsemestlerin und versuchte immer noch herauszufinden, was der selbstbewusste ältere Student, den sogar meine Mutter mochte, in mir sah. Als er also gebettelt hatte, hatte ich einen unbeholfenen Striptease hingelegt. Die Erinnerungen waren scharfe Fetzen wie die sich wiederholenden Videos in Natalies sozialen Medien. Das zu helle Licht der Lampe, das auf die weißen Laken und meine nackte Haut schien. Stephens dunkles Haar und ein Auge hinter seinem Handy, das ein Bild nach dem anderen schoss. Seine Bitten, ich solle mich selbst anfassen, und mein verlegenes Kopfschütteln.

Aber es hatte keine Rolle gespielt. Danach, als Jackson sich in Stephens Computer gehackt hatte, hatte er die Fotos nicht schnell genug gelöscht. Ich hatte ihm über die Schulter geschaut und sie alle gesehen. Und unter der Reihe der echten Nacktbilder hatte Stephen meinen Kopf auf den Körper einer Schauspielerin in einem Standbild aus einem Porno gephotoshopt. Neben denen, die ich ihn hatte machen lassen, mussten sie nicht realistisch sein, um vernichtend zu wirken.

»Nein. Nein.« Ich schüttelte den Kopf und wich zurück, bis mein Rücken gegen einen Ausstellungstisch stieß. »Nein.«

»Hey.« Niall war da, vor mir, und blockierte die Kamera des Mannes. »Ist alles in Ordnung?«

Ich starrte auf den weißen Knopf seines karierten Hemdes, grau über dunklerem Grau, überlagert von Paaren dünner roter Linien. »Ich kann nicht.«

»Du kannst die Fotos nicht machen? Oder du kannst die

Lesung nicht machen? Ich kann es alleine machen, wenn du ins Hotel musst.«

Für eine Sekunde fantasierte ich davon, die Lesung ausfallen zu lassen. Davon, nicht vor all diesen Leuten stehen zu müssen. Davon, mich ins Hotel zurückzuziehen und mich mit Bilbo Baggins unter der Bettdecke zu verstecken. Aber was würde Heidi sagen, wenn ich das täte? Würde Martell sich auf ihre oder auf meine Seite stellen? Er hatte es nicht geschafft, mich von der Tour zu befreien. Falls er es überhaupt versucht hatte.

»Ich mache die Lesung. Nur – nur keine Fotos.«

»Bist du sicher?«

Da wagte ich es, ihn anzusehen. Seine grünen Augen hatten nicht die grelle Farbe des Covers von *Magie in der Maschine*, sondern waren weich und verblasst wie ein Stück Meerglas. Vielleicht würde ich es vermasseln. Aber ich musste es versuchen. Nicht nur wegen dem, was Heidi mir antun würde, wenn ich es nicht täte, sondern weil Niall Flynn dachte, ich könnte es.

»Ich mache es.«

»Gut.« Er streckte die Hand in Richtung meiner Schulter aus, als wollte er sie streicheln, aber dann legte er seine große Hand auf Bilbo Baggins' Kopf. »Ich kümmere mich um Pettingill. Nimm du dir eine Minute. Atme durch.«

Niall lächelte dieses kamerataugliche Lächeln, legte einen Arm um Pettingills Schultern und führte ihn zur Seite. Während sie redeten, warf der Geschäftsführer mir verstohlene Blicke zu.

»Darf ich deinen Hund streicheln?« Die Worte kamen gleichzeitig mit einem Ziehen am Saum meiner Jacke. Ich blickte in das Gesicht eines Kindes mit schwarzem Lockenkopf.

»Klar. Er heißt Bilbo Baggins.« Ich lockerte meinen Griff, um mehr von Bilbo Baggins' Fell preiszugeben. Er zappelte vor Vorfreude.

Das Kind vergrub eine kleine Hand in Bilbo Baggins' seidigem Fell. »Wie der Hobbit? Er ist so weich.«

»Das ist er. Wenn ich nervös bin, fühle ich mich immer besser, wenn ich ihn berühre.«

»Bist du nervös?« Runde, dunkle Augen sahen zu mir auf.

»Ja. Ich muss da hoch« – ich deutete mit dem Kinn zum Podium – »und lesen.«

»Ich und mein Papa sind gekommen, um die Autoren reden zu hören. Wir haben *Die Geheimnisse der Waldelfen* zusammen gelesen. Du bist nicht zufällig die Autorin, oder?«

»Nein, das ist er.« Ich ließ meinen Blick auf Niall ruhen, der sich wie ein Baum über den kleineren Geschäftsführer beugte, und die Augen des Kindes folgten ihm. »Ich dachte nicht, dass das ein Kinderbuch ist.«

»Papa hat mir bei den schweren Wörtern geholfen. Er sagt, wir müssen nicht nur Kinderbücher lesen. Wir können lesen, welche Bücher wir wollen.«

»Mein Papa hat mir auch immer vorgelesen. Ich hoffe, du und dein Papa werdet noch lange zusammen lesen.« Ich versuchte, mich an die glücklichen Zeiten zu erinnern, als ich mich an meinen eigenen Vater gekuschelt hatte und seine Zeit jeden Abend für ein paar Minuten nicht seiner Arbeit oder gar meinen Brüdern und meiner Schwester gehörte, sondern nur mir. Ich versuchte, nicht daran zu denken, wie sich das Lesen ohne ihn nicht mehr lohnte.

»Wenn du nervös wirst, mach es einfach wie Nieven und denk an zu Hause. Dann fühlst du dich besser.«

Wer zum Teufel war Nieven? Und an zu Hause zu denken, würde mich nervöser machen, nicht weniger. Was würde meine Mutter sagen, wenn sie wüsste, dass ich heute vor all diesen Leuten lesen, frei sprechen müsste?

Trotzdem sagte ich: »Danke.«

Niall tauchte zwischen uns auf. »Bereit, da hochzugehen?« Er musste Pettingill beruhigt haben, denn der Geschäftsführer hatte sein Handy weggepackt.

»Ich habe einen deiner Fans getroffen.« Ich deutete mit der Hand auf das Kind.

Er ging in die Hocke, um dem Kind näher zu sein. »Hey. Wie heißt du?«

»Hero.«

»Ah, deine Eltern müssen Shakespeare-Fans sein. *Viel Lärm um nichts*, richtig?«

Das Kind nickte.

»›Wenn's so sich fügt, geht Liebe auf gut Glück. Die tötet Amor mit dem Pfeil, die mit der Tück.‹« Nialls grünäugiger Blick landete auf mir und huschte dann so schnell wieder weg, dass ich nicht sicher war, ob er es absichtlich getan hatte. Shakespeare klang in Nialls tiefer Stimme knieweichmachend resonant, ganz anders als wenn mein Englischlehrer ihn vorlas.

»Ich mag *Die Geheimnisse der Waldelfen* lieber als Shakespeare. Die reden wie normale Leute.«

Niall strahlte das Kind an. »Und wer ist dein Lieblingscharakter?«

»Greva. Sie reitet immer gerade rechtzeitig heran, um Nieven zu retten.«

»Das mag ich auch an ihr. Es war schön, dich kennenzulernen, Hero. Wir sehen uns wieder, wenn ich dein Buch signiere, okay?«

»Okay.« Heros bewundernder Blick strahlte zu Niall auf.

Ich bewunderte ihn auch ein wenig, für sein ernstes Gespräch mit diesem kleinen Kind. Und den Shakespeare. Und die Art, wie er den Geschäftsführer und sein Handy abgewehrt hatte wie ein Ritter aus alter Zeit.

»Showtime.« Niall hielt meinen Blick fest. »Bist du bereit?«

Ich schauderte. Es gab eine Zeit, bevor ich diesen furchtbaren Fehler mit Stephen gemacht hatte, da hatte ich gehofft, dass Kinder zu mir aufschauen würden. Ich hatte eine Programmiererin und Unternehmerin wie Jackson werden wollen. Ich hatte nicht die Berühmtheit gewollt, die er sich als Abwehrmechanismus geschaffen hatte, aber ich hatte gewollt, dass kleine Mädchen sehen, was ich getan hatte, und denken, *das könnte ich auch.*

Aber das war alles Vergangenheit. Ruhm war nichts für mich. Nachdem ich diese Tour gemacht hatte und die Wahrheit ans Licht kam, konnten Dr. Martell und die Universität die Lorbeeren für CASE ernten und mich aus der Sache heraushalten. Ich wollte nie wieder vor einem Auditorium voller Wissenschaftler stehen und erklären müssen, was ich getan hatte.

Und das brachte mich krachend in die Realität zurück. Ich wollte nicht in dieser Buchhandlung sein und über ein Buch sprechen, das ich nicht geschrieben hatte.

»Nein.« Ich war nicht bereit. All diese Leute. Ihr Starren. Ihr Kichern, wenn ich stolperte. Meine Füße klebten am Boden fest.

»Wenn wir da oben sind, sieh mich an. Hör mir zu. Es wird alles gut. Genau wie jetzt gerade. Okay?«

»Ich weiß nicht.« Ich warf einen sehnsüchtigen Blick zur Vordertür. Selbst Minusgrade und Graupel klangen besser, als all diese Augen und Ohren auf mich gerichtet zu haben.

»Wir schaffen das zusammen. Eins.« Er machte eine Pause. »Zwei.« Er blickte mir tief in die Augen. »Drei.«

Und als würden sie von jemand anderem angetrieben, setzten sich meine Füße in Bewegung in Richtung Podium. Nialls Hand ruhte auf meinem Rücken, warm, beständig und sicher. Vielleicht konnte ich das doch schaffen.

12

NIALL

SAMS SOMMERSPROSSEN – normalerweise nur ein feiner Hauch, wie Sandkörner, die am Strand auf die Seite eines Taschenbuchs geweht werden – stachen krass auf ihrer zu blassen Haut hervor. Als sie die Passage aus ihrem Buch vorlas, zitterte ihre Stimme, und ihr Blick wich nicht vom Bildschirm ihres Tablets. Und doch sah ich nicht, dass sie jemals eine Seite umblätterte. Sie umklammerte das Mikrofon, ihre Fingerknöchel waren weiß.

»Ich glaube, sie muss sich gleich übergeben«, murmelte ich.

»Nein.« Kathy legte mir eine Hand auf den Arm, um mich zurückzuhalten. »Sie hat doch diesen süßen kleinen Hund bei sich da oben. Das schafft sie schon.«

Auf der erhöhten Plattform saß Sam auf dem Stuhl, die Füße unter sich gezogen, als wolle sie sich noch kleiner machen. Der Hund kuschelte sich neben sie.

Wie zum Teufel Sam Happy Troll überzeugt hatte, ihr zu erlauben, ihren Hund mit auf Tour zu nehmen, war mir ein Rätsel. Obwohl sie, angesichts dessen, wie überlegen *Magician in the Machine* war, wahrscheinlich alles getan hätten, um ihre Star-

Autorin zu besänftigen. Sogar sie sich wie eine Diva aufführen lassen.

Da oben sah sie aber nicht wie eine Diva aus. Als ihre Stimme aus den Lautsprechern dröhnte, war sie zusammengezuckt wie eine erschrockene Maus. Sie hatte so leise und zögerlich angefangen zu sprechen, dass sich die Zuhörer auf ihren Stühlen nach vorne beugten. Aber während sie las – langsam, vorsichtig – senkten sich ihre Schultern. Bald wurde sie schneller, und obwohl sie es nie zur Hörbuchsprecherin oder auch nur zur VorleseBibliothekarin schaffen würde, nahm ihre Stimme einen sichereren Rhythmus an.

Das Publikum war begeistert. Wir hatten in der Buchhandlung nahe dem Seeufer von Chicago eine riesige Menge angelockt. Die Leute saßen still und regungslos da und lauschten ihren Worten. Vielleicht lag es an den Worten selbst, oder vielleicht war es der Kontrast zwischen der trostlosen, schmucklosen Geschichte voller harter Kanten und düsterer Dialoge und der elfenhaften Schönheit, die sie für sie geschrieben und vorgetragen hatte.

Ich war genauso verzaubert wie sie.

Früher, als ich erwartet hatte, applaudierte das Publikum. *Gut gemacht, Qiana, dass du sie bei ihrem ersten Mal dazu gebracht hast, nur einen kurzen Auszug zu lesen.*

Ich schritt nach vorne und schaltete mein eigenes Mikrofon ein. »Danke, Sam. Vergesst nicht, falls ihr euer Exemplar von *Magician in the Machine* noch nicht gekauft habt, am Ende werden wir Exemplare auf dem Tisch haben, die Sam signieren kann. Jetzt lese ich eine Passage aus *Treachery of the Wood Elves*.«

Der Unterschied zwischen meinen blumigen Beschreibungen und der Kargheit von Sams Prosa hätte nicht ausgeprägter sein können. Die Passage aus *Treachery* war im Rokoko-Stil mit Details ausgeschmückt: der Geruch des Schweißes der Pferde, das Donnern ihrer Hufe, der stechende Schmerz, der von der Stichwunde in Nievens Seite ausging, nach der Schlacht, die das erste Buch beendete. Hätte ich das alles kürzen sollen, um mich wie Sam auf die Handlung zu konzentrieren?

Jetzt war es zu spät. Ich wischte den Zweifel beiseite und machte, nach Nievens Vorbild, tapfer weiter.

Während der Frage-Antwort-Runde welkte Sam dahin wie eine vom Frost gezeichnete Rose, ihre Schultern sackten zusammen und ihre Stimme war leise und monoton. Hatte Qiana sie nicht darauf vorbereitet? Sie erstarrte, als ein Zuhörer fragte: »Woher nehmen Sie Ihre Inspiration?«

Ich wusste genau, dass diese Frage auf Qianas Zettel stand. Das war eine Steilvorlage. Man konnte buchstäblich alles sagen: das alltägliche Leben, Träume, die soziopolitische Struktur des Osmanischen Reiches. Ich starrte sie eindringlich an und wollte sie dazu bringen, irgendetwas zu sagen.

»Andere Bücher, schätze ich?«, sagte sie schließlich. »Mein Dad hat mir früher vorgelesen.« Sie fing den Blick eines Jungen in einer der vorderen Reihen auf. Hero, derjenige, mit dem sie gesprochen hatte, bevor wir auf die Bühne gestiegen waren.

»Irgendwelche bestimmten?«, fragte ich. Ich hätte es nicht tun sollen. Ich hätte die nächste Frage nehmen und ihr eine Pause gönnen sollen. Aber was eine Person liest, sagt viel über sie aus. Und ich wollte so viel wie möglich über meine Tour-Partnerin, meine Muse, erfahren.

Sie schaute nach unten und streichelte den Hund. »Tolkien. Ich erinnere mich, dass wir *Der Hobbit* zusammen gelesen haben. Tatsächlich« – sie hob den Hund hoch und setzte ihn auf ihre Knie – »heißt dieser Kerl hier Bilbo Baggins. Er ist fünf Jahre alt und ich habe ihn von der Tierschutzorganisation in San Francisco. Er mag lange Spaziergänge, ungewürzte Hähnchenschenkel ohne Knochen und nach einem warmen Bad geföhnt zu werden. Er hasst Strände – den Sand zwischen den Zehen – und das Alleinsein.«

Die nächsten beiden Fragen drehten sich um Hunde, und Sam beantwortete sie mit einer Leichtigkeit, die sie nicht gehabt hatte, als sie über ihr Buch sprach.

Dann kam die Frage an mich, dieselbe, die Sam ein paar

Minuten zuvor gestellt worden war. »Woher nehmen Sie Ihre Inspiration, Niall?«

Ich hatte natürlich eine Antwort. Ich war kein Neuling wie Sam. Aber als ich den Mund öffnete, erstarrte ich. Als ich sie vorbereitet hatte, hatte ich nicht erwartet, dass die Antwort auf die Frage neben mir sitzen würde. Meine Kehle wurde trocken und meine Zunge lag nutzlos in meinem Mund. Ich hob einen Finger und griff nach der Wasserflasche neben meinem Stuhl, um einen langen Schluck zu nehmen.

Sam legte den Kopf schief. Sie musste auch an die Widmung denken. Warum hatten wir das gestern Abend in Columbus nicht geklärt? Warum hatte sie mich deswegen nicht zur Rede gestellt?

Warum hatte ich sie gestern Abend nicht zur Seite genommen, bevor sie mit Qiana geflohen war, um mich dafür zu entschuldigen?

Ich hatte mich wie ein Feigling verhalten, deshalb. Und ich musste jetzt damit aufhören. Heute.

Ich stellte die Wasserflasche ab. Trotzdem musste ich es nicht vor all diesen Fremden tun. Also kramte ich die Antwort hervor, die ich auf meiner ersten Buchtour benutzt hatte. »Auf der Farm meiner Familie gibt es einen kleinen Wald, und ein Bach fließt hindurch. Als Kind bin ich immer dorthin gelaufen, nachdem ich meine Arbeiten erledigt hatte, und habe auf dem Waldboden gelegen und von den magischen Kreaturen geträumt, die ihn bewohnten.«

Genau wie auf meiner ersten Tour fraßen sie es mir aus der Hand. Jeder hört gerne von einem Jungen vom Land mit Träumen, der später Erfolg hat. Manchmal dachte ich, es sei meine Hintergrundgeschichte und nicht meine Bücher, die mich dorthin gebracht hatten, wo ich heute war. Und ich hasste diesen Gedanken. Ich wollte für das geschätzt werden, was ich hervorbrachte, nicht für das, was ich war. Besonders wenn man bedachte, wer mein Vater war.

Danach beendete ich die Fragerunde, da ich keine Lust auf Folgefragen hatte, und wir gingen hinunter zum Signiertisch.

Jedes Mal, wenn ich die Titelseite signierte, versuchte sich die folgende Seite, die Widmung, durchzubrennen. Gott sei Dank gab es Kathy, die das Buch für jeden auf die richtige Seite aufschlug, damit ich nicht aus Versehen dorthin blätterte und spontan in Flammen aufging. Schweißperlen bildeten sich an meinem Haaransatz und rannen mir unter dem Flanellhemd den Rücken hinunter.

Endlich wurde Sams Schlange kürzer, und sie entfernte sich vom Tisch. *Fast geschafft.* Meine Hand hatte noch keinen Krampf – sie war vom handschriftlichen Schreiben meiner Manuskripte in ziemlich guter Verfassung –, aber meine Muskeln taten vom langen Sitzen weh. Ich streckte mich und lächelte den nächsten Leser an.

Als die letzte Person vor den Tisch trat, durchzuckte mich ein elektrischer Schlag. Sam stand vor mir und drückte ein Exemplar meines ersten Buches, *Secrets of the Wood Elves,* an ihre Brust, die Quittung steckte darin.

»Du hättest kein Exemplar kaufen müssen«, sagte ich. »Qiana hätte dir eines vom Verlag besorgt.«

Ein Mundwinkel zuckte nach oben. »Ich mag neu sein, aber ich weiß, wie das läuft: Mit kostenlosen Verlagsexemplaren verdienst du kein Geld.«

»Stimmt.«

»Ich dachte, ich lese dieses hier zuerst. Bevor ich mit deinem neuen anfange.«

Eine Welle der Erleichterung durchströmte mich. Sie hatte die Widmung nicht gelesen. Und ich konnte es erklären, bevor sie es tat.

Sie reichte mir das Buch. So viele ich auch signiert hatte, ich war noch nicht nasenblind für den Geruch von frischem Papier und Leim geworden, den himmlischen Duft von Büchern. Aber dieses hier hatte etwas Zusätzliches, einen holzigen, kräuterigen Duft, der über … Rosmarin lag.

»Hör zu, es tut mir leid«, sagte sie. »Ich hätte dir an dem Tag an der Universität etwas sagen sollen. Aber ich hatte gehofft, ich könnte mich davor drücken. Davor hier.« Sie machte eine Hand-bewegung in Richtung der Buchhandlung, diese bezaubernde Geste, die an den Flug eines Sperlings erinnerte. »Dass ich mich nicht als Sam Case outen muss. Dass ich einfach Sam Jones sein könnte und wir … Freunde sein könnten.« Sie biss sich auf die Lippe, und ich konnte nicht aufhören, darauf zu starren. Ihre Lippen waren rosa wie Rosenblätter. Sie sahen auch blütenzart aus. Berührbar. Kusswürdig.

Nein. Ich kniff die Augen fest zu. Lass die Finger von deiner Tour-Partnerin.

Ich räusperte mich. »Warum solltest du nicht …« Natürlich. Das öffentliche Sprechen. Sie gehörte zu den Schriftstellern, die in ihrer Höhle bleiben und Wörter am laufenden Band produzieren wollten. Wie Cormac McCarthy oder Harper Lee. Sie wollte nicht ihre Marke verkörpern, wie Gabi mich immer dazu drängte. »Ich verstehe. Ich muss mich auch entschuldigen.«

»Wofür?« Sie runzelte die Nase.

Lobelias leise, melodische Stimme flüsterte mir ins Ohr. *Mut.* Sie war mutig gewesen. Ich konnte es auch versuchen.

»Schau her.« Ich zog ein Exemplar von *Treachery* vom Stapel und schlug die Widmungsseite auf. »Lies das. Das ist für dich.«

Sie nahm das Buch und studierte die kurze Inschrift. Sie las sie langsam und zögerte bei den längeren Wörtern. »»Meiner veil-chenäugigen Muse gewidmet, ohne die diese Geschichte nicht ihre Seele gefunden hätte.‹« Ihre dunklen Augenbrauen zogen sich so zusammen, wie ich es befürchtet hatte. »Das bin ich? Aber meine Augen sind blau, nicht violett.«

Ich breitete meine Hände vor mir aus, die Handflächen nach oben. »Ich bin ein Schriftsteller. Ein Dichter. Ich kann mir eine gewisse Schwärmerei erlauben.« Aber sie hatte Unrecht. Ihre Augen waren mehr als blau. Sie waren der Sternenhimmel. Der tiefste Teil des Ozeans. Blumen mit zarten Blütenblättern, die, wenn man sie zerdrückte, die Finger lila färben würden.

»Du hast das Buch mir gewidmet?«

»Sozusagen.« Konfrontiert mit der Realität von Sam wusste

ich, dass ich sie ausgeschmückt hatte, genauso wie ich es mit ihren Augen getan hatte. Ich hatte jemanden Neues getroffen, und das hatte Verbindungen in meinem Gehirn geschaffen, die neue Worte fließen ließen. Ich hatte sie zu dem gemacht, was ich wollte, dass sie sei: meine ätherische Muse, die in jenem Zwielicht zwischen Traum und Bewusstsein schwebte.

Aber Sam existierte nicht für meine Inspiration.

»Ich traf eine unerwartete, faszinierende Frau in einem Museum und wieder auf einem Universitätscampus. Meine idealisierte Version von ihr hat mich inspiriert. Aber du bist eine echte Person. Mit Talent und deiner eigenen Kreativität. Es tut mir leid.«

Sie legte den Kopf schief, vogelgleich. »Leid für …?«

»Dafür, dass ich dich in etwas verwandelt habe, was du nicht bist. Dafür, dass es bei unseren Interaktionen in San Francisco nur um mich ging.« Dafür, dass ich ein wenig zu viel für Lobelia empfunden hatte. »Normalerweise bin ich besser darin, zwischen Fantasie und Realität zu unterscheiden. Aber ich stand unter Zeitdruck.« Ich zuckte mit den Schultern, als wäre es keine große Sache, dass sie mich aus meinem kreativen Tief geholt, eine völlig neue Figur inspiriert und buchstäblich die Farm gerettet hatte. Ich zwang mich zu einem Lächeln, obwohl sich mein Magen verkrampfte. Ich hatte ihr nicht die ganze Wahrheit gesagt. Vielleicht würde sie *Treachery* nicht anfangen zu lesen, während wir noch auf Tour waren. Vielleicht würde sie sich nicht in Lobelia wiedererkennen. Vielleicht würden der Ziege Sally auch Flügel wachsen und sie würde fliegen lernen.

Ihre Lippen pressten sich zusammen. »Vielleicht haben wir uns gegenseitig inspiriert.« Sie legte das Buch auf den Tisch. »Signierst du es mir bitte? Schreib einfach nur für Sam.«

Über die Widmung kritzelte ich *Für Sam* und unterschrieb darunter. Ich pustete auf die Tinte, um sie zu trocknen, und klappte dann das Buch zu.

Sie nahm es und streifte dabei leicht meine Fingerspitzen. Ihre Augen waren wirklich der Nachthimmel in Ohio im Sommer, tintenblau und mit Sternen übersät.

Ich blinzelte und griff nach dem Händedesinfektionsmittel. Ich hielt die Flasche über Sams Hände, träufelte Flüssigkeit auf ihre makellose Handfläche, bevor ich dasselbe mit meiner eigenen rauen tat. Nein, ich wollte das Gel nicht in ihre Hand reiben und wieder fühlen, wie glatt sie war.

»Kommt schon, Kinder.« Kathys Stimme riss den Moment entzwei. »Niall hat ein frühes Interview, und Bilbo muss sich die Beine vertreten.«

Ich musste mich auch strecken. Und brauchte eine Ohrfeige dafür, dass ich Samantha und Lobelia schon wieder verwechselt hatte.

Ich zog meinen Mantel an. Chicago war kälter als Ohio, und Sams Mantel war nicht einmal für Ohio-Wetter geeignet. Er war für das kühle, jahreszeitenlose Nordkalifornien gemacht und schon gar nicht für Wind und Graupel.

Ich nahm meinen Wollschal, den grünen, den Mom mir zu Weihnachten gestrickt hatte, und reichte ihn Sam. »Nimm den hier.« Meine Stimme war so rau wie meine Hände.

»Aber das kann ich nicht annehmen –«

»Es ist kalt da draußen. Ich kann nicht riskieren, dass du dir was einfängst und den Rest der Tour krank bist.«

»Aber so funktioniert das nicht –«

Ich nahm ihr den Schal aus den Händen und wickelte ihn um ihren Hals. Die seidigen Strähnen ihres zerzausten Dutts streiften meine Finger, und ich erschauerte. »Tu mir den Gefallen, okay? Ich bin nur ein Typ aus dem Mittleren Westen, der weiß, wie wichtig es ist, sich warm zu halten.«

»Ich glaube, du bist mehr als das.« In diesen violetten Augen funkelte es.

»Ich glaube, wir beide sind mehr, als es den Anschein hat, Sam Jones.«

Ihr Lächeln erstarb, und sie wandte sich ab, um sich um Bilbo zu kümmern. »Vielleicht.«

13

NIALL

ICH WEISS NICHT, wer das für eine lustige Idee hielt – Qiana, Gott, das Universum –, zwei Menschen, die den ganzen Tag zusammen verbracht hatten – Flughafen, Flugzeug, Auto, Signierstunde, Auto, ein unangenehmes Abendessen –, in nebeneinanderliegenden Zimmern im Hotel in Chicago unterzubringen.

Ich jedenfalls nicht.

Während ich nach meiner Schlüsselkarte fummelte, betrat Sam mit Bilbo unter dem Arm ihr Zimmer und zog ihren Koffer hinter sich her, ohne mich eines zweiten Blickes zu würdigen.

Vielleicht war sie wegen der Widmung wütender, als sie sich hatte anmerken lassen. Oder vielleicht war sie einfach nur müde, so wie ich.

Ich schob die Karte in den Schlitz. Rot. Ich zog sie heraus und steckte sie wieder hinein. Rot. Noch einmal. Ein grünes Aufblitzen, aber die Karte entglitt mir, und als ich die Klinke herunterdrückte, war schon wieder verriegelt. Hineinschieben. Rot. Hineinschieben. Rot. Hineinschieben. Grün, und diesmal drückte ich die Klinke mit Gewalt herunter und öffnete die Tür. Ich schlüpfte hindurch und stieß sie mit dem Fuß zu. Verdammte

Technik. Warum konnte ich nicht einfach einen gottverdammten Schlüssel haben?

Ich ließ mich auf das Bett fallen und meine Augenlider fielen mir zu. Es musste ein schlechtes Zeichen sein, dass ich am zweiten Tag der Tournee bereits erschöpft war. Gib mir einen Stall voller Boxen zum Ausmisten oder ein Feld zum Pflügen, und ich könnte den ganzen Tag durchhalten. Aber setz mich in einen frühmorgendlichen Flug, kutschier mich im Auto durch die Gegend und lass mich ein oder zwei Fragen beantworten, und ich fühlte mich wie durch den Mähdrescher gedreht.

Meine Umhängetasche lag neben mir; ihr vertrauter Geruch nach altem Leder war ein kleiner Trost in dem fremden Zimmer. Gabi hatte sie mit brandneuen Notizbüchern vollgepackt. Es war noch nicht so spät, und meine Finger hatten den ganzen Tag gekribbelt. Ich hatte keinen einzigen Moment gehabt, um einen Stift zur Hand zu nehmen und die Worte festzuhalten, die Lobelia und Nieven geflüstert hatten, und jetzt war meine Hand zu schwer, meine Augen zu trüb, um zu schreiben.

Ein unerwartetes Aufblitzen von Glas fiel mir ins Auge. Das Handy, auf dessen Mitnahme Gabi für die Tournee bestanden hatte. Kein Swiftphone, aber immer noch ein Smartphone mit den einschüchternden Symbolen, die ich mich geweigert hatte zu entschlüsseln.

Ich hatte Gabi versprochen, sie an diesem Abend anzurufen, um ihr zu erzählen, wie die Tournee bisher lief. Und ob müde oder nicht, ich hielt meine Versprechen. Ich schnappte mir das Handy und schaltete es ein, wobei ich das Klebebandfähnchen abzog, das Gabi auf den An-/Ausschalter geklebt hatte. Während ich darauf wartete, dass es hochfuhr, murmelte Sam nebenan etwas. Sprach sie mit ihrem Hund? Es war eine beruhigende Kadenz. Meine Augenlider wurden schwer.

Wütendes Piepen riss mich aus dem Schlaf. Verpasste Nachrichten. Verpasste Anrufe. Mailbox. Das Handy war nur noch ein weiteres Ärgernis.

Gabis Nummer war leicht zu finden, denn es war der letzte verpasste Anruf.

»Wurde aber auch Zeit, dass du anrufst. War dein Handy aus?« Ihre Stimme war schärfer als die weichen Akzente des Mittleren Westens, die ich heute gehört hatte, mit ihren flachen O-Lauten und zweisilbigen A-Lauten.

»Ich muss es bei den Veranstaltungen ausschalten.«

»Du weißt schon, dass es eine Vibrationsfunktion gibt, oder?«

»Die Vibrationen lenken mich auch ab.«

Sie machte ein Geräusch wie ein frustrierter Luchs. »Also, wie ist es gelaufen?«

»Gut. Mein Teil war gut. Sam war nervös, aber sie hat es okay gemacht.«

»Gut. Okay. Woher kommen bloß die Wörter für deine Bücher? Ich muss deine Manuskripte mit einem Wörterbuch neben mir lesen, und du gibst mir Ein-Wort-Beschreibungen für Buchveranstaltungen, die zwei Tage gedauert haben.«

»Die Veranstaltungen waren gut besucht. Das Publikum war unterstützend und enthusiastisch. Zufrieden jetzt?«

»Besser. Wie ist Sam so?«

»Das wirst du nie glauben.«

»Was werde ich nicht glauben?«

Ich drehte mich von der Wand weg, die mein Zimmer von Sams trennte. »Sam Case ist in Wirklichkeit Samantha Jones. Ich habe sie in—«

»Oh. Mein. Gott. Samantha Jones, die Society-Lady? Die Doktorandin? Was zur Hölle? Hast du sie nicht zweimal gesehen, als du in San Francisco warst? Und die Tatsache, dass sie auch Autorin ist, bei *demselben Verlag* wie du, kam nie zur Sprache?« Eine Tastatur klapperte im Hintergrund.

»Nein, aber—« Zuerst hatte ich genauso empfunden. Aber die Wut war ungefähr zu dem Zeitpunkt verflogen, als meine Finger anfingen zu kribbeln. »Sie hat gesagt, sie dachte, sie könnte sich vor der Tournee drücken.«

»Warte. Zurück zum Anfang. Du mochtest sie. Du hast gesagt,

sie hat dich inspiriert. Du hast ihr das verdammte Buch gewidmet, und jetzt ist sie mit dir auf Tournee?« Wenn Gabis Stimme noch höher würde, könnte nur noch Bilbo sie hören. »Vielleicht wollte sie sich deshalb davor drücken. Du bist ein totaler Widerling.«

Ich ließ mich auf das Bett zurückfallen. »Ich weiß«, stöhnte ich. »Ich habe mich entschuldigt. Bei der Signierstunde.«

»Für alles?«

»Für einen Teil davon. Die Widmung. Sie hat das Buch noch nicht gelesen. Sie liest zuerst *Secrets*. Vielleicht hört sie auf zu lesen, bevor sie zu Lobelia kommt.«

Gabis ungewöhnliche Stille verriet mir genau, was sie von dieser Idee hielt.

»Ich muss es ihr sagen, oder?«

»Du hast mich gefragt, bevor du mich in eine axtschwingende Zwergin verwandelt hast.«

»Das war anders. Wir waren schon Freunde. Als ich Lobelia geschrieben habe, dachte ich nicht, dass ich Sam jemals wiedersehen würde.«

»Also hast du sie zu deinem Manic Pixie Dreamgirl gemacht.«

»Lobelia ist kein Manic Pixie Dreamgirl! Sie hat ihre eigenen Ziele, unabhängig von Nievens. Und ich weiß nicht, ob sie aneinander interessiert sind. Auf romantische Weise.«

»Sie ist nicht Nievens Traumfrau, Niall. Sie ist deine. Sieh dir dieses Bild an.«

»Welches Bild?«

»Ich habe es dir per SMS geschickt. Nimm das Handy vom Gesicht und sieh es dir an. Es ist auf Kari Singhs Blog.«

»Kari Singh? Die habe ich getroffen. Sie ist an Sams Universität.«

»Nicht mehr. Sie hat ihren Abschluss gemacht und ist jetzt bei *Gossip Grrlz*. Eine Aufsteigerin. Sie hat sich ein bisschen auf dich spezialisiert. Und jetzt ziehen einige der anderen Gossip-Seiten nach. Und folgen dir auch.«

Ich tippte auf das Nachrichtensymbol oben auf dem Bildschirm und öffnete dann das Foto, das sie geschickt hatte. Sam – obwohl sie damals Samantha gewesen war – und ich standen vor dem beigen Gebäude auf ihrem Campus. Diese Bloggerin, Kari Singh, musste es geschossen haben. Sams Gesicht war verschlossen, so wie ich es in Erinnerung hatte. Aber ich grinste sie an, völlig hin und weg.

Oh, Scheiße.

»Du stehst auf sie, Niall.«

»Nein, tue ich nicht.« Die Worte kamen zu schnell, um glaubwürdig zu sein. »Sie ist ein totaler Technikfreak. Ich glaube, ihr Handy hat ihre Hand nicht verlassen, seit ich sie kennengelernt habe. Sie hat sogar ihre Passage von einem Tablet abgelesen. Sie hat ihren Schoßhund wie eine Diva mit auf diese Tournee gebracht. Wir haben nichts gemeinsam.«

»Warte, den Film habe ich schon mal gesehen. Im ersten Akt sagen beide ›Auf keinen Fall‹, aber Mitte des zweiten Akts sind sie verliebt.«

»Fick dich.« Ich rieb mir mit der Hand über die Augen.

»Ich dich auch, Kumpel.«

14

NIALL

ALS ICH SAMS KOFFER aus dem Kofferraum des Wagens zog,
blickte ich über die Straße zum Centennial Park. In Nashville war
es wärmer als in Chicago gewesen, und die Nachmittagssonne
ließ die noch kahlen Bäume aufleuchten. Ich würde eine Runde
laufen gehen. Vielleicht würde der Saft, der in den Bäumen zu
steigen begann, Lobelia und Nieven aus ihrem Winterschlaf
wecken, und sie würden mit mir sprechen.

Ich dankte dem Fahrer und wuchtete Sams Koffer auf den
Bürgersteig. Sam, die Bilbos Transportbox umklammerte, streckte
eine Hand nach dem Koffer aus.

Ich wehrte ab. »Ich hab den schon.«

Sie schob das Kinn vor. »Nein, ich …«

»Sam. Kümmer du dich um deinen Hund. Und um deine« –
ich deutete auf die Laptoptasche, die über ihrer zierlichen Gestalt
hing – »Ausrüstung. Ich mache das schon.« Sie war reich. Sie
musste es doch gewohnt sein, dass andere Leute ihren Scheiß
trugen.

Aber sie zögerte. Obwohl ihre pralle Tasche sie nach unten zog und ihr Hund in seiner Box winselte, funkelte sie mich an. »Ich kann auf mich selbst aufpassen.«

»Ich weiß, dass du das kannst.« Ich umklammerte den Griff ihres Koffers fester. »Aber lass mich das für dich tragen. Meine Mutter würde mir den Kopf abreißen, wenn ich es nicht täte.«

Ein Anflug eines Lächelns umspielte ihre Mundwinkel. »Ich mochte deine Mutter.«

Ich lockerte meinen Griff. »Sie mochte dich auch. Und jetzt geh schon rein. Ich komme direkt nach.«

Sie warf noch einen Blick auf den schweren Koffer, verlagerte dann aber das Gewicht auf ihren Schultern, drehte sich um und ging ins Hotel.

Ich konzentrierte mich auf ihren königlich geraden Rücken, während ich ihr nach drinnen folgte, und bemerkte ihn erst, als er meinen Namen rief.

Nein. Das konnte nicht sein. Auf keinen Fall war *er* hier, in einem Holiday Inn in Nashville. Nicht, während ich Koffer schleppte wie ein Hotelpage und von unserem frühmorgendlichen Flug zerknittert und verschwitzt war. So grausam konnte das Universum nicht sein.

»Niall.« Aber das war seine Stimme, die längst vergangene Erinnerungen daran weckte, wie ich mich auf Opas abgewetzter Couch an seine Seite gekuschelt hatte, während er und meine Mutter über Erwachsenendinge sprachen.

Ich nahm mir eine Sekunde, um meine Miene zu glätten und die Schultern zurückzurollen, bevor ich mich zu ihm umdrehte. »Paul.« Früher hatte ich ihn Dad genannt, aber das hatte zusammen mit seinen Besuchen auf der Farm geendet. Ich streckte ihm die Hand zum Schütteln entgegen.

Ärger spannte seine Züge an, bevor er mir ein knappes Lächeln schenkte. Er ergriff meine Hand, seine glatte Handfläche gegen meine raue. Er trug eines seiner typischen schwarzen Hemden, die Ärmel hochgekrempelt, dazu eine steif gebügelte schwarze Jeans. »Schön, dich zu sehen, mein Sohn.«

»Was führt dich nach Nashville, Paul?« Ich hatte ihn ein paar

Mal in San Francisco und New York gesehen. Gelegentlich in L.A. Aber nie irgendwo in der Mitte des Landes, nicht seit er Ohio zum letzten Mal verlassen hatte, als ich zwölf war. Er war doch nicht etwa meinetwegen gekommen, oder? Es sei denn, er hatte endlich mein Buch gelesen. Ich hatte ihn nicht gefragt, bevor ich ihn als Bösewicht eingebaut hatte.

Sein Blick schnellte hinter mich. »Ist das Samantha Jones?«

Ich drehte mich um, und sie stand neben mir.

Sie streckte die Hand aus. »Schön, Sie wiederzusehen, Mr. Swift.«

Wieder? Ach, richtig. Sam und mein Vater bewegten sich in denselben Kreisen reicher Technikfreaks. Ich trat einen Schritt nach links, um ihr mehr Platz zu machen.

Er schüttelte ihre Hand. »Was für eine Überraschung, Sie hier in Nashville mit Niall anzutreffen.«

»Wir sind zusammen auf Lesereise. Sie ist Sam Case.« Ich beobachtete ihn aufmerksam, und obwohl sich seine Augen theatralisch weiteten, erstreckte sich die Überraschung nicht auf den Rest seines Gesichts. Er wusste es. Warum war er hier?

»Ich habe letzte Woche Audrey gesehen. Sie hat Ihre Autorenkarriere nicht erwähnt.«

»Nein, das ist …« – sie blickte auf ihren Stiefel hinunter, ihre Wangen röteten sich – »ziemlich geheim.«

»Verstehe.« Und diese scharfen grünen Augen, härter als meine, sahen alles. »Setzen wir uns doch und tauschen uns aus.« Er deutete hinter sich auf eine Sitzecke, die durch einen Gaskamin und ein paar Topf-Ficusbäume abgeschirmt war.

»Sicher, ich checke nur schnell ein.« Sam machte einen Schritt zurück zum Hotel-Desk.

»Leisten Sie uns Gesellschaft. Bitte.« Und er lächelte und zeigte dabei seine Zähne.

»Oh, ähm.« Ihr Blick schnellte zu meinem.

»Ist schon gut«, murmelte ich. Ihre Anwesenheit gab mir Mut – und Hoffnung. Würde er mir endlich die Anerkennung geben, nach der ich mich sehnte? Ich richtete mich auf, rollte die Koffer neben den Ficus und ließ mich dann auf das steife Sofa sinken. Sam öffnete den Reißverschluss von Bilbos Transportbox und setzte sich ans andere Ende, den Hund auf ihrem Schoß.

»Wie geht es deiner Mutter?« Mein Vater drapierte seine schlaksige Gestalt in einen der Ohrensessel gegenüber dem Sofa.

»Ihr geht es gut.« Wahrscheinlich saß sie gerade mit Opa bei einem einfachen Abendessen, ihre Hände rau und rissig von der harten Arbeit und ihr dunkles, von grauen Strähnen durchzogenes Haar lockte sich auf ihren Schultern. Die schulterlange, sonnengeküsste kastanienbraune Mähne meines Vaters war zu einem Dutt zurückgebunden. Waren das Strähnchen? Ich ballte auf meinem Knie eine Faust.

»Was kann ich für dich tun, Paul?«

»Für mich tun? Ich bin nur hier, um meinen Sohn zu sehen.« Er wackelte mit einem Finger auf mich zu. »Wenn du mir deinen Tourplan getextet hättest, hätte ich nicht deine Publizistin ausfindig machen müssen.«

Meine Schultern entspannten sich. Er war gekommen, um mich zu sehen. Ich hatte endlich etwas richtig gemacht.

»Ich texte nicht.« Ich legte meine Hand flach auf meinen Oberschenkel und rieb darüber.

Er lächelte gezwungen. »Ich habe die Nachrichten über den Drehstart der Serie gesehen. Herzlichen Glückwunsch. Denkst du, dass du jetzt mehr Zeit in L.A. verbringen wirst?«

Ich blinzelte. Wollte er sich tatsächlich öfter treffen? »Nicht wirklich. Ich bin nicht in die Serie involviert, außer als Berater, was ich per Telefon machen kann.«

»Keine Produzentenrolle?« Sein Blick war scharf.

»Nein.« Ich unterdrückte ein Schaudern. Wenn ich in L.A. leben und an der Serie arbeiten würde, würde ich mein Buch nie fertigbekommen. Warum fragte er nach der Serie? Wir konnten in einer Fantasyserie keine Produktplatzierung für seine Handys machen.

»Das solltest du beim nächsten Mal aushandeln. Nur ein kleiner kostenloser Rat von deinem Dad.« Er kicherte.

Ich kniff die Augen zusammen und sah ihn an. Was hatte er vor?

»Samantha.« Er drehte sich zu ihr. »Gibt es bei Ihnen irgendwelche Hollywood-Pläne?«

Ihre Wangen erröteten. »Nein. Die Filmleute meinten, die Effekte wären zu teuer. Es bleibt also nur beim Buch.«

»Ah. Dann werden Sie nach San Francisco zurückkehren?«

»Genau.« Sie lehnte sich im Sofa zurück. Aber die Falte zwischen ihren Augenbrauen, die noch nicht da gewesen war, als ich sie in San Francisco getroffen hatte, aber seit Columbus ihre Stirn gefurcht hatte, blieb.

»Sie werden also wieder ins Familienunternehmen einsteigen.«

Sie presste den Hund an ihre Brust. »N-nicht wirklich. Ich mache dieses Frühjahr meinen Abschluss und plane eine Karriere in der Forschung.«

Forschung? Warum sollte sie nicht mehr Bücher schreiben?

»Aber einmal eine Jones, immer eine Jones, was?« Mein Vater beugte sich vor.

Sie rollte sich zusammen wie ein Igel, und ihre Worte quietschten heraus. »Ich schätze schon?«

Zu sehen, wie Sams Selbstvertrauen zusammenbrach, hatte meinen Stolz und meine Aufregung, meinen Vater zu sehen, in brodelnden Ärger verwandelt. Ich zupfte am Kragen meines Flanellhemds.

»Hören Sie mal«, sagte er, »ich versuche seit einem Monat, ein Meeting mit Ihrem Bruder Jackson zu bekommen. Wir haben ein Handheld-Gerät für den Einsatz in Fabriken entwickelt, und im Paket mit der Software von Synergy wäre das eine todsichere Sache für Automobilhersteller. Sie können ihn anrufen, damit seine Leute sich mit meinen in Verbindung setzen.«

Meine Augen weiteten sich. *Deshalb* war er mir – uns – nach Nashville nachgejagt? Um Sam zu bitten, ihrem Bruder ein Geschäft vorzuschlagen?

Ich schoss auf die Füße. »Nein.«

»Was?« Mein Vater lehnte sich zurück und breitete seine Hände aus. »Das ist eine Win-win-Situation. Jackson bekommt eine neue Möglichkeit, seine Software zu verkaufen, ich setze mehr Geräte ab. Ich gebe Samantha sogar einen Anteil. Eine Vermittlungsgebühr, nennen wir es so.«

Wollte Sam eine Vermittlungsgebühr? Ihre Garderobe aus verblichenen Hosen und T-Shirts auf der Tour war mehr die einer hungernden Künstlerin als die einer Tech-Erbin. Ich hatte angenommen, sie versuchte, sich anzupassen. Aber was, wenn etwas mit ihrem Geld passiert war? Ich hatte gewiss nie auch nur einen Cent vom Vermögen meines Vaters gesehen. Nicht, dass ich es gewollt hätte. Alles, was ich mir sehnlichst gewünscht hatte, war seine Beachtung.

Sam stand auf und presste ihren Hund an die Brust. »Nein, danke, Mr. Swift. Ich möchte mich da nicht einmischen. Jackson führt sein Geschäft so, wie er es möchte.« Sie schenkte ihm ein gezwungenes Lächeln. »Ich wünsche Ihnen einen schönen Abend.« Sie schulterte ihre Taschen und griff nach ihrem Koffer.

»Warte, Sam. Ich komme mit.« Ich drehte mich zu meinem Vater um, der aufgestanden war. Er war groß, aber ich war größer. Ich schob den kleinen Jungen beiseite, der die schwer fassbare Anerkennung seines Vaters gesucht hatte. »Ich bin es gewohnt, dass du mich wie Dreck behandelst. Aber versuch nie wieder, mich zu benutzen, um an meine Freunde heranzukommen. Verstanden?«

»Du machst einen Fehler. Sie auch.« Seine smaragdgrünen Augen glitzerten.

»Das glaube ich nicht. Ich glaube, du hast den Fehler gemacht, hierherzukommen.« Ich schnappte mir beide Koffer und schritt zum Hotel-Desk, um uns einzuchecken. Mein Körper vibrierte, als hätte mich ein Blitz getroffen.

Als ich Sam neben mir spürte, murmelte ich: »Alles in Ordnung bei dir?«

»Ja. Und bei dir?«

»Ich schätze schon.« Ich rieb mir über die Brust, genau über die Stelle, die schmerzte, weil ich – wieder einmal – entdeckt hatte, dass ich meinem Dad scheißegal war.

»Du warst großartig, wie du ihm die Stirn geboten hast. Das muss viel Mut gekostet haben.«

»Ich wünschte …« Ich hielt inne. Sam interessierte sich wie er für Technik. Sie würde es nicht verstehen.

Aber sie blickte mit diesen außerweltlichen Augen zu mir auf, denselben, die mich vor all den Monaten bei dieser Spendenaktion, wo keiner von uns hingehörte, verzaubert hatten, und legte ihre Hand auf meinen Unterarm. Funken wanderten meinen ganzen Arm hinauf zu meiner Brust und ließen mein Herz rasen. Sie fragte: »Was wünschst du dir, Niall?«

Es musste ein Zauber sein, den sie über mich gelegt hatte, denn mein Mund öffnete sich und ich sagte: »Dass er für mich gekommen wäre.« Das letzte Mal, als ich das gesagt hatte, war ich zehn gewesen und hatte mich an der Schulter meiner Mutter ausgeweint, weil der Weihnachtsmann meinen Vater nicht zu Weihnachten nach Hause gebracht hatte. Ich hatte es noch nie, nie einem anderen Erwachsenen gesagt. Nicht einmal Gabi.

Sam drückte sich auf die Zehenspitzen ihrer Kampfstiefel und schlang die Arme um meine Schultern. Die Enge ihrer Umarmung machte das Atmen schwer. Oder vielleicht war es der waldige Duft ihrer Haare. Als ich meinen Kopf senkte, um dem Duft nach-zujagen, flüsterte sie mir ins Ohr: »Paul Swift ist ein Arschloch, das dich nicht verdient hat.«

Ein überraschtes Lachen sprudelte aus meiner Brust, und ich umarmte sie ebenfalls. »Danke.«

Sie ließ nicht sofort wieder los, und ich erlaubte mir, den Moment der menschlichen Verbindung auszukosten. Ich musste mich ein wenig bücken, aber wir passten zusammen, ihr Kopf an meiner Schulter, ihr Rücken gekrümmt, sodass ihr Oberkörper an meinen presste. Das Kribbeln breitete sich von meinem Herzen bis in meine Fingerspitzen aus. Konnte sie es auch spüren, dort, wo meine Hände an ihrem Rücken prickelten?

Vielleicht tat sie das, denn sie wand sich sanft aus meinen

Armen. Sie neigte den Kopf, um an Bilbos Transportbox herumzu-
fummeln, aber ihre Brust hob und senkte sich genau wie meine,
als wären wir gerannt und nicht in der Hotellobby gestanden.

Eine Runde laufen. Das war genau das, was ich brauchte, um
diese seltsame Energie zu vertreiben.

Der Rezeptionist händigte die Schlüsselkarten aus, und ich
folgte Sam zu den Aufzügen, unsere Taschen hinter mir
herziehend.

Wer zum Teufel war meine Tourpartnerin? Sie war keine flat-
terhafte Prominente, wie Gabi sie darzustellen versucht hatte. Sie
war keine Tech-Strippenzieherin, wie mein Vater dachte. Sie war
klug. Unabhängig. Und weich wie ein warmes Bett in einer
verschneiten Nacht. Wäre sie nicht meine Tourpartnerin gewesen,
hätte ich sie auf einen Drink eingeladen, und wir hätten geredet,
bis ich sie durchschaut hätte.

Aber sie war meine Tourpartnerin. Und obwohl meine Haut
erneut kribbelte, als sie mir meine Schlüsselkarte reichte,
fummelte ich sie in die Tür und betrat mein Zimmer allein.

15

SAM

ICH LIESS das heiße Wasser über meine Haut laufen und versuchte, mich von außen nach innen aufzuwärmen. Nashville war nicht so eisig wie Chicago gewesen war, aber es war immer noch kälter und trockener, als ich es gewohnt war. Und dann war da noch das, was mich innerlich frösteln ließ: vor Fremden zu lesen, die Angst zu stolpern und dass sie lachen würden. Ganz zu schweigen von Paul Swifts Erinnerung daran, dass ich nur dazu taugte, technische Verbindungen herzustellen. Wie ein Router.

Er hatte seinen Sohn genauso behandelt. Er hatte ihn auch benutzt. Ich wusste, wie es war, für ein Elternteil nicht mehr als ein Verhandlungsobjekt zu sein. Er hatte sich Paul widersetzt, so wie ich mir wünschte, ich hätte mich meiner Mutter widersetzen können. Heidi. Und Dr. Martell. Ich hatte Niall aus Bewunderung umarmt.

Blödsinn. Es war keine Bewunderung, die meine Brustwarzen an seiner Brust hart werden ließ.

Ich goss mein Rosmarinshampoo in meine Hand und massierte es in mein Haar ein. Die Anziehung, die ich gespürt hatte, hatte mich überrascht. Wenn ich ihn nicht angelogen hätte,

hätte Niall ein guter Freund sein können. Nett. Unterstützend. *Sieh mich an. Es wird alles gut.*

Gut? Wohl kaum. Noch vierzehn Tage, in denen ich zur Schau gestellt wurde, in fremden Zimmern, voll Flugzeugluft und dem schrillen Klicken von Kameraverschlüssen. Ich schrubbte das Shampoo aus meinem Haar, als könnte ich alles wegwaschen: das Prickeln des Graupels auf meinen Wangen, die Blicke der Fremden, die Berührung von Nialls Hand, die eine Gänsehaut auf meiner Haut hatte explodieren lassen.

Bilbo Baggins' hohes Bellen schreckte mich auf.

»Hey, Bilbo Baggins, alles gut. Ich bin fast fertig«, rief ich durch die offene Badezimmertür. Ich durfte ihn nicht zu lange bellen lassen. Der Hotelmanager, der uns eingecheckt hatte, hatte Bilbo Baggins einen bösen Blick zugeworfen. Er hatte gesagt, dass Haustiere eigentlich nicht erlaubt seien, sie aber für meinen Assistenzhund eine Ausnahme machen würden, solange er sich benahm.

Aber Bilbo Baggins hatte diese Warnung vergessen und kläffte, was das Zeug hielt. Ich drehte das Wasser ab und wickelte ein Handtuch um mich, bevor ich ins Zimmer trat.

Bilbo Baggins jappte wieder und kratzte an der Tür. Scheiße, er würde sie zerkratzen, und dann hätten wir ein Problem. Ich schritt auf ihn zu. »Alles gut, kleiner Kumpel. Das ist kein Eindringling. Das ist nur unser Abendessen.« Als ich die Bestellung aufgegeben hatte, hatte ich genau aus diesem Grund in die Kommentare geschrieben, dass sie es vor meiner Tür abstellen sollten, ohne zu klopfen. Aber sie lasen nicht immer die Kommentare.

Ich hob Bilbo Baggins hoch und öffnete die Tür, um das Essen zu holen. Das Essen lag nicht auf dem Flurteppich. Nur ein Paar Turnschuhe. Kurze Socken. Ein Paar muskulöse Waden, auf denen Schweiß durch den Wald aus kastanienbraunen Haaren sickerte. Eine Nylon-Trainingshose, eher von der längeren Sorte, aber kurz genug, um den unteren Rand eines wohlgeformten Quadrizeps zu zeigen.

Ein T-Shirt, feucht und an seinem Oberkörper klebend. Und waren das – mein Blick blieb dort hängen – Bauchmuskeln? Das Shirt war nicht eng genug, um sie zu zählen, aber da war definitiv eine Definition. Ganz sicher.

Und heilige Scheiße, diese Brustmuskeln. Kantig, die Brustwarzen spitz. An beiden Seiten konnten die Ärmel den Bizeps, der sich darunter wölbte, kaum bändigen. Waren alle Lieferjungs in Nashville so durchtrainiert? Meine Haut kribbelte. Wenn ja, würde ich vielleicht eine Weile bleiben. Und eine Menge thailändisches Essen bestellen.

Ein Räuspern erinnerte mich daran, dass da eine Person im Flur stand, nicht nur eine sexy Fitness-Schaufensterpuppe. Ich blickte in sein Gesicht.

»Ich – äh – wusste nicht, ob du wusstest – äh – dein Handtuch – ich meine, dein Essen. Dein Essen ist hier.« Nialls Gesicht war so rot wie sein Haar geworden. Als er mir die Plastiktüte hinhielt, wölbten sich seine Unterarmmuskeln. Mir lief das Wasser im Mund zusammen, und das nicht wegen des Dufts meiner Drunken Noodles.

Ich nahm sie ihm ab, starrte aber immer noch auf seinen nackten Unterarm. Ich hatte seine Arme nur von diesen karierten Hemden bedeckt gesehen, die er immer trug. Ich hatte keine Ahnung, dass er all … das versteckte. Er war in seinem Anzug bei dieser Spendenveranstaltung, als ich ihn zum ersten Mal getroffen hatte, gutaussehend gewesen, aber jetzt? Köstlich. Meine Finger streiften versehentlich seine, und ich spürte ein Kribbeln bis in mein Innerstes.

Sein Brustkorb hob sich scharf. »Öffnest du immer im Handtuch die Tür?« Seine Stimme war rau.

»Ich dachte – egal. Bilbo Baggins hat gebellt.«

»Du solltest vorsichtig sein.« Er riss seinen Blick von meinem Oberkörper – hatte er auf Bilbo Baggins oder auf meine handtuchbedeckte Brust gestarrt? – zu meinem Gesicht. »Dieser Hund wird dich nicht vor jemandem mit üblen Absichten schützen.«

Ich drückte Bilbo Baggins an meine Brust und klemmte das

Handtuch damit fest. »Nur du stehst vor meiner Tür. Hast du üble Absichten?«

Er leckte sich über die Unterlippe. »Nein.« Seine Sommersprossen waren unter seiner geröteten Haut verschwunden.

Ich lehnte mich an den Türrahmen und ließ die Tüte mit dem Essen an meinen Fingern baumeln. Mein letzter One-Night-Stand war schon eine Weile her. Mit Kyle. Okay, das war eine schlechte Idee gewesen. Aber im Allgemeinen waren Affären großartig. Das ganze Vergnügen, keine Verletzlichkeit. »Bist du sicher?«

»Nein. Ich meine, ja! Ich bin sicher. Ich würde niemals. Nicht mit –« Er nuschelte etwas, das wie *unangemessen* klang.

»Wirklich?« Ich sah nichts, was so unangemessen wäre. Abgesehen davon, dass ich fast nackt im offenen Türrahmen stand. Das Handtuch, oben von meinem nassen Haar durchtränkt, lockerte sich an meiner Brust. Ich stellte das Essen ab, um eine Hand frei zu haben und es zuzuhalten.

Sein Blick folgte einen Augenblick meiner Hand und schnellte dann wieder zu meinen Augen hoch. »Sam, ich respektiere dich. Du bist meine Kollegin. Ich weiß, es gab einige Fälle von sexueller Belästigung in der Verlagsbranche, aber ich bin keiner von diesen Kerlen.«

Ich rümpfte die Nase. »Ich rede nicht von sexueller Belästigung. Ich rede von zwei erwachsenen Menschen, die sich einvernehmlich einen Juckreiz kratzen.« Den Niall-großen Juckreiz, den ich hatte, seit ich ihn vorhin umarmt hatte. Er war anständig zu mir gewesen. Wen kümmerte schon die alberne Widmung?

Er würde mich nicht verletzen. Konnte er nicht. Ich würde es nicht zulassen. Eine Buchtour mit gewissen Vorzügen war nicht dasselbe, wie mit meinem Büronachbarn zu vögeln. Nur ein bisschen lockerer Sex im Hotel und dann, bumm, zwei Wochen später, fertig, und ich würde ihn nie wiedersehen. Keine komplizierten Gefühle. Je mehr ich darüber nachdachte, desto mehr gefiel mir die Idee. Ob der Geschenkeladen Kondome führte?

»Aber du bist meine Tourpartnerin. Ich würde nicht –«

»Was, bist du eine Art Mönch? Oder jemand, der keinen Sex

vor der Ehe hat? Dein Körper ist ein Tempel und all das?« Die Tempelsache funktionierte bei ihm. Ich wollte hineinspazieren und mich auf seinem Altar ausbreiten. Ich presste meine Oberschenkel zusammen.

»Nein, das will ich nicht – ich denke, wir sollten unsere Grenzen wahren.« Er rieb sich mit der Hand über die Brust, was seine Brustwarzen strammstehen ließ. Dieser Schlingel. Meine taten es ihm aus Sympathie nach.

»Grenzen. Okay.« Ich zuckte mit den Schultern und umklammerte das Handtuch fest. Sein Körper mochte Ja sagen, aber er hatte Nein gesagt, und das musste ich respektieren. Ich hatte meinen Vibrator und jede Menge Batterien mitgebracht. Ich musterte seinen verschwitzten Körper nach dem Training ein letztes Mal und speicherte ihn in meiner Wichsvorlagen-Sammlung. Um diese Grenzen zu respektieren, versteht sich. »Du könntest als Fitnesstrainer nebenbei arbeiten. Die Leute zahlen viel, um auszusehen wie« – ich ließ das Handtuch kurz los, um auf seinen Körper zu deuten – »all das. Hast du schon mal über Videos auf TikTok nachgedacht?«

»Auf was?«

»TikTok.« Komisch, so alt sah er gar nicht aus. »Weißt du, die Plattform für kurze Videos?«

Der leere Ausdruck auf seinem Gesicht verriet mir, dass er es nicht wusste. »Ich mache nicht wirklich Workouts, außer Laufen, wenn ich auf Tour bin. Die Arbeit auf der Farm hält mich in Form.«

Verdammt, jetzt würde ich davon fantasieren, wie er große Heuballen herumwirft. Ooh, oder wie sich diese großen Quadrizepse um die sich hebenden Flanken eines Pferdes schmiegen. Obwohl es eine Schande wäre, sie mit einer Jeans zu bedecken. Vielleicht ein Kilt, wie Jamie in *Outlander*? Mmm, ja. Ich presste meine Oberschenkel fester zusammen. Ich müsste mich erst um diese Bedürfnisse kümmern, vor dem Abendessen.

»Also, wenn es sonst nichts gibt, sollte ich wohl, ähm …« Ich neigte den Kopf zurück in Richtung meines Zimmers.

»Oh. Richtig. Die erste Veranstaltung morgen ist um zwölf. Treffen wir uns um elf unten in der Lobby?«

»Klar.« Obwohl wir das alles schon während der Fahrt vom Flughafen besprochen hatten.

»Gute Nacht. Nacht, Bilbo.« Mit einem Finger kraulte er Bilbo Baggins oben auf dem Kopf, genau zwischen seinen Ohren, so wie er es liebte. Dadurch kam sein Finger meinem Busen neckisch nahe. Für eine Sekunde stellte ich mir vor, wie dieser Finger an den oberen Rand meines Handtuchs glitt, es herunterzog, bevor er seinen verschwitzten Körper gegen meinen sauberen drückte.

Wow. Ich musste wirklich diesen Vibrator auspacken.

»Nacht, Niall.« Das Handtuch klaffte ein wenig, als ich mich bückte, um meine Essenstüte aufzuheben, und es war mir egal. Ich ließ die Tür hinter mir zufallen und schloss seinen schlaffen Kiefer und seine geweiteten Pupillen aus. Das Spiel mit dem Necken konnten zwei spielen.

16

NIALL

ES WAR VIEL ZU FRÜH, als ich mich in Miami aus dem Hotelfahrstuhl schleppte. Hatte ich seit Chicago überhaupt geschlafen? In Nashville jedenfalls nicht. Mein Dauerlauf hatte mich, so hoffte ich zumindest, genug entspannt, um schreiben zu können. Ich hatte mich auf eine heiße Dusche und ein paar Stunden mit meinem Notizbuch gefreut, aber dann hatte ich an ihre Tür klopfen müssen.

Ich hätte einfach daran vorbeigehen können. Sie hatte wahrscheinlich gewusst, dass ihr Abendessen da war. Ich hatte nach ihr sehen wollen. Nein, ich wollte mich nicht belügen, nicht einmal mich selbst. Ich hatte sie sehen wollen. Abseits des Stresses der Menschenmassen hatte ich ein paar mehr ihrer Bewegungen erfassen und mit denen vergleichen wollen, die ich mir für Lobelia ausgemalt hatte.

Ich bekam sehr viel mehr als das. Zwei Tage später brannte es sich immer noch wie ein Nachbild in meine Netzhaut ein. Eine Fläche blasser Haut, nur ein paar Nuancen dunkler als das weiße Handtuch des Hotels. Wassertropfen, die noch an ihren Wangen, ihren Schultern und auf ihren Fußrücken hafteten. Ihr dunkles

Haar, das nass und ungekämmt bis zu ihren Brüsten hing, die das Handtuch kaum bedeckte. Und ich hatte sie wie ein unheimlicher Typ angestarrt, während ich Worte wie *Respekt* und *Grenzen* murmelte. Alles, was ich hatte tun wollen, war, ihr das Handtuch wegzureißen, sie direkt gegen die Tür zu drücken und sie zu küssen, bis keiner von uns beiden mehr atmen konnte.

Ich schlug mir mit der Hand gegen die Stirn, um die lüsternen Gedanken zu verscheuchen. Sie war meine Tourpartnerin. Ein Neuling in der Branche. Es spielte keine Rolle, dass die Leute das ständig taten. Niall Flynn tat so etwas nicht. Nicht nach dem Beispiel, das mein Vater auf seinen Geschäftsreisen gegeben hatte. Unterwegs gab es jede Menge Gelegenheiten, aber ein Techtelmechtel auf Tour war nicht das, was ich wollte. Ich wartete auf das einzig Wahre. Verbindlichkeit. Gegenseitiger Respekt. Wahre Liebe. Ein Happy End, genau wie in den Geschichten.

Glücklicherweise hatte ich meine sexuelle Energie zum Schreiben genutzt. Ich hatte ein ganzes Notizbuch gefüllt. Schade nur, dass ich alles noch einmal durchgehen und die sexuellen Anspielungen ausstreichen musste, bevor ich es an Gabi schickte.

Ein Lachen – nein, ein Kichern – drang an mein Ohr. Ich blinzelte. Mein geistiges Bild von Sam passte nicht zu der Frau, die auf einem Sofa in der Hotellobby kauerte, ihren Hund auf dem Schoß und kichernd das Handy vor sich hielt.

Wie unter einem Bannzauber schwebte ich näher. Sam konzentrierte sich auf den Bildschirm und bemerkte mich nicht. Bilbo schon, und er zappelte in ihren Armen.

»Und da bin ich ausgerastet«, sagte sie, schloss die Augen und schüttelte den Kopf. »Ich habe ihm gesagt, er soll Fitnessvideos auf TikTok machen!«

Sam lauschte einen Moment. »Nein, tut mir leid, du wirst dich mit den Pressefotos zufriedengeben müssen. Er hat mir eine Abfuhr erteilt.« Sie zuckte mit den Schultern. »Ich habe zwei Runden mit meinem Rabbit gebraucht, um wieder runterzukommen.« Sie hielt einen Moment inne und kicherte dann wieder.

Ich stand in Flammen. Man würde einen Haufen Asche und

mein Flanellhemd finden, wenn ich mir weiter vorstellte, wie sie auf dem Bett lag, das Handtuch beiseitegeworfen, die Beine gespreizt und –

Tourpartnerin, Niall. Ich würde nicht einer dieser Typen sein, die ihren Erfolg nutzten, um einen Neuling zu ködern. Ich räusperte mich.

Als sie aufsah, röteten sich ihre Wangen. Nicht so feuerrot, wie mein ganzes Gesicht sein musste, sondern ein zartes, rosenblütenfarbenes Pink. »Oh. Hey, Niall. Komm und sag meiner Freundin Marlee Hallo.«

»Was?«

Sie klopfte auf das Sofakissen. »Ich weiß, wir müssen los. Es dauert nur eine Minute. Sie will dich kennenlernen.«

Hexerei. Ich setzte mich neben sie.

»Näher.« Sie zog einen ihrer Ohrhörer heraus, wischte ihn am Saum ihres Shirts ab und steckte ihn mir dann ins Ohr.

»… so gut aussehend!« Die hübsche weiße Frau auf dem Bildschirm schlug sich die Hand vor den Mund. »Sam! Du hast doch nicht – Hi, Mr. Flynn. Oder soll ich Sie Niall nennen?«

Ich schenkte ihr mein fototaugliches Lächeln. Wir konnten normal sein. Ich konnte so tun, als hätte ich Sams Teil des Gesprächs nicht gehört. »Schön, dich kennenzulernen, Marlee. Niall ist in Ordnung.« So nah bei Sam konnte ich den Rosmarin in ihrem Haar riechen. Und Hundemundgeruch. Bilbo leckte mir übers Kinn und ich streichelte sein seidiges Fell. Mein anderer Arm war unbeholfen an meine Seite gequetscht. Sam hatte mich so nah neben sich gesetzt, dass wir beide auf dem Bildschirm zu sehen waren und für meine Schulter kein Platz mehr war. Ich drehte mich zu ihr und legte meinen Arm auf die Sofalehne. Ihre Schulter passte sich in meine Brust ein, als gehöre sie dorthin.

»Kannst du glauben, dass Sam mir nicht erzählt hat, dass sie ein Buch schreibt? Sie hat gerade ihre Doktorarbeit geschrieben und auch noch ein Praktikum gemacht. Sie ist fantastisch, oder?« Marlee zog die Augenbrauen hoch.

Ich warf einen verstohlenen Blick auf Sam, die die Lippen fest zusammenpresste. »Fantastisch.« Ich schrieb hauptberuflich und hatte noch kein so bahnbrechendes Buch wie ihres hervorgebracht. »Hast du es gelesen?«

»Ich – äh – ich habe es angefangen.« Marlee spielte mit den Haarspitzen ihrer freien Hand. »Es ist nicht das, was ich normalerweise lese.«

»Du solltest Nialls Buch lesen«, sagte Sam. »Ich lasse ihn ein Exemplar signieren und bringe es dir mit, wenn ich zurückkomme.«

»Du hast es gelesen?« Marlee legte den Kopf schief. Was sollte das bedeuten? Warum war Marlee überrascht, dass Sam mein Buch gelesen hatte? Ich drehte mich zu ihr um, aber ihr Gesicht war ausdruckslos geworden.

»Ich habe es angefangen. Alle lieben es.«

Oh. Sie hasste es. Mein Gesicht brannte wieder. Wenigstens musste ich mir keine Sorgen machen, dass Sam sich in Lobelia wiedererkennen würde. Ich schaute auf meine Uhr. »Wir müssen –«

»Muss los, Marlee. Grüß Tyler von mir.« Sam lächelte in den Bildschirm, doch sie sah gequält aus.

»Mach ich. Ruf mich am Wochenende an und erzähl mir, wie es läuft. Das heißt, wenn ihr nicht zu beschäftigt damit seid, OTPs zu sein.« Marlee spitzte die Lippen und wackelte mit den Augenbrauen. »Nicht am Samstagmorgen, da besuche ich Dad. Schön, dich kennengelernt zu haben, Niall.« Sie winkte, und der Bildschirm wurde schwarz.

Sam stopfte das Telefon in eine der vielen Taschen ihrer Cargohose und hielt die Hand auf. Ich ließ den Ohrhörer hineinfallen. Sie wischte beide wieder an ihrem Shirt ab und ließ sie in einer anderen Tasche verschwinden.

»OTPs?« Ich nahm ihr Bilbo ab, damit sie ihre Sachen zusammensuchen konnte.

Sie machte sich an der Hundetransportbox zu schaffen. »One True Pairing. Die einzig wahre Paarung. Marlee ist ein bisschen romantisch veranlagt.«

»Sie denkt, du und ich sind –« Ich zeigte mit einem Finger zwischen uns hin und her.

Sie stand auf und nahm mir Bilbo ab. Als sie meine Hand streifte, kribbelte meine Haut. »Sie sieht sie überall. Legolas und Gimli. Den Burger King und die Starbucks-Meerjungfrau. Sogar Bilbo Baggins und den Corgi meiner Nachbarin. Das bedeutet nichts.«

»Nichts«, wiederholte ich. Ich war froh, dass Marlee nicht persönlich anwesend war und die Beule in meiner Jeans sehen konnte, die entstanden war, als ich Sam über Masturbation reden hörte. Aber das war nur eine körperliche Reaktion. Es bedeutete nichts. Schon gar nicht, dass wir füreinander bestimmt waren.

»Zeit zu gehen, oder?« Ohne mich anzusehen, wandte sie sich dem Ausgang zu.

»Definitiv.« Ich würde nicht mehr so über Sam denken. Das durfte ich nicht. Sie war meine Tourpartnerin, und wir würden noch zwei weitere Wochen zusammen sein.

Sie war nicht mein OTP.

Ganz gleich, was mein Körper dachte.

17

SAM

NEW YORK. Als wir nach Mitternacht im Hotel eincheckten, sirrten meine Nerven wie der Serverraum in der Universität. Aber der Rest meines Körpers bewegte sich, als steckte ich in einem Bottich voll selbst gemachtem Schleim, von der Sorte, die Jackson, Andrew und ich aus Bastelkleber und Borax herstellten, als Joelle unser Kindermädchen war.

Wir hatten den Tag auf einer Fantasy-Convention unten in Florida verbracht. Zwischen dem Ausschauhalten nach Handy-Kameras, den Umarmungen von Fremden in Spandex oder Kunstpelz und Niall, der mir alle paar Sekunden die Hände mit Desinfektionsgel einsprühte und mich an die Gefahren der »Convention-Pest« erinnerte, war meine Firewall am Boden. Ich fühlte mich zu offen, zu ungeschützt.

Während ich die Schlüsselkarte einsteckte, fragte ich den Hotelangestellten: »Würden Sie den Pagen bitten, meinen Koffer hochzuschicken? Ich muss mit meinem Hund Gassi gehen.«

Die Reise aus Florida hatte den armen Bilbo Baggins völlig fertiggemacht. Er blinzelte langsam zu mir auf. Aber wenn er jetzt nicht rauskam, würde er zu irgendeiner unchristlichen Zeit aufwachen, obwohl wir am nächsten Tag für keine Veranstaltung früh aufstehen mussten.

»Es ist fast ein Uhr nachts. Du kannst nicht allein in New York City rausgehen.« Niall musste seine Stimme auf der Convention überanstrengt haben. Sie war rau wie Schotter und ließ eine Hitze in meinem Bauch aufsteigen.

Ja, die Art, wie er versucht hatte, sich auf der Convention um mich zu kümmern, hatte mich zu sehr an Mutter erinnert. Aber es war auch irgendwie niedlich gewesen, seinen düsteren Warnungen davor zu lauschen, zu viel Swag mit nach Hause zu bringen. Als er dann auf die Bühne gegangen war und brillante Dinge über Bücher gesagt hatte, war mir ein bisschen warm geworden, wenn du verstehst, was ich meine, und das lag nicht an der Hitze Floridas. Schade, dass ich zu müde war, um etwas dagegen zu tun. Ich würde mit Bilbo Baggins Gassi gehen und dann mit dem Gesicht voran in saubere, weiße Laken fallen.

»Natürlich kann ich das. Ich habe doch einen Wachhund hier. Du beschützt mich, nicht wahr, Bilbo Baggins?«

Er rollte sich auf dem Hotelteppich zusammen.

Niall zog die Augenbrauen hoch und verschränkte die Arme. »Der Hund ist mehr Katze als Cujo.«

»Er spart seine Energie nur für das ganze Beschützen auf, das er gleich leisten wird. Komm schon, Bilbo Baggins.« Ich hob ihn hoch und schnappte mir eine Plastiktüte aus seiner Transportbox.

Als wir auf dem regennassen Bürgersteig standen, setzte ich ihn ab. Ich streckte mich und atmete den Geruch von Ozon und Taxi-Abgasen ein. Der vorbeiziehende Sturm hatte schwere Wolken hinterlassen, die von West nach Ost über uns hinwegzogen und deren Unterseiten im Widerschein der Lichter von Manhattan glühten.

Bilbo Baggins beschnupperte einen Hydranten. Ich würde ihn morgen – ups, später heute – auf jeden Fall in den Central Park mitnehmen, damit er mit anderen Hunden spielen konnte. Er war im Gegensatz zu mir ein Extrovertierter.

Er hielt inne und legte den Kopf schief, um den schweren

Schritten zu lauschen, die von den Steingebäuden hinter uns widerhallten. Seine dünnen Beinchen zitterten.

Ich wusste es besser, als auf den Straßen der Stadt Angst zu zeigen. »Konzentrier dich, Bilbo Baggins. Mach dein Geschäft, damit wir ins Bett gehen können.« Ich zog an seiner Leine und blieb an einem traurig aussehenden Baum stehen, der aus einem kleinen Fleckchen Erde im Bürgersteig wuchs. Bilbo Baggins beschnupperte ihn und versuchte, seinen Wert für sein Geschäftchen zu beurteilen. Dann hob er den Kopf, stieß einen einzelnen Japper aus und drückte seinen winzigen Körper an mein Bein.

Ich blickte über meine Schulter. Eine dunkle, massige Gestalt lungerte ein paar Meter entfernt herum. Ich wünschte, ich hätte mich von Marlee überreden lassen, eine Dose Pfefferspray mitzunehmen. »Lass uns gehen, Bilbo Baggins.«

Ich zerrte ihn zum nächsten Baum. Die Gestalt folgte uns. Kupfer glänzte unter einer Straßenlaterne.

Ich seufzte und die Anspannung fiel von meinen Schultern. »Hör auf, da drüben herumzulungern«, rief ich. »Du hast uns fast erschreckt.«

Niall näherte sich langsam. »Du solltest hier mitten in der Nacht Angst haben.«

Sobald er sprach, wedelte Bilbo Baggins mit dem ganzen Körper und tänzelte, bis Niall sich bückte, um ihn zwischen den Ohren zu kraulen.

»Hier sind überall Leute.« Ich winkte drei Frauen auf der anderen Straßenseite zu, die in ihren High Heels dahinstöckelten. »Und er mag jetzt freundlich aussehen, aber Bilbo Baggins ist wild, wenn er bedroht wird.«

Niall schnaubte. »Deswegen hast du ihn mitgebracht? Zum Schutz?« Wie konnte er immer noch nach Zypresse und Eukalyptus riechen, nachdem er von all den verschwitzten Cosplayern umarmt worden war?

»Ha-ha. Ich brauche keinen Schutz. Ich konnte ihn nicht in einer Hundepension zurücklassen. Er gehört zu mir. Er ist mein bester Freund.«

»Du meinst so wie ›der beste Freund des Menschen‹?«

»Nein.« Ich war zu müde, um zu kichern und die Lüge zu erzählen. »Ich meine, er ist derjenige, der für mich da war, bei … allem.« Ich machte eine vage Handbewegung, um den Stress von drei Jahren Studium, meine Frustration mit CASE und den Umgang mit Mutters Erwartungen zu verdeutlichen. Bilbo Baggins erwartete nie etwas von mir, außer Trockenfutter und einem Platz an meiner Seite. Und seine hervorquellenden braunen Augen waren voller Liebe, egal, ob ich eine brillante Entdeckung in der KI-Forschung gemacht oder an diesem Tag bei allem, was ich versucht hatte, kläglich versagt hatte. Ich wünschte, ich hätte ihn schon während des Studiums gehabt, als die Sache mit Stephen in die Luft geflogen war.

Bilbo Baggins hatte sein Geschäft erledigt und ich bückte mich, um es aufzusammeln. Niall ging in die Hocke und hielt seine Faust hin. Bilbo Baggins trabte zu ihm, beschnupperte seine Hand und leckte seinen Fingerknöchel. Während Niall ihn hinter den Ohren kraulte, wedelte Bilbo Baggins mit dem Schwanz und schloss die Augen.

Verdammt, davon wollte ich auch etwas. Aber abgesehen von der Hand auf meinem Rücken bei der ersten Signierstunde in Chicago hatte Niall mich nicht absichtlich berührt. Nicht einmal einen Händedruck. Sollten die Leute aus dem Mittleren Westen nicht eigentlich demonstrativ sein? Er hatte Qiana an diesem ersten Abend in Columbus umarmt.

Aber er wollte mich nicht berühren.

Die Erschöpfung traf mich wie eine erdrückende Welle. Ich hätte auf die nächste Treppe kriechen und dort ein Nickerchen machen können. Ich knotete die Tüte zu und drehte mich zum Hotel um. »Lass uns gehen.«

Niall stand auf und ging neben mir her. Bilbo Baggins hatte andere Pläne. Nun selbstbewusst mit Niall als seinem Beschützer, bewegte er sich im Schneckentempo und beschnupperte Müllreste auf dem Bürgersteig. Bei diesem Tempo würden wir eine halbe Stunde brauchen, um die zwei Blocks zum Hotel zurückzulegen.

»Du hast doch auch einen Hund, oder?« Ich erinnerte mich an den auf seinem Autorenfoto auf der Rückseite seines Buches. »Einen großen, dunklen, haarigen?«

Er grinste und seine Zähne blitzten im Licht der Straßenlaterne. »Einen Irischen Wolfshund. Thorin Oakenshield.«

Ich lachte und das Geräusch überraschte die ruhige Straße. »Was für ein Zufall.«

»Wohl kaum«, sagte er. »Du und ich sind beide Tolkien-Fans. Es ist nur logisch, dass wir unsere Haustiere nach unseren Lieblingsfiguren benennen.«

»Ich schätze schon.« Ich blickte zu Bilbo Baggins hinunter, für den Fall, dass meine Miene Risse bekam. Ich dachte fast immer an Dad, kurz bevor ich ins Bett ging. Erinnerte mich daran, wie ich mich an seine breite Brust kuschelte, seine schwarz besockten Füße über die Seite meines schmalen Einzelbettes hingen, das Buch auf meinem Schoß. Er hatte schweigend dagesessen und mich mühevoll die Wörter entziffern lassen, bevor ich sie triumphierend ausrief. In anderen Zeiten, wenn die Schule oder Mutter zu viel gewesen waren, hatte er sie selbst vorgelesen, seine feste, tiefe Stimme webte Geschichten über Krieger, Abenteurer und einen Meisterdieb.

»Alles in Ordnung?«, fragte Niall. »Ich dachte, wenn ich Tolkien erwähne, hättest du bestimmt etwas dazu zu sagen.«

Ich zuckte zusammen und erinnerte mich an die erste Signierstunde, als ich nicht gewusst hatte, wie ich die Frage nach der Inspiration beantworten sollte. Seitdem hatte ich gelernt, über Tolkien zu sprechen. Es war nicht einmal wirklich eine Lüge. Ich hatte *Der Hobbit* und die *Herr der Ringe*-Reihe in CASE geladen, um ihm Sprache beizubringen. Obwohl die Antwort bei den Lesern gut anzukommen schien, fühlte ich mich dadurch nicht weniger wie eine Betrügerin. »Ich bin nur müde.«

»Dann lass uns dich ins Bett bringen.« Sein Körper spannte sich an. »Also, in dein Bett. Allein. Scheiße«, murmelte er. Er pfiff, ein ohrenbetäubender Laut in der stillen Straße. »Komm schon, Bilbo.«

Bilbo Baggins trabte herbei und wir gingen schneller in Richtung Hotel.

Als wir an der St.-Patricks-Kathedrale vorbeigingen, fragte Niall: »Warst du schon mal in New York?«

»Ein paar Mal.« Dad war früher beruflich hier gewesen, und wenn eine Reise mit den Schulferien zusammenfiel, fuhren wir manchmal alle zusammen. Nachdem Mutter Charles geheiratet hatte, war ich einmal mit ihnen hier gewesen, hatte aber ihre nächste Einladung abgelehnt.

»Hast du irgendwelche Pläne, während du hier bist? Wenn wir keine Veranstaltungen haben?«

»Central Park. Ich werde Bilbo Baggins morgen dorthin mitnehmen.«

»Was ist mit Shopping? Museen? Shows?«

»Nicht gerade hundefreundlich. Bilbo Baggins und ich haben diese Woche nicht viel Zeit miteinander verbracht, also will ich das bei ihm wiedergutmachen.«

Endlich gingen wir durch die automatische Tür ins Licht der Hotellobby. Niall sagte: »Ich mag auch Parks. Wenn du eine – eine Begleitung brauchst, sag Bescheid. Ich werfe einen guten Tennisball.«

Die Aufzugtür war bereits offen und wir traten ein. Niall drückte den Knopf für unsere Etage. Ich hatte aufgehört, die benachbarten Zimmer infrage zu stellen. Es musste eine Richtlinie von Happy Troll sein.

»Danke für das Angebot. Ich werde darüber nachdenken.«

Er lächelte, aber seine Augen waren glasig vor Müdigkeit. Er war an diesem Morgen – gestern Morgen – früh für ein Telefoninterview aufgestanden. Die Tour war für ihn genauso anstrengend, wenn nicht sogar anstrengender. Die Erwartungen an ihn waren höher als an einen Neuling. Außerdem war er damit belastet, mich durch diese elenden Frage-und-Antwort-Runden coachen zu müssen.

Die Türen öffneten sich auf unserer Etage und ich zog die Schlüsselkarte aus meiner Tasche. »Also, gute Nacht.«

Er ging mit mir zu meiner Tür. »Schau nur kurz rein. Prüfe, ob deine Tasche oben angekommen ist und alles in Ordnung ist.«

»Wirklich?« Er hatte mich seit dem ersten Tag in Chicago beschützt, aber das war etwas anderes. »Wir haben diese Woche jede Nacht in Hotels übernachtet. Ich bin sicher, es ist alles in Ordnung.«

»Das ist New York. Tu mir den Gefallen.« Er lehnte sich an die Wand.

Ich öffnete die Tür. Wie weit ging dieser Beschützerinstinkt? »Willst du reinkommen?«

Seine schläfrigen Augen weiteten sich. Scheiße! Das klang, als ob ich ihn zum Sex einladen würde. Was er, wie er klargemacht hatte, nicht wollte.

»Ich meinte, um nach Trollen oder Serienmördern zu suchen, was auch immer du denkst, das sich im gruseligen New York unter dem Bett versteckt. Nicht, so nach dem Motto, ein Schlummertrunk. Trinken die Leute das überhaupt noch? Meinst du, dieser Ort hat eine Minibar?«

Er stieß sich mit einem Schnauben von der Wand ab, das ein Lachen oder Verärgerung hätte sein können. »Bei den Preisen in New York bist du mit den Trollen vielleicht sicherer als mit der Minibar.« Er machte zwei Schritte ins Zimmer und schob die Hände in seine Hosentaschen, als wolle er nichts in meinem Bereich berühren. Die Tür schwang mit einem dumpfen Geräusch und einem Klicken zu.

Das Zimmer war winzig, mit gerade genug Platz für ein Doppelbett, ein kompaktes Badezimmer und einen flachen Schrank. Ich ließ Bilbo Baggins' Leine fallen, damit er es beschnüffeln konnte, und warf meinen Mantel auf das Bett. Ich öffnete die Schranktür. Nichts als leere Kleiderbügel und einer dieser kleinen Safes mit der Tastatur. Ich knipste das Licht im Badezimmer an und schob sogar den Duschvorhang zurück. Als Nächstes überprüfte ich das Schloss an der Tür zum Nachbarzimmer.

Erst als ich mich umdrehte und Niall sah, wie er mich beobachtete, fiel mir ein, dass es die Tür zu seinem Zimmer war. Meine Wangen wurden heiß. »Entschuldige, ich–«

»Schon gut. Die Tour ist eine Menge Miteinander. Wir brauchen Grenzen.«

Das Zimmer war zu klein für Grenzen. Er füllte es mit seiner großen Gestalt und seinem Flanellhemd und diesem waldigen Duft, den er mit sich trug.

»Ich schätze, dann wäre alles geklärt«, flüsterte ich, um die nächtliche Stille nicht zu stören.

»Gut.« Er kratzte sich am Kinn, das Geräusch schabte durch den winzigen Raum. Die hochgekrempelten Ärmel seines karierten Hemdes gaben den Blick auf die rotgoldenen Haare an seinem Unterarm frei. Das Flanell sah weich aus. Die Haare auch.

Im nächsten Moment berührte ich seinen Arm. Nur ein Finger glitt durch den Wald aus federnden Haaren von seinem Ellbogen bis zu seinem Handgelenk. Es war so seidig, wie ich es mir vorgestellt hatte. Die Empfindung wanderte meinen Arm hinauf und wärmte meine Brust.

Ich erstarrte. »Entschuldige, ich–«

»Ist schon okay. Du kannst mich berühren.«

Gierig glitt ich mit meiner Fingerspitze auf seinen Handrücken und fuhr über die Erhebungen seiner Fingerknöchel.

Er drehte seine Hand um und entblößte seine Handfläche. Diese Seite seiner Hand war frei von Sommersprossen, aber sie war von Schwielen umgeben, die an meinen Fingern hängen blieben. Als ich eine Bahn auf die glatte Haut an der Innenseite seines Handgelenks zeichnete, schauderte er.

Er nahm seinen anderen Arm und hob ihn langsam an. Er legte seine Hand auf meine Schulter über mein T-Shirt, seine Finger krümmten sich über mein Schulterblatt. »Ist das in Ordnung?«

»Ja.« Wenn er ein wenig fester zudrücken würde, könnte es vielleicht den Knoten aus Stress lösen, den ich in meinen Schultern trug, seit ich diese Person gesehen hatte, die als Der Magier auf der Convention verkleidet war.

Stattdessen wanderte seine Hand über meinen Rücken unter meinem hochgesteckten Pferdeschwanz zu meinem Nacken. Ich schauderte.

»Immer noch gut?«

Seine Hand war warm, fast heiß, auf meinem Nacken. Er drückte zu und lockerte die verspannten Muskeln. Ein Kribbeln der Erleichterung floss meinen Rücken hinunter. Ich nickte.

Er zog seine andere Hand aus meiner und hob mit einem Finger mein Kinn an. So nah funkelten die Stoppeln an seinen Wangen und seinem Kinn golden im sanften Schein der Lampe. Seine Lippen waren das zarte Rosa von Ballettschuhen. Ich hasste den Kurs, zu dem Mutter mich gezwungen hatte, aber ich liebte diese Schuhe.

So bequem. So weich. So küssbar.

Als ich mich auf die Zehenspitzen stellte, knarrten meine Stiefel. Trotzdem war ich nicht groß genug, um seinen Mund zu erreichen. Seinen unglaublich hoch gelegenen Mund. Er müsste sich beugen, um mir entgegenzukommen.

Als er es nicht tat, löste ich meinen Blick von diesen seidigen Lippen und sah ihm in die Augen. Ich hatte erwartet, dass sie auf meine Lippen gerichtet waren. Nein, Niall Flynn konnte nicht so durchschaubar sein wie die Typen, mit denen ich an der Universität rumgemacht hatte. Stattdessen starrte er mir in die Augen, Emotionen, die ich nicht lesen konnte, wirbelten hinter dem goldgesprenkelten Grün.

Er ließ seine Hand fallen und trat zurück, bis sein Rücken die Tür berührte. Mein Kinn vermisste die Stütze seines Fingers und mein gekühlter Nacken explodierte in Gänsehaut.

»Ich – ich bin gleich nebenan«, sagte er.

Ich sackte an der Wand zusammen. »Oh. Okay.«

Noch bevor ich zu Ende gesprochen hatte, schloss sich die Tür hinter ihm. Bilbo Baggins schnarchte auf und stieß ein schläfriges Halbbellen aus.

Ich blinzelte kräftig und schüttelte den Kopf. Bett. Ich war müde. Deshalb hatte ich die Signale falsch gedeutet und versucht, ihn zu küssen.

Er war nicht interessiert. Nicht an mir. Wie alle anderen brauchte er etwas von mir. Dass ich bei den Signierstunden auftrat. So wie Mutter brauchte, dass ich bei ihren gesellschaftlichen Veranstaltungen auftrat.

Und eigentlich hatte ich auch versucht, etwas von ihm zu bekommen. Mich an einer Stelle kratzen zu lassen. Sicher, ohne das Risiko, Gefühle zu entwickeln oder mehr zu wollen. Denn es blieben weniger als zwei Wochen von der Tour. Wie dieses Hotelzimmer gab es keinen Platz für etwas anderes.

Ich öffnete den Reißverschluss meines Koffers und zog eine Pyjamahose heraus. Nachdem ich mich umgezogen hatte, streckte ich die Hand aus, um die Verbindungstür zu streicheln, diejenige, die zu Nialls Zimmer führte. Ich stellte mir vor, wie ich sie öffnete und seine quadratische Gestalt sie ausfüllte, wie er sich mit halb geschlossenen Augen an den Pfosten lehnte, so wie sie gewesen waren, bevor ich ihn berührt hatte.

Nein. Ich ließ mich auf das Bett zurückfallen. Die Erschöpfung hatte meine Hemmungen gesenkt und mich glauben lassen, Niall wolle mich küssen. Natürlich wollte er das nicht. Er war für den öffentlichen Konsum gemacht, sonnte sich im Blitzlichtgewitter. Er brauchte Glitzer an seinem Arm, nicht jemanden, der Cargohosen und formlose T-Shirts trug und sich hinter ihrem Hund versteckte. Er brauchte niemanden, der ihr Gesicht von Fotos abwandte, der die Einsamkeit eines Computerlabors überfüllten Filmpremieren vorzog.

Außerdem hatte ich Geheimnisse. Geheimnisse, die ich in Gefahr war zu enthüllen, wenn ich Niall zu nahe an mich heranließ. Geheimnisse, die für die Tour, für CASE, für meine Zukunft katastrophal wären. Diese Tür zu öffnen war etwas, das ich niemals tun konnte.

Ich kroch unter die Decke, aber so müde ich auch war, meine Augen weigerten sich, sich zu schließen. Mein Bein stieß gegen meine Laptoptasche.

Ich setzte mich auf, griff hinein und zog die Taschenbuchausgabe von *Geheimnisse der Waldelben* heraus, die Niall mir in Chicago signiert hatte. Ich schlug sie auf der ersten Seite von Kapitel 2 auf, und als die Buchstaben aufhörten zu wirbeln, begann ich zu lesen.

18

SAM

MEINE FINGER SCHMERZTEN. Meine Unterschrift – die falsche – hatte sich in ein unkenntliches Gekritzel verwandelt, bei dem nur noch das S und das C als einzige Buchstaben lesbar waren. Aber ich gab mir Mühe. Manche dieser Leute hatten über eine Stunde in der Schlange gewartet. Sie wussten nicht, dass das Buch von einer KI geschrieben worden war und seine Autorin unechter war als die holzgemaserte Oberfläche des laminierten Tisches.

Es half, dass Qiana da war. Sie kümmerte sich um die Schlange in der Buchhandlung und schrieb die Namen auf eine Haftnotiz. Ich schenkte jeder Person ein kurzes Lächeln, schrieb den Namen von Qianas Notiz ab und kritzelte dann *Sam Case*. Zehn Sekunden. Fünfzehn, wenn die Person etwas sagen wollte wie: »Ich habe Ihr Buch geliebt« oder »Es ist toll, Sie kennenzulernen.« Keine Selfies, bitte und danke.

Nialls Schlange bewegte sich viel langsamer.

Als meine letzte Person wegging und fünfzehn Dollar an neu signiertem, gebundenem Papier umklammerte, ließ Qiana sich auf den harten Holzstuhl neben mir sinken.

»Nicht schlecht für einen Sonntagnachmittag.«

Dem Grinsen auf Qianas Gesicht nach zu urteilen, war es nicht nur »nicht schlecht«, sondern sogar ziemlich gut.

»Ist der Verlag mit den bisherigen Ergebnissen der Tour zufrieden?« Wir brauchten Verkaufsdaten, um zu zeigen, wie erfolgreich der weltweit erste von einer KI generierte Roman gewesen war. Mit diesen Daten würde Martell meine Dissertation sicher genehmigen.

»Zufrieden? Der Troll ist begeistert. Nialls Buch verkauft sich gut; er wird es nächste Woche auf die Bestsellerlisten schaffen. Aber deine Verkaufszahlen steigen auch langsam an. Du bekommst großartige Mundpropaganda.«

»Was bekomme ich?«

»Mundpropaganda. Die Leute erzählen ihren Freunden, wie toll dein Buch ist, und die kaufen es dann.«

Ich ballte die Hand zur Faust und streckte meine schmerzenden Finger. Die Verkaufszahlen waren es, was Martell wollte, um den Erfolg von CASE zu beweisen. Mit all diesen Fremden zu reden, die öffentlichen Auftritte, sogar meine wunden Hände waren es wert, wenn ich am Ende meinen Doktortitel bekäme. Mein Herz machte einen hoffnungsvollen Hüpfer.

»Macht dir die Tour Spaß?«, fragte Qiana und sammelte die auf dem Tisch verstreuten Stifte ein.

»Ähm.« Ich warf einen Blick zu Niall, aber er war damit beschäftigt, mit einem Fan zu plaudern. Er hatte versucht, so zu tun, als sei die Stimmung zwischen uns nicht komisch. Seine Worte waren dieselben wie zuvor gewesen: »*Guten Morgen*« und »*Wie hast du geschlafen?*« und »*Was hält Bilbo von dem Park?*« Aber sein Lächeln war das für die Kameras gewesen, und er hatte im Auto nicht einmal mit seiner Schulter die meine gestreift.

Qiana kicherte. »Ich weiß, es ist eine Plackerei, besonders bei einem so engen Zeitplan wie diesem. Hattest du Zeit für dich, um dich zu entspannen, Netflix zu schauen, dir die Nägel zu lackieren?«

Im Hause Jones-Hayes gehörte zum Nägellackieren ein Besuch

im Spa, der der Folter eines gesellschaftlichen Ereignisses mit kratziger Spitze oder glitschigem Satin vorausging. Und dem Streit mit Mutter, dass schwarzer Nagellack für eine Abendveranstaltung mit Kleiderordnung ›Black Tie‹ angemessen sein sollte, den ich nie gewann. »Bilbo Beutlin und ich waren heute Morgen im Park.«

»Aww. Der kleine Bilbo.« Qiana starrte auf das nahe gelegene Regal mit Kochbüchern. »Wie wäre es, wenn du danach zu mir in die Wohnung kommst? Sie ist nicht weit von hier. Und nebenan gibt es einen indischen Imbiss. Der ist fantastisch.«

Ich hatte mich darauf gefreut, mich im Hotel mit Bilbo Beutlin ins Bett zu kuscheln. Auf meine andere Aufgabe freute ich mich weniger: trügerische Nachrichten. Ich schuldete Mutter eine, um ihr mitzuteilen, dass der »Roadtrip« gut verlief. Jackson hatte mir geschrieben, aber ich hatte es noch nicht gelesen. Ihn anzulügen hasste ich am meisten. Wenigstens konnte ich in meiner Nachricht an Dr. Martell ehrlich sein. Er wusste bereits, wie wenig ich auf dieser Tour sein wollte, und er erwartete nicht, dass ich log und ihm sagte, ich würde es genießen.

Ich öffnete den Mund, um ihre Einladung abzulehnen – höflich natürlich –, aber unter Qianas rotem Lippenstift war ihr Lächeln unwiderstehlich. Es wirkte nicht wie eine pflichtbewusste *Ich-weiß-nicht-wie-ich-dieses-Gespräch-beenden-soll*-Einladung, sondern wie ein Angebot echter … Freundschaft? Meinte Qiana es ernst damit, meine Freundin sein zu wollen?

Nur, weil sie dachte, ich wäre etwas, das ich nicht war.

Ich schüttelte den Kopf. »Nein, ich –«

»Komm schon. Es wird lustig. Wir entspannen uns.« Und sie machte einen Hundeblick und einen Schmollmund, als ob sie wirklich wollte, dass ich kam.

Entspannung konnte ich gebrauchen. Besonders nach diesem Beinahe-Kuss gestern Abend. Eine eingebaute Ausrede zu haben, um Niall aus dem Weg zu gehen, wäre perfekt. »Okay.«

Qiana klatschte in die Hände. »Fantastisch! Ich habe einen Babykorallton, der für mich zu hell ist, aber an deinen Nägeln wird er großartig aussehen. Wir können los, sobald ich mich bei Niall gemeldet habe.«

Eine Frau stand neben Niall, so nah, dass sie seinen persönlichen Keim-Abstand verletzt haben musste. Ich runzelte die Stirn. Klar, er umarmte seine Fans, schüttelte ihre Hände, posierte mit ihnen für Fotos, aber zwischen Niall und dieser Frau herrschte eine gewisse Ungezwungenheit. Und sie kam mir bekannt vor. Langes, dunkles Haar, das sich über ihre Schultern lockte. Ein magentafarbener Anzug, der irgendwie lustig und lässig aussah, anstatt steif und einengend. Kurven ohne Ende. Ihre scharfen braunen Augen standen im Gegensatz zu ihrem strahlenden, entspannten Lächeln.

Qiana kannte sie. »Gabriela!« Sie ging mit offenen Armen auf sie zu und umarmte die Frau. Niall überragte sie, strahlend.

Eine Freundin also. Eine feste Freundin? Ein Kribbeln breitete sich in mir aus. Scheiße, kein Wunder, dass er sich letzte Nacht von mir zurückgezogen hatte.

»Sam. Komm, lerne Gabi kennen«, rief Niall.

Meine Stiefel wollten am Boden kleben bleiben, aber ich konnte Nialls und Qianas einladendem Grinsen nicht widerstehen. Ich zwang mich zu einem Lächeln, trat näher und streckte meine Hand aus. »Ich bin Sam.«

Die Frau ergriff sie, ihre hellbraune Hand ein Kontrast zu meiner blassen. »Gabriela Padrón. Ich bin Nialls Agentin.«

Nach der Art zu urteilen, wie nah sie bei Niall stand, war sie mehr als das.

»Wir haben uns bei dieser Spendenaktion für Leseförderung in San Francisco getroffen, aber wir hatten keine Gelegenheit, uns zu unterhalten.« Gabriela musterte mich, nicht von Kopf bis Fuß, sondern pickte sich Merkmale heraus, um sie für ein paar Sekunden zu untersuchen wie tote Schmetterlinge auf einem Tablett. »Genießen Sie die Tour so weit?«

»Es ist okay. Anstrengend.«

»Sam war aber sehr tapfer«, sagte Niall. »Sie ist großartig mit den Lesern, besonders mit Kindern.«

Gabrielas Blick verweilte auf meinem *»Die unendliche Geschichte«*-T-Shirt. Dann lächelte sie, als wüsste sie ein Geheimnis, und lehnte sich an Niall. »Nicht jeder kann sich an den Erfolg eines Schriftstellers von Nialls Kaliber hängen.«

Nialls Stirn wurde rosa, dann lief ihm die Farbe ins Gesicht. »Sams Buch läuft großartig. Vielleicht bin es ja ich, der sich an ihren Erfolg hängt.« Er kicherte auf eine Weise, wie ich es bei ihm noch nie gehört hatte. Als ob ihn jemand dazu zwingen würde.

Qiana, Gott sei Dank, sagte: »Sam und ich gehen jetzt zu mir. Ich nehme an, ihr werdet die Zeit miteinander verbringen?«

»Ja«, sagte Niall, »da wir den Rest des Abends frei haben.«

Den Rest des Abends? Ich hasste es, wie Gabriela sich an ihn schmiegte. Ich erwartete fast, dass sie ihr Gesicht an ihm rieb wie eine Katze. Oder vielleicht im Kreis um ihn herum pinkelte.

»Klingt gut«, sagte Qiana. »Ich hole dich morgen um zehn ab.«

Mit einem lockeren Winken drehte sich Niall mit Gabriela um und verließ den Laden.

»Rarr«, sagte Qiana. »Die Krallen werden ausgefahren.«

Ich hatte es mir also nicht eingebildet. »Worum ging es da?«

Qiana winkte ab. »Ach, sie beschützt nur ihren Jungen. Will sichergehen, dass die junge Emporkömmling weiß, wo ihr Platz ist.« Sie grinste. »Lass uns gehen. Ich habe einen Bärenhunger.«

Ihr Junge?

Zwei Stunden später reichte Qiana mir das Fläschchen mit dem korallenfarbenen Nagellack. Ich betrachtete es stirnrunzelnd. »Hast du etwas, das weniger … pink ist?«

Qiana grinste. »Ich habe jede Menge Auswahl. Einen Moment.« Sie trat durch die Tür in ihr Schlafzimmer.

Eine Minute später kam sie mit einem klappernden Tablett voller bunter Fläschchen zurück. »Wir haben Meerjungfrauengrün, Gold, Dunkelblau, Lila, Rot. Siehst du etwas, das dir gefällt?«

Ich überflog die Auswahl und nahm das schwarze Fläschchen. »Dieses hier.«

»Ein Goth-Mädchen. Hätte ich mir denken können.« Sie schob

den rosa Lack in die Mitte der Sammlung und schüttelte ein Fläschchen mit dunklem Kirschrot. Ich ahmte ihre Bewegung mit dem Fläschchen mit dem schwarzen Lack nach. Sie breitete ein Blatt Zeitungspapier über dem Couchtisch aus – klein, aber solide und viel schöner als mein vom Sperrmüll gerettetes Stück – und schraubte den Lack auf.

Sie strich das tiefe Rot über ihren Daumennagel. »Also, erzähl mir von dir. Ich habe alles über die Tour gehört, aber jetzt will ich von den anderen knapp dreißig Jahren deines Lebens hören.«

»Da gibt es nicht viel zu erzählen.« Ich zuckte mit den Schultern, als wäre da wirklich nichts, als wäre ich nicht in Geheimnisse eingeschweißt. »Ich bin in San Francisco aufgewachsen, und jetzt bin ich Doktorandin.« Ich versuchte, Qianas glatte Striche auf meinen kurzen Nägeln zu kopieren. Das glänzende Schwarz auf meiner blassen Haut brachte mich zum Lächeln.

»Wie ist deine Familie? Groß? Klein?«

»Wirklich?« Das Wort war mir unabsichtlich herausgerutscht. Aber ich traf kaum jemanden, der die Joneses nicht kannte. »Mein Vater war Jasper Jones. Er hat ein Start-up gegründet, das von Gurusoft übernommen wurde. Meine Mutter leitet die Jones-Stiftung für Leseförderung. Sie arbeiten hauptsächlich an der Westküste. Und mein Bruder ist Jackson Jones. Er hat Synergy Analytics gegründet, und er ist – er war – oft in der Klatschpresse. Du – du weißt das nicht?«

Qianas Blick war leer. »Ich verfolge die Tech-Nachrichten nicht wirklich.«

»Oh.« Meine Brust wurde leichter, als hätte ich eine dieser Bleischürzen ausgezogen, die man beim Zahnarzt für Röntgenaufnahmen tragen muss. Sie hatte keine Dutzend vorgefasster Meinungen darüber, wie eine Jones sein sollte. »Cool. Ich schätze, wir sind eine große Familie. Ich habe zwei Brüder und eine Schwester. Plus noch andere Verwandte in der Bay Area.«

»Ja?« Qiana hielt ihre Hand hoch und begutachtete ihre glänzend roten Nägel. »Steht ihr euch nahe?«

»Ich schätze schon? Meine Mutter lädt jeden Sonntag zum Brunch ein. Aber es kann ein bisschen viel werden.«

Qiana blickte von ihren Nägeln auf und lächelte. »Das verstehe ich. Sie müssen so stolz auf dich sein.«

Wow. Die Schwere kehrte zurück. Ich rieb einen Fleck Nagellack von meiner Nagelhaut und versuchte, meine Miene wieder in den Griff zu bekommen.

Qiana pustete auf ihre Nägel. »Wie lange schreibst du schon? Dein ganzes Leben?«

»Noch nicht so lange.« Etwas verkrampfte sich in mir. Es war schlimmer als die Frage-und-Antwort-Runden. Diesmal log ich jemanden an, den ich kannte. Der versuchte, meine Freundin zu sein. »Und du? Wolltest du schon immer Publizistin werden?«

Qiana wischte mit dem Daumen unter einem Fingernagel. »Ich wollte schon immer schreiben.«

»Warum tust du es nicht?«

Sie runzelte die Stirn. »Ich habe als Kind das Lesen geliebt. Ich schätze, ich habe nie gedacht, dass das etwas ist, was ich tun könnte. Aber jetzt arbeite ich jeden Tag mit Autoren und Büchern.« Ihr Stirnrunzeln löste sich auf. »Es ist wie ein Traum, dafür bezahlt zu werden, Schriftsteller mit Lesern zusammenzubringen.«

Ich wusste, wie es war, davon abgehalten zu werden, seinen Interessen nachzugehen. Mutter wäre so viel glücklicher gewesen, wenn ich etwas getan hätte, was sie verstehen konnte, wie Finanzen oder Betriebswirtschaft. Es war reiner Starrsinn – und Jacksons Ermutigung –, der mich dazu brachte, Mutters Widerstand zu überwinden. »Aber du kannst alles tun, was du dir in den Kopf setzt. Warum schreibst du nicht jetzt ein Buch? Du bist nicht älter als ich.«

Qiana knabberte an ihrer rot gefärbten Lippe. »Vielleicht. Ich – ich habe darüber nachgedacht, wieder zur Uni zu gehen. Für meinen MFA. Master of Fine Arts«, fügte sie hinzu, als ich sie verständnislos anstarrte.

»Oh. Das solltest du. Auf jeden Fall. Wenn es dir das Selbstvertrauen gibt, deine Träume zu verfolgen.« Das Promotionsstudium war hart gewesen, aber es war das Sprungbrett in meine Unabhängigkeit.

»Ich habe dafür gespart. Mit dem Erfolg, den wir für dein und Nialls Buch prognostizieren, sollte der Bonustopf dieses Jahr gut gefüllt sein. Vielleicht kann ich es mir nächstes Jahr leisten.«

Qiana hätte mir genauso gut in den Magen schlagen können. Ich hatte mir nie Sorgen um Geld gemacht, nicht einmal, nachdem ich mein Treuhandvermögen weggegeben hatte. Mein Stipendium versorgte mich mit Ramen-Nudeln und Kleidung aus dem Secondhandladen, und wenn ich jemals einen Notfall gehabt hätte, wäre meine Familie eingeschritten und hätte mich gerettet, ob ich es wollte oder nicht.

Qiana hatte dieses Sicherheitsnetz nicht.

Die Tür klapperte, und von dahinter drangen gedämpfte Stimmen. »Meine Mitbewohner sind zu Hause«, sagte Qiana. »Willst du noch etwas zu essen, bevor sie alles verputzen?«

»Nein, danke.« Ich rappelte mich auf. Der Nachmittag mit Qiana war ... schön gewesen. Aber ich konnte mich keinem Smalltalk mit ihren Mitbewohnern stellen. »Ich sollte gehen. Danke, dass ich hier abhängen durfte.«

»Kein Problem. Das können wir irgendwann wiederholen.« Und da war wieder dieses strahlende Grinsen.

Es war nicht einmal eine Lüge, als ich sagte: »Das würde mir gefallen.«

Die Tür ging auf, und ich winkte und schlüpfte hinaus.

Als ich die Treppe hinunterstapfte, blieb das Gespräch in meinem Gehirn hängen wie ein Laufzeitfehler. *Verkaufszahlen. Bonus.*

Irgendwann bald würden Heidi und Martell die ganze Geschichte von CASE und *Magie in der Maschine* enthüllen. Als sie mir von dem Plan erzählt hatten, hatte ich mich nur auf diese Schriftrolle konzentriert, die gerade außer meiner Reichweite war. Ich hatte keinen Gedanken daran verschwendet an –

Ich erstarrte und umklammerte das Geländer. Wenn sie die

Wahrheit enthüllten, was würde mit Qiana passieren? Würde sie ihren Bonus und ihren MFA-Traum bekommen, obwohl das Buch sich als Lüge herausstellte?

Sicherlich würde sie das. Heidi hatte alles unter Kontrolle. Ich löste meinen Todesgriff vom Geländer und ging langsamer die Treppe hinunter. Lüge hin oder her, die Verkaufszahlen waren echt. Mit einem Unternehmer als Vater und einem CFO als Stiefvater aufzuwachsen, hatte mich gelehrt, dass man gegen Bargeld meist nicht argumentieren konnte.

Aber.

Wenn ich aufhörte, so zu tun, als wäre ich eine Autorin, würde ich in meine Welt des einsamen Programmierens und – so hoffte ich – einer Forschungsstelle in einem ruhigen Labor zurückkehren. Unabhängig davon, was Heidi sagte, würden die Konsequenzen der Wahrheit ein Chaos hinterlassen, das jemand aufräumen müsste.

Das würde doch nicht Qiana sein, oder? Und wie sehr würde sie mich hassen, selbst wenn nicht? Ich hatte ihr ins Gesicht gelogen, dass ich eine Autorin sei, jemand, der sich für Bücher interessierte.

Diese Freundschaftssache konnte nicht weitergehen. Nicht mit Qiana. Sie würde meine Ausstiegsstrategie verkomplizieren.

Aber CASE war die Maschine, nicht ich, egal wie sehr ich versuchte, meine Gefühle zu unterdrücken. Und die Grube des Balrogs in meinem Magen sagte mir, dass es bereits zu spät war, um einen sauberen Schnitt zu machen.

19

SAM

ALS ICH IM Hotel aus dem Aufzug schlurfte, konnte ich schon fast das Gewicht der flauschigen, weißen Bettdecke spüren, die ich mir über den Kopf ziehen wollte, um die Welt auszusperren. Keine SMS. Kein Gerede. Nur ich und meine Schuldgefühle.

Und Bilbo Baggins.

Der kleine Kerl hatte nach unserem Abenteuer im Central Park heute Morgen tief und fest geschlafen, und ich hatte ihn nicht in eine weitere Buchhandlung mitschleppen wollen, also hatte ich mich allein auf Zehenspitzen hinausgeschlichen. Obwohl ich danach nicht vorgehabt hatte, zu Qiana zu gehen. Unsere Deckenhöhle musste warten, bis ich ihn zum Pinkeln rausgebracht hatte.

Ich hatte erwartet, dass Bilbo Baggins meine Schritte hören würde, aber es kam kein Schnüffeln von unter der Tür, als ich die Karte ins Schloss schob. Schlief er noch? Als ich die Tür öffnete, sah ich zum Bett. Nur ein paar schwarze Haare auf der weißen Decke. Ein weiterer panischer Blick durch das winzige Hotelzimmer bestätigte, dass Bilbo Baggins nicht da war. Mein Herz setzte für einen Schlag aus. Dann raste es. Vielleicht war er unter dem Bett. Im Badezimmer. Versteckte er sich hinter einem

Vorhang? War ihm etwas zugestoßen? Irrte er allein und verängstigt durch die Straßen von New York? Ich spitzte meine zitternden Lippen und pfiff.

Ein gedämpftes Bellen antwortete. Es klang, als käme es von nebenan. Aus Nialls Zimmer. Wie konnte er da hineingekommen sein? Die Verbindungstür war abgeschlossen gewesen, als ich gegangen war.

Ich entriegelte die Verbindungstür und riss sie auf. Nialls Seite war bereits offen. Ließ er sie immer einen Spalt offen?

Das war auch egal, als Bilbo Baggins mir um die Füße tanzte. Ich kniete nieder, hob ihn hoch, drückte ihn an mein Herz und vergrub mein Gesicht in seinem seidigen Fell. »Bilbo Baggins, was machst du denn hier?«

Dann erstarrte ich. Oh nein. Ich war uneingeladen in Nialls Zimmer geplatzt. Was, wenn er im Bett war? Was, wenn er *mit Gabriela* im Bett war? Ich presste die Augen an Bilbo Baggins' Seite fest zu.

Ich spürte, wie sich ein Körper über mich beugte, und schwere Schritte sanken gedämpft in den Teppich neben der Stelle, an der ich hockte. Mein Herzschlag verlangsamte sich.

Nialls Stimme drang von weit oben zu mir herab. »Bilbo hat gebellt. Ich hatte Angst, dass sich jemand beschweren und ihn dem Hotelpersonal melden würde. Also haben wir ihn, ähm, befreit.«

»Befreit?« Ich öffnete die Augen. Die steifen Knie von Nialls Jeans waren nur einen halben Meter von meinem Gesicht entfernt. Wenigstens trug er eine Hose.

»Ja, ähm.« Seine Füße bewegten sich. »Gabi hat das Schloss geknackt.«

»Echt, ihr solltet in Hotels mit besserer Sicherheit absteigen.« Gabis Stimme kam vom Sessel, nicht vom Bett. Ihre Schuhe waren aus, ihre Beine unter sich gekringelt.

»Wir wohnen aus genau diesem Grund in Zimmern mit Verbindungstür, Gabi«, sagte Niall.

»Was?« Meine Finger erstarrten in Bilbo Baggins' Fell.

»Ja, ich …« Niall fuhr sich mit der Hand durchs Haar. »Nach dieser ersten Nacht in Chicago, als wir Zimmer mit Verbindungstür hatten, schien das eine gute Idee zu sein. Sicherer. Also habe ich Qiana angerufen und sie gefragt, ob wir das weiterhin so haben können.«

»Du hast uns in Zimmer mit Verbindungstür untergebracht?« Hitze stieg von meiner Brust in meinen Hals.

Gabriela erhob sich aus dem Sessel und stellte sich neben Niall. »Wenn ihr euch die Verbindung teilt, heißt das, dass niemand sonst auf diese Weise reinkommen kann. Während ihr hier seid, besorge ich von meiner Cousine ein paar mobile Schlösser für die Außentüren. Dieser Köter von dir ist kein Wachhund. Er ist direkt zu Niall gelaufen.«

Was, wenn ich meinen Laptop offen gelassen hätte? Ich hatte vorhin an meiner Dissertation gearbeitet. Er hätte sie sehen und mein Geheimnis entdecken können. Heidi würde die Geheimhaltungsvereinbarung, die ich unterschrieben hatte, durchsetzen. Martell würde mich aus meinem Programm werfen. Kein Doktortitel. Ich müsste zurück zu meiner Mutter und Charles ziehen. Die in mir kochende Hitze hatte kein Ventil, also schossen maschinengewehrartig Worte aus meinem Mund. »Du bist in mein Zimmer gegangen. Du bist in meine Privatsphäre eingedrungen.«

»Whoa.« Niall hob seine Hände wie einen Schild. »Wir haben versucht zu helfen.«

Genauso wie meine Familie. Ich hatte gedacht, er wäre anders. Er wollte mich beschützen, aber er gab mir Freiraum, wenn ich ihn darum bat. Nicht heute. Er hatte genau die Grenzen mit Füßen getreten, von denen er mir gesagt hatte, dass wir sie brauchten.

»Ich brauche deine Hilfe nicht. Ich will sie nicht. Ich komme mit mir selbst zurecht. Und mit meinem Hund.« Ich schnappte mir Bilbo Baggins, rappelte mich auf und stürmte zurück in mein Zimmer, wobei ich beide Türen zuschlug. Ich verriegelte die Tür auf meiner Seite und schob den Riegel vor.

Bilbo Baggins wand sich aus meinen Armen und sprang auf den Teppich. Er nieste zweimal.

Ich sank auf die Knie und rieb seine weichen Ohren. »Tut mir leid, Bilbo Baggins. Du hast nur versucht, freundlich zu sein«, flüsterte ich.

Er stieß seine kalte Nase in meine Handfläche. Wenn Niall ihn nicht gerettet hätte, wäre vielleicht der Hotelmanager gekommen und hätte ihn mitgenommen. Und Bilbo Baggins hätte es wahrscheinlich vorgezogen, von Niall entführt zu werden, als vom Manager konfisziert zu werden.

Warum war ich also immer noch so aufgebracht?

Als Gabi in meinem Kopf aufblitzte, wurde meine Haut wieder heiß. Gabi, die heute in der Buchhandlung keine fünfzehn Zentimeter von Niall entfernt stand – definitiv in der Intimitätszone. Gabis nackte Füße auf dem Teppich in Nialls Hotelzimmer, ihre Schuhe neben Nialls gestapelt. Vielleicht wich Niall nicht vor Gabis Kuss zurück, wenn sie sich vor ihm auf die Zehenspitzen stellte.

Eifersucht war kein Gefühl, das ich oft empfand, zumindest nicht die romantische Art. Seit Stephen ließ ich mich nie genug auf meine Partner ein, um sie zu fühlen. Aber in Nialls Zimmer hatte sie mich kontrolliert, mich ausrasten lassen.

Mist! Dieses Prickeln der Eifersucht bedeutete, dass ich zuließ, dass Niall mir etwas bedeutete. Obwohl es nichts gab, worauf man eifersüchtig sein konnte. Niall mochte mich nicht auf diese Weise. Das war überdeutlich. Und das sollte er auch nicht. Er hatte genau die Art von Leben, die ich nicht wollte. Öffentlich. Fotografiert. Alles, was ich wollte, war, mich in einem Labor zu verstecken, weit weg von den Fans, den Lesungen, den Menschen.

Die Hitze wich vollständig aus mir und ließ mich zitternd auf dem Teppich zurück. Mein Hals fühlte sich kratzig an. Vielleicht hatte ich mir trotz Nialls obligatorischem Händedesinfektionsmittel auf dem Kongress oder bei einer der Signierstunden etwas eingefangen.

Tee. Tee würde meinen Hals beruhigen. Vielleicht gab es welchen in der Minibar.

Ich war gerade aufgestanden, als es an der Tür klopfte. Nicht an der inneren Verbindungstür, sondern an der Außentür.

Ein Knoten zog sich in meinem Magen zusammen. Ich konnte mir denken, wer es war.

20

NIALL

NACHDEM ICH AN SAMS Tür geklopft hatte, schob ich meine
Hände in die Hosentaschen. Ich wollte das krampfartige Gefühl in
meinem Magen wegreiben, das sich einstellte, wenn ich mich an
den verletzten Ausdruck auf ihrem Gesicht erinnerte. Ich war
derjenige gewesen, der letzte Nacht die Grenzen angesprochen
hatte. Ich hatte ihr versprochen, sie nicht zu überschreiten. Ich
war vor dem Kuss zurückgewichen, obwohl ich nichts sehnlicher
gewollt hatte, als sie an mich zu ziehen und ihre blütenzarten
Lippen zu schmecken.

Und was hatte ich dann getan? Ich war direkt in ihre Privatsphäre eingedrungen. Ich hatte jetzt ihre Telefonnummer. Ich
hätte sie anrufen können, um ihr zu sagen, dass der Hund bellte,
und fragen, ob ich ihn herausholen dürfte. Aber nein, ich hatte
das Problem für sie lösen wollen. Und vielleicht hatte ich tief in
meinem Inneren gewollt, dass sie in mein Zimmer kommen
musste. Um mich zu sehen.

Was war es nur an dieser Frau, das mich von den Gipfeln der
Aufregung in die Tiefen der Demütigung stürzte? Bei meinen

Stimmungsschwankungen in ihrer Nähe würde ich noch die Taucherkrankheit bekommen.

Gabi hielt mich für verrückt. Sie fand, Sam hätte überreagiert. Aber sie wusste nicht, was letzte Nacht beinahe passiert war. Ich musste mich für weitaus mehr entschuldigen als nur dafür, ihren Hund gestohlen zu haben.

Nachdem ich mich entschuldigt hatte, musste ich mich schleunigst zurück in mein Zimmer verziehen, damit ich nicht – schon wieder – in Versuchung kam, sie zu küssen.

Aber als sie die Tür öffnete, ihre Mundwinkel nach unten gezogen und ihre Augen schimmernd, vergaß ich jeden meiner guten Vorsätze.

»Hast du überhaupt durch den Spion geschaut?« Ich hätte ein Axtmörder sein können und jetzt stand ihre Tür offen. Nicht einmal Gabis Cousine mit ihren zusätzlichen Schlössern konnte sie vor ihrer eigenen Unvorsichtigkeit schützen.

Sie zog eine Grimasse.

Reiß dich zusammen, Niall. Meine instinktive Reaktion war genau der Grund, warum ich mich entschuldigen musste. Ich sprach mit leiser Stimme. Es musste nicht jeder auf dem Flur hören, wie ich zu Kreuze kroch. Gott sei Dank war Gabi schon mit dem Aufzug nach unten gefahren. »Es tut mir leid. Ich kann manchmal etwas überfürsorglich sein. Ich bin es gewohnt, mich um meine Familie zu kümmern. Nicht, dass das eine Entschuldigung wäre. Ich verstehe, dass du das nicht magst. Ich werde versuchen, es bei dir nicht wieder zu tun.«

Die Sorgenfalte zwischen ihren Augenbrauen glättete sich und sie blinzelte zu mir auf. Bedeutete das, dass mir vergeben war? Oder dass ich gerade erst angefangen hatte?

Ich rollte die Schultern zurück und spannte meine Hände an, um die Anspannung zu lösen. »Okay?«

Sie rümpfte die Nase, so wie sie es tat, wenn sie nachdachte. »Willst du einen Tee?« Sie öffnete die Tür weiter. Dann, als ich einen Schritt nach vorne machte, schloss sie sie wieder halb. »Warte, ist Gabriela noch hier? Ich will nicht …«

»Nein. Sie ist nach Hause gegangen. Sie kommt morgen zur Signierstunde. Darf ich trotzdem reinkommen?«

»Ja.« Sie trat von der Tür zurück, ging zur Anrichte unter dem Fernseher und begann, Schränke zu öffnen. Ich hatte den Kaffee in meinem Zimmer an diesem Morgen gefunden, also wusste ich, wo das Hotel ihn aufbewahrte, aber ich blieb still. Ließ ihr viel Raum. Ließ sie ihn allein finden.

Sams Zimmer war dasselbe wie meins, nur spiegelverkehrt. Doch irgendwie schien es kleiner. Vielleicht war es nur die knisternde Spannung, die es überfüllt wirken ließ. Ich ignorierte das ungemachte Bett – ich musste das Bett ignorieren – und hatte zwei Sitzmöglichkeiten: den Schreibtischstuhl oder den Sessel neben dem Bett. Sams Computertasche lag auf dem Schreibtisch und ihr aufgeklappter Laptop hatte eine eingedrückte Ecke. Der Bildschirm war schwarz.

An oder aus, ich wollte ihr nicht den Eindruck vermitteln, ich würde herumschnüffeln. Also ging ich zu dem Sessel in der Ecke und schob meine Hände in die Hosentaschen, um zu vermeiden, die zerknitterte weiße Bettdecke zu berühren.

Bilbo Baggins saß zu meinen Füßen und starrte mich voller Bewunderung an. Als ich mich bückte, um ihn zwischen den Ohren zu kraulen, zappelte er vor lauter Freude mit dem ganzen Körper.

»Earl Grey oder English Breakfast?«

Ich war überhaupt kein Teefan, aber hier ging es um einen Waffenstillstand. »Such du dir einen aus und ich nehme, was übrig bleibt. Stört es dich, wenn ich hier sitze?«

»Nur zu. Nimmst du etwas rein?«

»Nein, danke.« Ich ließ mich in den Sessel sinken. Was ging in diesem messerscharfen Verstand von ihr vor? Sie verarbeitete etwas. Vielleicht ärgerte sie sich immer noch darüber, wie ich in ihr Zimmer eingedrungen war. Ich suchte nach etwas, um die Spannung zu brechen. »C. S. Lewis sagte: ›Man kann nie eine Tasse Tee bekommen, die groß genug ist, oder ein Buch, das lang genug ist, um mir zu gefallen.‹ Richtig?« Ich zog meine Augenbrauen hoch und hoffte auf wenigstens ein Lächeln.

»Tee wird kalt, wenn die Tasse zu groß ist, und meiner Meinung nach könnten viele Bücher kürzer sein.« Sie reichte mir die dampfende Tasse Tee. »*Ulysses*, zum Beispiel. Sogar der Spickzettel war zu lang.«

Mist. Meine Bücher waren zu lang. Deshalb hatte sie *Geheimnisse* noch nicht zu Ende gelesen. Sie war gelangweilt. Ich umschloss die Tasse mit meinen Händen. Der Kräuterduft des Tees kitzelte meine Nase. Er erinnerte mich an Mamas Blumengarten, was nicht gerade etwas war, das ich trinken wollte.

Sie stand vor mir und pustete auf ihren Tee. »Es tut mir leid. Ich hätte dich nicht so anfahren sollen. Du hast versucht zu helfen. Ich habe heute nur ein paar … Gefühlsausbrüche. Es muss an der Tour liegen. Hat deine letzte Tour dich auch dazu gebracht, dich untypisch zu verhalten?«

Nicht so wie diese. Natürlich war meine erste »Tour« darin bestanden, mit meinem Auto von der Farm nach Columbus, Cincinnati, Cleveland und Indianapolis zu fahren. Nie weiter weg als Chicago, nie irgendwo, wo ich über Nacht bleiben musste. Happy Troll war ein kleiner Verlag und ich war ein Debütautor. Es hatte keine dreiwöchigen Plackereien durch Flughäfen und Buchläden gegeben, Tag für Tag. Das kam später, als mein Buch die Charts erklomm, als es die Aufmerksamkeit von Bloggern, den Medien und schließlich Hollywood auf sich zog.

Ich hatte noch nie versucht, jemanden zu küssen, den ich auf einer Tour getroffen hatte, oder in dessen Zimmer einzubrechen. Nicht vor dieser hier.

»Diese Tour ist eine Menge. Ich verstehe, dass du dich dadurch aus dem Gleichgewicht gebracht fühlst.«

Sie berührte mit den Lippen die Tasse, trank aber nicht. »Ja. Jedenfalls bin ich angespannt gewesen und das macht mich leichter reizbar. Das ist keine Entschuldigung, und es tut mir leid.«

»Warte. Ich bin derjenige, der sich entschuldigen sollte. Ich habe eine Grenze überschritten.«

Ein Mundwinkel zuckte. »Ich auch.«

Sprach sie von letzter Nacht? Als sie sich auf die Zehenspitzen gestellt und ihre Wimpern gesenkt hatte, hatte jede Zelle meines Körpers danach geschrien, sie zu küssen.

Angst hatte mich aufgehalten. Ich hatte ihr noch nicht die volle Wahrheit gesagt. Die Freiheiten, die ich mir mit ihrem Abbild genommen hatte. Lobelia. Ich musste es ihr sagen. Würde sie mich für einen Widerling halten? Und was würde Qiana sagen, wenn sie es herausfand? Toast. Ich wäre erledigt. Sie würde sich die Spitzen ihrer Zöpfe abschneiden, die zu meinem Cover passten, den roten Nagellack abrubbeln und für Team Sam zu säuregrün wechseln.

Sam setzte sich auf das Bett. Bilbo sprang neben sie, rollte sich zu einem Kreis zusammen und stieß einen dramatischen Seufzer aus.

Sie nippte an ihrem Tee, verzog das Gesicht und stellte ihn auf das Regal neben dem Bett. »Gabriela ist deine Agentin. Ist sie auch deine …« Sie schob ihre Hände zwischen ihre Knie. »Deine Freundin?«

»Nein!« Hatte Gabis stacheliger Beschützerinstinkt zu Sams Stress beigetragen? Das war ein neuer Teil der Rechnung. »Ich meine, wir waren zusammen. Im College. Für ein paar Monate. Nachdem wir uns getrennt hatten, sind wir Freunde geblieben. Sie hat mir auch bei meinem Schreiben geholfen, und als ich *Geheimnisse* geschrieben habe, hat sie die Reihe für mich verkauft. Jetzt ist sie also meine Freundin und meine Agentin. Außerdem« – ich konnte genauso gut ein weiteres Versäumnis zugeben – »tippt sie meine handschriftlichen Manuskripte ab und erledigt den ganzen E-Mail-Kram. Du kannst dir wahrscheinlich denken, dass ich mit Technik nicht viel am Hut habe.«

»Oh? Das ist mir gar nicht aufgefallen.« Sams rosafarbene Lippen verzogen sich um einen Millimeter.

Ich stellte meine Tasse mit der Bitterkeit auf die Anrichte. Der

Sessel war so nah am Bett, dass es nicht einmal einen Schritt erforderte, um es zu erreichen. Eher eine Drehung.

Ich drehte mich.

Was tue ich hier? Mein Arm schlang sich um ihre Taille, als gehörte er dorthin. Ich erstarrte für eine Sekunde, aber dann sank ihr Kopf auf meine Schulter. Sie seufzte, und das war alles, was es brauchte. Ich zog sie fester an mich und legte mein Kinn auf ihren Scheitel.

»Ich mag dich, Niall. Und es hat mich eifersüchtig gemacht, sie in deinem Zimmer zu sehen.«

»W-was?« Mein Herz hämmerte, als ob Sally, unsere widerspenstigste Ziege, versuchen würde, durch seine Wände zu treten.

Sie hob den Kopf und sah mir in die Augen. »Sollte ich zurückhaltender sein? Willst du, dass ich so tue, als wäre ich nicht von dir angezogen? Das könnte ich tun, aber was bringt das? Wir sind noch ein paar Wochen auf Tour und dann sehen wir uns wahrscheinlich nicht wieder.«

»Du – du hast mich nur überrascht. Nein, ich will, dass du du bist. Ich schätze, ich bin es nicht gewohnt, dass Leute sagen, was sie meinen. Außer meiner Familie.«

»Wir werden nicht lange genug zusammen sein, um Zeit damit zu verschwenden, um den heißen Brei herumzureden. Wir sollten sagen, was wir meinen.« Sie sah mir direkt in die Augen.

Mein Magen zog sich jedes Mal zusammen, wenn sie mich daran erinnerte, dass unsere gemeinsame Zeit kurz war. Das bedeutete, sie hatte recht. Ich durfte keine Minute mit dieser erstaunlichen Frau verschwenden.

»Ich mag dich auch.« Einige der seidigen Strähnen ihres Haares hatten sich in meinen Bartstoppeln verfangen, und ich strich sie weg, fuhr mit einem Finger ihre Wange nach. »Ist das okay? Dich zu berühren?«

»Ja.« Sie hob ihr Kinn. »Ich verspreche, ich sage dir, wenn es nicht okay ist.« Sie legte ihre Hand auf mein rasendes Herz.

Mama sagte immer, wenn man mir den kleinen Finger reichte, würde ich die ganze Hand nehmen. Ich ließ meine Hand von ihrer

Hüfte ihren Rücken hinaufgleiten und massierte dann ihren Nacken.

»Wie ist das?«

Die Anspannung in ihren Muskeln ließ nach. »Das ist großartig. Wenn du meinen Nacken berührst, werde ich ganz ruhig und schwerelos.«

Das merkte ich mir. Ruhig und schwerelos klang gut, und ich wollte, dass sie sich gut fühlte. Ich wollte derjenige sein, der sie dazu brachte, sich gut zu fühlen.

Mit meiner anderen Hand hob ich ihr Kinn an, so wie ich es letzte Nacht getan hatte. Ich legte ihre Kieferpartie in meine Handfläche. Sie starrte auf meine Lippen, so wie sie es letzte Nacht getan hatte. Als ihre Zunge herausfuhr, um ihre volle Unterlippe zu befeuchten, gab mein Gehirn den rationalen Gedanken auf. Vorbei war die Zögerlichkeit, meine Tourpartnerin zu küssen. Darüber, was Qiana denken würde. Ich konnte mich an keinen einzigen Grund erinnern, warum ich nicht auf dem Bett in ihrem Hotelzimmer sein und sie halten sollte. Das Einzige, was in diesem Moment existierte, war das Verlangen, das in mir brannte und meine Haut erhitzte. Das Verlangen nach Sam.

Ich küsste sie.

Ich hatte noch genug Zurückhaltung übrig, um es einen sanften Kuss sein zu lassen. Ihre Lippen waren so weich, wie sie aussahen, und ich achtete sorgfältig darauf, meine Bartstoppeln von ihrer zarten Haut fernzuhalten. Trotzdem kribbelten meine Lippen dort, wo sie ihre berührten, und verlangten nach mehr. Warte. War ich zu weit gegangen? Ich zog meine Lippen weg und versuchte, genug Luft in meinen überbeanspruchten Lungen zu sammeln, um sprechen zu können.

»War das okay? Ich – es tut mir leid, dass ich nicht zuerst gefragt habe. Ich habe nur –«

Ihre Lippen krachten auf meine, und an unserem zweiten Kuss war nichts Sanftes. Es war Hunger. Lust. Leidenschaft. Ich war nicht sicher, wessen Zunge zuerst in wessen Mund glitt. Unsere Zähne stießen aneinander. Ich zog sie näher, eine Hand an ihrem

Nacken, um ihren Kopf meinen Lippen entgegenzuwinkeln, die andere Hand auf ihrem Rücken, um ihre Brust gegen meine zu drücken.

Ihre Finger krallten sich in meinen Rücken und erzeugten scharfe Druckpunkte durch mein Flanellhemd. Ein Kontrapunkt zu dem Druck, der sich gegen den Reißverschluss meiner Jeans aufbaute.

Whoa. Wenn ich nicht langsamer machte, würde ich sie flach aufs Bett legen. Und ich würde es verdienen, wenn Bilbo mir ein Stück aus dem Bein beißen würde. Oder einem anderen Körperteil.

Sanft, langsam, zog ich mich zurück, bis sich unsere Lippen trennten. Ich leckte über meine pochende Unterlippe. »Wow.« Ich stieß einen Atemzug aus und wirbelte die seidigen Haare auf, die sich aus ihrem Pferdeschwanz gelöst hatten. Wenn wir noch viel mehr davon machten, würde ich wie ein Teenager in die Hose kommen. »Vielleicht sollten wir für den Moment hier aufhören.«

»Feigling.« Sie lächelte, ein Mundwinkel zog sich höher als der andere. »Das Lieblingszitat meines Bruders Jackson lautet so ähnlich wie: ›Wenn tudo sob controle scheint, você não está indo rápido o suficiente.‹ Er ist ein großer Mario-Andretti-Fan.« Aber sie rutschte ein paar Zentimeter weg.

Mein Herz raste wie der Motor eines Rennwagens. Wir waren für meinen Geschmack schnell genug gewesen. Ich brauchte eine Minute – eine Stunde, vielleicht die ganze Nacht –, um zu verarbeiten, wie der Kuss die Dinge zwischen uns verändert hatte. »Es tut mir leid, ich –«

Sie legte einen Finger auf meine Lippen. »Sei nicht traurig. Ich verstehe es.« Sie rutschte noch ein paar Zentimeter weg. »Jetzt haben wir es aus dem System. Wir können die Tour als Kollegen beenden und nicht wie ein Paar geiler Teenager.«

Eine Kälte kroch in mein Herz. *Kollegen?*

»Alles ist gut. Zwischen uns ist alles gut, oder?« Ihre gesenkten Augenbrauen zeigten die Verletzlichkeit, die ihre Worte nicht zeigten.

»Natürlich.« Ich konnte Kollegen sein. Ich musste nur diesen Nachmittag aus meinem Gedächtnis löschen, damit ich nie wieder an ihre vom Küssen geschwollenen Lippen dachte. An ihr dunkles Haar, das von meinen Fingern zerzaust war. An ihre geweiteten Pupillen, die das Violett verdrängten. Weil sie mich geküsst hatte.

Viel Glück dabei, Niall.

21

SAM

OKAY, schön. Ihr wollt die Wahrheit wissen? Ich bereute es in der Sekunde, in der die Worte meinen Mund verlassen hatten.

Aus dem System schaffen. Kollegen. Blödsinn.

Ich kritzelte meine falsche Unterschrift auf eine weitere Titelseite und reichte das Buch der Leserin. Falsches Lächeln. »Danke fürs Kommen.«

Während ich wartete, bis sie wegschlurfte und Platz für die nächste Person machte, warf ich einen verstohlenen Blick auf Niall. Er lächelte auch, aber es war nicht sein bescheidenes ‚Ach-was'-Lächeln eines Farmjungen, der zum Star-Autor wurde, das er den Lesern normalerweise schenkte. Es war sein kamerataugliches Lächeln, und diesmal war sein Kiefer so angespannt, dass es aussah, als versuchte er, eine Walnuss zwischen seinen Backenzähnen zu knacken.

Ich hatte gewollt, dass es wahr wäre. Ich hätte es besser wissen müssen. Niall war keine meiner lockeren Affären, die nur einen Juckreiz stillen wollte. Es war nicht nur Lust, die seine grünen Iriden zu einem schmalen Kranz verengte. Sein stoppeliger Kiefer war von einer überwältigenden Emotion erschlafft – Staunen? –, als er mir nach unserem Kuss in die Augen gestarrt hatte. Es war eine Lüge gewesen. Ich hatte mehr gewollt, selbst als ich es gesagt hatte. Diese beeindruckende Beule in seiner Jeans? Ich hatte sie berühren, schmecken, sie bis zum nächsten Halt auf der Tour reiten wollen. Ich vermutete, selbst wenn er jede Nacht in meinem Bett schliefe, würde ich seine vorsichtigen und doch selbstbewussten Berührungen, seine verehrenden und doch schmutzigen Blicke niemals aus meinem System bekommen.

Also hatte ich den Hauptschalter umgelegt, in der Hoffnung, dass wir alles vergessen hätten, wenn wir wieder hochfuhren.

Tja, das hatte nicht geklappt.

»Ms. Case.« Die Stimme war entsetzlich vertraut, besonders mit den unanständigen Gedanken, die mir durch den Kopf flackerten. Ich riss meinen Blick von Niall los und richtete ihn auf die untertassengroße Austin-Texas-Souvenir-Gürtelschnalle meines Bruders, dann sein ZZ-Top-T-Shirt hoch zu seinem bärtigen Gesicht. Seine Mundwinkel zeigten streng nach unten. Seine braunen Augen funkelten wie Rauchquarz. Es war sein *Was-zum-Teufel-Sam?*-Ausdruck.

»Jackson.« Er hielt kein Buch in der Hand, also griff ich nach einem vom Stapel. Ich zuckte zusammen, als ich *Für Jackson* und *Sam Case* auf die Seite kritzelte. Ich hätte genauso gut *Lügnerin* dazuschreiben können.

»Wir müssen reden.«

Ich spürte mehr, als dass ich sah, wie Niall neben mir den Kopf hochriss.

»Du hältst meine Schlange auf«, sagte ich mit zusammengebissenen Zähnen.

Jackson verschränkte die Arme. »Ich kann die ganze Nacht hier stehen.«

»Sam, ist alles in Ordnung?«, fragte Niall leise. »Ist er …«

»Mir geht's gut«, murmelte ich. Was zum Teufel machte er in New York?

»Abendessen. Sechs Uhr.« Jackson nannte ein Restaurant, das ich auf dem Weg zur Buchhandlung gesehen hatte. »Bring deine

Freunde mit.« Ein boshaftes Lächeln spielte um einen seiner Mundwinkel.

»Verschwinde aus meiner Schlange«, knurrte ich.

Er hob die Augenbrauen. Hinter ihm räusperte sich jemand.

»Schön.« Er würde es ohnehin irgendwann herausfinden. »Aber ich komme allein.«

»Perfekt.« Sein Blick wanderte zu Niall und dann zurück zu meinem Gesicht. »Wir sehen uns um sechs.« Er drehte sich um und schritt davon.

Niall beugte sich zu mir. »Bist du sicher, dass alles in Ordnung ist? Wer war der Typ?«

»Mein Buchmacher.« Ich lächelte die nächste Person in der Schlange unecht an und streckte die Hand nach ihrem Buch aus.

Später, als die Leute weg waren und wir zusammenpackten, drehte sich Niall zu mir, seine roten Augenbrauen zu einem V gefurcht, und sagte leise: »Bist du sicher, dass du dich heute Abend mit dem Typen treffen willst?«

Aber es war nicht leise genug. Oder Qiana hatte ein Superhelden-Gehör. »Sam trifft sich mit einem Typen?« Sie kam herangeschlichen und stieß mich an. »Ist er süß?«

»Igitt. Er ist mein Bruder.« Ich hielt mein Gesicht gesenkt und konzentrierte mich auf den grünen Sharpie in meiner Hand.

Ich musste Niall nicht ansehen, um seine Anspannung zu spüren. »Dein Bruder?«

»Welcher Bruder?« Gabi glitt herüber und stützte eine Hüfte auf den Tisch. »Jackson oder Andrew?«

Daraufhin schoss mein Kopf hoch. Sie kannte die Namen meiner Brüder? »Jackson.«

»Der Unternehmer und Philanthrop. Verheiratet. War mal Milliardär, aber jetzt, da er und seine Frau so viel weggegeben haben – hauptsächlich an Organisationen, die neurodivergente Kinder unterstützen –, ist er einfach nur noch sagenhaft reich.«

Mein Mund klappte auf. »*Cyberstalkst* du mich?«

»Ich versuche nur, dich kennenzulernen.« Gabis Lächeln war

gefährlich. »Das ist nicht schwer, wenn deine Familie in der Öffentlichkeit steht.«

Ich atmete zwar, aber es kam keine Luft an. Ein Gewicht drückte mir auf die Brust und hinderte sie daran, sich vollständig auszudehnen.

»Ich komme mit«, sagte Niall, hebelte den Sharpie aus meinen tauben Fingern und gab ihn Qiana.

»Wenn Niall mitkommt, komme ich auch mit.« Gabi stand auf.

»Kann ich auch mitkommen?«, fragte Qiana. »Ich will deine Familie kennenlernen.«

Nein. Nein, nein, nein, nein, nein. Alarme schrillten und rote Lichter blitzten in meinem Kopf auf.

»Sam, ist alles in Ordnung?« Niall stand direkt vor mir, seine Hände umfassten meine Schultern. »Du siehst aus …«

»Ich glaube nicht, dass ihre Haut diese Farbe haben sollte«, sagte Qiana.

»Grün. Definitiv grün.« Gabi klang eher fasziniert als besorgt.

»Mir geht's gut.« Ich richtete mich auf. Ich schaffte das. Ich würde meine neue Scheinwelt des Verlagswesens mit meiner realen Welt kollidieren lassen. Ich konnte diesen Drahtseilakt vollführen, ohne die Verschwiegenheitserklärung zu verletzen. »Ihr müsst nicht mitkommen.«

»Ich bringe dich hin«, sagte Niall und ließ endlich meine Schultern los. »Nur um sicherzugehen, dass du nicht auf dem Bürgersteig in Ohnmacht fällst.«

»Wohin gehen wir?«, fragte Qiana.

Geschlagen gab ich ihr den Namen des Restaurants.

»Los geht's.« Sie führte uns nach draußen und bog links ab.

Niall ging neben mir, berührte mich nicht, war aber nah genug, dass sich unsere Arme berührt hätten, wenn er sich nicht so steif gehalten hätte. Ehrlich gesagt war es so besser. Besser, er war wütend auf mich, als wenn er mir einen seiner sanften Blicke zuwerfen würde, wie den, mit dem er mich gestern zum Schmelzen gebracht hatte, als er sich dafür entschuldigt hatte, in mein Zimmer eingebrochen zu sein.

Gabi ging mit Qiana vor uns, aber ich übersah ihre zusammengekniffenen Blicke nicht, die sie mir jedes Mal zuwarf, wenn wir an einem Zebrastreifen anhielten. Obwohl ihr dolchscharfer Blick meistens auf Niall landete, nicht auf mir.

Wir kamen ein paar Minuten vor sechs an, aber Jackson war schon da und lümmelte auf einem Stuhl im Wartebereich, die Augen auf sein Handy gerichtet. Er blickte auf, als die Februar-kalte Luft um uns herum hereinwehte.

Er strahlte. »Samwise! Du hast deine Freunde mitgebracht.«

»Nein, sie sind nur …«

»Hallo, ich bin Jackson Jones.« Er schüttelte allen die Hand, seine Knöchel wurden weiß, als er Nialls Hand packte. »Einen Tisch für fünf«, sagte er zum Kellner, der uns ins dunkle Innere zu einem runden Tisch in einer ruhigen Ecke führte.

Ich setzte mich neben Jackson. Als Niall sich auf meine andere Seite setzen wollte, schüttelte Jackson den Kopf. »Setzen Sie sich dorthin, wo ich Sie sehen kann, Prinz Harry.« Er deutete auf den Platz ihm gegenüber. Gabriela und Qiana füllten die Plätze auf beiden Seiten von Niall.

Qiana griff unter dem Tisch nach meiner Hand. »Irgendetwas Seltsames geht hier vor sich«, flüsterte sie. »Das ist wie direkt aus *Real Housewives*.«

»Willkommen zum Abendessen mit den Joneses«, murmelte ich.

Ich nahm die Speisekarte und tat so, als würde ich sie lesen. »Also, Jackson, was machst du in New York? Ich dachte, du wartest auf das Baby.« Ihr Baby sollte in ein paar Wochen kommen, ungefähr zum Ende der Tour. Das war einer der vielen Gründe, die ich Dr. Martell genannt hatte, warum ich nicht reisen konnte. Obwohl Alicia mir, als ich ihr von meiner Reise erzählt hatte, versichert hatte, dass sie wahrscheinlich über den Termin gehen würde, da es ihr erstes war. Ich würde rechtzeitig zur Geburt zurück sein.

»Eine Sache für die Stiftung heute. Alicia hat gesagt, ich muss hin. Anscheinend bekommen wir zehn Prozent mehr Spenden, wenn ich mit meinem charmanten Lächeln da bin.« Er ließ es am Tisch aufblitzen, dieses blendende Piratengrinsen.

Auf meiner anderen Seite seufzte Qiana. »*Schmacht*.«

»Ich fliege morgen früh als Erstes nach Hause. Ich *habe* dir geschrieben, dass ich komme.«

Die hätte ich wohl lesen sollen. Aber ich hatte meine Zeit zum Texten aufgegeben, um mit Niall rumzumachen. »Tut mir so leid, dass wir dieses Familientreffen nicht wiederholen werden«, murmelte ich mit den Augen auf der Speisekarte.

Der Kellner kam, um unsere Getränkebestellung aufzunehmen, zählte die Tagesgerichte auf und ging.

Jackson legte seine Speisekarte hin. »Ich habe ein Stück Fanpost für dich.« Er griff in seine Tasche und zog einen normalen Geschäftsumschlag heraus, auf dem mein Name gekritzelt war.

Ich nahm ihn ihm ab, hob die Lasche und faltete das Stück Papier darin auseinander. Es war eine Buntstiftzeichnung des Magiers. Die steif aussehende weiße Robe verriet es. Die Figur hatte meine blauen Augen und dunklen Haare, sogar meine Sommersprossen. In krakeliger Schrift stand unten: *Liebe Sam, Alle meine Freunde finden den Magier cool. Ich finde, du bist super. In Liebe, Noah.*

Ich schluckte. Ich war das genaue Gegenteil von super. Ich hatte meinen Neffen angelogen. Meinen Bruder. Jeden an diesem Tisch. Ich legte die Zeichnung neben meinen leeren Platzteller.

»Also, Sam, erzähl mir von diesem Buch.« Jacksons Blick war so spitz, er hätte die Wahrheit wie mit einer Pinzette aus meinem Gehirn zupfen können.

»Ähm.« Ich hob einen Finger und griff nach meinem Wasserglas. Ich stürzte es auf eine Weise hinunter, die Mutter schockiert hätte.

»Warten Sie.« Gabi richtete sich auf. »Sie wussten nichts von dem Buch Ihrer Schwester?«

»Nein, anscheinend hat sie vergessen, es bei unserem letzten Familienbrunch zu erwähnen.«

Eis klirrte gegen meine Lippen, und ich setzte das Glas ab.

Erinnerte er sich daran, dass Noah es beim Brunch letzten Monat gelesen hatte? Daran, dass sogar Nat gesagt hatte, sie hätte es gelesen, und ich nichts gesagt hatte?

Das Funkeln in seinen Augen sagte mir, dass er es tat.

»Ich, ah …«

Der Kellner kam mit unseren Getränken. Für einen wilden Moment überlegte ich, Qianas Rotweinglas umzustoßen. Vielleicht könnte ich während des daraus resultierenden Chaos fliehen.

Bevor ich eine Bewegung in Richtung ihres Glases machen konnte, legte sie ihre Hand über den Fuß. »Sie sollten es lesen. Es ist unglaublich. Wir nennen es eine genreübergreifende Mischung aus anspruchsvoller Literatur und Sci-Fi mit Urban-Fantasy-Elementen. Es hat nervenzerreißende Action mit einer Prosa, die die Sprache, wie wir sie kennen, verbiegt.«

»Auf Sam also.« Jackson hob sein Glas Tequila. »Und ihre literarische Karriere.« Er trank, und die anderen taten es ihm gleich. Ich hob mein leeres Wasserglas, und ein Kellnergehilfe eilte herbei, um es aufzufüllen.

Erleichtert nippte ich an meinem Wasser und lehnte mich in meinem Stuhl zurück. Er würde es gut sein lassen. Ich würde ihm das ganze Geheimnis erzählen – NDA hin oder her –, sobald ich wieder in San Francisco war. Und ich würde es tun, während er sein Baby hielt, damit er mich nicht erwürgen konnte.

»Doch …« Jackson setzte sein Glas ab. »Ich kann mich nicht erinnern, dass du jemals zuvor etwas geschrieben hast. Außer Code.«

Das war alles, was er sagen musste. Dieses eine Wort, *Code.* Er wusste es. Er verstand, woran ich mit CASE gearbeitet hatte, und er hatte die Zusammenhänge erkannt. Jetzt würde er seine Hand von der Seite heben und uns allen das ganze Bild zeigen.

Ich blickte zu Qianas Weinglas, aber sie hatte es außer meiner Reichweite geschoben.

»Es ist der beste Debütroman, den ich je gelesen habe«, sagte Niall mit einer Herausforderung in seiner Stimme. »Reines, unverfälschtes Talent. Ich kann es kaum erwarten zu sehen, wie sich ihr Stil weiterentwickelt.«

Jackson ließ seinen Blick von mir zu Niall wandern. »Niall Flynn.« *Herausforderung angenommen.* »Ich bin mehr ein Gamer als ein Leser, aber selbst ich habe von Ihnen gehört. Habe ich nicht gesehen, dass Sie letzten Sommer mit Lulu Bridges ausgingen? Eine umwerfende Frau. Macht das süßeste kleine Quietschen, wenn sie …«

Ich trat ihm auf den Fuß. Mein Bruder wusste eine Menge widerlicher Fakten über B-Promi-Schauspielerinnen.

»… lacht, wollte ich sagen.« Aber Jackson sah mich nicht an. Er starrte über den Tisch zu Niall, dessen Hände zu beiden Seiten seines Platztellers zu Fäusten geballt waren.

Der Kellner, der das schlechteste Timing der Welt haben musste – oder das beste –, kam, um unsere Bestellung aufzunehmen. Nachdem Qiana ihm die Speisekarte gereicht hatte, warf sie mir einen weit aufgerissenen Blick zu. »So viel besser als *Real Housewives*«, flüsterte sie.

Als der Kellner gegangen war, lehnte sich Jackson in seinem Stuhl zurück und fuhr fort, als wäre er nicht unterbrochen worden. »Also, Niall, da Lulu Ihr Interesse nicht gehalten hat, kann ich annehmen, dass Sie« – er schwenkte sein Glas mit dunklem Tequila und ließ seinen Blick zu Gabi und dann zu mir wandern – »Single sind?«

Niall blickte mich an, Unsicherheit in seinen vom Kerzenlicht verdunkelten Augen.

»Jackson …« Ich musste ihn jetzt aufhalten, bevor er mit der Was-sind-deine-Absichten-Befragung anfing.

»Ich denke, Niall ist in der Lage, diese rehbraunen Blicke, die er dir ständig zuwirft, zu erklären. Er ist schließlich ein Schriftsteller. Ein Meister der Sprache.«

»Wir sind Kollegen.« Ich umklammerte meine Serviette. »Freundschaftlich. Das ist alles. Du weißt, dass ich nicht mehr mache.« Jackson wusste auch warum.

Seine Augen waren voll von diesem Wissen, als er sie wieder

auf mich richtete. »Sam, ich …« Er runzelte die Stirn und zog sein Handy aus der Gesäßtasche. »Entschuldigen Sie mich.« Er schob sich vom Tisch weg und hielt sich das Handy ans Ohr. »Schatz«, murmelte er im sanftesten Ton, den ich je von ihm gehört hatte.

Nialls Gesicht war ausdrucksloser Stein. Dieses Wort, das ich wieder benutzt hatte –*Kollegen* – lag wie ein toter Vogel in der Mitte des Tisches.

Ich ließ ein paar Sekunden verstreichen und versuchte herauszufinden, was ich sagen könnte, um es besser zu machen, um ihn dazu zu bringen, mich nicht zu hassen, damit wir zu unserer ersten Nacht in New York zurückspulen konnten, als wir geredet hatten und alles zwischen uns weniger angespannt gewesen war.

»Niall, ich …« Aber die Worte versagten mir, wie sie es normalerweise taten.

Eine schwere Hand mit einem glitzernden Ehering landete auf meiner Schulter. »Sam, eine Minute?« Jackson neigte den Kopf zur Bar. Ich stand auf und folgte ihm.

Mein Bruder vibrierte mit etwas, das ich oft gesehen hatte, als wir aufwuchsen: dem Bedürfnis, sich zu *bewegen*. Und zwar *schnell*. Damals sprang er auf sein Fahrrad und raste davon, suchte nach Hügeln, auf denen er sich beim Hochklettern verausgaben und dann auf der anderen Seite hinunterrollen konnte, den Wind im Gesicht.

»Bei Alicia haben die Wehen eingesetzt. Ich muss *sofort* nach Hause. Scheiße!« Er fuhr sich mit der Hand durch die Haare, die nicht sein Handy umklammerte. »Warum zum *Teufel* habe ich nicht den Jet genommen?«

»Warte, was? *Jetzt?* Sie hat doch erst Ende des Monats Termin.«

»Sag das dem Baby.« Er packte meine Schultern. »Ich habe die Rechnung übernommen. Bleibt ihr und genießt euer Abendessen. Entschuldige mich. Entschuldige dich *nicht* in meinem Namen bei diesem – Niall. Ich habe vorhin nur gescherzt – meistens –, aber trotzdem. Sieht so aus, als würdest du ein gefährliches Spiel spielen. Du trampelst auf seiner Existenzgrundlage herum *und* brichst ihm das Herz? Ziemlich kalt, Sam.«

Auf seiner Existenzgrundlage herumtrampeln … Ich starrte auf seine Westernstiefel, die Zehe an Zehe mit meinen Kampfstiefeln standen. »Ich wollte nicht …«

»Ich weiß. Keiner von uns ist besonders feinfühlig. Im Einklang mit Gefühlen und dem ganzen Scheiß. Denk einfach darüber nach, was du tust, okay? Und wie es sich auf deine neuen Freunde auswirken könnte.«

Ich nickte. Er drückte meine Schulter, und dann waren seine Stiefel verschwunden, hämmerten auf den Boden, um so schnell nach Hause zu seinen Lieben zu kommen, wie sein Reichtum und seine Verbindungen ihn dorthin bringen konnten.

Ich blickte zurück zum Tisch, wo Gabi und Qiana sich wieder einander zuwandten, als hätten sie uns nicht angestarrt. Niall machte sich nicht die Mühe, so zu tun. Er hielt meinen Blick fest.

Ich konnte es nicht. Ich konnte nicht dorthin zurückgehen und mich den Folgen der Granaten stellen, die mein Bruder geworfen hatte.

»Tut mir leid«, formte ich mit den Lippen. Ich drehte mich um und folgte dem Weg, den Jackson aus dem Restaurant genommen hatte. Aber anstatt nach Hause zu Menschen zu fahren, die ich liebte, fand ich ein Taxi, das mich zurück zum Hotel bringen würde. Wo Bilbo Baggins keine Erwartungen an mich hatte. Wo ich nicht alles ruinierte, was ihm wichtig war.

22

NIALL

»SAM.« Ich klopfte an ihre Tür. Nicht laut – es war spät –, aber energisch genug, damit sie mich hörte. Sie konnte unmöglich schlafen. Nicht nach diesem Abendessen. Ich stand so unter Strom, dass ich vielleicht tagelang nicht schlafen würde. Wusste ihr Bruder, dass ich am Abend zuvor mit seiner kleinen Schwester herumgemacht hatte? Er war ein paar Zentimeter größer als ich, nicht so bullig, aber er würde hinterhältig kämpfen, mich mit seiner scharfen Zunge ablenken und dann unerwartet zuschlagen. Ich könnte sowieso nicht zurückschlagen; ich konnte nicht den Bruder von jemandem verletzen, der mir langsam wichtig wurde.

Was hatte er zu Sam gesagt, dass sie so blass geworden war? Wenn er etwas Verletzendes gesagt hatte, würde ich ihn finden und zu Boden bringen, Bruder hin oder her.

Bilbo schnüffelte am Türspalt. Dann kläffte er. Gut. Sie musste zur Tür kommen.

Die Kette klirrte. Dann der Riegel. Dann der zusätzliche Riegel von Gabis Cousin. Die Tür öffnete sich einen Spalt breit und gab den Blick auf einen kleinen Ausschnitt von Sam frei: dunkles Haar im Gesicht, müde Augen, blasse Haut, ein Trägertop und eine

Schlafanzughose. Ich zwang meinen Blick von ihren Schlüsselbeinen und cremefarbenen Schultern weg und konzentrierte mich auf ihr Gesicht.

»Ich musste sehen, dass es dir … Geht es dir gut?«

»Ja, nur … nur müde.« Sie öffnete die Tür so weit, dass Bilbo hinausschlüpfen konnte.

Als er an meinen Knöcheln kratzte, bückte ich mich, um ihn hochzunehmen. Er leckte mir übers Kinn. »Er – dein Bruder – hat doch nichts Gemeines gesagt, oder?«

Ihre Augen weiteten sich. »Das würde Jackson nie tun. Er war in Ordnung. Er musste los. Seine Frau liegt in den Wehen.«

»Oh. Wow.« Ein Bild schoss mir durch den Kopf, wie Sam ein Kind im Arm hielt, in seine großen blauen Augen hinabsah, es ein wenig wiegte und summte. »Kann ich reinkommen?«

»Nein.«

Die Antwort kam zu schnell, als hätte sie nicht darüber nachdenken müssen. Scheiße, ich hatte neulich alles vermasselt, weil ich zu forsch gewesen war. Sie wollte nur Kollegen sein. Und ich? Ich stand auf dem Flur vor ihrem Zimmer und bettelte darum, hereingelassen zu werden. Kollegen taten so etwas nicht. Nur Menschen, denen jemand wichtig war. Und ich konnte mir nichts mehr vormachen: Sie war mir wichtig. Ich musste es ihr sagen. Ehrlich zu ihr sein. »Nur zum Reden?«

Sie überlegte einen Moment. »Nein. Ich bin wirklich müde und wir haben morgen früh diesen Termin beim Verlag.« Sie streckte die Hände nach dem Hund aus.

»Schließ mich nicht aus, Sam.« Es war eine flehentliche Bitte.

Sie starrte auf meinen mittleren Hemdknopf. »Es ist spät.«

Ich legte den Hund sanft in ihre Hände. »Dann sehen wir uns morgen früh. Wollen wir vorher frühstücken?« Dann würden wir reden.

»Ich glaube nicht, Niall. Gute Nacht.« Sie schloss die Tür, und die Kette klimperte.

Verdammt. Was hatte ich getan?

———

AM NÄCHSTEN MORGEN tigerte ich vor den automatischen Schiebetüren des Hotels auf und ab. Ein halbes Dutzend Mal war ich kurz davor, zur Rezeption zu gehen, um sicherzustellen, dass sie nicht ausgecheckt hatte. Sie war fünf Minuten zu spät, es war immer noch Berufsverkehr und ... Scheiße. Es war mir scheißegal, ob wir zu spät kamen. Um Sam machte ich mir Sorgen.

Die Aufzugtüren öffneten sich und sie sprang mit Bilbo an der Leine heraus. »Entschuldigung. Entschuldigung, dass ich zu spät bin.« Ihre Augen wirkten heute Morgen nicht gequält; sie funkelten. »Ich habe auf die Nachricht gewartet. Ich bin Tante! Diesmal von einem Neugeborenen.« Sie drehte ihr Handy um und zeigte mir das Foto eines Säuglings, dessen Gesicht unter einem dieser rosa-blauen Krankenhausmützchen zerknautscht war. Ein durchsichtiger Schlauch lief unter seinen Nasenlöchern entlang. »Keine Sorge wegen des Sauerstoffs. Sie sagten, es geht ihr gut.«

Lächelnd streckte sie die Arme aus, und ich trat in ihre Umarmung und drückte sie fest. Ich atmete ihren Rosmarinduft ein. Vielleicht konnten wir zu der Freundschaft zurückkehren, die wir vor unserem Kuss hatten. Bevor alles den Bach runtergegangen war. »Herzlichen Glückwunsch.«

Sie löste sich aus meiner Umarmung. »Es ist ein Mädchen. Sie haben sie Valentine genannt. Weil, du weißt schon, heute Valentinstag ist.«

Ich hatte die Tage aus den Augen verloren. »Alles Gute zum Valentinstag.« Scheiße! Würde sie denken, ich wollte sie zu irgendeiner romantischen Aktivität zwingen? »Ich meine, für deine Nichte.«

Sie rümpfte die Nase. »Du hast recht. Jetzt bekommt er eine neue Bedeutung. Es *ist* ihr Tag. Und wie ich meinen Bruder kenne, wird er versuchen, den Namen *Jones* dem Feiertag hinzuzufügen. Er ist wegen ihr total aus dem Häuschen. Scheiße! Wir sind spät dran. Entschuldigung. Lass uns gehen. Gibt es ein Auto?«

»Wartet draußen.« Ich zog meinen Mantel enger um mich und

führte sie durch die automatische Tür zu der Limousine am Bordstein. Sie glitt mit Bilbo hinein und ich folgte ihr.

Sam füllte das Auto mit Gerede über ihre neue Nichte und zeigte dem Fahrer und mir jedes neue Bild, das hereinkam. Das Baby mit seiner Mutter, einer wunderschönen blonden Frau. Das Baby mit einem älteren Jungen, vielleicht einem Teenager, der sich leicht weglehnte, die Augen weit aufgerissen, als wäre das Kind ein Werwolf statt eines entzückend haarlosen Menschenbabys. Jackson, der irgendwie aufgedreht und erschöpft und überglücklich zugleich aussah. Eifersucht stach in meiner Brust. Er hatte alles: ein erfolgreiches Geschäft, eine Frau, die ihn liebte, eine Familie. Und er hatte mir wegen meiner Absichten mit seiner Schwester die Hölle heißgemacht.

Nun, weißt du was? Ich hatte die Absicht, sie wieder zu küssen, wenn sie mich ließ.

Sam hatte gerade einen Strauß gelber Rosen bestellt, der am nächsten Tag geliefert werden sollte – wir hatten beide wegen des Valentinstagsaufschlags große Augen gemacht –, als wir vor dem Gebäude von Happy Troll vorfuhren.

Als wir mit dem Aufzug in die unterste der drei Etagen von Happy Troll fuhren, rümpfte Sam die Nase. »Warum sind wir überhaupt hier?«

Ich beobachtete die Stockwerke, die auf dem Bildschirm über der Tür aufleuchteten. »Ein kleines Kennenlernen. Ich komme normalerweise vorbei, wenn ich in der Stadt bin. Um all den Leuten zu danken, die an meinem Buch gearbeitet haben. Sie mögen es, das Gesicht hinter den Worten zu sehen.«

In der Stille des Aufzugs hörte ich sie schlucken. Ich wollte nach ihrer Hand greifen, hielt aber inne und steckte meine Hand dann in meine Hosentasche. »Es wird alles gut. All diese Leute unterstützen dich. Keine schwierigen Fragen heute. Ich verspreche es.«

Ihr Lächeln war schwach, aber sie nickte.

Als sich die Tür öffnete, stand Qiana da und wippte auf den Zehenspitzen. »Sam!« Sie umarmte sie, als hätte sie sie vor weniger als vierundzwanzig Stunden das letzte Mal gesehen. »Niall! Es ist so aufregend!«

»Was ist aufregend?«

»Oh.« Ihre Augen wurden groß und sie zog ihre roten Lippen zwischen die Zähne. »Dass ... dass ihr hier seid. Heute.« Sie wirbelte herum und ging den Flur entlang. »Heidi ist im Gemeinschaftsraum.«

Irgendetwas war im Busch. Heidi hatte Assistenten, die ihr Kaffee holten, also war der plausibelste Grund für ihre Anwesenheit im Gemeinschaftsbereich, eine Ankündigung zu machen. War die neue Bestsellerliste herausgekommen?

War ich darauf? Oder Sam?

Ich folgte Qiana, ging an Sams Seite mit Bilbo zwischen uns, der stolzierte, als gehöre der Laden ihm, in den zentralen offenen Bereich, wo, tatsächlich, auf der Theke eine Ansammlung von Sektgläsern und eine ebenso große Anzahl von Menschen stand.

»Wer sind all diese Leute?«, flüsterte Sam.

Mein Herz raste. »Redaktionsassistenten – sie machen die Hauptarbeit, nachdem Heidi ein Buch akquiriert hat. Designer entwerfen die Cover und sorgen dafür, dass das Innere gut aussieht. Marketing- und Vertriebsleute stellen sicher, dass alle Verkaufsstellen die Bücher verkaufen wollen.«

»So viele Leute.«

»Ja.« Ich machte mir nicht die Mühe, ihr von der Finanzabteilung, der Personalabteilung oder dem Management zu erzählen, die das Unternehmen am Laufen hielten. Ihre großen Augen verrieten mir, dass sie bereits überfordert war.

Es mussten gute Nachrichten sein, oder? Scheiß drauf. Ich griff nach unten und drückte ihre Hand. Sie drückte zurück.

Heidi stand am anderen Ende des Raumes, wo sie alle überblicken konnte. »Hier sind sie«, sang sie. »Die Stars der Show!« Heidi hatte eine dramatische Ader.

Sam umklammerte meine Hand fester.

»Es sind gute Nachrichten. Das müssen es sein«, flüsterte ich, ebenso sehr zu meiner eigenen Beruhigung wie zu ihrer.

Assistenten reichten Sektgläser durch die Menschenmenge. Ich nahm eines, das Glas kühl in meinen zitternden Fingern. Sam umklammerte ihr Glas, ihre Knöchel waren weiß.

»Hat jeder eins? Gut, gut«, sagte Heidi. »Nun, ich habe eine fantastische Neuigkeit zu verkünden. Ich habe heute Morgen einen Anruf vom Komitee des Tower-Preises erhalten. Wir haben nicht nur einen, sondern zwei Nominierte heute hier bei uns.« Sie hielt inne, ein Grinsen erhellte ihr normalerweise ernstes Gesicht. »Unsere hauseigenen Niall Flynn und Sam Case wurden in der Kategorie Fantasy nominiert.«

Mein Magen machte einen Satz. Die Anspannung wich und ließ meine Knochen locker und leicht werden. Wärme breitete sich in meiner Brust aus. Das war besser als die Bestsellerliste. Eine Nominierung für den Tower-Preis war, wie Heidi sagen würde, eine sehr große Sache.

Heidi hielt für den Applaus und die Jubelrufe inne. Sie räusperte sich. »Zusätzlich wurde *Magie in der Maschine* für das beste Debüt nominiert.« Sie hob ihr Glas. »Herzlichen Glückwunsch, Sam und Niall.«

Der Raum brach erneut in Jubel und Pfiffe aus. Ich versuchte gar nicht erst, den Sekt zu trinken. Man klopfte mir auf den Rücken – wiederholt – und nachdem Qiana Sam losgelassen hatte, umarmte sie mich fest, direkt unter meinen Rippen.

»Herzlichen Glückwunsch, Leute!« Sie strahlte uns an, aber dann erstarb ihr Lächeln. »Sam, freust du dich denn nicht?«

Das Grinsen verschwand von meinem Gesicht, als ich Sam ansah. Sie war blass geworden, ihre Atmung flach und zu schnell. »Musst du dich setzen?« Hatte sie sich doch die Con-Grippe eingefangen?

»Nein, ich – ich bin in Ordnung.« Ihr Gesicht war hart und blass wie Marmor. »Nur überrascht, das ist alles.«

Ich hätte es fast geglaubt. Sie kannte die verschiedenen Zeitpläne für Preisnominierungen nicht. Letztes Jahr hatte ich an dem Tag, an dem die Nominierten bekannt gegeben wurden, am Telefon gewartet und, als es sich weigerte zu klingeln, auf der

Couch gelegen, erdrückt von der Last der Enttäuschung. Heute war ich zu sehr damit beschäftigt gewesen, mir Sorgen um Sam zu machen, um an die Bekanntgabe der Nominierungen zu denken.

Aber es gibt einen Unterschied zwischen einer guten und einer schlechten Überraschung. Ich muss vor Freude über die Anerkennung, über die Bestätigung gestrahlt haben.

Sam tat es nicht.

Statt ihrer normalen, kerzengeraden Haltung waren ihre Schultern nach vorne gekrümmt. Sie umklammerte das Sektglas, ihr Blick huschte durch den Raum.

Bilbo lehnte sich gegen ihr Bein und wimmerte.

Ich drückte Qiana mein Sektglas in die Hand. »Halt uns den Rücken frei. Wir brauchen eine Minute.«

Ich legte einen Arm um Sams Taille und führte sie in Heidis Büro. Ich ließ sie sanft in einen der Gästestühle gleiten und löste dann behutsam ihre Finger vom Stiel ihres Sektglases.

Ich legte meine Hand auf ihren Nacken, so wie sie es mochte. »Ich lasse dich einen Moment runterkommen. Ich bin direkt vor der Tür, also ruf mich, wenn du mich brauchst. Ich sehe in fünf Minuten nach dir, okay?«

Sie sagte nichts, außer einem kaum wahrnehmbaren Nicken.

Ich zog die Tür leise zu und lehnte mich dann dagegen. Ich verschränkte die Arme. Niemand würde hereinkommen. Sie brauchte eine Minute mit ihren Gedanken, fünf Minuten weg von all den Fremden und dem Lärm. Es würde ihr gut gehen, oder?

Es sei denn …

Noch vor einer Minute hatte ich mich bestätigt gefühlt, anerkannt, auf dem Gipfel der Welt. Anerkannt für meine Arbeit von Experten auf meinem Gebiet.

Aber wie üblich war Sam mir einen Schritt voraus.

Nur einer von uns konnte gewinnen.

Was, wenn sie es wäre?

Was, wenn ich es wäre?

23

SAM

ICH SASS auf dem Besucherstuhl in Heidis Büro und starrte auf die Nachricht.

Dr. Martell musste die Bekanntgabe des Tower Prize verfolgt haben. Ich hatte bis vor fünf Minuten nicht einmal gewusst, dass es diesen Preis überhaupt gab. Laut Niall war er in der Science-Fiction- und Fantasy-Community eine große Sache.

Und wenn *Magician* gewinnen würde und Martell und Heidi dann verkündeten, dass eine K.I. es geschrieben hatte, wie würde die Community dann reagieren? All die Leute, die ich getroffen hatte und die das Buch gelesen und geliebt hatten. Schriftsteller wie die auf dem Podium bei der Convention. Und Niall.

Niall. Ich rang meine zitternden Finger in meinem Schoß.

Der Mann hasste Technologie. Wer würde das nicht bei einem Vater wie diesem Arschloch, Paul Swift? Er würde die Vorstellung hassen, dass ich *Magician* »geschrieben« hatte, indem ich es auf einem Computer programmiert und dann einen Fehler bei der Eingabe gemacht hatte. Jackson hatte recht. Es würde seine Existenz bedrohen. Außerdem würde es sein künstlerisches Empfinden verletzen, zu denken, dass ein Computer Literatur erschaffen könnte.

Offensichtlich hatte er gehofft, nominiert zu werden. Und dass diese Nominierung nun dadurch, durch CASE, zunichtegemacht wurde? Er würde mir niemals verzeihen. Damit könnte ich nicht leben. Damit, dass diese freundlichen, grünen Augen kristallisieren, kalt und hart werden. Damit, dass sich das besondere Lächeln, das er mir vorhin geschenkt hatte, als sie den Preis ankündigten, zu einer Fratze des Schocks und der Enttäuschung verzog. Ich musste es ihm sagen.

Bilbo Baggins winselte und leckte mir über die Wange.

»Keine Sorge, Bilbo Baggins«, flüsterte ich. »Ich biege das wieder hin.«

Hinter mir ging die Tür auf. Perfekt. Ich würde es ihm hier im stillen Büro sagen, wo uns niemand stören würde und er so laut schreien konnte, wie er wollte. Ich drehte mich um. »Hey, Niall…«

»Samantha.« Heidis Mund war ein roter Strich. »Was für aufregende Neuigkeiten. Sie müssen sehr begeistert sein.«

Es war keine Begeisterung, die mit einem Paar bleierner Flossen in meinem Magen schwamm. »Ähm. Nicht wirklich? Das alles ist irgendwie ziemlich viel.« Ich strich über Bilbo Baggins' seidiges Fell.

Heidi schritt an mir vorbei, um sich hinter ihren Schreibtisch zu setzen. Ich musste blinzeln, um ihre Züge gegen das gräuliche Winterlicht aus dem Fenster zu erkennen. »Qiana sagt, Sie haben sich auf der Tour gut geschlagen. Die Verkaufszahlen sind hervorragend. Und mit der Preisnominierung erwarten wir, dass sie noch steigen.«

»Oh. Ich schätze, das ist gut?«

»Das ist ausgezeichnet. Wir sind sehr zufrieden mit *Magician in the Machine*. Und mit Ihnen, Samantha.« Sie stemmte die

Ellbogen auf den Schreibtisch und formte mit den Fingern ein Dach.

»Danke.« Ich vermutete, wenn ich schon keine Societylady mimen konnte, hatte ich eine Zukunft als Scheinautorin. Meine Mutter wäre so erfreut. »Aber wenn die Nominierung die Verkaufszahlen steigert, ist das nicht alles, was wir brauchen, um die Gültigkeit von CASE zu beweisen? Wir brauchen den Wettbewerb nicht. Könnten Sie *Magician* still und leise zurückziehen? Ich verspreche, ich würde kein Wort sagen.«

Sie lehnte sich in ihrem Stuhl zurück. »Samantha« – das einzige Anzeichen ihres Missfallens war ein Zucken um ihren Mund – »warum sollten wir uns aus dem Wettbewerb zurückziehen wollen?«

»Weil das Buch eine Fälschung ist. Weil es eine Lüge ist. Weil Sie einen echten Autor nominiert haben.« Ich deutete vage auf ihr einziges Bücherregal, in dem die Bücher nach Farben geordnet waren. Vielleicht hatte sie ein Exemplar von Nialls Buch bei den Grüntönen? Oder sein zweites Buch bei den Rottönen? »Wollen Sie nicht, dass Niall gewinnt?«

Sie wischte meine Worte mit einer Handbewegung beiseite. »Niall kann nächstes Jahr mit seinem nächsten Buch gewinnen. Das ist *Ihre* Zeit, Samantha. Die Zeit von CASE. Zeit, zu beweisen, dass das, was Sie getan haben, besonders ist. Dass *Sie* besonders sind. Das hat keinerlei Nachteile. Selbst wenn *Magician* verliert, wurde es immer noch als eines der besten halben Dutzend Bücher des Jahres nominiert. Wir haben bewiesen, dass es genauso gut ist wie ein manuell geschriebenes und lektoriertes Buch. Besser als die meisten.«

»Und – und wenn es gewinnt?«, krallte ich mich so fest an Bilbo Baggins, dass er keuchte.

»Wenn *Magician* gewinnt, haben wir der Welt gezeigt, dass CASE das überlegene Buch geschrieben hat. Und Happy Troll hat den entscheidenden Vorteil bei der Veröffentlichung weiterer K.I.-produzierter Bücher.«

»Aber – aber was ist mit Niall und Ihren anderen Autoren?

Was ist mit Ihren Lektoratsassistenten? Was ist mit Qiana?« Ein sternförmiger Schmerz schoss mir hinter das Auge.

Sie legte beide Hände flach auf ihren Schreibtisch. »Ich kann die Assistenten umfunktionieren, damit sie die Ergebnisse von CASE lesen und die besten Geschichten finden. Ich erwarte nicht, dass es jedes Mal etwas so Bemerkenswertes hervorbringt wie *Magician*. Na ja, noch nicht. Und es wird immer noch Platz für Niall und einige der anderen Autoren geben. Obwohl ich sagen muss, dass ich mich darauf freue, mich in Zukunft mit weniger Diven herumschlagen zu müssen. Und mit deren Agenten.

»Jetzt, mit dieser wesentlich kostengünstigeren und effizienteren Art der Inhaltsbeschaffung, können wir endlich die schmalen Gewinnspannen hinter uns lassen, die wir immer hatten.« Sie stieß sich von der Glasoberfläche des Schreibtisches ab und stand auf, gerade und kalt, vor der grauen, verschneiten Straßenkulisse hinter den Fenstern. »Das traditionelle Verlagswesen stirbt aus wie die Dinosaurier. Happy Troll wird wie ein Phönix aus der Asche steigen.«

»Moment. Sie planen, mit CASE Autoren und Lektoren einzusparen?« All die Leute da draußen, die Champagner tranken. Wie viele würden nächstes Jahr um diese Zeit noch da sein, wenn wir ein Dutzend weitere Bücher von CASE bekommen könnten? Zwei Dutzend?

Happy Troll würde mein Gesicht nicht mehr brauchen, wenn CASE kein Geheimnis mehr war. Keine Buchtour bedeutete keine Qiana.

Und mehr Bücher von CASE bedeuteten weniger Platz für Bücher von Niall. Obwohl ich in *Secrets of the Wood Elves* nicht weit gekommen war – seine Art zu schreiben war wunderschön, aber ich brauchte so lange, um sie zu entschlüsseln –, war ich weit genug gekommen, um zu wissen, dass es eine Geschichte war, die es wert war, erzählt und gelesen zu werden.

Und die Tatsache, dass er weniger Gelegenheiten bekommen würde, mehr zu schreiben, und weniger Geld für jedes Buch? Das war alles meine Schuld.

»Samantha, das ist das Geschäft.« Sie breitete ihre Hände aus, um das Büro zu umfassen, von dem mir gerade auffiel, dass es bis auf das einzelne Bücherregal in Schwarz- und Grautönen gehalten war. »Sie kommen aus einer Familie von Unternehmern. Sie sollten das verstehen.«

Hitze schoss in mir hoch, und ich stand ebenfalls auf. »Dieses Geschäft beeinflusst die Karrieren von Menschen. Nein. Ich mache das nicht. Sie müssen *Magician* zurückziehen.«

»Ich muss gar nichts dergleichen tun.« Heidi ließ sich wieder in ihren Stuhl gleiten. »Die Einzige, die hier etwas *tun* muss, sind Sie, Samantha.«

Aus einer Schublade zog sie einen gehefteten Stapel Papiere. Sie drehte ihn um, um mir meine Initialen auf der ersten Seite zu zeigen. »Das ist die Verschwiegenheitserklärung. Wenn Sie dagegen verstoßen, bevor wir Sie davon entbinden, werden wir Sie verklagen. Sie mögen denken, dass Sie nicht genug Geld haben, als dass wir uns die Mühe machen würden, aber ich werde sicherstellen, dass es ein sehr öffentlicher Prozess wird.«

Ich zuckte zusammen. Das enttäuschte Gesicht meiner Mutter tauchte in meiner Vorstellung auf.

Dann wurde es von Nialls Gesicht verdrängt. Wenn ich es ihm jetzt sagte, könnte er vielleicht etwas tun. Einen anderen Verleger finden. Sich auf Filmrechte und Merchandising konzentrieren. Eine Schriftstellergewerkschaft gründen? Er würde mich vielleicht immer noch hassen, aber zumindest hätte er Zeit, nachzudenken, zu planen.

»Lassen Sie es mich Niall sagen. Ich fühle mich komisch dabei, das vor ihm geheim zu halten, während wir zusammen auf Tour sind.«

Sie kniff die Augen zusammen. »Ich habe gehört, Sie und er sind sich sehr nahegekommen. Und Qiana nennt Sie eine Freundin.«

Ich sagte nichts. Sie würde doch nicht meine Freunde gegen mich verwenden, oder?

Doch, das würde sie.

»Nein. Ich will nicht, dass davon etwas herauskommt, bis der Tower Prize verliehen wurde. Ich möchte nicht, dass das Nominierungskomitee *Magician* zurückzieht. Sie haben schon so viel erreicht. Sie können es noch eine weitere Woche auf Tour geheim halten. Und dann können Sie zurück in Ihr Labor huschen. Ich verspreche, ich werde John einen guten Bericht geben. Vielleicht komme ich sogar zu Ihrer Promotionsfeier.«

Heidi war eine kluge Frau, und sie kannte mein Kryptonit. Ich würde über diese Bühne schreiten, meine Mutter und Dr. Martell würden lächeln, und dann würde ich mit meinem Doktortitel nach Idaho gehen. Ich hoffte, die Universität lag mitten im Nirgendwo, wo man keinen Handyempfang hatte. Vielleicht war das Forschungslabor unter einem Berg versteckt.

Komisch, es schien nicht mehr so verlockend wie früher. Mich vor meinen Problemen zu verstecken, kam mir plötzlich feige vor.

Und ich war eine Feiglingin. Das Blei breitete sich nach oben in meine Brust aus. Schwere – Trägheit – erfasste mich. »Okay. Ich werde nichts sagen.«

»Ich wusste, Sie würden zur Vernunft kommen. Und jetzt gehen wir wieder da raus und feiern weiter.«

24

NIALL

Zum zweiten Mal innerhalb ebenso vieler Tage klopfte ich an Sams Tür, während sich ein mulmiges Gefühl in meinem Bauch ausbreitete. Heute Morgen war sie wegen ihrer neugeborenen Nichte noch ganz aus dem Häuschen gewesen, aber bei Happy Troll hatte sich das Blatt gewendet. Warum war sie nicht so begeistert wie ich von der Nominierung für den Preis gewesen?

Ich umklammerte die Flasche Champagner, die Qiana mir von der Feier zugesteckt hatte. In meiner anderen Hand klirrten zwei Weingläser aus dem Hotel.

Obwohl es erst fünf war, öffnete Sam die Tür wieder in einem Tanktop und einer Schlafanzughose. Die Vorhänge in ihrem Zimmer waren zugezogen.

»Hast du geschlafen?«

»Nein, ich habe gearbeitet.« Sie blickte zurück zu ihrem Laptop, der auf dem Schreibtisch aufgeklappt war, und sprang zurück ins Zimmer, um ihn zuzuklappen.

»Darf ich reinkommen? Ich habe das hier mitgebracht.« Ich hielt ihr die Flasche entgegen.

Sie rümpfte die Nase. »Champagner ist nicht so mein Ding.«

»Nicht?« Als ich das Zimmer betrat, fiel die Tür krachend ins Schloss. Ich zuckte zusammen.

»Er erinnert mich an zu viele steife Partys. So wie die, auf der ich dich kennengelernt habe.«

»Findest du mich steif?« Ich stellte die Gläser auf die Kante des Schreibtisches, weit weg von ihrer empfindlichen Computerausrüstung.

Ein Mundwinkel zuckte nach oben. »Ich dachte, du wärst einer von denen, als Gabis Fotograf auftauchte. Ich bin froh, dass ich mich geirrt habe.«

»Ich – äh.« Es war Zeit für ein Geständnis. Ich konnte mit Sam nicht weitermachen, wenn ich ihr nicht die Wahrheit sagte. »Ich habe mir auch einen Eindruck gebildet. Von dir. Eigentlich ging es gar nicht um dich. Nur um dein« – ich machte eine vage Geste zu ihrer zerknitterten karierten Hose und ihrem Trägertop – »Erscheinungsbild.«

»Mein Erscheinungsbild?« Sie verschränkte die Arme vor der Brust, und ein Träger rutschte ihr von der Schulter.

Ich wandte den Blick ab. Warum war ihre Schulter ohne dieses Stück Gummiband so viel sexier? »Wie wäre es mit einem Bier aus der Minibar?«

Sie schnaubte. »Ich habe mir die Preise angesehen. Zehn Dollar für ein Coors Light? Nein, danke.«

»Ich zahle. Ich glaube, das hier geht mit ein bisschen Alkohol besser.« Ich öffnete den Minikühlschrank und holte zwei Flaschen heraus. Ich bot sie ihr an, und sie wählte das Pils. Ich drehte den Verschluss des Lagerbiers ab, hob es ihr in einer Art halbem Toast entgegen und nahm einen langen Zug.

Sie fand den Öffner auf dem Kühlschrank, ließ den Kronkorken abspringen und nippte an ihrem Bier. »Ein Dollar. So viel hat dieser Schluck gekostet.«

Ich runzelte die Stirn. »Warum machst du dir Sorgen um Geld? *Magician* verkauft sich gut, laut Heidi. Außerdem bist du eine Erbin.«

Diesmal stürzte sie das Bier hinunter. Ihre Lippen lösten sich glänzend, rosa und feucht vom Flaschenhals. »Nicht mehr. Ich habe meinen Treuhandfonds weggegeben. Ich wollte keine Zielscheibe sein. Ein Opfer. Nicht noch einmal.«

»Ein Opfer?« Mein Herz setzte in meiner Brust aus. »Wurdest du entführt? Erpresst?«

»Ich möchte lieber nicht darüber reden.« Sie setzte sich auf das Bett, neben Bilbo, der zusammengerollt dalag. »Was geht mit Alkohol leichter von der Zunge?«

Ich zog die Augenbrauen in Richtung des Schreibtischstuhls hoch. Nach einem Blick auf ihren geschlossenen Laptop nickte sie. Ich drehte den Stuhl zum Bett und setzte mich.

»Als ich dich traf, hatte ich Probleme. Mit dem Schreiben. Ich steckte fest. Und dich zu treffen, hat etwas in meinem Gehirn gelockert.«

Ihre Lippen kräuselten sich zum ersten Lächeln, das ich gesehen hatte, seit sie mir heute Morgen die Fotos von Baby Valentine gezeigt hatte. »Du hast mich deine veilchenäugige Muse genannt.«

Wärme stieg von meinem Hals in meine Wangen. »Aber da ist noch mehr. Ich – ich habe eine Figur erschaffen. Basierend auf dir. Auf deinem Aussehen. Und auf Dingen, die ich mir über dich vorgestellt habe.«

Ihre Augen weiteten sich. »Dinge, die du dir über mich vorgestellt hast? Wie zum Beispiel Fantasien?«

Die Hitze breitete sich über meine Stirn aus. »Keine Sexfantasien. Nur normale Fantasysachen. Ich habe mir eine Waldelfe mit deinen Zügen vorgestellt. Deinen Augen. Deiner« – ich schluckte – »Haut. Sie hat Nieven aus der Falle gerettet, in die er getappt war. Und dann hat sie ihn auf seinen Abenteuern begleitet.«

»Wie heißt sie?«

»Lobelia. Wie die Blume.«

Sie rümpfte die Nase.

»Ich nehme nicht an, dass du *Treachery* schon gelesen hast?« Ich hatte sie *Secrets* lesen sehen, aber sie schlug das Buch immer schnell zu, als wäre es ihr peinlich. Ich war derjenige, der sich hätte schämen sollen. Ihr Debütroman war Welten über meiner kleinen Abenteuergeschichte. Ein jugendlicher Versuch im Vergleich zu ihrem literarischen Werk.

»Ich wollte zuerst *Secrets* zu Ende lesen.« Sie fuhr mit ihren zarten Fingern durch Bilbos Fell. »Ich liebe es bisher, aber ich muss auch etwas gestehen. Ich, äh, ich bin keine schnelle Leserin. Ich habe Legasthenie. Es wird buchstäblich eine Ewigkeit dauern, bis ich ein so dickes Buch durchgelesen habe. Ich schaffe es vielleicht nicht bis zu *Treachery*.« Sie biss sich auf die Lippe.

Jetzt ergaben einige ihrer Antworten während der Fragerunde einen Sinn. Wie sie nie mehr als ein paar Autoren nennen konnte, die sie inspiriert hatten. Wie sie keine aktuellen Kenntnisse der Populärliteratur zu haben schien. Wie ihr vor jeder öffentlichen Lesung schlecht geworden war.

»Das muss schwer zu überwinden gewesen sein. Und trotzdem hast du es geschafft, das ganze Studium durchzuziehen.«

Sie blickte vom Hund auf, ihr Lächeln war gequält und bitter. »Es ist nichts, was ich ›überwunden‹ habe. Es ist etwas, mit dem ich jeden Tag umgehe. Etwas, das mich für den Rest meines Lebens begleiten wird.«

»Tut mir leid. So habe ich das nicht gemeint.« Ich hatte meine Bewunderung ausdrücken wollen und es dann total vermasselt.

»Ich weiß.« Sie beugte sich vor und legte eine Hand auf meine. »Das sagen die meisten Leute. Denk daran, ich bin mit vielen Vorteilen aufgewachsen. Privatschulen. Nachhilfelehrer. Es war für mich einfacher als für manch andere.«

»Ich wette, du hast dir trotzdem den Arsch aufgerissen. So wie du es getan hast, um bei den Buchvorstellungen besser zu werden.«

Sie biss sich auf ihre weiche, volle Lippe. »Ich habe es versucht. Für meine Mutter war es aber nie genug. Und als sie endlich akzeptierte, dass ich es nicht überwinden würde, dachte sie sich, sie würde mich dazu erziehen, eine gute Frau für einen klugen Mann zu sein.«

Mein Blut kochte. »Soll heißen, er wäre der Kopf eurer Beziehung?«

»Ja.« Sie zeichnete ein Muster auf Bilbos Fell. Er zuckte im Schlaf. »Darin war ich auch nicht besonders gut.«

Ich nahm einen großen Schluck Bier in der Hoffnung, es würde mich abkühlen. Das tat es nicht. »Aber im Schreiben warst du gut.«

Sie hielt inne. »Nicht wirklich. Aber ich war gut mit Computern. Irgendwie verschwammen die Codes für mich nicht so wie die Wörter in Büchern. Mein Bruder Jackson hat das entdeckt und mich ermutigt. Er war danach so eine Art Vaterersatz für mich.«

Nachdem sie ihren Vater verloren hatte. Vielleicht hatte ich einen der beschissensten Väter der Welt, aber immerhin hatte ich noch einen. Ich wünschte, ich hätte das über Jackson gewusst, bevor ich neulich beim Abendessen so mürrisch zu ihm war. Obwohl mir immer noch nicht gefiel, wie er mit ihr über ihr Buch gesprochen hatte. »Aber er hat dein Schreiben nicht unterstützt.«

»Er hat seine Gründe. Und die sind ziemlich gut.« Sie zupfte am Etikett ihrer Flasche.

Ich legte meine Hand über ihre. »Dein Buch ist unglaublich. Denk an all die Leute, die du damit berührt hast. So wie Tolkien dein Herz berührt hat.« Sie hatte gesagt, sie sei keine große Leserin, aber der Beweis, dass sie Bücher mochte, schnarchte an ihrer Seite.

»Das war eigentlich mein Dad. Er liebte Tolkien und L'Engle. Oder er liebte es, sie mir vorzulesen. Als ich alt genug war, lasen wir abwechselnd, und er war so geduldig mit mir. Meine Mutter hätte aufgegeben. Aber nicht mein Dad. Er hat bei nichts aufgegeben.«

Sie war eine Minute lang still.

»Möchtest du darüber reden? Über ihn?«

»Nein. Jedenfalls nicht jetzt. Vielleicht ein andermal.«

Ich verstand, dass man nicht darüber reden wollte, ohne einen Vater aufzuwachsen. Aber dann hatte ich eine Idee. »Ich könnte dir vorlesen. Wenn du willst.«

»Wirklich? Im Ernst? Das würdest du tun?« Ihre Augen weiteten sich. »Weil ich es liebe, dir beim Vorlesen zuzuhören. Bei den Veranstaltungen. Ich will immer, dass du weitermachst.«

Ich kicherte. »Das ist der Sinn der Sache. Und jetzt, nur für dich, mache ich weiter.«

Sie sprang auf und wühlte in ihrer Laptoptasche, bis sie das Buch hervorholte. Die Kanten des Taschenbuchs waren ein wenig gekräuselt und abgenutzt, aber der Rücken war noch steif.

»Komm schon.« Sie neigte den Kopf zum Bett.

Oh, verdammt. Daran hatte ich nicht gedacht. Ich umrundete das Bett auf der anderen Seite, streifte meine Schuhe ab und setzte mich vorsichtig auf die Bettdecke. Ich streckte meine Beine auf dem Bett aus und lehnte mich an das Kopfteil zurück. Sie zog ihre Beine unter die Decke, schüttelte ein paar Kissen auf und lehnte sich neben mich.

Ein Lesezeichen aus dem Laden in Chicago markierte die Mitte einer Szene in Kapitel Drei. »Soll ich hier anfangen?«

»Ja, das ist gut.«

Ich las ihr meine Worte vor. Den ersten Entwurf dieses Kapitels hatte ich vor Jahren geschrieben, als ich noch auf dem College war. Die Worte wirkten unreif, ungeschickt. So wie ich damals gewesen war. Nichts im Vergleich zu Sams eleganter, nebulöser Prosa. Ich hatte heute Nacht einen winzigen Schimmer von ihr gesehen, aber ansonsten war Sam wie ihr Buch. Wunderschön. Undurchdringlich.

Nach einer Weile ruhte Sams Kopf auf meiner Schulter, und dann war es nur natürlich, dass mein Arm sich um sie legte und sie näher an mich zog. Ich versuchte, nicht daran zu denken, wie ihr Vater sie wahrscheinlich genauso gehalten hatte. Nicht, während ich den Rosmarin in ihrem Haar roch und versuchte, meine Augen auf der Seite zu halten und nicht auf den oberen Rundungen ihrer Brüste, wo sie im Stoff ihres Trägertops verschwanden, dem flachen Tal dazwischen, den spitzen Brustwarzen, die der dünne Stoff nicht verbarg.

»Warum hast du aufgehört?« Sie wandte ihr Gesicht zu

meinem und muss die unverfälschte Lust dort gesehen haben. »Oh.«

Ich ließ das Buch auf die Decke fallen. »Es hat nicht geklappt.«

Sie leckte sich über die Unterlippe. »Was hat nicht geklappt?«

»Es aus meinem System zu bekommen. Es ist immer noch in meinem System.« Poetisch, ich weiß. Aber das Blut hatte mein Gehirn verlassen und sich anderswo gesammelt.

»Was ist in deinem System?«

»Du.« Ich senkte meinen Kopf. Ich wollte meine Lippen auf ihre krachen lassen, sie nehmen, sie plündern wie meine Wikinger-Vorfahren. Aber ich war ein Mann des einundzwanzigsten Jahrhunderts, und ich hatte mehr Zurückhaltung als das. Na ja, normalerweise. Ich zögerte, einen Zentimeter von ihren Lippen entfernt.

Sie streckte ihren langen Hals und küsste mich, ihre Lippen nicht mehr weich, sondern fordernd, drängend. Sie nahm, und ich gab. Und gab und gab und gab, bis ich atemlos war. Ich löste den Kuss und vergrub ihren Kopf unter meinem Kinn, atmend, als wäre ich gerade die neun Treppen zu unserem Stockwerk hochgerannt.

Sie pflanzte einen Kuss auf meinen Hals, und ich fröstelte. Ihre Lippen kräuselten sich auf meiner Haut. »Und jetzt? Bin ich aus deinem System?«

Niemals. Sie würde niemals daraus verschwinden. Nicht, solange ich sie in meiner Fantasie festhalten konnte. Ich schüttelte langsam den Kopf und rieb meine Nase in ihrem seidigen Haar.

»Ich glaube, es braucht mehr als nur ein paar Küsse, meinst du nicht auch?«

Ich nickte.

Sie zog sich so weit zurück, dass sie mir in die Augen sehen konnte. Ihre Pupillen hatten die Iris fast vollständig verschluckt, aber ihr Ausdruck war ernst, beinahe grimmig. »Am Ende der Tour gehe ich zurück nach San Francisco. Ich mache meinen Abschluss, und dann werde ich eine Postdoc-Stelle irgendwo weit weg von allem annehmen. Keine Buchtouren mehr, kein« – ihr

Atem stockte – »gar nichts mehr. Du und ich, das ist vorbei, wenn die Tour endet. Verstanden?«

Sie musste wahrscheinlich in ihre Schreibhöhle zurückkehren, um ein weiteres Buch zu produzieren, genau wie ich auf die Farm zurück musste. Dafür brauchte sie ihren Freiraum.

Meine Brust zog sich zusammen. Aber sie hatte mehr als das gesagt. *Du und ich, das ist vorbei.* Das klang endgültig. Als ob sie nichts Dauerhaftes mit mir wollte. Sie war nicht die erste. Das war mein Vater gewesen. Und dann all die Mädchen, die es lustig fanden, mit einem Dichter vom Bauernhof abzuhängen, aber beim ersten Anzeichen von frischem Mist das Weite suchten.

»Niall.« Mein Name auf ihren Lippen stoppte meine rasenden Gedanken. »Ich mag dich. Sehr sogar, okay? Aber wir haben unterschiedliche Ziele. Langfristig werden wir nicht funktionieren. Aber ich würde dich gerne genießen, solange ich kann.« Sie bewegte sich, und der Träger ihres Tops rutschte wieder herunter und enthüllte den Ansatz ihrer Brust.

Jeder rationale Gedanke verflüchtigte sich. »Ja«, knurrte ich. Ich drückte sie auf den Rücken, küsste ihre Schulter, wo der Träger gewesen war, und wanderte dann mit Küssen entlang der oberen Kurve ihrer Brust. Ich schob den Stoff beiseite, der kaum ihre Brustwarze bedeckte, und leckte sie. Ihre Haut schmeckte auch kräuterig. Erdig. Wie der Wald nach einem guten Regen. Ich saugte ihre Brustwarze in meinen Mund und liebkoste sie.

Sie vergrub ihre Hände in meinen Haaren und hielt mich an sich. »Ich bin froh, dass wir uns« – sie stöhnte – »über den Plan einig sind.«

Ich richtete mich ein wenig auf, dehnte ihre Brustwarze und ließ sie freispringen. »Den nicht-dauerhaften Plan.«

Sie wand sich. »Genau den.«

Ich zog den anderen Träger herunter. »Wenn ich fertig bin, wirst du dir wünschen, ich wäre dauerhaft.«

»Keine Chance.«

Aber das war, bevor ich mich auf ihre andere Brustwarze stürzte und meine Zunge um sie kreisen ließ. Meine Zähne. Ein winziger Biss an der Unterseite ihrer Brust, der sie die Luft anhalten ließ. Dann ein festerer Biss direkt auf ihre Brustwarze.

Sie stieß einen unverständlichen Laut aus, der mein Name gewesen sein könnte oder vielleicht »niemals«, aber sie hielt meinen Kopf fest, und ich widmete mich weiter ihrer Brust, bis sie mich mit einem keuchenden Atemzug wieder losließ.

Ich hauchte einen sanften Kuss direkt über ihr pochendes Brustbein. »Bist du dir da sicher? Mit der nicht-dauerhaften Sache?«

»Oh, ganz schön große Töne für einen Kerl, der denkt, er hätte schon das Spiel gewonnen, dabei ist er kaum vom Start weggekommen.« Ihre Lippen verzogen sich spielerisch nach oben.

»Vom Start weggekommen? Ich überlege gerade, ob ich mir die nächste Etappe schnappe.« Ich ließ eine Hand unter die Decke gleiten, über ihre Schlafanzughose, hielt aber am Bund inne. Ich zog die Augenbrauen hoch.

»Niall Flynn.« Sie schlug mit den Wimpern. »Ich dachte, Sie wären so ein netter junger Mann, der mir die Türen aufhält, meine Taschen trägt und mich bei nächtlichen Spaziergängen beschützt.«

»Ich glaube nicht, dass du nett willst.« Ich umfasste sie zwischen ihren Beinen. Und tatsächlich, der Schritt war feucht.

Sie schüttelte langsam den Kopf. »Nein. Will ich nicht.«

Ich fuhr mit einem trägen Finger ihre Konturen nach. Sie wand sich.

»Was willst du, Sam?«

»Ich will dich.«

Ich drehte meine Hand um, tauchte in ihre Schlafanzughose – sie trug kein Höschen – und fand die heiße Nässe darin. Ich ließ einen Finger durch die Gipfel und Täler gleiten, die ich gerade erkundet hatte. Dann schob ich einen Finger in sie hinein. Sie stöhnte und rieb ihre Hüften an mir.

Ich zog meinen Finger zurück, strich über ihren Kitzler und zeigte ihr die Feuchtigkeit auf meinem Mittelfinger. Als ich ihn in meinen Mund nahm und daran saugte, stockte ihr der Atem.

»Du bist überhaupt kein netter junger Mann«, flüsterte sie.

»Nein. Ich bin auf einem Bauernhof aufgewachsen. Ich habe das Ficken auf Heuböden gelernt. In Schuppen. Im Sommer unter den Bäumen. Nicht in Hotelzimmern. Aber ich werde dafür sorgen, dass du dich besser fühlst als bei jedem dieser feinen Pinkel. Willst du das, Sam?«

Ihre Augen waren dunkel, die Lider schwer. »Das will ich.«

Ich schlug die Decke von ihr und zog ihre Schlafanzughose herunter. Ich warf sie auf den Boden. Ihr Trägertop war immer noch bis zur Taille hochgerutscht, aber ich konnte nicht warten. Ich positionierte sie, die Knie angewinkelt und so weit gespreizt, dass meine Schultern dazwischenpassten. Zwischen ihren Beinen war sie rosig gerötet und geschwollen, ihre Erregung tropfte von ihr, und ihr Duft erfüllte meine Nasenlöcher. Aber bevor ich meinen Kopf zu ihr senkte, fragte ich: »Bist du damit einverstanden?«

Sie hob den Kopf und schob sich ein Kissen darunter. »Ja. Ja.«

Ich leckte sie, ein langer Zungenstreich von ihrem Spalt bis hin zu ihrem Kitzler.

»Ja.« Ihre Stimme war hauchdünn.

Ich spreizte sie mit meinen Daumen und machte mich mit ihrem Duft, ihrem Geschmack vertraut, was sie sich winden ließ, was sie die Luft anhalten und still werden ließ. Ich strich mit einem Finger durch ihre Nässe, ersetzte meine Zunge durch meinen Finger und drang in sie ein, stieß im selben Rhythmus zu, in dem ich gegen die Matratze stieß. Ihre Hüften bäumten sich auf. Ich zwängte einen zweiten Finger hinein, und sie stöhnte. Sie war eng und feucht, und ich wollte nichts sehnlicher, als mich in sie hineinzustoßen und sie zu spüren, Haut an Haut. Aber noch nicht.

Während ich noch mit den Fingern arbeitete, wanderte meine Zunge an ihren geschwollenen Lippen entlang bis zu ihrem Kitzler. Ich umkreiste ihn mit der Zungenspitze. Sie krallte ihre zarten Finger in die Bettlaken, ihre Knöchel wurden weiß.

Ich legte meine Zunge flach an und strich darüber. Sie stieß ein ersticktes Stöhnen aus, als hätte sie den Atem angehalten. Ich leckte noch einmal ihren Kitzler, bevor ich ihn sanft zwischen meine Lippen saugte. Ihre Beine zitterten.

Ich sah ihr ins Gesicht. Ihr Kopf war gegen das Kissen zurückgeworfen, pechschwarzes Haar ergoss sich darüber. Ihr Mund war offen, ihre Atemzüge kamen schnell, und ihre Augen waren fest zugekniffen. »Sieh mich an, Sam.« Ich wollte diese klaren, intelligenten Augen auf mir. Vielleicht waren wir nicht für immer, aber ich war hier, jetzt. Und gab ihr Lust. Und der Höhlenmensch in mir wollte, dass sie es wusste. »Sieh mir zu, wie ich dich zum Kommen bringe.«

Ihre Augen schnellten auf, und die Art, wie sie mit schweren Lidern auf mich hinabsah, wie ich ausgestreckt auf dem Bett lag, gab mir das Gefühl, ein Diener zu sein, der sich vor seiner Königin verneigt. Sie war wunderschön wie eine der Elfenköniginnen in meinen Büchern, diamanthart und glitzernd. Aber ich hatte einen Weg in ihre innerste Kammer gefunden, wo sie nackt und sich windend und erdig war. Ich war derjenige, der auf dem Bauch vor ihr lag, aber sie hatte mir heute Nacht die Macht gegeben, ihr zu gefallen.

Ich streifte sie mit meinen Zähnen, und sie schrie auf. Ein weiterer fester Saugstoß genügte, und sie bog sich nach oben und drückte sich fest gegen mein Gesicht. Ich stieß meine Finger noch ein paar Sekunden lang ein und aus und wurde dann langsamer, als ihre Beine schlaff wurden und zu beiden Seiten auseinanderfielen. Ich ließ von ihrem Kitzler ab, fuhr aber mit einer Reihe langer, träger Lecker fort, bis sie stöhnte und meinen Kopf berührte. Mit einem letzten Lecker legte ich meine Wange auf ihren Oberschenkel. Ihre Augen verließen meine nicht.

»Das hast du auf einem Heuboden gelernt?«

Ich kicherte. »Es stand nicht gerade auf dem Lehrplan der Landjugend, aber wir haben uns manchmal davongestohlen, wenn die Treffen langweilig wurden.«

»Was habt ihr bei diesen sehr lehrreichen Landjugend-Treffen sonst noch so gemacht?«

»Ein bisschen Veterinärmedizin, ein bisschen Cunnilingus. Ein paar Stunden Bodenanalyse, ein buchstäbliches Schäferstündchen im Heu. Wir mussten nur aufpassen, dass wir die Tiere darunter nicht aufschreckten. Nichts ist schlimmer als ein schreiender Esel, der die Stimmung verdirbt.«

Sie lächelte und zwirbelte eine meiner Haarsträhnen. »Ich wünschte, ich hätte dich damals gekannt. Ich glaube, du wärst ein guter Freund gewesen.«

Ihre nach unten gezogenen Mundwinkel verrieten, dass sie in der Highschool den einen oder anderen guten Freund gebraucht hätte. Nachdem sie ihren Vater verloren hatte, von einer Mutter mit unrealistischen Erwartungen bedrängt wurde und Jackson wahrscheinlich schon am College war, muss sie verloren und einsam gewesen sein. Und Highschool-Kids haben eine Art, so etwas zu wittern und auszunutzen.

»Tut mir leid, für die Landjugend bist du ein bisschen zu alt, aber wir können jetzt Freunde sein.« Eine Idee kitzelte in meinem Hinterkopf. Ich müsste aber zuerst Mom und Opa fragen.

»Freundschaft plus, wie man so schön sagt?« Ein Mundwinkel zuckte nach oben.

Ich fuhr mit einem Finger die Innenseite ihres anderen Oberschenkels hoch und hinterließ eine Spur von Gänsehaut auf ihrer Haut. »Meine Vorzüge sind viel billiger als die der Minibar.«

Bilbo, der das Bett verlassen hatte, als es zu wackeln begann, winselte und kratzte an der Tür.

Sam stöhnte. »Ich habe es vergessen. Es ist Zeit für seinen letzten Spaziergang. Nur eine Minute, Bilbo Beutlin.« Sie stützte sich auf einen Ellbogen und zog ihr Tanktop hoch.

Ich richtete mich auf und legte eine Hand auf ihr Bein, um sie aufzuhalten. »Ich mach das. Ich bin noch angezogen.« Obwohl ein Spaziergang mit einer Erektion bestenfalls unbequem wäre.

Ihre Augen weiteten sich, als ob ihr das gerade erst bewusst geworden wäre. »Ich bin dir ins Gesicht gekommen, und du bist noch angezogen?« Sie bedeckte ihr Gesicht mit den Händen. »Ich bin, so was von, die schlechteste Freundin-plus aller Zeiten.«

»Nein.« Ich packte ihr Handgelenk und zog eine Hand von

ihrem Gesicht. Ich küsste ihre Handfläche. »Ich hatte eine gute Zeit. Und jetzt werden Bilbo und ich etwas Männerzeit verbringen. Entspann dich, okay?« Sie brauchte das. Und sie hatte diesen Orgasmus gebraucht. Die Preisverkündung war eine Menge für sie gewesen. All die Leute im Büro des Verlags. Sie stellte sich wahrscheinlich schon die neuen Fremden vor, die sie bei der Preisverleihung treffen müsste. Ich beugte mich vor, streifte ihre Lippen mit meinen und rutschte dann vom Bett.

Bilbos Leine hing über dem Türknauf. Ich befestigte sie an seinem Halsband und schloss die Tür sanft hinter mir.

25

NIALL

SAM MOCHTE ZWAR GESAGT HABEN, dass sie Bilbo mitgebracht hatte, weil er ihr bester Freund war, aber Sam war nicht Bilbos einzige Freundin.

Bilbo war eine richtige Hundehure.

Von dem Moment an, als ich mit ihm die Lobby betrat, zog Bilbo Bewunderer an wie die Aasgeier das Aas. Zwei alte Damen in Seidenkostümen beugten sich mit knarrenden Knien zu ihm hinunter, um seinen Kopf zu tätscheln. Bilbo grinste die ganze Zeit.

Der Page rief: »Warte, Bilbo Baggins«, und eilte mit einem Hundekeks herbei. Bilbo zerkrümelte ihn über den ganzen Hotelteppich und ließ sich von dem Mann hinter den Ohren kraulen.

Draußen trabte Bilbo die Straße entlang wie ein Don in einem Gangsterfilm und nahm Anerkennung und Leckereien als sein gutes Recht entgegen. Frauen mit Laptops, Frauen mit Yogamatten und Frauen mit Zwillingskinderwagen folgten ihm und baten darum, ihn streicheln oder Selfies mit ihm machen zu dürfen. Bilbo war an diesem Tag bestimmt in mehr Instagram-Posts zu sehen als ich auf dieser Fantasy-Convention.

Nicht, dass ich eifersüchtig gewesen wäre. Auf einen Hund.

Zog Sam dieselbe Art von Aufmerksamkeit auf sich, wenn sie mit ihm Gassi ging? Wären die Männer, die sich im Hintergrund hielten und Bilbo aus der Ferne bewunderten, auf Sam zugegangen, wenn sie mit ihm unterwegs gewesen wäre? Hätten sie versucht, ihre Nummer zu bekommen?

Der verdammte Hund war gefährlich.

Als uns ein Trio von Touristen mit mehr Kameraausrüstung als Annie Leibovitz direkt am Parkeingang aufhielt, kam mir eine Idee.

Ich zog mein Handy hervor, um mein allererstes Handyfoto zu machen. Ich würde es Gabi per SMS schicken – eine weitere Premiere.

Ich fummelte an dem Handy herum und tippte auf den Bildschirm, um ihn zu aktivieren. Scheiße, der Akku war leer. Oder es war kaputt.

Oder … ausgeschaltet.

Ich drückte den An-Knopf, und endlich erwachte der Bildschirm zum Leben. Und spielte eine Minute lang elektronische Musik und ein Video ab. Das Ding war mehr Ärger als es wert war. Währenddessen nahm ich eine der komplizierten Kameras der Touristen entgegen, um ein Gruppenfoto von ihnen mit ihrem neuen besten Freund zu machen, der für das Foto sogar lächelte und dabei die Zunge heraushängen ließ.

Rampensau.

Meine Hosentasche summte. Nachdem ich dem Touristen die Kamera zurückgegeben hatte, zog ich mein Handy heraus. Gabis Name leuchtete auf dem Bildschirm auf.

»Hey, ich habe gerade an dich gedacht«, sagte ich.

»An mich? Der neuste Nominierte für den Tower Prize denkt an seine niedere Agentin, Tippse und ehemals beste Freundin?«

»Ehemals?«

»Das ist eines der vielen Wörter, die ich beim Abtippen deiner Manuskripte gelernt habe. Es bedeutet früher –«

»Ich weiß, was es bedeutet. Warum bist du meine ehemals

beste Freundin?« Ich fand eine Bank im Park unter einer Straßenlaterne, während der Himmel von einem rosaroten Sonnenuntergang zu einem dämmerungsblauen Grau verblasste. Bilbo streckte sich zu meinen Füßen aus.

»Warum musste ich aus dem verdammten Internet vom Tower Prize erfahren? Mein Freund Niall hätte mich angerufen, um die gute Nachricht mit mir zu teilen, vielleicht wäre er sogar mit einer Flasche Sekt vorbeigekommen. Als also kein Anruf kam, dachte ich, verdammt, er ist wieder übergangen worden. Mal sehen, ob diese falsche Prinzessin, Samantha, eine Nominierung bekommen hat. Und siehe da, da stehen eure beiden Namen auf der Liste der Nominierten.«

»Entschuldige. Wenn ich gewinne, werde ich dich in meiner Dankesrede auf jeden Fall erwähnen. Ich war abgelenkt.«

»*Wenn* du gewinnst. Abgelenkt durch die Nominierung oder etwas – oder jemanden – anderes?«

»Sam war von der Bekanntgabe etwas überfordert. Ich musste sicherstellen, dass es ihr gut geht.«

»Und?«

»Es geht ihr jetzt besser.« Gabi war meine beste Freundin, aber ich würde ihr bestimmt nicht erzählen, dass ich Sam entspannt hatte, indem ich sie geleckt hatte. »Sie war sehr angespannt. Besonders nach dem Abendessen mit ihrem Bruder. Ich bin nicht sicher, was mit ihr los ist.« Sie mochte sich mir zwar offenbart haben, aber ihr Verstand war immer noch so fest verschlossen wie die Kronjuwelen.

»Sie ist wirklich ein Rätsel. Sie ist bei Weitem nicht so piekfein und hochnäsig, wie ich erwartet hatte. Sie schien ziemlich mitgenommen wegen der Zeichnung des Kindes.«

»Sam mag Kinder. Sie kann gut mit ihnen.«

»Ach ja? Was für ein Zufall. Du magst auch Kinder. Soweit ich mich erinnere, hattest du vor, dieses Bauernhaus zu füllen mit –«

»Nein, Gabi, darüber reden wir jetzt nicht.«

»Ich sage ja nur, vielleicht hast du mehr mit Sam gemeinsam, als du dachtest.«

Ich stand auf und ging um die Bank herum. »Was soll das heißen?«

»Du magst sie.«

Bilbo bellte einmal. Ich erstarrte und sah ihn an. Bilbo wedelte mit dem Schwanz. »Natürlich mag ich sie.«

Bilbo bellte erneut.

»Nein, du magst sie *wirklich*. Du hast Visionen davon, sie mit auf den Hof zu nehmen. Ihr deine geheime Bucht zu zeigen. Eine große Hochzeit auf der Wiese. Lauter vornehme kleine blauäugige Babys zu zeugen.«

»Das ist lächerlich.« Wie zum Teufel hatte sie das erraten? »Pscht, Bilbo.« Er hörte auf zu bellen, warf einen kurzen Blick über die Schulter auf sein Hinterteil und drehte sich im Kreis, um seinen Schwanz zu jagen. Er brauchte Platz zum Laufen, keine Spaziergänge an der Leine.

»Du hast doch nicht mit ihr geschlafen, oder? Du weißt, wie du wirst, wenn Sex im Spiel ist. Da gibt es dann das Kennenlernen der Familie und Ausflüge zum Hof und Gerede von für immer –«

»Nein.« Dann, leise, »Nicht ganz.«

Sie holte dramatisch Luft. »Was zum Teufel soll ›nicht ganz‹ bedeuten? Gab es einen Orgasmus?«

»Möglicherweise gab es einen.« Wie schaffte sie es nur immer, meine Geheimnisse aus mir herauszulocken?

»Dann war es Sex. Pass auf, Niall. Die Prinzessin hat Geheimnisse. Investiere keine Gefühle, bevor du nicht weißt, welche das sind.«

»Jeder hat Geheimnisse.« Sams Legasthenie war nicht mein Geheimnis, das ich teilen durfte.

»Ich weiß, du magst sie. Aber sie wird dir das Herz zerfetzen, wenn sie geht.« Ich wusste, was sie dachte, auch wenn sie es nie sagen würde. Dass ich empfindlich darauf reagierte, wenn mich Leute verließen. Wegen dem, was mein Arschloch von einem Vater getan hatte.

Aber Sam war nicht wie er. »Ich werde vorsichtig sein.«

»Lügner. Hüte dein weiches Herz, Niall.«

Deshalb waren wir Freunde geblieben, nachdem wir uns getrennt hatten. Wegen der Fürsorge. »Hüte du es. Du hattest es zuletzt.«

Gabi schnaubte. »Bitte. Wenn du mich gewollt hättest, wärst du mir in die Stadt gefolgt. Versuch nicht, mich vom Thema abzulenken. Das hier ist wichtig.«

»Was denn?«

»Niall.« Sie dehnte meinen Namen, als wäre ich ein Kind oder ein sehr unartiger Welpe. »Ihr seid beide für den Tower Prize nominiert. Das macht euch zu Rivalen.«

»Nein!«

»Nein? Was, wird einer von euch sich aus dem Wettbewerb zurückziehen?«

»Natürlich nicht. Das ist großartig für uns beide.« Aber … sollten wir? Was würde passieren, wenn einer von uns gewinnt? Das würde bedeuten, der andere verliert. Würde der Verlierer deswegen verbittert sein? Würde ich es sein? Sollte ich mich zurückziehen, um mir den Schmerz zu ersparen?

»Niall. Tu. Es. Nicht. Zieh dich nicht zurück.«

»Werde ich nicht. Wahrscheinlich. Nominiert zu sein, ist eine Ehre. Das ist riesig für unsere Karrieren. Ich bin sicher, Sam und ich werden damit klarkommen, wer auch immer gewinnt.« Tatsächlich würde ich, wenn ich zurück ins Hotel kam, mein »Ich-freue-mich-so-für-dich-dass-du-gewonnen-hast«-Lächeln vor dem Spiegel üben.

»Das ist mein genervtes Augenrollen, Niall.«

Bilbo setzte sich auf und bellte. Ich tätschelte seinen Kopf.

»Ich muss Bilbo zurückbringen.«

»Ich sehe dich morgen bei der Autogrammstunde. Ruh dich aus, okay?«

Ich zerrte an Bilbos Leine, um ihn zurück zum Hotel zu lenken. »Mach ich.«

»Gut. Und Niall?«

»Ja?«

»Wenn du für einen Pulitzer oder einen Nobelpreis nominiert wirst, rufst du mich an, ja?«

»Abgemacht.«

Bilbo führte den Weg zurück zum Hotel an, sein Schwanz wehte hinter ihm wie eine Fahne.

———

ICH KLOPFTE LEISE AN SAMS TÜR, falls sie eingeschlafen war. Der heutige Tag war eine Menge für sie gewesen. Für uns beide.

Aber sie öffnete, bekleidet mit einer Schlafanzughose und diesem Trägertop, das mich wahnsinnig machte. Meine Erektion, die ich endlich weggescheucht hatte, erwachte wieder zum Leben.

»Danke, dass du dich um Bilbo Baggins gekümmert hast.«

Sie hob ihn hoch und wiegte ihn in ihren Armen, stellte ihm unsinnige Fragen, als könnte er antworten, während sie in ihr Zimmer ging. Ich ließ die Leine fallen und sie schleifte auf dem Teppich hinter ihnen her.

Sie blickte über die Schulter. »Kommst du rein?«

Ohne mein Gehirn einzuschalten, trugen mich meine Füße in ihr Zimmer. Die Tür knallte hinter mir zu.

Sie machte Bilbos Leine ab und setzte ihn auf den Boden. Er rannte ins Bad und schlabberte lautstark sein Wasser.

»Dieser Hund ist gefährlich«, brummte ich. »Ich kann dir gar nicht sagen, wie viele Leute uns angehalten haben, um ihn zu streicheln.«

Sie lachte, zu laut für das Gekicher einer Dame von Welt, aber die Musik war immer noch da. »Er liebt die Aufmerksamkeit. Er wird so traurig sein, wenn …« Ihr Lächeln verblasste.

Mein Herz begann zu rasen. »Wenn was, Sam? Wenn die Tour vorbei ist?« Gab es eine Chance, dass sie mich auch nicht gehen lassen wollte?

Sie verzog das Gesicht. »Wenn wir San Francisco verlassen und ich meine Postdoc-Stelle antrete. Es ist an einer winzigen, erlesenen Universität, die sehr coole Sachen mit Computern macht, aber es wird dort nicht annähernd so viele Gelegenheiten geben, Freunde zu finden.«

»Du hast dich für eine kleine Universität entschieden?«

»Ja. Laut Google Maps besteht die Gegend hauptsächlich aus Maisfeldern, einer kleinen Stadt und der Universität. Sonst nichts für kilometerweit.«

»Klingt so, wie ich aufgewachsen bin. Außer der Universität. Dafür muss man in die Stadt fahren.« Verdammt. Ich hatte endlich eine Frau getroffen, die weite, offene Landschaften und kleine Städte mochte, und sie brauchte eine erstklassige Universität. Enchanted Forest war die schönste Stadt der Welt, aber sie war nicht für ihre Computerfähigkeiten bekannt, es sei denn, man zählte die beiden uralten öffentlichen Computer in der Bibliothek dazu.

»Hat es dir gefallen, dort aufzuwachsen?« Sie rieb mit der anderen Hand über einen nackten Arm, als wäre ihr kalt.

»Mehr als alles andere.«

»Ich weiß, dass mir die Universität gefallen wird. Der entscheidende Faktor ist, dass sie tausend Meilen von zu Hause und zwei Stunden vom nächsten großen Flughafen entfernt ist. Ich werde endlich etwas Freiraum bekommen.«

Ich konnte die unausgegorene Idee nicht zurückhalten, die aus meinem Mund sprudelte. »Hey, wenn du Freiraum brauchst, wir haben bald ein paar Tage frei. Ich hatte vor, nach Hause nach Enchanted Forest zu fahren und meine Familie zu sehen.«

Sie grinste. »Ich kann immer noch nicht glauben, dass du in einer Stadt wohnst, die tatsächlich Enchanted Forest heißt.«

Ich zuckte mit den Schultern. »Sie verdient den Namen. Es ist der beste Ort der Welt. Du könntest auch mitkommen. Es ist ruhig. Du würdest eine Pause von all den Leuten bekommen. Dem Stress. Und Bilbo könnte so viel rennen und spielen, wie er will.«

Als Bilbo seinen Namen hörte, trabte er aus dem Badezimmer und wedelte mit dem Schwanz.

»Oh. Ähm, ich hatte eigentlich vor, einfach im Hotel abzuhängen. Ein bisschen was arbeiten.« Sie deutete auf ihren Laptop auf dem Schreibtisch.

»Natürlich. Kein Druck. Du kannst es dir ja überlegen.«

»Sicher.«

Es war ein »danke, aber nein danke«-*Sicher*. Und sie hatte wahrscheinlich recht. Vielleicht wäre es besser, wenn sie die Einladung ablehnen würde, die ich gar nicht hatte aussprechen wollen. Gabis Worte hallten in meinem Kopf nach. *Kennenlernen der Familie und Ausflüge zum Hof und Gerede von für immer.* Sam hatte mir versichert, dass sie kein Mensch für die Ewigkeit war.

»Ich sollte gehen. Ich habe morgen diese frühe Talkshow.«

»Eine Talkshow?«

»Ja.« Ich rieb mir den Nacken, der heiß geworden war. »Qiana hat mich heute Nachmittag angerufen. Ein Gast ist ihnen abgesprungen. Und nach der Nominierung haben sie mich gebeten, den Platz zu füllen.«

»Das ist wunderbar, Niall. Fernsehen.« Sie klang aufrichtig. Ihre violetten Augen leuchteten.

»Das wird jetzt nicht komisch, oder? Dass wir beide für den Tower Prize nominiert sind?«

Sie erbleichte, und das war die einzige Antwort, die ich brauchte. Natürlich würde es komisch werden.

»Ich will nicht an den Tower Prize denken. Nicht heute Nacht.« Sie trat an mich heran und legte ihre Handflächen auf meine Brust. »Du warst vorhin so gut darin, mich abzulenken. Willst du es noch einmal tun?«

Sie musste gefühlt haben, wie mein Herz unter ihren Händen raste. Wie mein Atem ging. Meine Eier, die schon seit einer Stunde schmerzten, seit ich mein Gesicht in ihr vergraben hatte, kribbelten. Natürlich wollte ich es noch einmal tun. Aber ich legte meine Hände auf ihre und zog sie von meiner verräterischen Brust. *Hüte dein weiches Herz, Niall.*

»Ich bin nicht sicher, ob das eine gute Idee ist.« Die Worte fühlten sich an wie Glasscherben in meiner Kehle.

Sie grinste. »Weil heute Valentinstag ist? Ich schwöre, ich bin keine dieser liebestollen Personen, die sich an dich klammern wie eine Klette, wenn wir am vierzehnten Februar Sex haben.«

»Nein, natürlich nicht.« Wenn ich an die Magie des Valentinstags glauben würde, hätte ich sie genau hier und jetzt geliebt. Wenn ich sie nur dazu bringen könnte, sich an mich zu klammern und mich nicht wegwerfen zu wollen, sobald die Tour vorbei war.

Ihr verspieltes Lächeln verblasste. »Wegen des Preises? Weil ich –«

»Nein.« Ich drückte ihre Hände. »Der Preis hat nichts mit uns zu tun.« Ich versuchte, die Worte in meinem Kopf richtig zu formulieren, bevor ich sie aussprach.

»Warum dann?«

»Ich entwickle langsam ein paar … Gefühle für dich. Gefühle, von denen ich weiß, dass du sie nicht erwiderst. Und Sex wird das verkomplizieren.«

»Aber wir hatten doch schon Sex.«

Ein Schmerz brach über meiner linken Augenbraue aus. Gabi hatte dasselbe gesagt. »Und es war fantastisch. Aber ich muss hier aufhören. Es sei denn, du hast deine Meinung geändert, was das Ende nach der Tour angeht?« Ich hasste den hoffnungsvollen Unterton in meiner Stimme. Er klang zu sehr nach den hundert Malen, die ich meinen Vater gebeten hatte, nach Hause zu kommen.

Sie schüttelte den Kopf. Ihre Augen waren matt geworden, als hätte sie einen Samtvorhang über sie gezogen.

Ich küsste sie, sanft, kurz. »Gute Nacht, Sam. Und die Einladung zum Hof? Rein platonisch. Ich glaube, du könntest die Pause gebrauchen.«

Sie blickte auf ihre nackten Zehen.

Als ich sie auf den Scheitel küsste, musste ich den Atem anhalten, um ihrem verlockenden Duft zu entgehen. Ich kraulte Bilbos Kinn und verließ ihr Zimmer, wobei ich die Tür sanft hinter mir schloss.

Platonisch. Sobald das Wort aus meinem Mund war, hallte es voller Falschheit wider. Abgesehen von meinen Freunden in

Enchanted Forest hatte ich noch nie jemanden dorthin eingeladen, von dem ich nicht dachte, dass ich in ihn verliebt war. Der Hof war zu besonders, meinem Herzen zu nah, um ihn mit Bekanntschaften zu überladen.

Sam gehörte dorthin. Sie hatte sich den Weg in mein Herz gebahnt und ihr Lager aufgeschlagen. Und ich hatte sie hereingelassen, gefährlich nah an alles, was mir heilig war.

26

SAM

WÄHREND ICH AUF dem Rücksitz der Limousine schmorte, die vor dem Fernsehstudio im Leerlauf wartete, öffnete ich meine Fäuste, damit ich eine Freundin anrufen konnte.

»Oh. Mein. Gott«, sagte ich, sobald Marlee meinen Videoanruf annahm.

»Was ist los?« Als sie sich mit dem Telefon bewegte, erblickte ich eine nackte, muskulöse Schulter und Bettlaken hinter ihr. Bilbo Baggins, der sich im Auto an mich schmiegte, neigte beim Klang ihrer Stimme den Kopf.

»Scheiße, ich habe die Zeitverschiebung vergessen. Habe ich dich geweckt?« Ich legte eine Hand über meine Augen.

»Mein Wecker hätte in ein paar Minuten geklingelt. Mach dir keine Sorgen. Und du kannst deine Augen wieder aufmachen. Ich trage ein Nachthemd. Geht es dir gut?« Sie knipste ein Licht an und setzte sich an ihren Küchentisch. Im Hintergrund grummelte eine Kaffeemaschine.

»Ich ...« Plötzlich schwand die Wut, die mich dazu gebracht hatte, meine Freundin anzurufen, zu einem dumpfen Schmerz in meiner Lunge. »Ich schätze, ich hatte ein paar Gefühle und wollte ein freundliches Gesicht sehen.«

»Gefühle wegen …?«

Ich hätte alles Mögliche sagen können. Wegen der Reise. Meiner Doktorarbeit. Doch was herauskam, war die Wahrheit. »Wegen Niall.«

»Deinem heißen Tour-Partner?« Ihre Augen weiteten sich. »Er *ist* ja dein OTP!«

»Was? Nein.« Ich fummelte mir meine Ohrhörer in die Ohren.

»Aber, Sam, du hast gesagt, du hattest Gefühle. Du hattest für niemanden Gefühle, mit dem du … Warte! Habt ihr miteinander geschlafen?«

Ich vergrub mein Gesicht im Nacken und war froh, dass Marlee über meine Kopfhörer und nicht über den Lautsprecher meines Telefons zu hören war. Was wir in meinem Bett getan hatten, zählte kaum, da ich die Einzige war, die gekommen war. Und als ich mich danach hätte revanchieren wollen, hatte er abgelehnt. »Sozusagen?«

»Ach du heiliger Stephen Hawking. Und war es …?«

»Ja, natürlich.« Meine Wangen brannten. »Farmboy-Magie«, murmelte ich.

»Was dann …?«

»Gefühle sind scheiße.« Ich senkte meine Stimme, damit der Fahrer nicht so tun musste, als würde er mich nicht hören. »Er hatte heute Morgen ein Interview in einer der Talkshows, und …«

»In welcher?«

Ich nannte ihr den Namen, und sie blickte aus dem Bild und tippte etwas in einen Laptop. Ich hatte mich genauso gefühlt wie damals, als ich in sein Zimmer gegangen war und Gabi dort gewesen war. Ein Brodeln in meinem Magen und das Bedürfnis zuzuschlagen, das eklige Gefühl mit einem Stoß kinetischer Energie zu verbrennen. Ich hatte so fest auf den Ausschaltknopf der Fernbedienung gedrückt, dass er in seiner Fassung stecken geblieben war.

Ich strich über Bilbo Baggins' Fell. »Jedenfalls war die Interviewerin total kokett und … und anbiedernd, und er hat es ihr aus der Hand gefressen, und dann bekam ich Sodbrennen und musste, keine Ahnung, zig Tabletten dagegen nehmen.«

»Brandi Brewer. Ja, sie ist hübsch. Aber er schläft mit *dir*.«

Ich zuckte zusammen, als ich mich daran erinnerte, wie er mich am Abend zuvor abgewiesen hatte. »Nicht direkt.«

»Oh. *Oh.*« Ihre Augen wurden ganz weich und zerschmolzen wie Karamell. »Aber du willst es.«

»Nur … nur für den Sex.«

Marlee schüttelte den Kopf. »Wenn du ihn nur für Sex wollen würdest, wäre es dir egal, ob er mit Brandi Brewer flirtet. Du steckst jetzt mittendrin.«

»Worin mittendrin?«

»In der Liebe.« Und sie stieß einen wahrhaft glücklichen Seufzer aus. Sie blickte auf, und ihr Verlobter, Tyler, küsste sie auf die Lippen. Dann schlurfte er aus dem Bild.

»Ich kann dir hundertprozentig sagen, dass ich nicht in Niall Flynn verliebt bin.« Obwohl, wie wäre es wohl, wenn mich jemand morgens so küssen würde? Mir eine Tasse Kaffee an die rechte Hand stellen würde? Ich blinzelte, um meine brennenden Augen zu befeuchten. Sicher, es wäre schön. Aber ich war gut in Informatik, nicht in Beziehungen. Das hatte Stephen bewiesen.

»Aber …«

Die Autotür öffnete sich, und Niall glitt ins Auto. »Entschuldigung, dass ich zu spät bin. Ich …«

Der Schwall an Wärme, den ich spürte, war nur Freude darüber, dass ich das Gespräch mit Marlee beenden konnte, das überhaupt nicht so verlaufen war, wie ich es gewollt hatte. Es lag nicht an Niall. »Hey, Marlee, ich muss los.«

»Warte, nein. Wir sind noch nicht fertig. Du musst dich darauf einlassen …«

»Wir sprechen uns später, tschüss«, sagte ich hastig und drückte auf den Beenden-Knopf. Ich versuchte, Niall anzulächeln, aber die pomadisierten, rotbraunen Wellen seines Haares erinnerten mich daran, wie gut er vor der Kamera ausgesehen hatte. Neben Brandi.

»Hey, tut mir leid.« Nialls Augenlider waren schwer, und violette Schatten wurden nur halb von seinem achtlos abgewischten Make-up verdeckt. »Das hat länger gedauert, als ich dachte.«

Natürlich hatte es das. Wegen des ganzen Flirtens. Ich setzte das Lächeln auf, das ich bei den Veranstaltungen meiner Mutter benutzte. »Mach dir keine Sorgen.« Ich griff nach einem Taschentuch aus der Box in der Konsole und rieb über die Spuren von Foundation auf seinem Gesicht.

»Hey, ich brauche diese Haut noch.« Er hielt meine Hand an und nahm mir das Taschentuch ab, wischte sanfter als ich es getan hatte. »Stimmt etwas nicht? Bist du sauer, weil ich zu spät bin?«

»Nein. Ich will das hier nicht einmal machen.« Die Lesung an diesem Tag fand an einer örtlichen Universität statt. Da ich selbst eine war, wusste ich, dass die Studenten sich mit ihren schwierigen Fragen an uns in einem Spiel des gegenseitigen Übertrumpfens ergehen würden. Ich würde mich nicht mit meinen vagen Antworten über Tolkien und L'Engle durchmogeln können. Und Niall sollte mich nicht retten müssen.

»Was ist dann los?«

Er rieb sich die Wange, und mein Blick schoss zu einer Stelle links neben seinem Mund. »Ist das Lippenstift?«

»Was?« Aber er musste gewusst haben, wovon ich sprach, denn er wischte über die Stelle.

»Ist er von dir oder von ihr?«

»Von ihr?« Seine roten Augenbrauen hoben sich.

»Dieser … dieser Interviewerin. Der Blonden. Wie-heißt-sie-noch-gleich.« Natürlich kannte ich ihren Namen. Er hatte ihn während ihres Interviews nur etwa hundertmal gesagt.

»Brandi Brewer. Du hast es also gesehen.«

»Ich hatte es laufen, während ich mich angezogen habe.« Ich zuckte mit den Schultern und schaute aus dem Fenster.

»Du bist doch nicht etwa sauer, oder?«

»Natürlich nicht. Worüber sollte ich denn sauer sein? Es ist ja nicht so, dass wir … Jedenfalls fand ich es nicht professionell von ihr, so mit dir zu flirten.«

»Mit mir zu flirten?«

Ich starrte auf die Gebäude, an denen wir vorbeifuhren, aber ich stellte mir vor, wie seine roten Augenbrauen irgendwo in der Nähe seines Haaransatzes nach oben gezogen waren.

Ich hasste mich selbst, als ich meine Stimme zu einer nasalen Imitation von Brandi-Brewer-der-Interviewerin erhob. »›Ich interviewe nicht viele Autoren mit einer Figur wie Ihrer. Möchten Sie uns Ihre Trainingsroutine verraten?‹ ›Besteht die Chance, dass Sie einen Gastauftritt in der Serie haben werden?‹ ›Sind Sie mit jemandem zusammen?‹« Wie sich mein Magen umgedreht hatte, als sie das gefragt hatte. Natürlich hatte er Nein gesagt. Und die Luftküsschen. Ugh.

Warum benahm ich mich so? *Fühlte* mich so? Ich war nie eifersüchtig gewesen. Okay, ich war eifersüchtig auf das Mädchen gewesen, mit dem Stephen nach mir zusammen war. Obwohl ich gewusst hatte, dass er eine Schlange war, hatte ich ihm mein Herz geschenkt und hatte nicht alle Teile zurückbekommen, nachdem er es gebrochen hatte. Und genau deshalb konnte ich Niall keinen Teil davon geben. Wenn ich noch mehr Teile verlieren würde, könnte es dann weiterschlagen? Ein kalter, schwerer Klumpen lag mir im Bauch.

»Sam.« Er wartete, bis ich meinen Blick wieder auf ihn richtete. »Es hat nichts bedeutet. Sie war mir egal. Nicht so wie …« Die Röte begann an seinem Hals und stieg ihm bis in die Wangen.

Der Klumpen in meinem Bauch löste sich. Okay, dann.

»Oh. Hey. Ich hatte eine Idee.« Seine Augen funkelten. Er zog sein Handy aus der Gesäßtasche, runzelte die Stirn und tippte darauf.

Mein Handy vibrierte in meiner Hand. »Du hast mir eine SMS geschrieben?« Er hatte mich wegen logistischer Dinge angerufen, aber er hatte mir noch nie eine SMS geschrieben.

»Besser als eine SMS.« Er lächelte mit geschlossenem Mund, als würde er ein Geheimnis für sich behalten.

Ich blickte auf den Bildschirm. Oben erschien eine Benachrichtigung.

Niall Flynn hat Ihnen das Hörbuch Die Geheimnisse der Waldelfen geschenkt.

»Ein Hörbuch?«

»Ja, ich dachte, du würdest es dir lieber anhören, als es zu lesen. So wie wir es gestern Nachmittag gemacht haben.«

Die Sitzung von gestern Nachmittag hatte den Bonus eines Orgasmus. Egal wie gut die professionelle Erzählung war, ich glaubte nicht, dass ich davon kommen würde. Trotzdem war es nett. Nachdenklich. Sehr Niall-mäßig. »Danke.« Ich beugte mich vor und küsste seine Lippen, nur ein Kuss, wirklich. Ich wollte für mehr verweilen.

»Gern geschehen.« Er leckte sich über die Lippen. »Sag mir Bescheid, wenn du für das zweite bereit bist.« Seine glänzenden Lippen verzogen sich zu einem koketten Lächeln.

Wärme blühte zwischen meinen Beinen auf. *Jetzt, jetzt, jetzt,* sang mein Körper.

»Okay.« Meine Stimme war zu hoch und heiser. Ich räusperte mich. »Entschuldigung, dass ich vorhin komisch war. Die Tour macht mir wohl zu schaffen.«

Er atmete tief ein. Ließ die Luft wieder aus. »Ich nehme nicht an, du hast dir weitere Gedanken darüber gemacht, mit mir nach Hause zu kommen?«

Gedanken? Ich hatte viele Gedanken darüber. Die meisten davon waren *Gefahr* und *Sei keine Idiotin.* Aber er hatte es klingen lassen wie das Nirwana, frei von Druck und Menschenmassen. Jenseits von WLAN, wo ich nicht auf Heidis und Dr. Martells nervige Erinnerungen an die Geheimhaltungsvereinbarung und daran, dass der Tower-Preis das Endziel dieser ganzen Scharade war, antworten müsste.

»Platonisch, richtig? Wir hängen einfach nur rum und du zeigst mir das berühmte Farmboy-Workout, das du bei Brandi so angepriesen hast?«

»Platonisch. Und du wirst es auch machen. Auf einer Farm arbeiten alle.«

»Arbeit schreckt mich nicht ab.« Muskelkater könnte meine Gedanken von allem anderen ablenken.

Nein. Ich gehörte nicht auf Nialls Farm, platonische Einladung hin oder her. Mit den Lügen, die ich erzählt hatte, verdiente ich es nicht, seine Freundin zu sein. Trotzdem konnte ich nicht verhindern, dass die Worte aus meinem Mund purzelten. »Okay, dann. Ich komme mit.«

Nialls Lächeln war besser als alles, was er Brandi während dieses Interviews geschenkt hatte.

27

SAM

ICH UMARMTE BILBO BAGGINS FEST, als Niall am Freitagmorgen den Mietwagen vor dem zweistöckigen, weißen Farmhaus parkte. Es wirkte wie die Kulisse eines Hallmark-Films, mit seiner Veranda, die um das Haus verlief, und den Schaukelstühlen. Es fehlten nur noch ein paar Gänseblümchen, die davor wuchsen. Aber in Ohio war es im Februar noch zu früh für Blumen.

Niall zog den Schlüssel aus dem Zündschloss. Ein entspanntes Lächeln umspielte seine Mundwinkel. »Bisher alles okay? Das ist doch nicht so schrecklich, oder?«

Es war schrecklich. *Ich* war schrecklich, weil ich mich von ihm hierzu hatte überreden lassen. Auch wenn Niall es noch nicht akzeptiert hatte, würde unsere Freundschaft enden, sobald die Tour vorbei war. Denn wenn nicht, würden die Lügen, die ich zwischen uns aufgetürmt hatte, über uns zusammenbrechen und uns beide erdrücken. Es gab keinen Grund, ihm näherzukommen. Und auf seine Farm zu kommen, war so ziemlich die größte Nähe zu Niall, die ich zulassen konnte.

Also erzählte ich ihm eine weitere Lüge. Dafür, dass ich eine furchtbare Lügnerin war, gingen sie mir immer leichter über die Lippen. »Alles gut. Mir geht's gut.«

»Dann lass uns reingehen. Wir sagen Mom und Opa Hallo, und dann gebe ich dir die große Führung.«

Als ich die Wagentür öffnete, sprang Bilbo Baggins hinaus und rannte im Kreis, wobei er am Boden schnüffelte. Ich schwang meinen Rucksack über die Schulter und nahm den Duft von Menthol wahr – jetzt nicht Eukalyptus, sondern Pinie – und Zeder. Ohio roch wie Niall.

Er kam um die Front des Wagens herum und ließ seine Hand in meine gleiten. Er zog mich die Verandastufen hinauf und durch die unverschlossene Haustür.

»Mom, ich bin zu Hause«, rief er in dem altmodischen Eingangsbereich. Eine saubere Reihe Stiefel – die meisten davon schlammig – stand in einer Schuhwanne neben der Haustür. Bilbo Baggins beschnupperte sie. »Lass die Schuhe ruhig an«, sagte Niall. »Wir sind nur eine Minute drinnen.«

Der Duft von frisch gebackenem Brot zog durch das Haus. Wir gingen durch eine Tür auf der rechten Seite in eine leuchtend gelbe Küche mit weiß gestrichenen Schränken. Nialls Mutter – ich erkannte sie von Nialls Buchvorstellung – wischte sich die Hände an einem verblichenen, blau karierten Geschirrtuch ab.

»Niall. Und Sam.« Sie breitete ihre Arme aus, und Niall ließ meine Hand los, um seine Mutter zu umarmen. Nach einer langen Umarmung ließ sie ihn los und öffnete ihre Arme für mich. Sie war weicher als meine Mutter, weniger kantige Knochen und mehr nachgiebige Muskeln, und ihre schwieligen Hände verhakten sich im Stoff meines Leinenmantels. Aus der Nähe roch sie nach Hefe und Zitronen. Bilbo Baggins tanzte zu unseren Füßen, seine Krallen klackerten auf dem Linoleum.

Nialls Großvater stand von seinem Platz am Küchentisch auf und umarmte Niall. Er streckte mir seine raue rechte Hand entgegen und ich schüttelte sie. Sein linker Arm war in Gips.

»Schön, Sie wiederzusehen, Herr Flynn. Frau Flynn.« Ich versuchte, so zu lächeln, als meinte ich es auch so.

Sein Lächeln war zurückhaltender, weniger frei als das von Nialls Mutter.

Sie wischte einen Krümel von der Arbeitsplatte. »Bitte, nenn mich Elaine. Oder Laney. Und mein Dad ist Jerry. Seid ihr zwei hungrig?«

»Nein …«, begann ich. Wir hatten am Flughafen Gebäck und Kaffee gehabt, während wir auf unseren Flug am frühen Morgen warteten.

Aber Niall sprach einfach über mich hinweg. »Ich möchte Sam die Farm zeigen. Hast du was dagegen, wenn ich uns ein paar Sandwiches einpacke? Ich verspreche, wir sind zum Abendessen wieder da.«

Elaines Lachen hallte durch die Küche. »Wenn ich jedes Mal einen Dollar bekommen hätte, wenn du dich in diesen Wäldern verloren und das Abendessen verpasst hast.« Sie klopfte Niall auf die Schulter. »Das Brot für heute ist noch im Ofen, aber ich habe noch welches von gestern. Du weißt ja, wo alles ist.« Sie ging in die Hocke, um Bilbo Baggins zu streicheln, der sich auf den Boden warf und seinen Bauch entblößte.

»Kein Wachhund, der hier«, sagte sie.

Mit dem Kopf im Kühlschrank sagte Niall: »Nein, eher ein Eisbrecher. Dieser Hund hat Freunde in sechs Städten. Er ist extrovertierter als wir beide.«

Elaine grinste, richtete sich auf und lehnte eine Hüfte gegen die Arbeitsplatte. »Hat dir die Buchtour bisher gefallen, Sam?«

»Ich schätze schon?«

Sie kicherte. »Ich kann mir nicht vorstellen, wie zermürbend das sein muss. All das Reisen. All diese Leute.«

Niall stellte eine Armladung an Sachen auf der Kücheninsel aus Metzgerblock ab. »So schlimm ist es nicht. Die Verehrung der Fans. Restaurantbesuche. Tägliche Zimmerreinigung. Und ein deutlicher Mangel an Stallausmisten.« Er warf mir einen Blick zu. »Obwohl Sam ein Stadtmädchen ist. Ich glaube nicht, dass sie jemals die Freude eines guten Stallausmistens erlebt hat.«

»Ich hatte schon die eine oder andere Reitstunde, und meine

Eltern sind mit uns früher auf einen Bauernhof außerhalb der Stadt gefahren. Ich habe keine Angst vor eurer Scheune. Oder eurem Vieh.« Dieser Bauernhof war einer der liebsten Tagesausflüge von Dad gewesen. Meiner auch.

Grinsend belegte Niall dicke Brotscheiben mit Putenbrust.

»So läuft das also«, sagte Jerry. »Du kommst zu spät für die Morgenarbeit und lümmelst dann den ganzen Tag im Wald herum.« Er schnappte sich ein Stück Putenbrust aus dem Behälter.

Nialls Lächeln wurde in den Mundwinkeln angespannter. »Ich verspreche, dass ich dir bei der Abendroutine helfe. Und wenn du eine Liste mit Dingen hast, die ich erledigen soll, werde ich sie in Angriff nehmen, bevor wir morgen wieder fahren.«

»Quatsch.« Jerry schlug Niall auf den Rücken. »Ich wollte dich nur auf den Arm nehmen. Der Junge von den Turners hat uns geholfen. Genieß den Tag mit deiner Freundin.« Er warf mir einen verschmitzten Blick zu.

Niall wickelte die Sandwiches in Wachspapier. »Wirklich, ich möchte bei der Arbeit helfen. Ich habe Sam versprochen, dass sie auch helfen darf.«

Jerrys scharfer Blick fiel auf meine Hände und sein wettergegerbtes Gesicht verzog sich zu einem Grinsen. Ich krümmte meine Finger zu Fäusten. Nein, ich hatte keine Schwielen vom Halten einer Schaufel oder einer Mistgabel oder was auch immer, aber ich konnte arbeiten. Ich funkelte ihn mit zusammengekniffenen Augen an.

Niall entging das alles. »Bereit für unsere Tour, Sam?«

»Kann ich nur schnell euer Bad benutzen?«

»Wir können das Plumpsklo als ersten Halt auf unserer Tour ansteuern.«

Ich blinzelte. *Plumpsklo?*

»Zieh sie nicht so auf.« Elaine gab ihm einen Klaps auf den Arm. »Hier entlang, Sam.«

Elaine führte mich zurück in den Eingangsbereich und zeigte zum Ende des Flurs. »Geradeaus. Es mag ein bisschen rustikal sein, aber wir haben fließend Wasser im Haus.«

Als ich meine Hände im altmodischen rosa Standwaschbecken wusch, warf ich einen Blick in den Spiegel. Meine Sommersprossen stachen auf meinen blassen Wangen hervor. Was hatte ich getan? Niall näherzukommen würde nur dazu führen, dass ich ihn vermisste, wenn wir am Ende der Tour getrennte Wege gingen. Wenn die Wahrheit vorher ans Licht käme, müsste ich zusehen, wie das Funkeln aus seinen Augen verschwand und sein Blick leer und kalt wurde. Das würde mein Herz in zwei reißen.

Und was war mit Nialls Großvater los? Er hatte fast von dem Moment an, in dem ich hereingekommen war, misstrauisch ausgesehen. Was vermutete er?

Ich trocknete meine Hände an dem bestickten Handtuch ab und kehrte in die Küche zurück, wobei meine Stiefel die Dielen knarren ließen. Als ich durch die Tür trat, flüsterte Niall seiner Mutter etwas zu, und sie tätschelte seine rot bestoppelte Wange. Eine Tragetasche hing über seiner einen Schulter, und er hatte ein paar gefaltete Decken unter dem anderen Arm.

»Es ist ein guter Tag dafür. Es sollte bis an die sechzehn Grad warm werden«, sagte Elaine. »Viel Spaß ihr beiden.«

»Verlauft euch nicht. Und passt auf Bären auf«, rief Jerry hinter seiner Zeitung hervor.

»Opa! Versuch nicht, Sam zu vergraulen.« Niall schulterte einen Rucksack und hielt mir seine Hand hin.

»Wir werden uns aber nicht wirklich verlaufen, oder?«, murmelte ich, als er mich zur Seitentür führte.

»Auf keinen Fall. Aber die Ausrede habe ich oft benutzt, als ich jünger war, um zu erklären, warum ich zu spät kam.«

»Und die Bären?«

»Nicht allzu viele in dieser Gegend, und die meisten von ihnen halten um diese Jahreszeit Winterschlaf.«

Bilbo Baggins sprang die Verandastufen hinunter und rannte vor uns in Richtung Wald.

»Bilbo Baggins!«, rief ich. »Komm zurück!« Sein Gekläff könnte einen Bären aufwecken. Oder die Aufmerksamkeit eines hungrigen Kojoten auf sich ziehen.

»Mach dir keine Sorgen. Wir folgen ihm. Und Thorin wird ihn schon im Zaum halten.«

Ein zotteliges schwarzes Ungetüm, mehr Chupacabra als Hund, schnellte auf Bilbo Baggins zu. Er wuffte einmal, was meinen Hund erstarren ließ.

»Er ist doch sicher, oder?« Es wäre nicht das erste Mal gewesen, dass ich den überfreundlichen Bilbo Baggins vor einem größeren, gemeineren Hund retten musste. Ich eilte auf sie zu.

»Er ist ein Weichei.«

Tatsächlich näherte sich Thorin Bilbo Baggins, umkreiste ihn schnüffelnd und kauerte sich dann nieder, das Hinterteil in der Luft. Bilbo Baggins nieste und setzte sich.

Als Thorin aufsprang und auf uns zugaloppierte, folgte Bilbo Baggins im Sprint.

Bei Nialls erhobenem Finger hielt Thorin abrupt an und setzte sich hechelnd hin, sein Körper bebte. Bilbo Baggins ließ sich nach einem fragenden Bellen langsam neben ihm nieder.

»Guter Junge.« Niall überbrückte die Distanz und kraulte Thorin hinter seinen kurzen Schlappohren. »Willst du ihn streicheln?«

Die Zähne des Hundes waren beim Hecheln sichtbar, die oberen Eckzähne so lang wie das Endglied meines Fingers. Ich zögerte.

»Vertraust du mir nicht?« Niall stemmte die Hände in die Hüften.

Ich traute Niall vieles zu – fesselnde Fantasy-Geschichten zu schreiben, zu vergessen, sein Handy einzuschalten, und zu küssen, als wäre es sein Beruf –, aber bei seinem übergroßen Hund mit dem dichten Fell und den überlangen Zähnen war ich mir nicht so sicher. Aber da ich in eine Art verkehrte Welt geraten war, in der ich das Elternhaus eines Mannes besuchte, den ich seit zwei Wochen kannte, und meinen freien Tag damit verbrachte, über einen Bauernhof zu spazieren, anstatt an meiner Dissertation zu arbeiten, streckte ich eine Hand aus. Als der Hund sie nicht abbiss, kraulte ich ihn hinter dem Ohr. Er schloss die Augen und drückte seinen Kopf gegen meine Handfläche.

»Ihr seid jetzt Freunde. Lass uns gehen«, sagte Niall und nahm meine andere Hand.

Kühle, nach Pinien duftende Luft strich über meine Wangen, als Niall mich zu den Bäumen zog. Wir kamen an ein paar Schneeflecken vorbei, die im Sonnenschein schmolzen. Die Hunde liefen im Zickzack vor uns her und erschnüffelten die Spuren anderer Tiere.

Niall zeigte auf eine verblichene rote Scheune. Der Umriss des Bundesstaates war in Weiß auf eine Seite gemalt, mit dem Wort *Ohio* in Schreibschrift über einem rot-blauen Banner. Auf der Vorderseite war ein Quadrat wie eine Steppdecke in Rot, Blau und Gold bemalt, fröhlich vor dem zartblauen Winterhimmel. »Die Tiere schauen wir uns später an. Ich möchte, dass du den Bach im Morgenlicht siehst.«

Jenseits der Scheune erstreckten sich braune Felder bis zu einer weiteren fernen Baumgrenze. »Was baut ihr hier an?«

»Sojabohnen und Mais zum Verkauf. Heu für das Vieh. Mom hat einen Gemüsegarten, in dem sie Gemüse für die Familie anbaut. Und die Tiere sind keine Haustiere. Wir verkaufen die Wolle der Alpakas, die Milch der Ziegen und die Eier, wenn die Hühner legen. Manchmal tauschen wir mit den anderen Familien. Die Turners halten Bienen für Honig und züchten Schweine. Wir versuchen, so autark wie möglich zu sein.«

Ich dachte fast nie darüber nach, woher das Essen kam. Ich hatte mir Niall als eine Art Gentleman-Farmer aus einem Jane-Austen-Film vorgestellt, der seine Tage mit Schreiben in einer holzgetäfelten Bibliothek verbringt, während sich die Farm von selbst versorgt. Nicht auf dieser Farm.

»Aber das hier«, sagte er, als er unter das Blätterdach des Waldes trat, »ist mein Lieblingsteil der Farm.«

Als wir den zweiten Baum erreicht hatten, verstummten die Geräusche – das ferne Dröhnen eines Traktors, das Grollen von Pick-ups auf der Straße am Ende der Einfahrt, die Schreie von

Falken. Als wir den dritten Baum erreichten, war das Sonnenlicht zur Dämmerung verblasst. Der scharfe Geruch von wachsenden Dingen und dunkler Verwesung füllte meine Nase.

»Bevor die europäischen Siedler kamen, war die ganze Gegend so – bewaldet. Du hast ja gesehen, wie viel bei der Fahrt vom Flughafen hierher gerodet wurde.«

»Stadt, dann Vororte, dann Farmland. Ich wusste nicht, dass das früher Wald war.«

»Nur kleine Flecken sind übrig geblieben. Wir haben Glück, dass sie das hier gelassen haben.« Er strich über den Stamm eines Baumes. »Komm schon. Ich zeige dir die beste Stelle.«

In der Nähe plätscherte Wasser, und Niall ging darauf zu. Die Bäume neigten sich zueinander und berührten sich fast über unseren Köpfen, aber ein paar Sonnenstrahlen drangen durch das Blätterdach und funkelten auf dem klaren Wasser des seichten Baches unter uns. Steine säumten das Bachbett, und einige waren von den Seiten hineingefallen und dienten als natürliche Übergänge.

Ein Fiat-großer Felsbrocken mit flacher Oberseite zwang den Bach, sich um ihn zu biegen. Niall sprang hinauf und streckte mir eine Hand entgegen. Ich ergriff sie und kletterte die Seite hinauf, wobei meine schlammigen Stiefel abrutschten, um neben ihm zu stehen. Die Hunde leckten aus dem Bach unter uns. Thorin legte sich hinein und kühlte seinen Bauch.

»Während der Eiszeit haben zurückweichende Gletscher diesen Bach geformt und diesen Felsbrocken hier gelassen.« Er stellte die Tasche ab und schüttelte eine Decke aus. Er setzte sich darauf und lehnte sich auf seine Hände zurück. »Als ich ein Kind war, bin ich hierhergekommen und habe mir vorgestellt, wie Wollmammuts vorbeistapfen, damals, als alles noch Eis und Schnee war.«

Ich ließ mich neben ihm nieder und stellte mir die riesigen, haarigen Biester vor. »Du bist oft hierhergekommen?«

»Fast jeden Tag. Sogar im Winter.«

Vor meinem geistigen Auge warf ein schlaksiger, jugendlicher

Niall Kieselsteine ins Wasser. »Wie lange lebt deine Familie schon hier?«

»Seit Generationen. Mom ist zum Studieren in die Stadt gezogen, wo sie meinen Dad kennengelernt hat.« Er starrte ins Wasser.

»Als sein Geschäft anfing zu laufen, ist er mehr gereist. Hauptsächlich Kalifornien, aber auch Asien und die Ostküste. Früher ist er an den Wochenenden zurückgekommen, aber dann wurden seine Reisen länger. Mom wollte mich nicht in Kalifornien großziehen. Also ist sie nach Hause auf die Farm zurückgezogen.« Er lächelte gequält. »Schon als Kleinkind mochte ich es nicht, in einer Wohnung in der Stadt eingesperrt zu sein. Jedenfalls wurden seine Besuche hier immer kürzer und kürzer. Dann hat er geheiratet, eine neue Familie gegründet und ist gar nicht mehr gekommen.«

Ich fand seine Hand und drückte sie. Ich wusste, wie es war, einen Vater zu verlieren. Obwohl ich nicht wusste, wie es war, einen schlechten zu haben. »Das tut mir leid.«

Er zuckte mit den Schultern. »Er hat sein Leben, ich habe meins. Ich wünschte …« Er schüttelte den Kopf. »Ich bin glücklich hier.« Er legte sich auf den Rücken, verschränkte die Arme hinter dem Kopf und schloss die Augen gegen die Sonne.

Ich beugte mich über ihn und warf einen Schatten auf sein Gesicht. »Ich kann verstehen, warum. Es ist wunderschön.«

»Du solltest es im …« Er öffnete die Augen. Seine Pupillen weiteten sich und verengten das Grün. Er richtete sich auf und küsste mich.

Es war langsam, zögernd. Ein Test. Würde ich zurückweichen? Würde das Stadtmädchen es komisch finden, draußen im Wald zu küssen, mit dem Schlamm und den Vögeln und den Eichhörnchen, die über uns zwitscherten? Dieses Stadtmädchen nicht. Als er seine kühlen Handflächen auf meine Wangen legte und mich sanft zu sich herunterzog, legte ich mich auf seine Brust und erwiderte seine sanften, trägen Küsse. Seine Finger gruben sich in mein Haar und ließen meine Kopfhaut kribbeln. Bald breitete sich das Kribbeln über meine Haut aus, bis hinunter zu meinen Zehen. Der Wald *war* verzaubert.

Das Wasser plätscherte, und der Wind rauschte durch die Zweige der Pinien. Niall hier zu küssen, an seinem besonderen Ort, die Sonne auf meinem Rücken wärmend, war nichts weniger als perfekt. Die Zeit verlor ihre Bedeutung. Genauso wie der Raum zwischen uns. Wir beide wollten Einsamkeit, aber diese geteilte Einsamkeit war sogar noch besser als allein zu sein.

Er löste sich als Erster. Seine Augen waren fast schwarz, mit nur dem schmalsten grünen Ring, wie Moos auf einem Stein. Er zuckte zusammen. »Es tut mir leid, aber ich – ich habe eine Idee. Würde es dir etwas ausmachen, wenn ich sie aufschreibe?«

Huh. Vielleicht war ich die Einzige, die den Zauber spürte. Ich stützte mich auf meine Hände. »Eine Idee. Die du bekommen hast, als du mich geküsst hast?«

»Also …« Er setzte sich ebenfalls auf. »Dies ist die Heimat der Waldelfen. Sie sprechen hier zu mir. Und wenn du bei mir bist, sprechen sie sogar noch lauter.«

Ich schnaubte. »Na schön.« Dann nagte etwas an mir. »Es stört dich nicht, dass ich hier bin, oder?«

»Nein.« Er streckte die Hand aus und streichelte meine Wange. »Du inspirierst mich.«

»Genau. Lobelia.« Ich betrachtete die raue Oberfläche des Felsbrockens.

Er legte einen Finger unter mein Kinn und hob es an, bis ich seinen Blick erwiderte. »Nein. Du, Sam. Wie ich in der Widmung sagte, du bist meine Muse.«

In mir wurde es warm. Seine Muse. Ich inspirierte ihn. Ich beugte mich vor und küsste ihn. »Okay, du schreibst. Ich sehe nach den Jungs.« Ich rutschte von dem Felsen in den Schlamm und pfiff nach Bilbo Baggins.

Ich fand jede Menge Stöcke zum Werfen. Die Hunde brachten einige davon zurück. Ab und zu spähte ich zu Niall hinauf. Mal lag er auf dem Bauch, mal zusammengerollt mit dem Notizbuch auf den Knien, kniff die Augen zusammen, um auf die Seite zu blicken, und schob seine linke Hand unbeholfen darüber.

Mein Handy hatte im Wald null Empfang. Also schaltete ich es aus und lauschte dem Wasser, den Bäumen, den Vögeln. Statt meine E-Mails zu checken, beobachtete ich das Glitzern des Sonnenlichts auf dem Wasser, die teils kahlen, teils immergrünen Äste der Bäume, die im Wind schwankten, die blassgelbe Sonne, die tief über den Himmel zog. Ich hatte mir nie etwas aus Meditation gemacht, aber wenn ich es jemals hätte versuchen wollen, dann wäre dies der richtige Ort dafür gewesen. Die friedlichen Geräusche förderten eine innere Einkehr, eine Stille.

Doch als ich mich auf mein Inneres konzentrierte, gefiel mir nicht, was ich sah.

Geheimnisse.

Niall hatte mich an seinen Lieblingsort auf der ganzen Welt gebracht, seine verborgene Zuflucht. Er öffnete mir sein Leben wie eine Schatztruhe. Aber ich? Ich war immer noch fest verschlossen.

Wäre es das Schlimmste, wenn ich Niall von CASE und *Magician* erzählen würde, obwohl Heidi mir gesagt hatte, ich solle es nicht tun? Er schien der Typ zu sein, der ein Geheimnis für sich behalten konnte. Obwohl ich mich darin schon einmal getäuscht hatte. Ich erschauderte bei der Erinnerung an den kalten Schock, als wäre ich in den eiskalten Bach geworfen worden, als ich Stephens Nachricht gelesen hatte, in der er Geld für die Bilder verlangte.

Schlimmer noch, was würde Niall sagen, wenn ich ihm von CASE erzählte? Das Funkeln würde aus seinen Augen verschwinden, das Lächeln von seinen Lippen. Er würde es hassen, wie ich seine Kunst verdreht hatte. Wie ich ihn vom ersten Tag der Tour an belogen hatte. Schon davor.

Wäre es nicht besser, das zu tun, was Heidi mir geraten hatte: es geheim zu halten, bis die Tour zu Ende war und wir getrennte Wege gingen?

Ich hatte genug von *Geheimnisse der Waldelfen* gehört, um zu wissen, was die stets ehrliche Greva dazu sagen würde. Sie würde mich einen Feigling nennen. Und sie hätte recht. Aber ich war nicht stark genug, Niall ins Gesicht zu sehen und ihm die Wahrheit zu sagen.

»Hunger?«, fragte Niall. Seine Stimme war vom langen Schweigen rau, und er räusperte sich.

»Ja. Einen Moment.« Ich atmete tief durch und tauchte meine schmutzigen Hände in das klare Wasser. Ich hatte gewusst, dass es kalt sein würde, aber *Scheiße*, es ließ mich ein wenig aufquietschen und schärfte meine Gedanken zu eisiger Klarheit. Es war besser, für die kurze Zeit, die uns noch zusammen blieb, weiter so zu tun als ob.

Ich schüttelte das Wasser von meinen geröteten Händen und kletterte dann neben ihm hoch. Er hatte bereits das Mittagessen auf der Decke ausgebreitet – Sandwiches, Äpfel, Wasserflaschen, eine Thermoskanne mit Kaffee und sogar ein paar selbstgebackene Kekse. Ich biss gierig in ein Sandwich und zwang mich zu einem leichten Tonfall. »Gut geschrieben?«

»Ja.« Er hatte immer noch einen verträumten, abwesenden Ausdruck im Gesicht.

»Du hast gesagt, hier hast du die Waldelfen erschaffen?«

Er lächelte geheimnisvoll. »Ich bin nicht sicher, ob ich die Lorbeeren für ihre Erschaffung für mich beanspruchen kann. Ich habe mir immer vorgestellt, dass es hier draußen Wesen gibt. Wahrscheinlich durch die Märchen, die meine Mutter mir früher vorgelesen hat. Ich habe immer nach ihnen gesucht. Manchmal habe ich ihnen einen Keks oder etwas Milch gebracht. Ich fing an, Geschichten über ihre Abenteuer zu schreiben, und schließlich wurde aus den Geschichten ein Buch.«

»Schreibst du immer handschriftlich?«

»Ja. Ich schicke meine Notizbücher an Gabi, und sie tippt sie ab. Sie schickt mir die ausgedruckten Seiten zurück, und die bearbeite ich dann. Ich weiß, ich bin ein Technikfeind.« Er zog den Kopf ein. »Ich schätze, es begann als meine kleine Rebellion gegen meinen Vater. Und dann ergab es sich einfach von selbst.«

»Ich weiß nicht, wie du das machst. Ich signiere eine halbe Stunde lang Bücher und schon tut mir die Hand weh.« Wir hatten unsere Sandwiches aufgegessen, also hob ich seine linke Hand und knetete sie sanft von den Handflächen bis zu den Fingerspitzen. Langsam ließ die Anspannung nach. Ich drückte und wackelte an jedem Finger. Dann arbeitete ich mich an jedem Fingerknochen bis zu seinem Handgelenk hinunter, wo ich kleine Kreise malte.

Er stöhnte. »Fühlt sich gut an.«

»Bevor er aufs College ging, hat mir Jackson beigebracht, wie man die Hände meines Vaters massiert. Sie waren vom Programmieren verkrampft. Vom Tippen. Er hat so hart gearbeitet.«

»Die Stiftung ist nach ihm benannt. Er ist schon vor einer Weile gestorben?«

Ich ließ meinen Blick auf dem sommersprossigen Handrücken von Niall ruhen. »Ja. Als ich elf war. Herzinfarkt.«

Er legte seine Hand auf meine und hielt sie an. »Das tut mir leid. Hört sich an, als wärt ihr euch nahgestanden.«

Ich fing wieder an und bearbeitete die Stellen zwischen seinen Fingern. »Er hat mich verstanden. So ähnlich wie Jackson, aber nicht so ahnungslos, weißt du?«

Er kicherte. »Dein Bruder ist ein scharfsinniger Mann.«

»In manchen Dingen. In anderen nicht. Als ich …« Ich schluckte. »Ich hatte einen Freund, der mich verletzt hat.« Nialls Hand ballte sich zu einer Faust, und ich drückte sie flach, um den Handrücken zu massieren. »Nicht körperlich. Emotional. Ich dachte, wir wären verliebt, aber er hat mich nur benutzt. Er – ah.« Ich räusperte mich. Ich hatte diese Geschichte niemandem erzählt, seit sie passiert war. Nicht einmal Marlee oder Alicia. »Er hat mich erpresst. Er hat ein paar Bilder, die er von mir gemacht hatte – Nacktaufnahmen –, benutzt, um Geld von mir zu fordern. Er hat gezockt. Im Internet. Er hatte einen Haufen Schulden auf seiner Kreditkarte angehäuft, und seine Eltern wollten sie nicht bezahlen. Ich hatte noch keinen Zugriff auf meinen Treuhandfonds und musste meine Familie fragen. Meine

Mutter hat es ihm natürlich gegeben. Konnte ja nicht zulassen, dass diese Bilder das perfekte Image der Joneses beschmutzen.« Ich knetete eine Minute lang schweigend seine Hand. »Seitdem traut mir Jackson nicht mehr zu, kluge Entscheidungen in Bezug auf Männer zu treffen. In Bezug auf gar nichts. Keiner von ihnen.«

Ich erstarrte. Warum zum Teufel hatte ich ihm das alles erzählt? Sicher, ich neigte dazu, zu viel von mir preiszugeben, wenn ich nervös war. Aber ich war nicht nervös. Vielleicht war es diese Waldmagie, die mich dazu eingelullt hatte. Gab es irgendeinen Zauberspruch, mit dem ich die Zeit zurückdrehen und alles ungeschehen machen konnte?

»Wie heißt er?« Nialls Stimme klang knurrend, genau wie die von Jackson in jener Nacht.

Wo war dieser Zurückspulknopf? Er hatte genauso reagiert wie meine Familie. »Keine Sorge. Jackson und mein anderer Bruder, Andrew, haben sich um ihn gekümmert.« Ich achtete auf einen leichten Tonfall, als wäre es keine große Sache, dass sie Stephen die Nase gebrochen und dafür gesorgt hatten, dass er von Sonoma bis Los Angeles keine Arbeit mehr fand. Er hatte nach Arizona ziehen müssen, wie ich gehört hatte. Ständig kümmerten sich Leute um meine Angelegenheiten. Und das Schlimmste war, dass ich es zuließ.

»Hey.« Diesmal berührte er mein Gesicht nicht, aber er wartete, bis ich seinen Blick erwiderte. »Du bist kämpferisch. Stark. Erfolgreich. Du kannst deine eigenen Entscheidungen treffen.«

Ich blickte auf. Das hatte noch nie jemand zu mir gesagt. Glaubte er das wirklich? Ich war mir nämlich nicht sicher, ob ich es tat.

Er drückte meine Hand. »Du warst bei dieser Tour unglaublich. Du wirst den Tower Prize gewinnen.«

All die glücklichen Seifenblasen zerplatzten, und mein Magen füllte sich mit Beton. »Lass uns den heutigen Tag nicht damit ruinieren, darüber zu reden.«

»Okay.« Er führte meine Hand an seinen Mund und küsste sie. »Worüber möchtest du reden?«

Nichts mehr preisgeben. Er würde mich dazu verleiten, zu viel zu verraten. Die Verschwiegenheitsvereinbarung zu brechen. Diesen perfekten Moment, diesen perfekten Ort, den er liebte, zu zerstören. Nein.

Ich zwang mich zu einem neckischen Lächeln. »Mir wurden süße Bauernhoftiere versprochen.«

Er schnaubte. »Ob sie süß sind, weiß ich nicht. Aber es sind Bauernhoftiere.« Er warf einen Blick zur Sonne. »Wir schauen sie uns vor dem Abendessen an.« Er packte alles zurück in die Tragetasche, während ich die Decke zusammenfaltete.

Er rutschte von dem Felsbrocken und streckte die Arme aus. Ich war vorhin allein abgestiegen, aber als ich in seine Arme fiel und an seiner harten Brust landete, war der Beton verschwunden und durch Schmetterlinge ersetzt worden. Ich atmete ihn ein, erinnerte mich an den Geschmack seiner Haut, die Zärtlichkeit seiner Lippen, und mein Innerstes zog sich zusammen. Ich stellte mich auf die Zehenspitzen, um ihn erneut zu küssen.

Feurige Funken sprühten dort auf, wo unsere Lippen sich trafen. Sie brannten eine Spur meinen Rücken hinab und entfachten ein Feuer zwischen meinen Beinen. Meine Hände wanderten von seiner Brust abwärts über seine Bauchmuskeln bis zum Bund seiner Jeans.

»Whoa.« Er zog sich zurück. »Behalt den Gedanken im Kopf. Bis wir an einem wärmeren Ort sind.«

Als ich ihn näher an mich heranzog, drückte sich seine harte Länge gegen meinen Bauch. »Mir ist warm genug«, murmelte ich.

Er verdrehte die Augen zum Himmel. »Gott, ich – Sam.« Er stieß einen Atemzug aus. »Bauernhoftiere. Abendessen. Stallarbeit. Und dann wärme ich dich wieder auf.«

»So traditionell«, grummelte ich.

Er küsste meine Stirn. »Das Warten wird sich lohnen, versprochen.«

Er pfiff nach den Hunden, und Hand in Hand gingen wir den

Weg aus dem Wald zurück. Als wir die Bäume hinter uns gelassen hatten, bogen wir nach rechts in Richtung Scheune ab, und Thorin rannte los und überholte Bilbo Baggins mühelos mit seinen langen, ausgreifenden Schritten. Niall und ich gingen langsam, schwenkten unsere verbundenen Hände zwischen uns, atmeten die erdigen Düfte des Bauernhofs ein und sahen zu, wie die Sonne auf die ferne Baumgrenze zusank.

Im Vergleich zur hellen Sonne draußen war die Scheune dunkel, und es dauerte einen Moment, bis sich meine Augen daran gewöhnt hatten. Während ich darauf wartete, dass meine Sicht klar wurde, ließ ich die Gerüche auf mich wirken. Süßes Heu, erdiger Mist und ein moschusartiger Tiergeruch.

Niall führte mich zu einigen Gehegen auf der rechten Seite. »Ziegenställe. Obwohl sie noch draußen sind. Nach dem Abendessen bringen wir alle Tiere rein.« Er bog um die Ecke. »Alpaka-Boxen.«

»Wo sind die Hühner?«

»Im Hühnerstall.« Er deutete über die andere Wand hinaus in Richtung Haus.

»Und wo ist der berüchtigte Heuboden?« Ich zog die Augenbrauen hoch.

Er ging zurück zu den Ziegenställen zu einer stabil aussehenden Leiter, die ich beim ersten Vorbeigehen übersehen hatte. »Geradeaus nach oben.«

Ich folgte seinem zeigenden Finger zu einem Dachbodenbereich oben, der zum Inneren der Scheune hin offen war.

Ich legte meine Hände auf das glatte Holz der Leiter. Dann setzte ich einen Fuß auf die unterste Sprosse.

Niall grinste. »Ich warne dich, da oben gibt es wahrscheinlich mehr Spinnen und weniger Romantik, als du erwartest.«

Über die Schulter warf ich ihm ein freches Grinsen zu, während ich emporkletterte. »Spinnen machen mir keine Angst. Und für meine eigene Romantik kann ich selbst sorgen.«

Er öffnete den Mund, aber es kamen keine Worte heraus. Ich konzentrierte mich auf die Leiter und setzte meinen Aufstieg fort.

Er hatte sich in Bezug auf den Heuboden geirrt. Es sah so aus, als wäre er erst kürzlich mit frischem Heu aufgeräumt worden. Aber als ich versuchte, mich daraufzusetzen, verstand ich, was er meinte. Das Heu stach mich durch meine Cargohose. Nicht romantisch.

Ich spähte über den Rand zu Niall hinunter, der mit den Händen in die Hüften gestemmt dastand und nach oben blickte. »Wirfst du eine Decke hoch?«

Er schritt zu der Stelle, wo wir unsere Sachen an der Tür abgelegt hatten, und kam mit einer Steppdecke zurück. Aber anstatt sie mir zuzuwerfen, klemmte er sie sich unter einen Arm und kletterte einhändig hinauf. Die Hunde sahen ihm eine Minute lang zu und trabten dann in Richtung der Alpaka-Boxen davon.

Ich hingegen beobachtete jede seiner Bewegungen. Seine starken Finger, die die Leitersprossen umklammerten. Das Spannen seines Unterarms, als er sich hochzog. Das Glitzern des Sonnenlichts in seinem feuerroten Haar. Romantik? Wer brauchte die schon? Ich hatte einen großen, kräftigen Bauernjungen, der es meisterhaft verstand, mich atemlos zu küssen. Ich würde nicht bis nach der Stallarbeit warten. Ich würde mir einen guten, harten Fick in einer Scheune holen, und *dann* wären Niall Flynn und seine Waldmagie und all diese lächerlichen Gefühle, die ich vorhin gehabt hatte, aus meinem System.

Als Niall oben ankam, reichte er mir die Decke und hievte sich dann auf den Boden. »Gar nicht so schlecht hier oben. Der Turner-Junge muss hier ausgemistet haben.« Er öffnete die Fensterläden und ließ die späte Nachmittagssonne hereinströmen. »Wir haben ein paar Minuten Zeit. Das hier ist ein guter Ort, um den Sonnen-untergang zu beobachten.« Er drehte sich zu mir um, und obwohl er von den rosafarbenen Strahlen, die durch das offene Fenster schienen, nur als Silhouette zu erkennen war, sah ich, wie ihm die Kinnlade herunterfiel.

Ich hatte die Steppdecke über der dicksten Heuschicht ausge-breitet und war aus meiner Jacke und meinen Stiefeln geschlüpft.

Ich warf mein T-Shirt zur Seite und öffnete den Reißverschluss meiner Hose. Ich zitterte, als die kühle Luft meine Haut berührte.

»Was tust du da?« Seine Atemzüge waren flach und kurz.

»Wonach sieht es denn aus? Ich will gleich ein Schäferstündchen im Heu halten.«

»Wir sind keine siebzehn. Es gibt bessere Orte, um …« Er schluckte. » … das zu tun.«

»Ich habe dir gesagt, dass ich für meine eigene Romantik sorge. Wenn du dich entscheidest, nicht mitzumachen, werde ich ein Solo-Schäferstündchen im Heu halten.« Ich stieß meine Hose weg und ließ eine Hand in mein Höschen gleiten. Ich hatte nicht mehr viel saubere Wäsche, also trug ich ein Spitzenmodell, an das ich mich nicht einmal erinnern konnte, es eingepackt zu haben. Sein Blick folgte meinen Fingern unter der Spitze. Er leckte sich über die Lippen.

»Wir haben keine Zeit.« Seine Stimme war zu einem heiseren Flüstern gesunken. »Oder Kondome.«

Mit der Hand, die nicht meinen Eingang umkreiste, nahm ich meine Cargohose vom Heu und zog eine Kondompackung aus einer der vielen Taschen. Ich hielt sie hoch, sodass sie im Sonnenlicht aufblitzte, und warf sie auf die Decke neben mich. *Siehst du?*, sagte mein Grinsen.

Ich stieß zwei Finger in mich hinein und zog sie dann wieder heraus, um meine Feuchtigkeit zu verteilen. »Kommst du zu mir?«

Wie ein Zombie schlurfte er zwei Schritte auf mich zu. Mit schlaffem Kiefer verfolgte sein Blick meine Hand, die sich unter der Spitze bewegte. Dann schüttelte er den Kopf. »Ich habe ein absolut brauchbares Bett. Drinnen. Wo es warm ist. Wir können hier weitermachen, nachdem ich meine Stallarbeit erledigt habe.«

Ich schüttelte den Kopf. »Hier. Jetzt. Es ist warm genug, wenn du in Bewegung bleibst.« Mit der linken Hand zog ich meinen BH-Cup herunter und zwickte meine Brustwarze. Ein Gefühlsschauer jagte durch meinen Rücken, und ich bog mich durch.

»Verdammt.« Bei seinem heiseren Flüstern wusste ich, dass ich gewonnen hatte. Trotzdem spreizte ich die Beine, um ihm eine bessere Sicht zu gewähren.

Er fiel vor mir auf die Knie und zog mir das Höschen die Beine hinunter. Ich setzte die Bewegung meiner Hand fort, ließ meine Finger von meinem Eingang zu meiner Klitoris und zurück gleiten und trieb mich immer weiter an. Er griff hinter mich, um meinen BH zu öffnen. Ich unterbrach meine Masturbation nur für einen kurzen Moment, damit er ihn mir ausziehen konnte. Als ich nackt war und mich selbst berührte, ließ er sich auf die Fersen zurückfallen und fluchte leise.

Er drückte meine Knie auseinander und beugte sich so weit vor, dass sein Atem über meine Hand strich. Ich stöhnte. So sehr ich mir seinen Mund wieder wünschte, diesmal wollte ich etwas anderes. Ich wollte ihn sehen, vergoldet von der untergehenden Sonne. »Nein. Zieh dich aus.«

»Ausziehen?« Er sah an sich herunter, als wäre er überrascht, dass er noch Kleidung trug.

»Ich will dich sehen.«

Er blickte über den Rand des Heubodens zum Scheunentor. Dann entledigte er sich schnell seiner vielen Schichten: Jacke, Flanellhemd, T-Shirt, Stiefel, Jeans und Socken, bis er in Boxershorts vor mir stand, eine Beule, die den Stoff nach vorne wölbte. Die untergehende Sonne erhellte jedes einzelne Haar an seinem Körper. Er war von Licht und Flammen verzehrt. Ich leckte mir über die Lippen.

Etwas in mir fügte sich zusammen, wie ein Schlüssel in ein Schloss oder das letzte Teil eines Puzzles, das einrastet.

Nein. Er ist nichts für mich. Aber egal, wie oft ich es mir selbst sagte, dieses Puzzleteil in mir, das sich jetzt vollständig anfühlte, beharrte darauf: *Meiner, meiner, meiner.*

Er war nicht meiner. Nicht für immer. Aber für heute. Für die nächste Woche, bis die Tour zu Ende war. Und, egoistisches Miststück, das ich war, würde ich mir nehmen, was ich wollte.

»Kondom«, flüsterte ich.

Als er seine Boxershorts herunterzog, schnellte sein Schwanz hervor, steif und gerötet. Er sank wieder auf die Knie und griff nach dem Kondom. Einen Augenblick später war er übergestreift.

»Bist du bereit?«, flüsterte er tief.

»Gott, ja.« Ich hatte während seines unbefriedigend geschäftsmäßigen Striptease meine Klitoris umkreist und war nur eine Haaresbreite davon entfernt, zu kommen.

Er positionierte sich an meinem Eingang und stieß mich mit der breiten Eichel seines Schwanzes an. Ich rieb meine Klitoris schneller. Mit ein paar kurzen Stößen seiner Hüften war er in mir, und als er ganz hineinglitt und meine Finger berührte, kam ich mit einem klagenden Stöhnen.

Er bedeckte meine Lippen mit seinen und verschlang meine Laute, während mein Rücken vor Lust erglühte und meine Beine gegen seine zitterten.

Thorin stieß ein tiefes Wuffen aus und Bilbo Baggins kläffte. Eine Sekunde später wurde die Tür unten mit einem Rumpeln aufgestoßen, und eine raue Stimme rief: »Niall!«

28

NIALL

FICK. Im wahrsten Sinne des Wortes.

Ich steckte bis zum Anschlag in Sam und sie war gerade hochgegangen wie ein Feuerwerk. Sie umschloss meinen Schwanz immer noch, was mich dazu brachte, immer und immer wieder in sie stoßen zu wollen, bis ich in ihr kam. Die untergehende Sonne entzündete Strähnen ihres Haares in feurigem Magenta vor dem Umbra.

»Niall!«, rief Opa erneut. Ich konnte die Hunde, diese Verräter, um ihn herumschnüffeln hören.

Ich lehnte meine Stirn für eine Sekunde gegen Sams und drehte mich dann um, um zu ihm hinunterzurufen. »Hier oben, Opa. Sam und ich ... schauen uns den Sonnenuntergang an.« Ich konnte ihn nicht sehen. Ich betete zu Gott, dass er meinen nackten Arsch nicht sehen konnte.

Unter mir begann Sam zu beben. Sie *lachte*. Ich warf ihr einen warnenden Blick zu und legte einen Finger auf ihre Lippen.

»Deine Mutter hat mich losgeschickt, um euch zu holen. Das Abendessen ist fast fertig.« Seine Stimme zitterte ein wenig. Lachte er auch? Ich fand das alles überhaupt nicht witzig.

»Sind gleich da«, rief ich zurück.

Sam schüttelte unter meiner Hand den Kopf und drückte ihre Hüften gegen mich nach oben. »Scheiße«, murmelte ich und meine Augen verdrehten sich.

»Was war das, mein Junge?«, fragte Opa.

Ich legte eine Hand auf Sams Hüfte und hielt sie fest. »Nichts, Opa. Bis gleich.«

Bei dem Geräusch der zuschlagenden Tür sank ich auf Sam zusammen. »Das hat mich ein Jahr meines Lebens gekostet.« Widerstrebend stützte ich mich auf meine Hände und begann, von ihr herunterzurutschen.

»Wag es ja nicht!« Sie packte meinen Arsch mit beiden Händen. »Mir wurde ein Schäferstündchen im Heu versprochen.«

»Ich glaube nicht, dass ich …«

Sie unterbrach meinen Protest mit einem Knabbern an meinem Ohrläppchen und ihrem heißen Atem in meinem Ohr. »Fick mich, Niall. Bitte.«

Sie hatte das *Bitte* noch nicht ganz herausgebracht, da stieß ich schon wieder in sie. Ich würde so ziemlich alles tun, worum diese Frau mich bat. Ich war völlig hin und weg. Verliebt.

Wusste sie es? War es offensichtlich? Sie hatte mir gesagt, dass sie keine Gefühle wollte. Sie hatte mir auch von diesem kriminellen Freund von ihr erzählt, der ihr das Herz gebrochen hatte. Davon, wie niemand ihr vertraute. Aber ich hatte gehört, was sie nicht gesagt hatte: dass Sam sich selbst nicht vertraute. Konnte ich sie überzeugen, dass sie dem hier vertrauen konnte, uns vertrauen, sich dieses Mal fallen lassen konnte, dass ich sie niemals verletzen würde?

Ich musterte ihr Gesicht. Sie beobachtete mich auch. Sie biss sich auf die Lippe. Beim nächsten Stoß rieb ich mich an ihrer Klitoris und sie sog scharf die Luft ein. Sie schlang ein Bein um meinen Rücken und hielt mich an sich gepresst. Ich tat es noch einmal, dieses Mal langsamer, das Hineinstoßen und dann das langsame Reiben. Sie stöhnte, legte den Kopf in den Nacken und entblößte ihren langen Hals. Ich ließ meine Zunge über ihre makellose Haut gleiten, bis ich ihre Schulter erreichte. Ich knabberte daran.

»Niall«, flüsterte sie, »ich bin so …«

Ich kreiste mit den Hüften und stieß erneut zu. Sie explodierte, ihr Oberkörper erstarrte und ihr Bein zitterte. Als ihre Pussy mich fest umschloss, konnte ich mich nicht mehr zurückhalten. Ich ergoss mich in das Kondom, mein Blickfeld verengte sich und mein Rücken krümmte sich vor Lust.

»Wow«, flüsterte sie und legte ihre Hand auf mein Herz. Sie musste fühlen, wie es für sie galoppierte. »Jetzt verstehe ich, was es mit dem ganzen Trara auf sich hat.«

»Teufelsweib.« Ich hatte schon früher auf Heuböden gefickt. Aber ich war noch nie so wild gewesen, so in meiner Partnerin verloren. Ich lehnte meine Stirn gegen ihre und versuchte, meinen Atem wieder unter Kontrolle zu bekommen. Alles, was ich wollte, war, mit ihr dazuliegen und zuzusehen, wie die Sonne hinter den Bäumen versank, das Licht zu Blau verblasste und die Sterne aufleuchteten. Ich wollte sie die ganze Nacht halten, ihre glatte Haut streicheln, unsere Lippen sich verbinden und unsere Körper sich vereinen, wie es uns gefiel.

Aber die Winterluft kühlte meinen nackten Arsch und es würde nur noch kälter werden. Ich packte das Kondom am Ansatz, zog es heraus, verknotete es und stopfte es in meine Jeanstasche. Ich fand ihr Spitzenslip und reichte ihn ihr widerstrebend. Ich wünschte, ich hätte Zeit, jeden Zentimeter ihrer seidigen Haut zu berühren, zu schmecken. Aber ich hatte versprochen, die Stallarbeit zu erledigen, und wir waren zum Abendessen gerufen worden. Ich zuckte zusammen. »Das wird man uns ewig vorhalten.«

»Sag mir nicht, dass dich hier oben auf dem Heuboden zum ersten Mal jemand erwischt hat.« Langsam zog sie den Slip über ihre Beine hoch.

Mein Schwanz zuckte. Ich stellte mir Opas lachendes Gesicht am Esstisch vor, und er wurde schlaff. Ich sprang in meine Jeans. »Das erste Mal, seit ich kein Teenager mehr bin.«

»Oh. Armer Niall.« Aber ihre Stimme hatte ihren spöttischen Ton verloren.

Ich hielt inne, mitten in der Beuge über ihrem BH, und sah sie an. Sie hatte sich über ihre Knie gekrümmt, umfasste ihre Schienbeine und starrte auf ihre Zehen.

Scheiße. Ich war ein Idiot. »Sam. Sam.« Ich ließ mich neben ihr auf die Knie fallen. Autsch. Ich war viel zu alt für diesen Scheiß auf dem Heuboden. »Ich habe geliebt, was wir gerade getan haben. Ich liebe ...« *Hoppla, mein Freund.* »Es tut mir leid, dass wir keine Zeit zum, ähm, Nachglühen haben. Ich mache es heute Abend bei dir wieder gut. Nach der Stallarbeit. Wir gehen auf die Wiese und schauen uns die Sterne an und ich werde dich verdammt fest knuddeln. Okay?«

Sie biss sich auf die Lippe und nickte.

Ich hob ihren BH auf und hielt ihn ihr hin. »Abendessen und die Arbeit nach dem Essen sind hier nicht verhandelbar.«

Sie legte den Kopf schief, während sie in ihre BH-Träger schlüpfte. »Das ist alles? Du bist nicht ... enttäuscht?«

»Nein, Süße. Ich könnte niemals von dir enttäuscht sein.«

»Versprochen?« Diese großen, flehenden Augen zogen mich in ihren Bann.

Scheiße! Was hatte dieser Arschloch-Freund ihr nur angetan? Ich presste meine Lippen auf ihre und küsste sie, länger als ich sollte, länger als wir Zeit hatten. Ich küsste sie, bis wir beide atemlos waren. Als wir uns keuchend voneinander lösten, zog ich ihr einen Heuhalm aus dem zerzausten Haar. »Versprochen.«

Sie schenkte mir ein halbes Lächeln. »Okay, dann.«

Wir polterten in die Küche, natürlich zu spät. Opa und Mom grinsten uns beide verschmitzt an.

»Hast du dich schon wieder verlaufen, Niall?« Mom stand auf und trat zum Ofen. Sie holte zwei in Folie gewickelte Teller heraus.

»Auf dem Heuboden kann man sich leicht verlieren, was, Niall?« Opa stieß ein lautes Lachen aus.

»Was er da oben verloren hat?«, kicherte Sam. »Ich glaube nicht, dass er das jemals wiederbekommt.«

Während sie lachten, drehte ich ihnen allen den Rücken zu und wusch meine Hände am Spülbecken. Sie scherzte, aber es war wahr. Sam gehörte jetzt mein Herz. Und ich würde es niemals wiederbekommen.

29

NIALL

DIE ARBEIT auf einem Bauernhof ist nicht wie die Hausarbeit in einem normalen Haus. Vergisst du nach dem Abendessen, das Geschirr zu spülen? Keine große Sache. Klar, vielleicht stinkt dann deine Küche, aber es stehen weder Leben noch Lebensunterhalt von jemandem auf dem Spiel. Einmal, als ich siebzehn war, hatte ich meine Arbeit überstürzt erledigt, weil ich zu einem Basketballspiel der Highschool wollte – mein Schwarm war im Mädchenteam – und dabei hatte ich vergessen, die Tür zum Hühnerstall zu verriegeln. Der Hund eines Nachbarn war eingedrungen, und es sah aus wie nach der Szene mit dem blutigen Aufzug aus *The Shining*. Ich hatte nicht nur monatelang um die Hennen getrauert, sondern wir hatten auch bis zum folgenden Sommer keine frischen Eier mehr zum Verkaufen.

Doch so sehr ich es auch versuchte, an diesem Abend waren meine Gedanken nicht bei der Arbeit. Sie waren bei Sam. Bei der Art, wie ihre Haut im Sonnenuntergang perlmuttern geschimmert hatte. Wie ihr Haar wie geschmolzene Schokolade über die Decke geflossen war. Ihre Augen, die einen Hauch von … etwas verrieten, als sie kam. Ich konnte es kaum erwarten, sie wieder zum Kommen zu bringen und zu versuchen, diese geheime Emotion zu entschlüsseln.

Ich zählte die Hühner, die sich am Stall drängten. Alle da. Ich hob die Klappe an und zählte sie erneut, als sie hineinstolperten, bereit für ihre Nester.

Ich würde Sam am nächsten Tag mitnehmen. Wir hatten zu viel Zeit auf dem Heuboden verbracht und noch keines der Tiere kennengelernt. Sie würde die Ziegen mit ihren samtigen Ohren lieben. Und das Gefühl, mit ihren Fingern durch die raue Wolle der Alpakas zu fahren. Ich würde sie jedem der schrulligen Hühner vorstellen. Ich malte mir den entzückten Ausdruck auf ihrem Gesicht aus.

Sie wäre entzückt, oder?

Gabi war es jedenfalls nicht gewesen. Wir hatten gut zusammengepasst. Wir lernten uns bei der College-Zeitung kennen und unsere gemeinsame Leidenschaft für Fantasyliteratur und alte Filme wie *Die Reise ins Labyrinth*, *Der dunkle Kristall* und *Kampf der Titanen* verband uns. Der Sex war gut, und ich dachte, wir hätten eine gemeinsame Zukunft. Bis ich sie auf den Hof mitgebracht hatte und eine der Ziegen zwei Stunden nach ihrer Ankunft an ihrer teuren Jacke geknabbert hatte. Sie hatte verlangt, dass ich sie zum Flughafen zurückbringe. Sofort.

Sam war überhaupt nicht so gewesen. Sie war durch den Schlamm gestapft und hatte zitternd und nackt auf dem Heuboden gelegen. Sie hatte mit Mom Geschirr gespült, und sie hatte gefragt, ob sie am Morgen vor unserer Abreise beim Füttern der Tiere helfen könne. Könnte Sam, ein Stadtmädchen, auf dem Bauernhof glücklich sein?

Könnte sie mit mir glücklich sein?

So hatte ich für niemanden empfunden seit … noch nie. Nicht für Gabi. Sam hatte mich in Brand gesetzt, und ich wollte nie wieder gelöscht werden. Ich war völlig vernarrt. Besessen.

Verliebt.

Konnte sie mich auch lieben, nach nur zwei gemeinsamen Wochen? Wo uns doch weniger als eine Woche der Tour blieb?

Wir brauchten mehr Zeit. Zeit zusammen, bei Verabredungen. Zeit getrennt, mit Luft zum Atmen, Raum zum Nachdenken, außerhalb der erzwungenen Nähe der Tour.

Ich würde sie fragen, ob ich in San Francisco bleiben könnte. Nicht bei ihr, aber nah genug, damit wir uns sehen könnten. Sicher, es wäre teurer und weniger produktiv, als auf den Hof zurückzukehren, wie ich es geplant hatte, aber der Gedanke an das Ende der Tour, das Ende unserer gemeinsamen Zeit, fühlte sich an, als hätte ich einen der Flusskiesel verschluckt.

Verdammt.

Ich war verliebt.

Unerwidert.

Sam wollte eine Affäre. Einen buchstäblichen Törn im Heu.

Aber es war zu spät, um meinen Fall aufzuhalten.

Als ich die Klappe hinter dem letzten Huhn fallen ließ, gackerten sie. Ich verriegelte die Klappe und überprüfte sie dann noch einmal, bevor ich um das Gehege herum zurück zur Scheune trottete. Als ich in das helle Licht der Scheune trat, sah Grandpa vom Melkschemel aus über seine Schulter.

»Hat ja lange genug gedauert.«

»Entschuldige. Ich war wohl in Gedanken.«

»Eher in den Wolken, was?« Grandpa wandte sich wieder Sallys weißer Flanke zu. »Denkst an deine Sam.«

Meine Sam. Schön wär's. »War es so offensichtlich?«

Grandpa kicherte. »Ich kenne dich dein ganzes Leben, Junge. Man kann dir deine Gedanken vom Gesicht ablesen.«

Ich schlenderte hinüber, um Sallys langes, schlaffes Ohr zu streicheln. »Was hältst du von ihr? Sie ist großartig, nicht wahr?«

Grandpa ließ seinen Blick auf dem Milcheimer. »Die ist etwas schwieriger zu durchschauen.«

»Oh?« Wenn Grandpa schlecht gelaunt war, musste ich ihn seine Worte in seinem eigenen Tempo finden lassen.

Er hob den Eimer auf und nickte dann. Ich band Sally los und führte sie zu ihrer Box. Ich hatte bei den Hühnern zu lange gebraucht, und Grandpa hatte Susie bereits gemolken.

Er seihte die Milch in ein Glas ab und reinigte die Gerätschaften, bevor er das Nächste sagte. »Sie verbirgt etwas. Etwas Großes, so wie es aussieht. Ist sie verheiratet?«

Ich zuckte zurück. »Sie ist erst fünfundzwanzig. Sie studiert noch.«

»Ich war verheiratet und hatte deine Mom, als ich fünfundzwanzig war.«

»Nein, nicht Sam.« Sie hätte nicht mit mir auf dem Heuboden gevögelt, wenn sie verheiratet gewesen wäre. Oder doch? Ich hatte angenommen, sie behielte ihre Gedanken für sich, weil sie introvertiert war, aber jetzt, wo Grandpa es erwähnte, fiel mir ein, dass sie ihrem Bruder nichts von ihrem Buch erzählt hatte. Gab es etwas, das sie auch mir verschwieg? Vielleicht hatte Grandpa recht und ihr Schweigen steckte voller Geheimnisse wie ein Bienenstock in der Abenddämmerung.

»Etwas anderes also. Das Mädchen ist hin und weg, aber irgendetwas hält sie zurück.«

»Hin und weg, was?« Ein Ballon aus Wärme blähte sich in meiner Brust auf.

»Junge, du bist selbst mehr als nur hin und weg.« Er legte seine raue Hand auf meine Schulter. »Sei vorsichtig.«

Ich legte meine eigene schwielige, tintenverschmierte Hand auf die von Grandpa. »Ich versuch's. Aber wenn ich in ihrer Nähe bin, kann ich nicht anders.«

Grandpa verdrehte die Augen zu den Dachsparren. »Sie hat dich verzaubert, was? Wie in einem deiner Bücher.« Er lächelte schief. »Sag mal, wird Nieven am Ende der Reihe mit Lobelia zusammenkommen?«

Ich starrte auf die breiten Dielen des Bodens. »Ich weiß es nicht, Grandpa. Du weißt, ich plane nicht, bevor ich schreibe. Die Geschichte kommt einfach zu mir. Aber –«

»Aber?«

»Ich weiß nicht, wie das möglich sein soll. Sie sind Freunde, sogar Seelenverwandte, aber Nieven ist ein Elf. Und Lobelia ist« – ich hielt meine Handflächen etwa dreißig Zentimeter voneinander entfernt – »ein Irrlicht. Winzig. Und eine Prinzessin. Sie sind ziemlich verschieden.«

»Die Fortpflanzung wäre eine Herausforderung, was?«

»Ja.« Meine Augen brannten darauf, den Heuboden über uns zu mustern. Für Sam und mich war das kein Problem gewesen. Das Gegenteil war der Fall.

»Wir beenden die Tour in San Francisco. Ich – ich überlege, dort zu bleiben. Nach der Tour. Ich habe einen Teil meines letzten Buches unterwegs geschrieben. Ich kann dieses auch woanders beenden.« Besonders mit Sam als Inspiration.

»Hat sie dich gebeten, mit ihr nach Kalifornien zu gehen?« Grandpa überprüfte den Riegel an der Box.

»Noch nicht.«

»Glaubst du, das ist es, was sie will?«

»Sie hat gesagt, wir beenden die Sache, wenn die Tour endet. Aber es ist das, was ich will.« Ich würde sie um ein richtiges Date bitten. Wir könnten von vorne anfangen und eine Beziehung aufbauen, so wie normale Paare es tun.

Wenn sie so weit wäre, würde sie preisgeben, was sie verbarg.

Grandpa blieb vor dem Scheunentor stehen. »Pass auf deine Gefühle auf, Junge. Nach dem, was mit deinem Dad passiert ist, kannst du bei diesen Dingen empfindlich sein.«

Er hatte recht. Wenn ich klug wäre, würde ich sie gehen lassen, bevor ich mich noch tiefer verliebte. Sonst würde sich das Loch wieder auftun, das in meinem Herzen geklafft hatte, als mein Vater gegangen war.

Aber ich war nicht klug. Zumindest nicht nach Meinung meines Vaters. Und mein Herz hatte wieder einmal mein Hirn besiegt.

Grandpa führte den Weg aus der Scheune. »Klingt, als hättest du eine Woche Zeit, ihre Meinung zu ändern.«

Ich verriegelte das Scheunentor und überprüfte es noch einmal. Sams Meinung zu ändern, würde nicht einfach werden.

Ich wünschte, ich könnte alles so fügen, wie ich es in meinen Büchern tat.

Aber Sam war keine Märchenprinzessin. Sie schrieb ihren eigenen Dialog. Und ich musste sie die nächste Szene schreiben lassen.

30

SAM

ICH SCHRUBBTE den Bräter und sah zu, wie sich Splitter meines schwarzen Nagellacks mit den angebackenen Glasurresten vermischten. Meine Nagelbetten waren noch glänzend schwarz, aber die Spitzen waren schon fast ganz weiß. Qianas Nägel waren immer so perfekt. Ich brauchte eine ihrer Umarmungen. Und ich musste mit ihr über Niall reden, um meine Gefühle für ihn zu entwirren. Oder wäre das seltsam, weil sie ja auch seine Freundin war?

Eigentlich hätte ich mit niemandem über ihn reden müssen. Ich wusste, was das Richtige war. Die Sache mit dem Ende der Tournee zu beenden, so wie ich es von Anfang an geplant hatte. Ich hatte gewusst, dass ich nicht in Nialls geheimes Refugium kommen sollte, aber ich hatte es trotzdem getan. Ich schrubbte eine andere Stelle des Bräters, als wäre es dieser nervige Schmerz, der in meinem Herzen einsetzte, wenn ich an das Ende der Tournee dachte.

»Ist alles in Ordnung mit Ihnen, Sam?«, fragte Elaine. »Sie haben beim Abendessen nicht viel gegessen, und die meisten

Leute können von meinem Schmorbraten nicht genug bekommen.«

Der stechende Geruch von Hefe aus dem Teig, den sie knetete, stieg mir in die Nase.

»Er war köstlich. Ich hatte wohl einfach keinen Hunger.«

Sie warf mir einen prüfenden Blick zu. »Brüten Sie etwas aus? Niall ist auf diesen Tourneen immer so vorsichtig.«

»Ich glaube nicht. Ich fühle mich nicht krank, nur nicht hungrig.« Ich hatte neben Niall gesessen, und als sein Bein unter dem Tisch meins gestreift hatte, war alles andere, einschließlich meines Appetits, verflogen.

»Könnte es vielleicht etwas ... Emotionales sein?« Elaines Augen waren braun, aber sie erinnerten mich an den Laserblick meiner Mutter.

Ich konzentrierte mich darauf, die seifige Bürste über die Rückseite des Bräters zu schrubben. »Emotional?«

Elaine schob den Teigklumpen in eine Schüssel und deckte sie mit einem Tuch ab. Während sie sich neben mir am Waschbecken die Hände wusch, sagte sie: »Ich habe gesehen, wie Sie meinen Sohn ansehen. Und wie er Sie ansieht. Sie haben Gefühle füreinander.«

Sie nahm mir den Bräter aus den Händen, spülte ihn ab und begann, ihn mit dem Tuch abzutrocknen. »Bei meinem zweiten Date mit Nialls Vater konnte ich nichts essen. Schlafen konnte ich auch nicht. Ich konnte nicht genug von ihm bekommen.« Sie stellte den Bräter ab. »Eine solche Schwärmerei gibt es nicht nur in Liebesliedern.«

Das wusste ich. Ich hatte für Stephen geschwärmt, bevor er mir das Herz gebrochen hatte. Damals konnte ich auch nichts essen. Meine Mutter, die meine Kalorienzufuhr fast so genau überwachte wie den Aktienmarkt, hatte etwas darüber gesagt, wie kantig mein Körper geworden war. Meine Gefühle für Niall waren ungesund, genau wie bei Stephen. Ich musste sie beenden.

Ich zog den Stöpsel und sah zu, wie das Wasser im Abfluss wirbelte.

»Sam.« Die Hintertür flog auf, und Niall trat ein und wischte sich die Stiefel an der Matte ab. »Komm mit mir raus. Du wirst die Sterne nicht glauben.«

»Die Sterne.« Ich konnte nicht verhindern, dass sich meine Lippe verzog. »Erst der Sonnenuntergang und jetzt die Sterne?«

Nialls Gesicht rötete sich, als er zu seiner Mutter blickte. »Was soll ich sagen? Ich will dir die schönsten Seiten der Farm zeigen.«

»Für Sams Mantel ist es draußen zu kalt. Hol ihr einen von meinen«, sagte Elaine. »Ich suche euch ein paar Decken.«

Ich hätte es nicht tun sollen. Aber ich ließ mich von Niall in einen Parka in der Farbe eines Verkehrskegels, seinen grünen Schal und eine handgestrickte Wollmütze einpacken und folgte ihm nach draußen. Die kühle Luft prickelte auf meiner Nase, als wir uns von den Lichtern des Hauses und der Scheune entfernten und auf den Wald zugingen. Wir hielten auf der Wiese, wo das kurze Gras unter unseren Füßen knirschte. Niall breitete eine Decke aus, und wir legten uns nebeneinander hin. Er schlug die andere Decke über uns, und ich spürte die Kälte nicht mehr.

»Warm genug?«, fragte er.

»Mhm.«

»Hör mal«, sagte er.

Es gab keine Autogeräusche: kein Hupen, keine Reifen auf Asphalt, keine laufenden Motoren. Auch keine Meeresgeräusche. Von links kam ein Quaken.

Quak-quak. Quak-quak. Quak-quak.

»Was ist das für ein Geräusch? Grillen?«, sprach ich leise, um die Stille nicht zu stören.

»Nein, für Grillen ist es noch zu früh. Das sind die Frühlings-pfeifer – kleine Frösche, nicht größer als ein Zehncentstück. Früher habe ich es geliebt, nachts am Teich zu sitzen und ihnen zuzuhören. Ich habe mir vorgestellt, was sie sich erzählen.«

Ich lächelte, auch wenn Niall es im Dunkeln nicht sehen konnte. »Was haben sie denn erzählt?«

»In meiner Fantasie war ein Ruf höher als die anderen. Das war die Frühlingspfeifer-Prinzessin. Und alle anderen boten ihr

Dinge an: das weichste Seerosenblatt zum Ausruhen, den wärmsten Platz im Schlamm am Grund des Teiches, den saftigsten Käfer.«

»Und welches hat sie angenommen?«

»Alle, wie es ihr zustand.«

»Sie klingt gierig.«

»Sie waren glücklich, sich in ihrer Gegenwart zu sonnen, geehrt durch ihre Aufmerksamkeit.«

Niall rutschte näher und beseitigte den Abstand zwischen uns. »Und jetzt schau nach oben.«

Der Mond war eine blasse Sichel am Horizont. Überall sonst waren Sterne, die vor dem tintenblauen Schwarz des Himmels glitzerten.

Ich hatte noch nie so viele gesehen.

An mein Ohr geflüstert nannte er mir die Namen der Sternbilder und verwob ihre Geschichten miteinander. Ich kannte sie; ich hatte sie während der Mythologie-Einheit in der neunten Klasse aufgesogen. Und Marlee, Tyler und ich waren eines Nachts im Corona Heights Park zur Sternenbeobachtung gegangen. Aber Niall erfüllte sie mit Drama, mit Aufregung, mit Herzschmerz.

Zwischen den Geschichten verschränkte er seine Finger mit meinen. Er strich über die Innenseite meines Handgelenks. Er küsste mein Ohr, meinen Hals, meine Schläfe. Und ich ließ ihn, rutschte immer näher, bis er seinen Arm um mich legte und wir Brust an Brust lagen, die Sterne ignorierten und uns nur aufeinander konzentrierten, unsere Küsse träge, die meine Haut erwärmten, obwohl die Kälte von den Sternen herabdrückte.

Ich drückte ihn flach auf den Rücken und stützte meine Arme auf seiner Brust ab. Das Sternenlicht erhellte sein Gesicht.

»Deine Sommersprossen.« Meine Stimme überraschte mich mit ihrer Heiserkeit. »Sie sind wie Sternbilder.« Ich zeichnete eine auf seiner rechten Wange nach. »Diese hier ist ein Rechteck.«

Seine Arme legten sich um meinen Rücken. »Das da ist ein Buch, das ich schreiben werde. Für dich.«

»Ein ganzes Buch? Nur für mich?«

Seine Lippen verzogen sich zu einem Lächeln. »Vielleicht ein kurzes. Eine Novelle. Alles über Lobelia.«

»Nieven ist meine Lieblingsfigur. Kannst du es über ihn schreiben?«

»Natürlich. Alles, was du willst.«

»Diese hier sieht aus wie ein Fisch.«

»Ein Fisch?« Er kniff ein Auge zu. »Es ist ein Flugzeug. Für die Tournee. Und für die Reisen, die wir unternehmen werden, um uns zu sehen.«

Mein Herz setzte einen Schlag aus, und ich stieß mich von ihm ab. »Niall, nein.« Ein Schmerz begann in meiner Brust.

»Doch, Sam. Ich will mehr Zeit mit dir verbringen. Ich spüre etwas … etwas Grünes und Wachsendes zwischen uns. Wie die Wurzeln, die im Boden erwachen. Als hättest du mich verzaubert. Und ich bin nicht bereit, das nächste Woche enden zu lassen.«

Für einen Moment loderte Hoffnung in dem toten Holz meines Herzens auf. Aber sie erstarb schnell wieder, erstickt an Sauerstoffmangel. Niall war ein Dichter, und ich hatte mich in seinen Worten verfangen.

»Du meinst als deine Muse.«

»Nun, das, aber auch mehr. Sam, ich … ich mag dich. Lass mich dich mögen. Gib uns Zeit.«

»Ich mag dich. Sehr sogar.« Ich zwang die Worte durch den Kloß in meinem Hals. »Aber das – wir – das kann nicht über das Ende der Tournee hinausgehen. Ich gehe zurück nach Kalifornien, um mein Studium zu beenden. Ich muss meine Dissertation fertigstellen, damit ich sie verteidigen und dann im Juni meinen Abschluss machen kann.«

»Und dann zu dieser Postdoc-Stelle.« Sein Blick huschte über mein Gesicht, als würde er seine eigenen Sternbilder nachzeichnen. »Was ist mit deinem Schreiben?«

»Ich …« Was konnte ich ihm sagen, ohne seinen Lieblingsort mit den hässlichen Fakten darüber zu ruinieren, wie ich das, was er liebte, mit Füßen getreten hatte? Nichts. Ich konnte ihm nichts sagen. »Ich bin mit dem Schreiben fertig. Aber du«, fuhr ich hastig fort, »du kommst nach der Tournee hierher zurück, um die Reihe zu beenden.«

»Das kann ich überall tun. Auch in San Francisco, wenn du mich lässt.«

Ich erlaubte mir für eine Sekunde, es mir vorzustellen. Niall, der so nah wohnte, dass ich ihn jeden Tag sehen konnte. Nicht die vierundzwanzig Stunden am Tag der Tournee, sondern gemeinsame Abendessen. Wochenenden. An meiner Dissertation arbeiten, während er in der Nähe saß und in sein Notizbuch kritzelte. Das Glück, das ich den ganzen Tag mit ihm empfunden hatte, musste nicht enden.

Aber dann würde er die Wahrheit herausfinden. Und er würde mich hassen. Er würde mich dafür verachten, dass ich es in die Länge gezogen und ihn hatte glauben lassen, wir könnten jemals mehr sein. Und kein vorübergehendes Glück war den Schmerz wert, der schon jetzt mein Herz umklammerte.

»Ich kann nicht.«

Seine Stimme zitterte. »Also bin ich gut genug für einen Tête-à-Tête, aber mehr nicht?«

»Nein, Niall. Ich – ich hätte nie gedacht, dass die Tournee so werden würde. Du hast sie magisch gemacht.« Ich benutzte nie Worte wie *magisch,* aber in Nialls Nähe schien es richtig. »Aber sie muss nächste Woche enden. Können wir das nicht einfach bis dahin genießen?«

Sein Kiefer verhärtete sich. »Du kannst mich nicht davon abhalten, zu versuchen, deine Meinung zu ändern.«

»Ich nehme an, das kann ich nicht.« Obwohl ich ihn nicht lassen durfte.

Er legte eine Hand hinter meinen Kopf, und im nächsten Moment lag ich flach auf dem Rücken, Niall über mir. Er küsste meine Nase, seine Lippen warm auf der kalten Spitze. Er zog seine Lippen über meine Wange und schob meinen Schal beiseite, um saugende Küsse auf meinem Hals zu platzieren. Geschmolzene Hitze sammelte sich zwischen meinen Beinen.

»Gibt es bei diesem Spiel irgendwelche Tabus?«, fragte er mit rauer Stimme.

»Welches – Spiel?« Er war zu meinem Ohr gewandert und zeichnete den Ohrläppchenrand auf eine Weise nach, die mich in der Daunenjacke erzittern ließ.

»Das, bei dem ich versuche, dich davon zu überzeugen, mich nie gehen zu lassen.«

»Nein. Nichts ist tabu.« Außer meinem Herzen.

Er presste seine Lippen zornig auf meine, plündernd, nehmend. Als ich ihn küsste, vergaß ich all die Gründe, warum ich niemals mit ihm auf der Farm leben könnte: das fehlende WLAN, die Entfernung zu jeder Universität mit einer nennenswerten Informatikfakultät, CASE und all die Lügen, die ich erzählt hatte. Stattdessen ließ ich mich in dem Moment treiben, so wie Bilbo Beutlin es im Wald getan hatte.

Seine eiskalten Hände glitten unter meinen Mantel, unter mein T-Shirt. Meine erhitzte Haut begrüßte seine Berührung. Er schob ein Knie zwischen meine Beine, genau dort, wo ich ihn brauchte, und ich wiegte mich gegen ihn. Unter der Decke waren wir keine Schriftsteller, Programmierer oder Betrüger. Wir waren nur Sam und Niall, und während wir uns aneinanderschmiegten, zu viele Stoffschichten zwischen uns, konnte ich mir fast vorstellen, dass es nicht enden musste.

Er zog sich weg und nahm mein Gesicht in seine Hände. »So sehr ich die Natur liebe und – und das mit dir draußen zu tun, vielleicht sollten wir zurück ins Haus gehen.«

»In dein absolut taugliches Bett?«

»Wo es warm ist und wir uns keine Sorgen um Erfrierungen machen müssen. Wo ich dich sehen kann. Ganz.«, Nialls Stimme war tief. »Ich werde ein paar Kerzen anzünden.«

»Ich habe keine Angst vor deinen Kerzen. Oder deinem Bett. Du wirst nicht gewinnen.«

»Wir werden sehen.«

Hand in Hand kehrten wir zum Haus zurück. Wir knarrten die

Stufen hinauf, und er zündete die Kerzen an, wie er es versprochen hatte. Das flackernde Licht umriss ihn in Rubin und Gold wie eine der Halsketten meiner Mutter.

Sein Bett quietschte, als ich mich rittlings auf ihn setzte und meine Hände in dem roségoldenen Haar auf seiner sommersprossigen Brust vergrub. Als ich mich hob und senkte, ihn ritt wie die Wellen des Ozeans. Als ich immer wieder aufstieg, bis ich erschöpft auf seine Brust sank.

Das Bett stöhnte, als er uns drehte, als er in mich stieß, als könnte er mich aufbrechen und all meine Geheimnisse herausschütten. Als er eine Hand zwischen uns bewegte und mich wieder anfeuerte, hätte ich ihm jedes Geheimnis verraten, wenn ich hätte sprechen können. Aber das einzige Wort, das ich formen konnte, war sein Name, immer und immer wieder, wie das Quaken der Frühlingspfeifer.

Wie die Frühlingspfeifer-Prinzessin nahm ich alles, was er anbot.

Danach schlang er seine Arme um mich, während wir gemeinsam atmeten. Ich schloss meine Augen und weigerte mich, aus dem Fenster auf die neuen Sternbilder zu schauen, die aufgegangen waren, um mich daran zu erinnern, dass sich die Welt um uns weiterdrehte.

Dass wir aufstehen, uns von seiner Familie verabschieden und nach Dallas fliegen mussten.

Dass die Tournee am Donnerstag zu Hause in San Francisco enden würde.

Dass, wenn ich sie nicht aufhielt, Heidi und Martell verkünden würden, dass CASE das Buch geschrieben hatte.

Dass, ob ich es nun schaffte, die Wahrheit zu verbergen oder nicht, Niall niemals mein sein konnte.

Verdammte Gefühle. Ich hatte sie nicht gewollt. Und da waren sie und umschlangen mich wie Efeu um einen der Bäume im Wald.

Als sein Atem gleichmäßiger wurde, langsam und tief, löste

ich mich aus seinen Armen, verließ den kerzenbeleuchteten Zauber seines Bettes und kehrte in mein kaltes, dunkles Zimmer zurück. Aber der Schmerz in meinem Herzen folgte mir.

31

NIALL

»ICH VERSTEHE NICHT, warum wir nicht wie normale Leute in eine Bar gehen können.« Gabi zog die Papiertüte höher, die Flaschen klirrten.

»Lass mich das tragen.« Ich nestelte die Plastikkarte aus meiner Tasche und griff nach der Tüte.

»Du machst die Tür auf. Und dann bittest du deine Prinzessin, rauszukommen und zu feiern. Wo es Musik gibt. Und Martinis. Und heiße L.A.-Leute, die auf der Suche nach einem Walk-on sind. Was ich so tun kann, als hätte ich die Macht, ihnen zu verschaffen.«

Ich blieb ein paar Schritte von der Tür entfernt stehen. »Ich will mit Sam feiern«, sagte ich leise, damit Sam es nicht hörte.

»Was hat Sam dazu beigetragen, dass du diesen Deal bekommen hast?« Gabi verlagerte die Tüte wieder, und diesmal nahm ich sie ihr ab. »Gar nichts, das hat sie. Ich bin deine brillante Agentin, die ihn dir geangelt hat.«

»Ich weiß, dass du's bist. Und ich weiß das zu schätzen. Ich weiß dich zu schätzen. Aber Sam gehört jetzt zu meinem Leben.« Vielleicht hatte sie die Worte nicht gesagt, aber sie hatte seit der

Farm jede Nacht in meinem Bett verbracht. Na ja, nicht genau geschlafen. Sie ging danach immer in ihr eigenes Bett zurück. Sie sagte, sie schlafe allein besser. Allerdings, nach den dunklen Ringen unter ihren Augen zu urteilen, schlief sie allein auch nicht gut. Egal, es musste etwas bedeuten, wenn sie mir jede Nacht in die Augen sah, während ich in ihr war, wenn sie meinen Namen wie eine Bitte flüsterte.

Gabi verengte die Augen, sagte aber nichts, was mich mehr überraschte, als alles, was sie hätte sagen können.

Ich schob die Karte in den Schlitz. Rot. Nochmal, mit Ruckeln. Rot. Nochmal, schnell. Rot.

»Verdammt, Niall, lass mich das einfach machen.« Gabi schnappte mir die Plastikkarte aus der Hand und öffnete die Tür im ersten Versuch.

Mit einem scharfen Blick nahm sie die offene Verbindungstür wahr. »Schatz, wir sind daheim«, rief sie.

Bilbo schoss aus Sams Zimmer, bellte wie verrückt, aber er stoppte und setzte sich, als er mich sah. Ich beugte mich, um ihn zwischen den Ohren zu kraulen. »Sam?«

»Ich bin hier.« Sie kam aus ihrem Zimmer, zog sich die kabellosen Ohrstöpsel raus. »Hey, ich hatte da eine Idee für—« Sie verstummte, als sie Gabi sah.

Ich ging auf sie zu und küsste sie. Das konnte ich. Vor Gabi. Ich hatte es sogar im Buchladen nach der Signierstunde gestern Abend getan. Sie war so entspannt und locker gewesen, Welten entfernt von dem ersten unbeholfenen Q&A in Chicago.

»Was ist los?« Sie blickte von Gabi zu der Tüte, die ich immer noch hielt.

»Wir feiern. Niall meinte, du würdest's lieber hier im Hotel machen als in einer Bar oder einem Restaurant.«

Ein minimales Lächeln zuckte an ihren Mundwinkeln. »Was feiern wir?«

Gabi fand drei Gläser und stellte sie auf den Schreibtisch. Sie winkte nach dem Champagner, und ich stellte ihn neben die

Gläser. Sie machte sich daran, die Folie abzuziehen. »Sie haben die zweite Staffel freigegeben.«

»Die haben Staffel eins doch noch gar nicht fertig gedreht, oder?« fragte Sam.

Gabi drehte am Korken. »Nein, aber es gab so viel Hype um die Stills, dass sie vorgeprescht sind. Ich wünschte, ich hätte ein drittes Buch, das ich ihnen verkaufen könnte.«

Es war Zeit, ihr zu zeigen, was ich auf der Farm und in den frühen Morgenstunden der letzten Tage gemacht hatte. Ich hob die Buchladentasche, die vor Notizbüchern ausbeulte, vom Boden und wuchtete sie auf den Schreibtisch.

Gabi stellte die Flasche ab. »Was ist das?«

»Buch drei. Ich bin fertig. Also, ich bin mit dem ersten Entwurf fertig.«

»Niall!« Sie warf die Arme um mich. Dann klatschte sie mir gegen den Arm. »Warum hast du nichts gesagt?«

»Ich, äh, war mir nicht sicher, wie lange die Muse bleibt. Ich wollte's nicht beschreien.«

Gabi funkelte Sam einen Moment lang an, aber dann wandte sie sich wieder der Flasche zu. Sie knallte den Korken, fing den schäumenden Wein in einem Glas auf. Sie füllte die anderen beiden und reichte sie uns. »Auf Niall und seine Waldelfen. Und Buch drei. Mögen viele weitere Staffeln folgen. Und Actionfiguren. Und T-Shirts. Eine Reihe an Haushaltswaren im Waldelfen-Look. Und ein Spielfilm.«

Wir hoben alle die Gläser und stießen an. »Auf Niall«, echote Sam.

»Ich kann nicht fassen, dass du das Cameo abgelehnt hast.« Gabi runzelte mich an wie schon im Konferenzraum des Studios.

»Ich bin bereit, die öffentliche Autorenpersona runterzufahren. Ich werde so ein Einsiedler-Autor wie Cormac McCarthy. Keine Filmpremieren mehr, kein *Us Weekly* mehr. Keine Paparazzi. Ich komme zur Ruhe.« Das Promi-Autorenzeug hatte mir nie gefallen, aber ich hatte es getan, um Gabi glücklich zu machen. Um Bücher zu verkaufen, um die Farm zu finanzieren. Und, muss ich zugeben, um meinem Vater zu zeigen, dass ich seiner Aufmerksamkeit würdig war. Jetzt nahm ich mir vor, das zu tun, was Sam glücklich machen würde. Scheiß auf Paul Swift. Und ich würde schneller schreiben, um genug zu verdienen, um auf der Farm mitzuhelfen. Ich hatte schon einen Keim für eine Spin-off-Reihe. Ich legte den Arm um Sams Schultern und küsste sie auf den Kopf, atmete den krautigen Duft ihrer Haare ein.

Gabi verzog das Gesicht. »Mehr Fotos von dir, wie du in der Öffentlichkeit liest, würden mehr Waldelfen-Merch verkaufen.«

»Lass uns uns auf die Bücher konzentrieren«, knurrte ich. »Nicht auf Sammelkram.«

»Und die Serie.« Gabi hob ihr Glas, bevor sie es leerte. »Ich überlasse euch zwei jetzt, den Rest der Feier nach eurem Gusto zu beenden.« Sie hob die Augenbrauen zum Kingsize-Bett. Zum Glück hatte der Zimmerservice die sexzerwühlten Laken wieder glattgezogen.

»Wohin gehst du? Ich dachte, wir hängen rum, bestellen 'ne Pizza.« Ich würde versuchen, Sam und Gabi dazu zu überreden, wenigstens so zu tun, als wären sie freundlich zueinander.

»Während du Hände geschüttelt hast, habe ich ein Date mit einem der Junior-Execs klargemacht. Du bist nicht der Einzige, der nach Gesellschaft lechzt, weißt du. Und wenn's was wird«— sie zuckte mit den Schultern—»kriege *ich* vielleicht ein Cameo dabei raus.«

»Wenn du ein Cameo willst, frag ich die Produzenten danach.«

Sie grinste schief. »So macht's mehr Spaß.« Sie küsste meine Wange, stellte ihr Glas ab und stolzierte zur Tür. »Bis später, Kinder. Ich fliege morgen früh, aber ich texte dir vom Flughafen, Niall. Schick mir die Notizbücher.«

»Tschüss, Gabriela. Viel Spaß.« Sam lehnte sich an meine Schulter.

»Tschüss, Gab—« Die zufallende Tür kappte meine Worte.

»Also sind's jetzt wohl nur wir zwei.« Ich ließ mich in den breiten Sessel fallen und zog Sam auf meinen Schoß. Mein halbvolles Glas stellte ich auf den Tisch.

»Ja.« Sie stellte ihr fast volles Glas neben meins. Gabi wusste nicht, dass sie das Zeug hasste.

»Ich hab auch Weißwein gekauft. Ich kenne mich mit Chardonnay nicht aus, aber der Typ im Laden meinte, der wäre top.«

»Vielleicht später.« Sie lehnte sich zurück, um mir in die Augen zu sehen. »Ich freu mich wirklich für dich. Bist du happy mit dem Deal?«

»Schätze schon? Das ist Geld, für das ich kaum was tun muss. Obwohl Gabi mir diesmal Script Approval besorgt hat.«

»Das ist gut, oder? Dann hast du Kontrolle über die Adaption?«

»Ja.« Wenn Sam mir bei meinem E-Mail-Setup helfen konnte, könnte ich das remote machen.

»Hey, ich hab *Secrets of the Wood Elves* zu Ende gehört. Ich weiß, dass du das weißt, aber es ist großartig.«

Wärme flackerte über meine Haut. »Es hat dir gefallen? Es ist nicht so gut wie *Magician*, aber—«

»Niall.« Ihre Berührung war federleicht an meiner Wange, aber ich konnte ihr nicht widerstehen. Ich sah ihr in die Augen. »Ich habe es geliebt. Wirklich. Ich war gerade dabei, mit *Treachery* zu starten, als du reingekommen bist. Ist gut, dass das dritte Buch noch nicht fertig ist, sonst würd ich meine Dissertation nie zu Ende bringen.«

Ich beugte mich vor und küsste sie, nahm mir ihre Lippen, wie ich's vor Gabi nicht hätte tun können. Als wir nach Luft schnappten, sagte ich: »Danke. Das bedeutet mir viel, von einer Autorin deiner Klasse.«

Ein feiner Strich bildete sich zwischen ihren Brauen. »Lass uns nicht über *Magician in the Machine* reden. Heute Abend geht's nur um dich. Und ich habe—ich habe einen Vorschlag.«

Ich wackelte mit den Augenbrauen und küsste dann ihren Hals. »Einen sexy Vorschlag?«

»Nein.« Lachend schob sie gegen meine Brust.

Widerwillig ließ ich sie los. »Was für einen Vorschlag dann?«

»Ich finde, deine Waldelfen würden ein großartiges Videogame abgeben.« Sie hob einen Finger, um meinen Protest zu stoppen. »Ich weiß, du hast's nicht so mit Tech. Aber ich schon. Ich könnte helfen. Jackson und ich haben früher zusammen Videospiele programmiert. Ich könnte dich mit Programmiererinnen und Programmierern in Kontakt bringen, die sterben würden, um die Waldelfen zum Leben zu erwecken.«

Gabi hatte die Gaming-Rechte erwähnt, ungefähr als wir den TV-Deal machten. Damals hatte ich abgelehnt. Aber das hier war anders. Es war Sam.

»Ich will keine Programmierer. Ich will dich.«

»Niall, ich bin Programmiererin.«

»Ich will's nur mit dir machen.« Gabi war nicht die Einzige mit Verhandlungsgeschick. Ein Deal wie dieser würde uns aneinanderbinden, sie bei mir halten, selbst wenn die Tour vorbei war.

»Aber ich bin—ich bin weg. Ich mache ein Postdoc. Und dann werde ich Forscherin. Du brauchst jemanden in Vollzeit, der das Spiel fertig hat, wenn die Serie rauskommt. Nicht jemanden, der das nebenbei programmiert.«

»Ich warte. Auf dich.«

»Niall.« Sie seufzte durch die Nase. »Du weißt nicht mal, ob ich gut bin. Gabi würde dich nie so einen Deal machen lassen.«

»Dann zeig's mir.« Ich zog ihren Taillengriff fester. »Zeig mir eins deiner Spiele.«

Sie öffnete den Druckknopf an einer ihrer Cargotaschen und drückte ihn gleich wieder zu. »Ich hab damit aufgehört, als Jackson in der Middle School Synergy gegründet hat. Diese Games sind grottig.«

»Ich mag's, wenn du grottig bist.« Ich stupste meine Nase an ihren Hals. »Zeig's mir.«

»Warte, meinst du das Spiel oder dass ich dir einen blase?« Sie rutschte auf meinem Schoß herum.

Ich stöhnte. Ich war schon halb hart. Aber das hier war ihr wichtig. »Das Spiel. Erstmal.« Ich knabberte an ihrem Ohrläppchen und löste mich dann.

»Okay. Denk dran, das ist Kram von vor zehn Jahren. Games

sind seitdem weit gekommen.« Sie glitt von meinem Schoß und ging in ihr Zimmer. Sie kam mit ihrem Laptop zurück. »Komm, wir spielen auf dem Bett.«

»Du willst mich wirklich ablenken, oder?« Ich stand auf und richtete unauffällig meine Hose.

Sie grinste. »Ich glaube, du würdest ein Erwachsenenspiel mehr mögen als etwas, das ich mit Zahnspange programmiert habe.«

»Die Dame protestiert mir zu viel, dünkt mich. Jetzt will ich's erst recht sehen.«

Sie rollte sich die Lippe zwischen die Zähne. »Dann kannst du mir eins deiner unanständigen 4-H-Spiele zeigen.«

Ich setzte mich aufs Bett und streckte die Beine aus. »Deal. Aber denk dran, keins von diesen Spielen war von der nationalen Organisation abgesegnet.«

Sie kuschelte sich mit ihrem Laptop neben mich. Bilbo sprang hoch und rollte sich an ihrer anderen Seite zusammen. »Das merke ich mir, wenn ich eine Dankesmail an den Rat schicke.«

32

SAM

NEUNZIG MINUTEN.

Ich prüfte mein Handy. Inzwischen war ich gut darin geworden, anhand einer schnellen Schätzung der Teilnehmerzahl zu erraten, wie lange die Signierstunde dauern würde. Meine letzten neunzig Minuten, in denen ich die gleiche Luft wie Niall atmete. In denen ich wie zufällig seine Hand streifte, wenn wir nach dem Stapel Bücher zwischen uns griffen. In denen ich diesen holzigen Duft, den er überall mit sich trug, in meine Lungen sog.

Neunzig Minuten des Glücks, das ich empfand, wenn er in meiner Nähe war.

Wir stiegen von der provisorischen Bühne zum Tisch hinunter, unsere Bewegungen ein gut einstudiertes Ballett. Als ich mich auf meinen Stuhl sinken ließ, den auf der rechten Seite, damit Niall und ich uns beim Signieren nicht mit den Armen stießen, rieb ich meine Hand auf die Mitte meiner Brust, genau über der Stelle, wo es schmerzte.

Als Niall seinen Kopf zu mir drehte, etwas, das ich mehr fühlte als sah, sehnte sich mein Körper danach, sich ihm zuzuwenden. Meine Lippen zuckten, um sich zu einem Lächeln zu verziehen und mit ihm eines auszutauschen, so wie wir es in der vergangenen Woche getan hatten. Ich sehnte mich danach, mich an ihn zu lehnen, ihn mir eine seiner Ermutigungen ins Ohr flüstern zu lassen.

Stattdessen ließ ich meine Hand auf den Tisch fallen und richtete mich auf. Die Erziehung meiner Mutter, die für das, was sie aus mir machen wollte, ein solcher Fehlschlag war, würde mich retten. Ich würde lächeln, mit den Lesern plaudern und noch einen Abend lang so tun, als gehörte ich hierher. Dann, in achtundachtzig Minuten, würde ich entkommen. Ich würde in die Abgeschiedenheit meiner Wohnung zurückkehren. Am nächsten Tag wäre ich wieder in meinem Büro an der Universität. Ich wäre wieder eine Informatikerin. Ich müsste nicht mehr lügen.

Sein sommersprossiger Arm streifte meinen. »Alles in Ordnung?«, flüsterte er, während die Mitarbeiter des Ladens die Leser in Schlangen organisierten.

»Sicher«, log ich. Es war mir inzwischen in Fleisch und Blut übergegangen.

»Ich habe gar nicht gefragt. Bist du schon mal hier gewesen? In diesem Laden?«

Ich zuckte mit den Schultern. Small Talk war einfach. Vielleicht schaffte ich den Abend ohne ein schwieriges Gespräch. Vielleicht hatten meine Versuche, jeden von Nialls Hinweisen abzuschmettern, wirklich funktioniert, und er war bereit, die Sache zu beenden. Genau wie ich es wollte.

»Ja, bin ich.« Ich blickte über die wartenden Leser. »Es ist nicht weit von der Universität entfernt. Manchmal kaufe ich hier Bücher für meinen Neffen.« Ich könnte von dem Laden zu meiner Wohnung laufen. Ich könnte in den Nebel der Stadt eintauchen und ihn all die Lügen wegdampfen lassen wie Falten aus einem Seidenkleid.

Aber noch nicht. Die erste Person trat an meine Seite des Tisches, und ich setzte mein Lächeln auf, griff nach meinem säuregrünen Sharpie und machte mich an die Arbeit.

Die Menge hatte sich bereits gelichtet, als ein allzu vertrautes Paar an den Tisch trat. »Samwise.«

»Tante Sam!« Noah ließ die Schultern hängen, als könnte er seinen anfänglichen Ausbruch der Aufregung verbergen. Hatte ich mich mit zwölf auch so bemüht, unnahbar zu wirken? Wahrscheinlich.

Ich stand auf. »Heilige Scheiße, bist du schon wieder gewachsen?« Ich umarmte ihn, seinem zwölfjährigen Stolz zum Trotz.

Ich stellte mich auf die Zehenspitzen, um meinem Bruder auf die Wange zu küssen. »Was macht ihr denn hier?«

»Wir wollten eigentlich schon am Anfang da sein«, sagte Jackson und zog den Kopf ein. »Aber es gab, äh, ein Valentins-Missgeschick.« Er rümpfte die Nase. »Ich war nicht darauf vorbereitet, wie viel Flüssigkeit ein so kleines Baby ausstoßen kann.«

»Erinnerst du dich nicht daran, als ich ein Baby war? Oder Nat?«

Er zuckte mit den Schultern. »Ich habe euch den Kindermädchen überlassen, bis ihr interessanter wurdet. Obwohl Nat immer noch nicht interessant ist. Sag deiner Großmutter – oder deiner Tante Natalie – nicht, dass ich das gesagt habe«, fügte er zu Noahs Gunsten hinzu.

Noah zog seine Augenbrauen, die die Farbe von nassem Sand hatten, zusammen. »Tante Sam, du hast mir gar nicht erzählt, dass du das Buch geschrieben hast.«

Ich spürte, wie sich Nialls Aufmerksamkeit auf uns richtete. »Nein, Noah, habe ich nicht. Es gab ein paar Gründe, warum ich es geheim halten musste. Aber ich erzähle dir davon, sobald ich kann.«

»Dieses Wochenende? Jay sagt, du kommst wahrscheinlich vorbei. Um das Baby zu sehen.«

»Natürlich komme ich vorbei. Um euch alle zu sehen.« Ich wollte die Hand ausstrecken und sein zu langes, sandfarbenes Haar zerzausen. Aber er sah aus, als würde er mich abblocken, wenn ich nach ihm greifen würde. *Zwölf.*

Jackson nahm Noah das Buch aus der Hand. »Dann lässt du

uns das am Wochenende signieren.« Er hob seine dunklen Augenbrauen zu mir. Eine Drohung. Im Austausch für ein Versprechen.

»Aber« – mein Bruder blickte an mir vorbei – »Mr. Flynn werden wir am Wochenende nicht sehen, oder?«

»Nein«, sagte ich, ohne mich umzudrehen, um ihn anzusehen. »Niall muss nach Hause fahren. Um zu schreiben. Auf der Farm. Aber du solltest dir ein Exemplar seines Buches besorgen. Es ist die unglaublichste Geschichte, die du je lesen wirst. Eigentlich kauf beide. Du wirst *Geheimnisse* zuerst lesen wollen. Dann *Verrat*. Er wird es für dich signieren. Beide. Er wird beide signieren. Nicht wahr, Niall?« Ich wartete seine Antwort nicht ab. »Noah, wusstest du, dass sie aus seinen Büchern eine Fernsehserie machen? Zwei Staffeln.« Ich nannte einen der Schauspieler, jemanden, den er von seiner Superheldenfilm-Besessenheit kennen würde.

Ich hielt meinen Blick starr auf meinen Bruder gerichtet. *Sag kein Wort.*

Sein Mund wurde schmal. *Wir werden uns am Wochenende unterhalten.*

Ich schluckte. Jackson war meine Verschwiegenheitserklärung scheißegal.

»Das ist cool.« Noahs Augen leuchteten vor Bewunderung. Er nahm sich je ein Exemplar von Nialls Büchern auf dessen Seite des Tisches und trat vor ihn. »Würden Sie diese bitte für mich signieren?«

»Natürlich. Noah, stimmt's? Ich habe Ihre Zeichnung gesehen, die Ihr – die Jackson Sam gezeigt hat. Ihr künstlerisches Talent ist beeindruckend.«

»Ich mag Kunst.« Er zuckte mit den Schultern. »Aber Programmieren mag ich lieber. Ich glaube, das will ich machen, wenn ich erwachsen bin. Wie Alicia und Jay. Wie Sam.«

»Sam ist auch eine gute Schriftstellerin.« Er beugte sich über die Seite, um sie zu beschriften.

»Ja, aber das wusste ich nicht, bis …« Noah blickte zu Jackson auf. »Bis ich ein paar Sachen mitbekommen habe.«

Jackson kratzte sich am Bart und mied meinen Blick.

»Hat Ihnen ihr Buch gefallen?« Niall pustete auf die Tinte, so wie er es immer tat. Es ließ mich erschaudern bei dem Gedanken, wie er manchmal über meine Haut pustete. Er nahm den zweiten Band von Noah.

»Ja, es war irgendwie seltsam, aber ich mochte den Magier.«

»Dann müssen wir zusammenarbeiten, um sie zu überzeugen, noch eines zu schreiben.« Niall nickte meinem Neffen zu.

Noah legte den Kopf schief. Sie waren nicht blutsverwandt, aber sowohl er als auch Jackson warfen mir identische, misstrauische Blicke zu.

Scheiße.

»Danke fürs Vorbeikommen, Jungs. Hab euch lieb. Wir sehen uns am Wochenende. Was soll ich dir mitbringen, Noah? Was Saures? Oder Gummibärchen?«

»Beides.« Wenn seine Hände nicht voller Bücher gewesen wären, hätte er die Arme verschränkt. Sein Ausdruck und seine Haltung, selbst mit den Büchern in der Hand, schrien geradezu *Lügnerin.*

»Geht klar.« Es gab einen Süßigkeitenladen nicht weit vom Buchladen, neben der Bushaltestelle. Ich würde mir sein Schweigen erkaufen. Ich wünschte, das würde auch bei meinem Bruder funktionieren.

»Schön, Sie kennenzulernen, Noah. Jackson, es war ...« Niall wischte seine Hände an den Seiten seiner Jeans ab.

»Eine wirklich furchterregende Erfahrung?« Jackson beugte sich vor und sprach leiser als das Summen der Buchladenkunden, aber ich hörte ihn. »Ich hoffe, Sie waren ein perfekter Gentleman meiner Schwester gegenüber. Schade, wenn Ihren Händen etwas zustoßen würde.« Er nickte auf Nialls tintenverschmierte Finger.

»Jackson? Verpiss dich«, flüsterte ich.

Mein Bruder ließ die Knöchel knacken. »Wir warten auf dich, Sam. Wir fahren dich nach Hause.« Er legte eine Hand auf Noahs Schulter und lenkte ihn mit seiner Bücherbeute weg.

Ich blickte zur nächsten Person in der Schlange auf. *Fast geschafft. Noch fünfzehn Minuten.*

Als der letzte Leser wegging, stand Niall auf und streckte sich. »Wie wär's mit –«

Jackson, der in der Nähe in der Zeitschriftenabteilung lauerte, fing meinen Blick auf. *Zehn Minuten,* formte ich mit den Lippen.

Aber Niall hatte es gesehen. »Du gehst mit deinem Bruder nach Hause?«

»Ja, ich glaube, das ist das Beste.« Ich reihte die Sharpies auf dem Tisch auf.

»Du hast ihm nichts von deinem Buch erzählt. Du hast deinem Neffen nicht gesagt, dass du eine Schriftstellerin bist. Und trotzdem gehst du mit ihnen und nicht mit mir. Ich habe jede Seite von dir gesehen, Sam, und –«

Ein paar Leute blickten von der Beziehungsratgeber-Abteilung auf. Ich stand auf und packte seinen Arm. »Komm mit.« Ich suchte den Laden nach einer privaten Ecke ab. Als ich keine fand, steuerte ich geradewegs auf den Abstellraum zu, in dem wir unser Gepäck verstaut hatten. Als er ganz drin war, schloss ich die Tür und lehnte mich dagegen.

»Scheiße, ist das dunkel.« Ein dünner Lichtstreifen unter der Tür beleuchtete seine geschnürten Oxfords und die Sohlen meiner Stiefel. Ich tastete an der Wand nach einem Schalter.

Ein Klicken, und wir blinzelten uns im schwachen Licht einer nackten Glühbirne an. Die Schnur hing zwischen uns herab und schwang noch von Nialls Zug daran.

»Was zum Teufel, Sam?«

Ich konzentrierte mich auf das Karomuster seines Hemdes. Es war eines meiner Lieblingshemden, grau mit schwarzen Streifen und schmaleren roten Streifen, die zu seinem Haar passten. Wen machte ich mir was vor? Sie waren alle meine Lieblingshemden. Ich würde die Wände meines Verstecks unter dem Berg mit dem halben Dutzend Karomuster der Buchtour tapezieren.

»Meine Familie und ich sind anders als deine. Na ja, deine Mutter und dein Opa. Wir sind keine Mitteiler.« Das waren wir mal gewesen. Als Dad noch da war. Danach hatte ich den größten Teil meines Lebens, meine Geheimnisse, mit Jackson geteilt. Bis Stephen kam. Alles, was ich ihnen danach erzählt hatte, wurde zur Waffe gemacht. Mein Bruder wollte mich nur beschützen, aber manchmal muss ein Mädchen seine eigenen Fehler machen.

Und ich hatte einen großen gemacht.

Niall fuhr sich mit der Hand durch sein rotbraunes Haar, das von der 40-Watt-Birne in Gold getaucht wurde. »Tut mir leid, Sam. Ich will mich nicht in deine Angelegenheiten einmischen, aber meinst du nicht, dass dein Schreiben etwas ist, das du mit ihnen hättest teilen sollen?«

»Ich habe meine Gründe.« Ich spannte meinen Kiefer an und wünschte, ich wäre fünfzehn Zentimeter größer, damit ich nicht den Hals recken müsste, um ihn anzusehen.

»Was verheimlichst du mir, Sam?«

Für eine Sekunde wog ich meine Optionen ab. Es ihm sagen, die Last von meiner Brust nehmen. Er würde mir einen angewiderten, verratenen Blick zuwerfen und gehen. Heidi würde mit ihren Anwälten wie ein Hammer auf mich niederfahren, und ich könnte meinen Doktortitel vergessen. Oder meinen Mund halten. Ihn noch ein paar Minuten länger glauben lassen, ich sei keine Betrügerin, bis ich in mein einsames, Niall-freies Leben mit intakter Zukunft zurückkehren könnte.

»Nichts, worüber ich dir etwas sagen kann.« Ich starrte auf seinen Hemdknopf. Ich war diejenige gewesen, die ihn heute Morgen nach unserer Dusche zugeknöpft hatte. Mir hatte die Vorstellung gefallen, dass er zu unserem letzten Tour-Event in Kleidung ging, die ich ihm angezogen hatte. Wie eine Knappe, die ihren Ritter rüstet und ihn gegen alle Missgünstigen schützt. Mich eingeschlossen.

»Kannst du nicht, Sam? Wir haben so viel geteilt.« Er ergriff meine Hand und drehte sie um. Nur noch Flecken von meinem schwarzen Nagellack waren übrig, zentriert auf jedem Fingernagel, an den Rändern abgeplatzt und ausgefranst. Er strich über meine Hand, blass mit kreuz und quer verlaufenden blauen Adern.

»Ich kann nicht.«

»Was ist mit später? Hast du darüber nachgedacht –«

»Das kann ich auch nicht. Es ist, wie ich dir gesagt habe –«

»Dass das hier – wir – mit der Tour endet. Das kannst du nicht wollen, Sam. Ich weiß, dass ich es nicht will.«

Jedes Wort war ein Nagel in meinem Herzen, der es durchbohrte. Ich konnte vor Schmerz kaum atmen. »Ich habe jede Minute geliebt. Na ja, außer den ersten paar Tagen. Aber das ist das Ende.«

»Das ist also der Abschied? Genau hier, in einem Abstellraum?« Er stieß mit dem Fuß gegen eine Dose Möbelpolitur, und sie fiel mit einem Klirren um.

Als ich endlich aufblickte, war Nialls Mund schmerzverzerrt. Wahrscheinlich der gleiche Schmerz wie der meines von Nägeln durchbohrten Herzens. Tränen stiegen mir in die Augen, aber ich unterdrückte sie. Wenn ich mit roten Augen da rauskäme, würde Jackson Niall eine verpassen.

Seine Hände wanderten über meine Arme bis zu meinen Schultern. Er nahm mein Gesicht in seine Hände und rieb mit einem schwieligen Daumen über meine Wange. Gott, ich würde diese Schwielen vermissen.

»Leb wohl.« Es war alles, was ich über meine zugeschnürte Kehle bringen konnte.

»Sam.«

In diesem einen, gebrochenen Wort hörte ich es. Auch sein Herz zersplitterte. Aber das war nichts im Vergleich zu dem Schmerz, den er empfinden würde, wenn ich ihm die Wahrheit sagte. Er wollte nicht wissen, wie ich Technologie benutzt hatte, um alles, was er schätzte, alles, woran er glaubte, lächerlich zu machen.

Besser, ich ließ ihn noch ein wenig länger an das Märchen glauben, bis ich etwas Abstand zwischen uns bringen konnte. Gabi würde ihm schneller eine neue B-Promi-Schauspielerin finden, als ich *Trostpflaster* sagen konnte. Er würde mich schnell genug vergessen.

»Sam, ich – du musst nicht antworten. Ich weiß, es ist zu früh, und du hältst mich wahrscheinlich für einen verliebten Romeo. Aber ich muss dir sagen, wie ich fühle.« Er holte Luft und sog jedes einzelne Sauerstoffmolekül aus dem Abstellraum. »Ich liebe dich.«

Mein von Nägeln durchbohrtes, blutendes Herz machte einen Satz. »Nein, Niall, du –«

»Sag mir nicht, dass ich meine eigenen Gefühle nicht kenne. Ich weiß, es ist schnell. Aber ich kann nichts für das, was ich fühle. Ich liebe dich«, wiederholte er. Als ob es wahr würde, wenn er es nur oft genug sagte.

Ich öffnete den Mund, um zu widersprechen, um ihm zu sagen, dass er falschlag. Dass auch mein eigenes Herz falschlag.

Im nächsten Augenblick lagen Nialls Lippen auf meinen, dann schlang sich ein Arm um mich, während seine andere Hand mein Gesicht umschloss. Ich packte den weichen Flanell seines Hemdes so fest, dass ein Knopf auf den Boden sprang.

Mein Puls hämmerte mir in den Ohren. Ich streckte mich auf die Zehenspitzen, um dem Kuss nachzujagen, dem Gefühl unserer Lippen und Zungen, die aneinanderglitten, die Zähne, die in unserer Raserei, uns näherzukommen, zusammenklickten, uns zu vereinen, so wie wir es an jenem Nachmittag im Heuboden und seitdem jede Nacht getan hatten, um eins zu sein. Ich hätte ewig in diesem Moment leben können, in der rauen Textur seines Hemdes unter meinen Händen, in der Wärme seiner Lippen, in der Stärke seiner Arme um mich herum. Ich wollte nie wieder losgelassen werden.

Endlich feuerte das richtige Neuron und erinnerte mich daran, dass wir das nicht tun konnten. Wir gehörten in verschiedene Teile des Landes. In verschiedene Welten. Ich gehörte in diese Stadt, wo die Lüge geboren worden war und ich sie akzeptiert hatte. Wo ich noch ein paar Wochen weiter lügen musste, bis ich mit meinem Doktortitel in der Hand entkommen konnte. Er gehörte in die Natur, für immer wahr und rein und ehrlich. Ich senkte mich auf meine Fersen, Niall beugte sich über mich und knabberte an meiner Unterlippe.

Ich zerrte mich los, stieß ihn aber nicht weg. Er küsste meinen Kiefer, mein Ohrläppchen, die Stelle an meinem Hals, die meine Knie weich werden ließ. Meine verräterischen Hände krallten sich in sein Hemd.

In meine Ohrmuschel flüsterte er: »Wir sind verbunden, Sam. Fühlst du es nicht? Wir mögen aus unterschiedlichen Verhältnissen stammen, wir mögen unterschiedliche Meinungen über Kunst haben, aber unsere Seelen sind gleich. Ich fühle, wie sie sich wie zwei Ranken umeinander winden. Wir gehören zusammen. Wir müssen dem – uns – eine Chance geben zu wachsen.«

Meine Bauchmuskeln spannten sich an, wahrscheinlich um meine Organe davon abzuhalten, aus meinem Körper zu springen. Ich wollte ihm so verzweifelt zustimmen. Ich spürte es: das Wiedererkennen beim Ansehen eines Lieblingsfilms, die Befriedigung beim Durchsehen eines eleganten Codeabschnitts, das angenehme Schnurren des Serverraums.

Ich liebte ihn. Aber ich war nicht grausam genug, es zuzugeben. Ihn dazu zu verdammen, in meiner Welt der Lügen zu leben, davon besudelt zu werden.

Ich stieß ihn von mir, und er stolperte gegen ein Metallregal. »Du kennst mich nicht.«

Er sog die Luft ein wie reißender Stoff. »In drei Wochen haben wir mehr Zeit miteinander verbracht als die meisten Leute in drei Monaten. Ich bin völlig verzaubert.«

Hitze – und nicht die sexy Hitze von vor einer Minute, sondern wütende Hitze – sprudelte an meine Haut. »Verzaubert? Ich bin das genaue Gegenteil einer Märchenprinzessin.« Ich hatte mir *Der Verrat der Waldelfen* angehört. Ich hatte seine Beschreibung von Lobelia gehört. Majestätisch und rein und edel. Nichts wie ich. Nichts, was ich jemals sein könnte.

»Ich muss gehen. Jackson wartet.«

Selbst im schwachen Licht der Glühbirne stachen seine

Sommersprossen auf seiner blassen Haut hervor. Seine Stimme hatte Glasscherben in sich. »Willst du wirklich, dass ich morgen in meinen Flug steige?«

Ich fand den Griff meines Koffers und umklammerte ihn. »Das will ich. Dein Platz ist auf der Farm. Und beim Schreiben in dieser Biegung des Baches.«

Eine Pause. »Du fährst nächsten Monat nach Vegas, richtig? Zur Preisverleihung.«

»Nein, ich – ich kann nicht.«

»Natürlich kannst du. Du hast es verdient zu gewinnen. Selbst wenn du nicht gewinnst, hast du es verdient, dabei zu sein.«

Hatte ich nicht. Ich starrte auf die Stelle auf seinem Hemd, wo Rot auf Schwarz traf.

Er ergriff meine Hand. »Fahr für mich hin. Ich brauche dich dort. Wenn keiner von uns gewinnt, können wir uns zusammen betrinken. Wenn ich gewinne, wird es ohne dich nicht dasselbe bedeuten.«

Er wusste genau, welchen Knopf er drücken musste. Er brauchte mich. Nur mich. So wie mich noch nie jemand gebraucht hatte. Ich könnte ihn noch ein einziges Mal sehen und dann nie wieder. Denn Heidi würde die Wahrheit danach enthüllen. Wider besseres Wissen drängte sich das Wort aus mir heraus. »Okay.«

Sein nächster Kuss war kein hungriges Verlangen, sondern ein sanfter Abschied, und er riss mein zersplittertes Herz auf.

»Ich zähle auf dich. Wir sehen uns in einunddreißig Tagen.«

Er drückte meine Hand ein letztes Mal, dann stieß er die Tür auf. Ich blinzelte im helleren Licht des Buchladens. Er stand ein paar Sekunden in der Tür, als würde er mich mustern. Dann verzogen sich seine Lippen. Er drehte sich um und ging zurück zum Tisch.

Jackson, der Bilbo Baggins' Transportbox umklammerte, durchbohrte Niall mit seinem Blick.

Ich schulterte meine Laptoptasche und rollte meinen Koffer zu meinem Bruder.

»Alles in Ordnung? Ich muss ihm doch nicht in den Arsch treten, oder?« Er starrte auf Nialls Hinterkopf.

»Nein. Denk dran, ich bin kein Teenager mehr. Ich kann auf mich selbst aufpassen.«

»Du bist gerade aus einem dunklen Abstellraum gekommen. Mit einem Kerl.« Er zog eine dunkle Augenbraue hoch.

»Einverstanden.« Ich richtete mich auf. »Mir geht's gut. Wo wir von Teenagern sprechen, wo ist Noah hin?«

»Bilbo hat gewinselt. Er hat ihn nach draußen gebracht. Bist du sicher, dass es dir gut geht? Deine Augen sind rot.«

Ich blinzelte, als könnte ich die Beweise auslöschen. »Kannst du mich nach Hause fahren?«

Langsam nickte er, sein Blick verließ meinen nie. »Denk dran, Samwise, ich stehe immer für Arschtritte zur Verfügung. Egal, wie alt du wirst.« Er nahm mir die Tasche von der Schulter und hängte sie über seine eigene.

»Das brauche ich nicht, Jackson. Ich bin jetzt ein großes Mädchen. Ich bin unabhängig.«

Genau wie ich es immer wollte.

Aber jetzt, wo mein Herz in meiner Brust zerfetzt war, schien die Unabhängigkeit nicht mehr so verlockend.

33

NIALL

ICH FUNKELTE die glatte Fliege im Spiegel an und versuchte es erneut.

Vielleicht tat ich mich so schwer, weil ich Linkshänder war. Hatten sie mir aus Versehen die Anleitung für Rechtshänder gegeben und war ich an der magischen Anleitung ›Wie man eine Fliege *für Linkshänder* bindet‹ vorbeigelaufen, die mir beigebracht hätte, wie es auf Anhieb funktionierte? Die Schlaufe glitt mir aus den Fingern, sodass ich ins Leere griff. Ich fing von vorn an.

Der Laden für Festgarderobe im Hotel in Las Vegas hatte mich so überfordert, dass ich kaum noch wusste, wo oben und unten war. All diese übergroßen Fotos von Brautpaaren, und eine der Bräute hatte ausgesehen wie Sam – ihr Haar zu einem unordentlichen Dutt hochgesteckt –, die in der einen Hand ihren Brautstrauß und mit der anderen ihren Bräutigam hielt und dabei auf eine hemmungslose Art lachte, wie Sam es nie tat.

Sam hielt immer etwas zurück. Vor allem in unseren Nachrichten und Telefonaten im letzten Monat. Einmal hatte ich ungeschickt mit dem Telefon hantiert und aus Versehen den

Videoanruf-Knopf gedrückt. Es war der beste Fehler meines Lebens gewesen, weil ich sie dadurch sehen konnte: das dunkle Haar, das sich aus ihrem Dutt löste, ihre violetten Augen, weit aufgerissen und überrascht, mich zu sehen. Selbst per Video hatte sie ihre Miene beherrscht, sich auf die Lippe gebissen und nichts versprochen.

Aber heute Abend war die Verleihung des Tower Prize. Sie hatte versprochen zu kommen. Und nach der Zeremonie würde ich sie mit auf mein Hotelzimmer nehmen und wir würden reden. Von Angesicht zu Angesicht. Keine Ausflüchte mehr.

Meine Hände zitterten an der Fliege, aber ich schob eine Schlaufe durch die andere und zog langsam und vorsichtig an den Enden des Knotens.

Verdammt! Sie sah aus wie der Schnürsenkel eines Sechsjährigen nach einer Stunde auf dem Spielplatz. Ich bohrte meine Finger in den Knoten, um ihn zu lösen.

Warum hatte ich es überhaupt versucht? Ich hatte eine absolut brauchbare, vorgebundene Fliege im Schrank hängen. Sie hatte bei dem Dutzend oder so festlichen Anlässen, die ich seit *Secrets* auf der Bestsellerliste stand, besucht hatte, ihren Dienst getan. Niemand bei der Zeremonie würde sich auch nur im Geringsten dafür interessieren.

Sam nicht. Sie hatte mich in Flanellhemden gesehen. In T-Shirts. In Schlafanzughosen. Und in weit weniger. Aber – und das war der Grund, warum ich nach unten gerannt war, mein Smokinghemd kaum in die Hose gesteckt, und einen absurden Geldbetrag für eine Fliege hingeblättert hatte – Sam erkannte das Echte und sie verdiente es auch.

Ich hätte sie mir von der Verkäuferin binden lassen können. Ihre Finger mit den rosa lackierten Nägeln sahen sehr geübt darin aus. Aber der Gedanke, dass mich jemand berührte, der nicht Sam war, ließ die Haut in meinem Nacken jucken. Ich würde die Fliege binden, und ich hoffte zu Gott, dass Sam sie später lösen würde, mit ihren zarten Fingern über die Seide und dann die Knopfleiste meines Hemdes hinabgleiten und dabei einen Knopf nach dem anderen öffnen würde.

Mein Schwanz zuckte hoffnungsvoll, aber er erschlaffte wieder an meinem Oberschenkel, als ich das zerknitterte Durcheinander der Fliege betrachtete. So konnte ich nicht nach unten gehen.

Wer konnte mir helfen? Weder Heidi noch Qiana waren zur Preisverleihung gekommen. Heidi hatte mir gesagt, dass im Büro alle Mann an Deck sein müssten.

Ich schielte zu meinem Handy auf dem Waschtisch. Dies war einer der Momente, in denen ich mir wünschte, ich hätte einen richtigen Vater, den ich nach Dingen wie Fliegen fragen könnte. Mein Vater hatte wahrscheinlich schon unzählige gebunden. Aber Sam hatte mir gezeigt, wie ich seine Nummer blockieren und löschen konnte. Ich war fertig damit, seiner Anerkennung hinterherzujagen. Die Menschen, die sich um mich sorgten – wie Sam – unterstützten mich auch ohne diese Jagd.

Opa würde mich auslachen. Den letzten Monat auf der Farm hatte er mich unerbittlich damit aufgezogen, dass ich Sam anhimmelte. Dass ich meine Arbeiten wie ein Zombie verrichtete. Dass ich so oft auf mein Handy schaute wie ein pubertierendes Mädchen. Dass ich mir einen Laptop gekauft hatte. Das Satelliten-Internet, das ich von einem Techniker hatte installieren lassen. Obwohl er, seit er diese Dating-Seite für Farmer, StudFarm, entdeckt hatte, mit seinen Sticheleien seltsam still geworden war.

Ich schrieb Gabi eine SMS. *Weißt du, wie man eine Fliege bindet?*

Eine Minute später antwortete sie mit einem Link. YouTube? Ernsthaft? Sicher, ich hatte jetzt WLAN auf der Farm, aber auf keinen Fall würde ich mich in die Wildnis der Online-Videos vorwagen.

Heidi? Nicht, wenn sie im Krisenmodus war.

Qiana. Vielleicht konnte sie eine Pause von welchem PR-Notfall auch immer einlegen und mich anleiten. Es gehörte doch zu den Aufgaben einer Publizistin, dafür zu sorgen, dass ihr Autor nicht wie ein Lumpensammler aussah, oder?

Ich drückte auf den Anrufknopf und schaltete den Lautsprecher ein.

»Hey, Niall. Machst du dich bereit für deinen großen Abend? Es tut mir so leid, dass ich nicht da sein kann. Ich weiß nicht, was Heidis großes Geheimprojekt ist, aber sie hat uns alle heute Abend herbeordert. Ich hole mir nur schnell ein Stück Pizza, bevor ich in die U-Bahn steige. Aber ich drücke dir und Sam die Daumen.« Und sie quietschte so laut, dass ich froh war, das Handy nicht am Ohr zu haben.

»Ich habe hier ein kleines modisches Problem. Weißt du, wie man eine Fliege bindet?«

»Niall! Hast du endlich dieses vorgebundene Ding los, das aussieht, als wärst du auf dem Weg zum Abschlussball? Ich bin so stolz. Mein Kleiner ist endlich erwachsen geworden.« Sie schniefte theatralisch.

Ich ließ ein paar Sekunden Stille verstreichen. »Bist du jetzt fertig damit, dich über mich lustig zu machen? Denn ich lege gleich auf und klatsche mir das vorgebundene Ding um.«

»Nein! Ich mache doch nur ein bisschen Spaß. Mannomann. Obwohl sie mit dem ›knurrig‹ recht hat.« Qiana machte ein *brr*-Geräusch.

»Wer hat recht?«

»Scheiße. Niemand.«

»Hast du mit Sam geredet?«

»Natürlich. Wir sind Freundinnen. Wir haben uns einmal pro Woche ausgetauscht.«

Ich öffnete den Mund, um zu fragen, was sie über mich gesagt hatte, aber Qiana hatte mich bereits wegen meiner festlichen Garderobe im Abschlussball-Stil aufgezogen. Ich würde ihr nicht noch Futter für einen weiteren Teenager-Seitenhieb geben.

Ich sah auf meine Uhr. Zehn Minuten, bis sie die Türen öffneten. Ich wollte von Anfang an da sein, damit ich Sam auf jeden Fall als Erster sehen würde. Die Fliege. Ich musste den Mist mit meiner Fliege auf die Reihe kriegen.

»Qiana. Du bist die beste Publizistin der Welt. Kannst du mir bitte helfen, diese gottverdammte Fliege zu binden?«

»Keine Sorge. Das kriegen wir hin. Mein Dad hat sonntags immer Fliegen getragen. Schalte auf Video um.«

Ich tippte auf den Knopf.

Neun Minuten später raste ich mit einer tadellos gebundenen Fliege um den Hals zum Aufzug. Zu Sam. Wir würden über unsere Zukunft reden. Gemeinsam.

34

SAM

MUTTER WÄRE VOR SCHAM GESTORBEN, wenn sie mich hätte sehen können.

Ich meine, mein schwarzes Abendkleid war angemessen. Mutter hatte es mir vor ein paar Jahren für eine Veranstaltung der Jones-Stiftung selbst geschickt. Sogar meine Schuhe waren von der zehenquetschenden, knöchelverdrehenden und fersenbetäubenden Sorte, die sie guthieß.

Es war die Tasche. Die, die die Silhouette des Kleides störte, sich in meine Schulter grub und eine rote Strieme hinterließ und die gelegentlich von selbst wackelte.

Ich konnte doch nicht den ganzen Weg nach Vegas kommen und Bilbo Beutlin zurücklassen.

Na gut, in Ordnung. Ich hatte ihn nicht seinetwegen mitgebracht. Ich hatte es meinetwegen getan.

Ich konnte nicht dasitzen und lächeln, als sie *Der Magier in der Maschine* als Nominierung für das Beste Debüt bekannt gaben. Denn was ich während der Tour, in meiner Zeit mit Niall, gelernt hatte, war, dass Bücher Kunst sind. Und Technologie – meine

Technologie, CASE – hatte nichts dabei zu suchen, die Arbeit eines Künstlers wie Niall zu ersetzen. Ich hatte ihm und jedem anderen Schriftsteller, jeder Person in diesem Raum, die Bücher liebte, Unrecht getan. Und dann hatte ich darüber gelogen.

Ich schluckte den Kloß in meinem Hals hinunter.

Ich hätte nicht kommen sollen. Ich hätte den heutigen Abend, so wie ich jeden Tag und jede Nacht des letzten Monats damit verbracht hatte, an CASE 2.0 arbeiten sollen, um es dazu zu bringen, wissenschaftliche Arbeiten zu erstellen, so wie wir es ursprünglich beabsichtigt hatten. Obwohl ich Dr. Martell vor drei Tagen vorgeschlagen hatte, meine Dissertation umzuschreiben, um mich nur auf CASE 2.0 zu beziehen, selbst wenn sich mein Abschluss dadurch um ein weiteres Jahr verzögern würde, hatte er gesagt, das sei nicht nötig. Und ich solle sicherstellen, dass ich den ursprünglichen Code aufbewahre.

Am nächsten Tag würde ich weiter daran arbeiten, ihn umzustimmen. Aber diesen Abend hatte ich Niall versprochen.

Es war egoistisch, ihn wiederzusehen, das wusste ich. Aber so sehr ich mich anfangs auch gewehrt hatte, so sehr ich die Sache mit der Tour sauber hatte beenden wollen, ich konnte es nicht. Ich musste ihn noch einmal sehen. Ihn berühren. Noch ein paar glückliche Momente stehlen, bevor ich all diese Gefühle für immer wegschloss.

Ich zog meine Nominierungskarte aus einer der Außentaschen meiner Tasche und reichte sie der Frau am Tisch vor dem Ballsaal.

Sie lächelte mich an. »Ich liebe Ihr Kleid. Tisch drei, ganz vorne.«

Ich konnte ihr Lächeln nicht erwidern. »Danke.«

»Möchten Sie Ihre Tasche abgeben?« Sie nickte zu der Garderobe auf der anderen Seite der Ballsaaltür.

»Nein, danke.« Ich schritt zur Tür, die Tasche stieß gegen meine Hüfte.

Ein Schrank von einem Mann im Smoking stellte sich mir mit verschränkten Armen in den Weg. Seine Brust war doppelt so breit wie ich. Wenn ich meine Arme ausgestreckt hätte, hätten sie sich an seinem Rücken nicht getroffen. Nicht, dass ich es gewagt hätte, es zu versuchen.

»Ma'am, ich muss in Ihre Tasche sehen.«

Ich flehte Bilbo Beutlin an, still zu halten. Ich brauchte ihn als meine Ausrede, um die Zeremonie zu verlassen. Sobald die Kategorie für *Magier* angekündigt wurde, würde ich dafür sorgen, dass Bilbo einen Ausflug nach draußen brauchte.

»Nein, müssen Sie nicht.«

Sein Gesicht war nicht unfreundlich, aber sein Kiefer war fest. »Doch, Ma'am. Letztes Jahr hat einer der Horrorautoren einen Eimer Blut mitgebracht. Wir mussten die Teppiche ersetzen.«

Ich lachte, ein hohes, nervöses Trillern. »Kein Blut hier. Sehen Sie?« Ich drückte die Seite der Tasche zusammen, um zu zeigen, dass sie biegsam war. Bilbo Beutlin stieß ein Grunzen aus.

Der Blick des Schranks verengte sich.

»Sie ist voll mit ... Damenhygieneartikeln. Die rote Welle reiten, wissen Sie. Meine Ultra-Supers passen nicht in eine dieser winzigen Abendtaschen.« Ich umklammerte die Tasche fester. Sein Kiefermuskel zuckte.

»Sam!«

Auf mich zuschreitend, sein rotes Haar wie eine Flamme über allen anderen im Ballsaal, kam Niall.

Ich hatte ihn schon einmal in einem Anzug gesehen. Vor zehn Monaten bei der Spendenveranstaltung in San Francisco. Aber heute Abend trug er einen Smoking. Glatte schwarze Linien über seinem muskulösen Körper, glänzende Schuhe, ein blütenweißes Hemd. Und eine seidene Fliege eng unter seinem Kinn. Ich konnte den Glanz schon aus sechs Metern Entfernung erkennen. Als ich es wagte, sein Gesicht anzusehen, dieses breite Grinsen und diese lachenden Augen, die direkt auf mich strahlten, wurden meine Knöchel in meinen unbequemen Stöckelschuhen weich.

Mein schwarzes Seidenkleid mit seinen Spaghettiträgern und dem tiefen, drapierten Ausschnitt zeigte zu viel Haut. Jeder konnte hindurchsehen und mein Herz rasen sehen wie das eines gefangenen Vogels. So unauffällig wie möglich wischte ich meine verschwitzten Handflächen an der Außenseite meiner Tasche ab.

Niall warf einen Blick auf den Schrank und seine verschränkten Arme. »Sie ist ein VIP. Ich übernehme die Verantwortung, falls es ein Problem gibt.«

Ich sah beide finster an. »Ich übernehme die Verantwortung. Aber es wird kein Problem geben.«

Der Schrank ignorierte mich. »Ich suche dich später wegen der Rechnung für die Teppichreinigung, Rotschopf.«

Niall kicherte. »Geht klar, Mann.«

Er legte seine Hand um meinen Ellbogen und führte mich zur Mitte des Raumes. »Du bist wunderschön.« Er beugte sich hinunter, um meine Wange zu küssen.

Ich stieß ihn weg. »Was zum Teufel war das denn?«

»Was?« Seine roten Brauen zogen sich zusammen.

»Ich muss nicht verbürgt oder … oder gerettet werden. Ich bin keine Märchenprinzessin.«

Sein Griff an meinem Ellbogen wurde fester. »Du solltest inzwischen wissen, dass in meinen Märchen die Prinzessinnen diejenigen sind, die retten. Ich meinte nur, obwohl du die strahlendste Person im Raum bist und alle Blicke auf dich ziehst, bin ich leichter zu entdecken.« Er klopfte sich auf den Kopf. Für einmal waren die roten Locken gezähmt und ordentlich.

»Oh.«

»Hey, kleiner Kerl. Ich hab dich auch vermisst.«

Oje. Ich war zu sehr darauf konzentriert gewesen, wie die nutzloseste Jones behandelt zu werden, um Bilbo Beutlins Zappeln zu bemerken. Ich warf einen Blick zurück zu dem Schrank, der seinen Blick auf mich verengte. »Bleib cool, Flynn. Ich glaube nicht, dass er hier willkommen ist.«

»Entschuldigung. Ich hab mich einfach gefreut. Ich habe dich – euch beide – so sehr vermisst.« Seine Ohrenspitzen röteten sich.

Ich wollte lügen, aber ich konnte nicht. »Ich habe dich auch vermisst. Ich habe deine Hörbücher wieder gehört, aber es war nicht dasselbe wie dich lesen zu hören.«

Er beugte sich hinunter, um mir ins Ohr zu flüstern: »Ich werde dir heute Abend wieder vorlesen, nachdem das hier vorbei ist. Ich habe ein Zimmer oben.«

Ich hoffte, er sah mein Zucken nicht. Ich musste hier rausgehen, sobald seine Kategorie angekündigt wurde, sonst würde ich niemals den Mut haben, ihn zu verlassen. Schon jetzt umgab mich sein waldiger Duft, ließ meine Knochen schmelzen und stellte meine Entschlossenheit auf die Probe. Ich durfte nicht in seinen Bann geraten. Heute Abend war der Abschied. Sobald ich mein Versprechen erfüllt hatte.

»Ich muss direkt danach gehen.«

Sein Lächeln sank. »Du kannst nicht bleiben und feiern? Oder trauern?«

Die Worte kosteten mich jedes bisschen Entschlossenheit, das ich aufbringen konnte. »Ich kann nicht.«

»Na ja, ich kann nicht versprechen, dass ich nicht versuchen werde, dich umzustimmen.« Seine Lippen fuhren die Muschel meines Ohres nach, hielten am Ohrläppchen inne und ruhten dann einen Moment auf der pulsierenden Stelle hinter meinem Kiefer. Ich zitterte.

»Niall!« Eine dunkelhäutige Frau in einem farbenfrohen bedruckten Kleid und einem aufwendigen Kopftuch winkte. Ich stieß ihn an.

Er richtete sich auf, bevor er sein kamerataugliches Lächeln aufsetzte. »Lass mich dir ein paar Leute vorstellen.«

Er führte mich zu einem Tisch im vorderen Teil des Raumes. Eine Karte, die aus dem Gesteck in der Mitte ragte, identifizierte ihn als Tisch drei. Die Frau, die gewunken hatte, stand neben einer älteren weißen Frau. Beide lächelten uns an.

»Meine Damen, ich möchte Ihnen Samantha Jones vorstellen, die als Sam Case schreibt. Sam, das sind Kate Salazar und Tamarah Starr. Sie sind Finalistinnen in der Science-Fiction-Kategorie.«

»Ein Vergnügen.« Die Lüge kam so glatt wie die Seide meines Kleides heraus. Nichts war mehr ein Vergnügen. Ich hatte mich auf eine letzte Nacht mit Niall gefreut, aber zu wissen, dass es das Ende war, brachte mir nichts als Schmerz.

Die ältere Frau, Kate, sagte: »Ich fand *Magician in the Machine* großartig. So einzigartig, so frisch.«

»Danke«, murmelte ich. Die Lügen wären bald vorbei.

»Was ich wissen möchte«, sagte Tamarah und ihr geblümtes Kopftuch nickte in meine Richtung, »ist, ob der Magier am Ende tatsächlich gestorben ist. Oder planen Sie eine Fortsetzung?«

Das hatte mich jemand bei fast jedem Halt auf der Tour gefragt. Qiana hatte mich angewiesen, vage zu bleiben und die Möglichkeit eines zweiten Buches offenzulassen. Aber jetzt war ich in der letzten Runde des Spiels. »Der Magier ist wirklich tot. Und ich werde keine Fortsetzung schreiben.«

»Ah.« Tamarah nickte. »Mutige Entscheidung.«

»Was schreibst du als Nächstes, Sam?«, fragte Kate.

»Nichts als meine Dissertation. Ich beende gerade meinen Doktor in Informatik.«

»Ich versuche, sie zu überzeugen, ihre Meinung zu ändern.« Nialls Hand auf meinem Rücken war genauso tröstend wie bei diesem ersten Halt in Chicago, als ich wegen der Fotos und des öffentlichen Lesens ausgeflippt war. Er war während der gesamten Tour so nett und unterstützend gewesen. Er verdiente mehr als meinen Verrat. Und genau deshalb musste ich mir mein eigenes Herz brechen und ihn verlassen.

Ich biss mir auf die Lippe, um mein Kinn ruhig zu halten. Als ich meine Miene zu einer höflichen Maske gezwungen hatte, die fast der meiner Mutter glich, wandte ich mich ihm zu. »Du hast mir geholfen, meine Liebe zum Lesen wiederzuentdecken. Ich lese lieber die Werke anderer, als meine eigenen zu produzieren. Ich könnte niemals hoffen, etwas so Schönes wie deine Arbeit zu schaffen, Niall.«

Mutters Erziehung hielt mich aufrecht, als das Abendessen begann. Die Schriftsteller unterhielten sich über ihre liebste

Science-Fiction- und Fantasy-Literatur, und ich fütterte das gummiartige Hühnchen unter dem Tisch an Bilbo Beutlin.

Jedes Mal, wenn ich hinübersah, beobachtete mich der Schrank. Misstraute er nur meiner Tasche, oder wusste er irgendwie, dass ich eine Betrügerin war? Wartete er auf den Befehl, mich rauszuwerfen? Eine Hackerin unter diesen Künstlern, eine Programmiererin unter Wortschmieden?

Ich zog mein Handy heraus, um auf die Uhr zu sehen. Noch eine Stunde, bevor ich nach San Francisco zurückkehren konnte. Wohin ich gehörte. Wo ich nicht so tun musste, als ob. Ich war klug. Ich würde einen Weg finden, CASE stillzulegen. Leise. Dann könnte ich in ein Leben der einsamen Forschung flüchten. In Idaho.

Niall ergriff meine Hand und hielt sie ruhig. Er murmelte so leise, dass nur ich es hören konnte: »Ist alles in Ordnung? Du bist so blass.«

Mein Versprechen war das Einzige, was mich in diesem Stuhl hielt. »Mir wird es besser gehen, wenn alles vorbei ist.«

Er kicherte und lehnte sich in seinem Stuhl zurück. »Ich bin auch nervös. Ich will kein komisches Gesicht machen, wenn sie dich als Gewinnerin bekannt geben. Ich glaube nicht, dass Qiana diese Art von Publicity gefallen würde.«

»Du meinst ein Meme?«

»Ein was?«

»Das ist ein lustiges Bild mit einer Bildunterschrift. Die sind überall im Internet. Wie der böse Kermit.«

»Wie Grumpy Cat?«

»So ähnlich. Jedenfalls wirst du gewinnen. Wie könnte jemand dein Buch lesen und nicht denken, dass es das Beste ist?«

Er grinste mich an, und es war wie Sonnenschein hier im Ballsaal. Er beugte sich vor und küsste meine Wange. »Du kannst meinem Ego jederzeit schmeicheln.«

Das war nicht alles, was ich streicheln wollte. Seine Hand ruhte auf meinem Knie unter dem Tisch. Aber ihn zu berühren, würde es nur schwerer machen, zu gehen. Ich faltete meine Hände in meinem Schoß.

Die Lichter wurden gedimmt, und eine Frauenstimme erklang über die Lautsprecheranlage. »Und nun ist es Zeit, die heutigen Gewinner bekannt zu geben. Wir beginnen mit der Kategorie Bestes Debüt.«

Tamarah beugte sich vor. »Sam, du bist dafür nominiert, ja? Viel Glück.«

Zeit, von hier zu verschwinden. Ich bückte mich und hob den Riemen meiner Tasche an.

»Was machst du, Sam?« Niall legte den Kopf schief. »Das ist deine Kategorie.«

»Sieht aus, als hätte Bilbo Beutlin das Hühnchen nicht vertragen. Ich bringe ihn schnell nach draußen.«

»Du kannst jetzt nicht gehen. Lass ihn bei mir. Ich kümmere mich um ihn, sobald sie den Gewinner bekannt geben.«

»Es könnte« – ich verzog das Gesicht – »schmutzig werden. Ich gehe.« Ich stand auf und schlich auf schmerzenden Füßen zum Ausgang. *Keine Sorge, Herr Schrank. Ich begleite mich selbst hinaus.* Warum hatten sie uns nur nach ganz vorne gesetzt?

Ich war auf halbem Weg zum Ausgang, als das Geplapper im Ballsaal zu einer erwartungsvollen Stille abebbte. »Der Preis für das Beste Debüt geht an« – die Moderatorin brach das Siegel des Papiers – »›*Magician in the Machine*‹ von Sam Case.«

Meine Muskeln wurden zu Brei. *Nein, nein, nein, nein, nein.*

Nialls Gesicht tauchte in meinem Blickfeld auf. »Herzlichen Glückwunsch! Ich wusste, dass du gewinnst.« Er schloss mich in seine Arme, und ich wollte diesen nach Kiefer duftenden Kokon nie wieder verlassen. »Lass uns dich auf die Bühne bringen. Bilbo kann fünf Minuten warten.«

Der Applaus drückte auf meine Trommelfelle und verengte meine Sicht. Ich lehnte mich zitternd an ihn. Wie lange, bis Heidi davon hörte? Dr. Martell? Wie lange hatte ich noch, bis sie die Wahrheit enthüllten?

»Ich hab dich.« Niall hakte meine Hand bei sich unter und

bahnte sich einen Weg durch die anderen Tische, bis hin zu den Stufen, die zur Bühne führten. Ich konnte meine Finger am Riemen meiner Tasche nicht spüren.

»Du schaffst das«, sagte Niall. »Genauso wie die Lesungen, die wir gemacht haben.«

Ich konnte die Treppe nicht hinaufsteigen, geschweige denn vor dreihundert Leuten sprechen.

Je schneller ich da oben bin, desto schneller kann ich gehen.

Ich zog meine Hand aus dem Schutz von Nialls Ellenbogen und setzte einen spindeldürren Schuh auf die unterste Stufe. Dann den anderen. Oben dehnte sich die Entfernung zum Podium zu einem dieser Spiegelkabinette auf dem Jahrmarkt. Ich taumelte darauf zu.

Die Moderatorin lächelte und hielt die Glastrophäe hin. »Schon gut, meine Liebe. Halten Sie sich einfach am Podium fest, sagen Sie: ›Danke‹, und gehen Sie wieder runter. Wir alle hassen es, Reden zu halten. Fast so sehr, wie wir es hassen, ihnen zuzuhören.«

Ich nickte. Etwas war bereits in meiner Hand, und ich stellte es auf der Bühne ab, um die schwere Trophäe entgegenzunehmen.

Während ich diese rutschige Glasstatuette, die mir in die Brust piekste, umarmte, war ich machtlos, als meine Tasche umkippte und Bilbo Beutlin über die Bühne huschte, fast so verzweifelt wie ich, um der Hitze des Scheinwerferlichts zu entkommen.

Ich wuchtete die Trophäe auf das Podium, aber das verdammte Ding rutschte die schräge Oberfläche hinunter, hinunter, hinunter. Leute am Tisch vorn an der Bühne keuchten auf.

Ich fing sie auf, kurz bevor sie auf den Boden krachte. Der scharfe Teil oben, einer der Planetenringe, schnitt mir in den Daumen. Ich ließ die immer noch auf der Bühne wackelnde Trophäe liegen und machte einen Schritt zur anderen Seite, Bilbo Beutlin folgend. Gleich hinter dem Vorhang hob der Schrank Bilbo Beutlin mit einer Hand auf und hielt ihn am Nackenfell wie ein Kätzchen. Seine Augen verengend, nickte er mir zu. *Beende deine Rede. Ich kümmere mich danach um dich.*

Scheiße. Ich saugte das Blut von meinem Daumen.

Der Teil des Publikums, der nah genug war, um mitzuerleben, was passiert war, lachte. Flüstern breitete sich bis in den hinteren Teil des Raumes aus.

So viel zu einem leisen Abgang.

Meine Hände und Füße waren taub geworden, und mein Blut hatte sich in Kühlmittel verwandelt, das mich von innen heraus kühlte. Ich schlurfte um die bedrohliche Trophäe herum und trat ans Podium. Ich umklammerte die Kanten mit beiden Händen und starrte über das Publikum.

Ich könnte jetzt die Wahrheit sagen. Ich könnte den Preis dort lassen, ihnen sagen, dass ich ihn nicht verdient habe. Dass ich sie alle getäuscht hatte. Dass es mir leidtat. Es war jetzt so spät im Spiel, Heidi würde sich nicht die Mühe machen, mich zu verklagen. Wenn sie von dem Sieg hörte, würde sie die Ankündigung planen.

Die gedämpften Lichter glitzerten wie ein Leuchtfeuer auf Nialls rotem Haar. Er grinste mich vom Tisch aus an.

Nein. Ich konnte es diesen Fremden nicht sagen, bevor ich es Niall gesagt hatte.

Sag Danke und geh runter.

Ich lehnte mich zum Mikrofon. »Danke.«

Ich bückte mich und hob meine inzwischen leere Tasche auf. Ich hängte sie mir über die Schulter, stemmte die Trophäe hoch und ging den Weg zurück, den ich gekommen war. Der Schrank traf mich hinter dem Vorhang. Ich stieß ihm die Trophäe entgegen, und er ergriff sie so leicht, wie ich ein Glas Wasser ergriffen hätte. Er hielt mir Bilbo Beutlin hin, und ich drückte ihn an meine Brust.

Ein glatzköpfiger Mann winkte mir von der Seite der Bühne zu. Ich konnte meine Füße nicht spüren. Oder mein Gesicht. Nur das Pochen meines Pulses in meinen Ohren. *Du lügst, du lügst, du lügst.*

Der Mann führte mich zu einem Stuhl in einer ruhigen Ecke. »Wir machen später ein Foto, wenn Sie wieder mehr Farbe im

Gesicht haben. Brauchen Sie etwas? Etwas Wasser? Ein Glas Brandy?«

Ich hielt Bilbo Beutlin, ohne mich darum zu kümmern, dass das Fell an meiner verschwitzten Brust kleben würde. Meine Tasche summte. Und summte. Und summte.

Sag Danke und geh runter.

»Nein, danke.« Ich suchte die Wände nach einem Notausgangsschild ab.

»Ich komme in ein paar Minuten wieder«, sagte er.

Als er gegangen war, griff ich nach der Tasche und zog mein Handy heraus. Eine Textnachricht nach der anderen leuchtete auf dem Bildschirm auf. Die meisten waren von Qiana. Viele Glückwünsche. Einige Champagner-Emoticons.

Dann tauchte eine von Heidi auf. Ich öffnete sie.

Herzlichen Glückwunsch, Sam. Ich denke, wir haben erreicht, was wir uns vorgenommen haben. Danke für alles, was du für Happy Troll getan hast.

Ich umklammerte das Handy, bis die Plastikhülle eine Furche in meine Handfläche grub. Das war es. Das Signal. Ich stand auf.

Niall hüpfte von der Bühne und hielt eine noch größere Glastrophäe in der Hand. »Sam! Ist alles in Ordnung? Ich dachte, du kommst zurück zum Tisch. Ich habe gewonnen!« Er fuhr sich durch die Haare und zerzauste seine formelle Frisur. »Tut mir leid.«

Der Schraubstock um mein Herz lockerte sich. Eine gute Sache war an diesem Abend passiert. »Nein! Es muss dir nicht leidtun. Ich freue mich für dich. Du hast es verdient.«

»Mr. Flynn.« Der glatzköpfige Mann war zurück. »Bringen wir Sie zu den Fotografen.«

»Keine Fotos«, schnappte Niall. Dann blinzelte er. »Entschuldigung, Gewohnheit. Ich bin gleich da.«

Er küsste meine Stirn. »Ich brauche nur eine Minute. Bleib hier. Wir sollten reden. Und feiern. Du verschiebst doch deinen Flug, oder?«

Ich konnte ihn nicht verschieben. Nicht eine Minute. Ich

musste hier raus, um Heidi davon abzuhalten, die Nachricht zu verkünden. Sie hatte ein preisgekröntes Buch. Zwei. Was machte es schon, wenn eine KI eines davon geschrieben hatte? Die Welt musste es nicht wissen. Martell und ich konnten es in einer Arbeit in einem obskuren wissenschaftlichen Journal vergraben. Er würde seine Anerkennung von der wissenschaftlichen Gemeinschaft bekommen, und wir würden von der Titelseite des Technologie-Ressorts fernbleiben. Ich würde von der Klatschpresse fernbleiben.

Trotzdem nickte ich. Was war eine weitere Lüge, aufgetürmt auf dem Berg von ihnen?

Mit einem letzten, forschenden Blick ging Niall in Richtung der Kameras und Lichter.

Mein Handy vibrierte, und ich sah automatisch darauf. Eine Eilmeldung mit meinem Namen.

Science-Fiction wird Realität: Preisgekröntes Buch ›Magician in the Machine‹ von künstlicher Intelligenz geschrieben.

Mein Herz blieb stehen. Ich musste dreimal versuchen, um meine zitternden Finger dazu zu bringen, zu scrollen und die Geschichte zu lesen.

Der Science-Fiction- und Fantasy-Verlag Happy Troll gab heute bekannt, dass die Veröffentlichung vom letzten Herbst, Magician in the Machine, *nicht von der Autorin Sam Case geschrieben wurde, sondern von dem künstlichen Intelligenzprogramm CASE, das von dem Informatikprofessor Dr. John Martell und der Doktorandin Samantha Renée Jones entwickelt wurde.*

Ich wischte die Geschichte weg. Ich war zu spät.

Ich musste gehen.

Mit wackeligen Knien wandte ich mich dem nächsten Ausgangsschild zu. Nach Hause. Ich würde in meine Wohnung zurückkehren und überlegen, was als Nächstes zu tun war. Wie ich die Nachricht über CASE vertuschen und den Rest meines Lebens retten konnte. Denn dieses Leben – das Lügen, die öffentlichen Auftritte – war vorbei.

Keine Erleichterung hob mein Herz. Es war schwer und

fesselte mich an den Boden hinter der Bühne. Trotzdem musste ich gehen. Ich konnte die Feier der Kunst nicht mit meiner Anwesenheit beflecken. Ich verdiente Niall nicht. Ich verdiente keinen von ihnen.

Ich umklammerte Bilbo Beutlin und stieß die Bühnentür auf, hinaus in die Gasse hinter dem Hotel. Die Tür schloss sich mit einem Klirren und isolierte mich mit dem stechenden Geruch von gekochtem Müll aus einem nahegelegenen Müllcontainer. Ich bog links ab in Richtung Straße und der dort wartenden Schlange von Taxis.

Aber als ich den Gehweg erreichte, fand ich eine Menschenschlange vor. Die Show im Casino nebenan musste zu Ende sein, denn eine Masse von Menschen mit Perücken aller erdenklichen Arten – glitzernde, gefederte, lockige, regenbogenfarbene – drängte sich zusammen und stritt sich um die Taxis.

In den Filmen rannte die weinende Heldin immer direkt in ein Auto. Sie musste nicht hinter einer Gruppe von umwerfenden älteren Damen in Sandalen und mit Perlen besetzten Silberperücken warten. Wenigstens würde mich in dieser Menge niemand jemals entdecken.

»Sam!« Eine vertraute Stimme erhob sich über die Stimmen der Damen und das Klackern der Perlen. Niall drängte sich durch die Menge. Ein paar formell gekleidete Leute, einer mit einer Videokamera auf der Schulter, folgten ihm.

»Du hast deinen Preis vergessen.« Niall hielt die Glastrophäe hin.

Ein helles Licht blendete mich. Die rote LED der Videokamera blinkte auf.

»Niall Flynn, ein paar Worte für *Fantasy Weekly* zu Ihrem Tower-Preis-Gewinn?« Eine Frau im schwarzen Abendkleid hielt ihr Handy hin. Die Silberperücken drehten sich um und starrten.

»Einen Moment«, sagte Niall. »Sam, wo bist du – Gehst du?«

»Sam!« Eine dunkelhaarige Frau in einem roten Kleid hielt ihr Handy hoch, um ein Foto oder Video zu machen. »Kari Singh von

Gossip Grrlz. Stimmt es? Hat künstliche Intelligenz *Magician in the Machine* geschrieben?«

Ich öffnete meinen Mund, aber kein Wort entkam meiner zugeschnürten Kehle. Ich musterte Niall ein letztes Mal und speicherte sein Bild in meiner Erinnerung. Ich würde es eines Tages wieder hervorholen, wenn es nicht mehr so sehr schmerzte. Bilbo Beutlin fiepte in meiner Tasche.

Die Bloggerin wandte sich an Niall. »Niall, was hältst du von einem Buch, das von künstlicher Intelligenz geschrieben wurde?«

35

NIALL

»WIE BITTE?«

Die Blitzlichter der Kameras blendeten mich und hielten meinen absolut Meme-würdigen, verdutzten Gesichtsausdruck fest. Ich war die ganze Nacht hinter Sam hergelaufen und nun, da ich sie eingeholt hatte, in meinem Affenanzug in der brütenden Hitze Nevadas erstickte, hatte ich immer noch nicht kapiert, was hier eigentlich vor sich ging.

Und ich kannte diese Person. Kari-irgendwas. Sie war von Sams Universität zu einer großen Klatsch-Website aufgestiegen. Sie hielt mir ihr Handy ins Gesicht. »Es wurde enthüllt, dass *Der Magier in der Maschine* von einem Computerprogramm geschrieben wurde. Einem Programm, das Ihre Freundin entwickelt hat. Was halten Sie davon?«

Sam schien zu schrumpfen. Bis auf ihre Augen, die sich geweitet hatten, sodass das Schwarz das Violett ihrer Iris verschlang. Eine Frau in einer mit Perlen besetzten silbernen Perücke umklammerte ihren Ellbogen.

»Ich – was?« Ich wandte mich an Kari. Wenn Sam mir nicht

sagen wollte, was los war, konnte die Bloggerin es vielleicht erklären.

»Dr. John Martell, ein Forschungswissenschaftler und Universitätsprofessor, sagt, er und Samantha Jones hätten eine künstliche Intelligenz namens CASE erschaffen. Und sie hat *Der Magier in der Maschine* geschrieben, nicht Sam Case. Niall, können Sie bestätigen, dass Sie und Sam ein Paar sind? Unterstützen Sie, was Ihre Freundin getan hat?«

Natürlich wusste ich, dass Sam Doktorandin der Informatik war, aber wie hatte ein Computer den *Magier* geschrieben? Es konnte nicht wahr sein. Ich sah zu Sam, die immer noch wie erstarrt dastand. Alles an ihr, von ihrem abgewandten Blick über den Schweiß, der auf ihrer Schläfe glänzte, bis hin zu ihrer Regungslosigkeit, schrie *schuldig*.

»Sam, ist das wahr?«, fragte ich mit leiser und eindringlicher Stimme und flehte sie an, es zu leugnen.

Rings um uns herum verstummten die Reporter. Die einzigen Geräusche waren das Klicken der Kameraverschlüsse und das Klimpern der Silberperlen.

Sam biss sich auf die Lippe und nickte. Eine andere Frau mit Perücke drängte sich näher an Sam heran.

»Wie?«

Sie starrte auf meine Fliege. »Können wir nicht später darüber reden?«

»Nein.« Sie hätte es mir in den letzten zwei Monaten jederzeit sagen können. Aber das hatte sie nicht.

Und jetzt hatte sie das hier – all diese Fremden – mit hineingezogen. Sie hatte die Enthüllung genau auf den Moment gelegt, in dem ich den Preis gewonnen hatte, den ich so begehrt hatte. Genau in dem Moment, in dem ich das Gefühl gehabt hatte, alles schaffen zu können, einschließlich die Frau, die ich liebte, für mich zu gewinnen.

Welchen anderen Beweis brauchte ich noch? Es war ihr egal. Sie liebte mich nicht.

Mein Herz versteinerte, bis es ein Klumpen aus Stein war,

glatt und unzerbrechlich, der bei jedem Atemzug gegen meine Lunge drückte. Kälte ging von ihm aus, bis selbst meine Fingerspitzen in der heißen Wüstenluft ihre Wärme verloren. Die gläserne Trophäe rutschte in meiner Hand. Die war ihr auch egal. Sie verachtete Bücher, meine Berufung, die ich schon vor Sam geliebt hatte.

Dann sollte es sich eben in der Öffentlichkeit abspielen, wie in einer Seifenoper aus dem echten Leben.

»Wie – wie hast du das gemacht?«

Ihr Blick blieb auf meiner Fliege haften. »Der Algorithmus – CASE – hat Fantasy-Bücher als Input verwendet. Durch die Verarbeitung dieser Geschichten hat er sich selbst beigebracht, wie er seine eigenen konstruieren kann. Das hat Anwendungsmöglichkeiten bei –«

»Fantasy-Bücher?« So fühlte es sich also an, einen Stich ins Herz zu bekommen. »Welche Bücher?« Meine Stimme kam rau durch den Kloß in meinem Hals. In meinem Magen drehte sich alles um.

»All die großen – Tolkien, Butler, L'Engle« – sie sah mir endlich in die Augen – »und du.«

Die Reporter begannen zu schreien, aber wir standen wie in einer Glaskuppel, die alles draußen dämpfte.

Trotz der Hitze von Las Vegas lief mir ein Schauer über die Haut. »Du hast meine Arbeit gestohlen. Sie mit Technologie korrumpiert.«

»Ich wollte es dir sagen –«

»Du hast mich angelogen – alle. Ich habe dir geglaubt.« Bei dem letzten Satz brach meine Stimme. Sicherlich hatte ich das alles nur geträumt, von der Freude über den Gewinn des Preises bis zu diesem Albtraum, der sich auf der Straße abspielte.

»Es tut mir leid.« Sie flüsterte die Worte zu leise, um sie über die Menge hinweg zu hören, aber ich las sie von ihren Lippen ab.

»Niall« – schon wieder Kari Singh – »was hält Ihr Vater von Romanen, die von einer KI geschrieben wurden?«

Das war genau die Art von Dingen, die er unterstützen würde.

»Ist mir scheißegal«, knurrte ich. Was mich interessierte, war, wie die Frau, die ich liebte, mich entzweigerissen hatte.

Ich deutete mit dem Kopf auf das Taxi hinter ihr. »Du haust ab?«

»Ich glaube, das sollte ich.«

Ich hätte wissen müssen, dass sie gehen würde. Wenn die Dinge kompliziert wurden, gab es zwei Arten von Menschen. Leute, die gingen – wie mein Vater – und Leute wie Opa, die blieben, um Dinge zu regeln. Jetzt wusste ich, zu welcher Art Sam gehörte.

Eine der Frauen mit Perlenperücke warf mir einen finsteren Blick zu, während eine andere die Taxitür für Sam öffnete. Eine dritte half ihr hinein und schloss die Tür. Mit verschränkten Armen bildeten die silberperückentragenden Frauen eine funkelnde Barriere zwischen dem Taxi, den Reportern und mir.

Ich blieb nicht, um zuzusehen, wie das Taxi wegfuhr. Ich drehte mich auf der Spitze meines glänzenden Anzugschuhs um und drängte mich durch die Menge, die sich versammelt hatte, um Zeuge des Spektakels zu werden, und stapfte zurück zum Hotel. Ich hielt nur an, um Sams Trophäe in den Müll zu werfen.

ICH PRESSTE mir ein Kissen aufs Gesicht, um das schrille Geräusch zu ersticken. Meine Zähne vibrierten.

Als es nicht aufhörte, schob ich das Kissen weg. Ich rieb mir den Schlaf aus den Augen und blinzelte, um klarer zu sehen. Mein Handy blinkte und klingelte auf der Seite des Hotelbetts. Desselben, auf das ich gefallen war, immer noch in meiner Smokinghose und den Schuhen.

Ich streckte meinen Arm aus, um das Telefon zu greifen, und schielte mit einem verschwommenen Auge darauf. Gabi. Ich hatte ihre Anrufe und Nachrichten letzte Nacht ignoriert – die von allen, um genau zu sein. Ich hatte nicht einmal mit dem Barkeeper gesprochen, außer um ihm zu sagen, dass ich Hotelgast sei, nicht versuchen würde zu fahren, und er den Whiskey weiter fließen lassen solle.

»Hallo?« Meine Kehle war wie Sandpapier.

Gabis Stakkato-Akzent stach mir ins Trommelfell. »Ich bin in der Lobby. Sag mir deine Zimmernummer.«

»Was?« Gabi war in Brooklyn und tippte meine neuesten Seiten ab.

»Zimmernummer.«

Sobald ich sie ihr gegeben hatte, war die Leitung tot.

Ich zuckte zusammen und setzte mich auf. Ich schleppte mich ins Bad und hielt meinen Kopf so ruhig wie möglich, um weitere Traumata für mein Gehirn voller Messer zu vermeiden.

Als Gabi klopfte – zu laut –, öffnete ich die Tür, das kleine Handtuch immer noch umklammert.

»Warum bist du hier?«

Sie ignorierte meine Frage und drängte sich an mir vorbei ins Zimmer. Ich schloss die Tür und lehnte mich gegen ihre kühle, harte Oberfläche.

Sie stützte eine Hüfte auf den Schreibtisch. »Schadensbegrenzung. Außerdem hast du letzte Nacht nicht auf dein Handy geantwortet. Ich wollte sichergehen, dass du nichts Dummes angestellt hast.«

»Ist es dumm, Whiskey im Wert von zweihundert Dollar zu trinken?«

Sie blickte zum Bett. »Wenigstens hast du nichts mitgebracht.«

Ich schloss die Augen, um die ungeöffnete Flasche Champagner auszublenden, die im Eiskübel in lauwarmem Wasser schwamm.

»Ich habe auf dem Weg hierher eine E-Mail von den Anwälten der Universität bekommen.« Gabis Augen funkelten. »Anscheinend steckten sie bei der Sache mit Happy Troll unter einer Decke. Sam war nur die Fassade. Sie bieten eine Beteiligung an den Tantiemen des Buches an. Im Gegenzug für das ›Ausleihen‹, das sie betrieben haben.«

Mir drehte sich der Magen um. »Ich will es nicht. Ich will nichts damit zu tun haben – damit.«

Was machte es schon, dass Sam nur das Gesicht war, das die Universität und Heidi benutzt hatten, um das Buch zu verkaufen? Dieses Gesicht hatte mich in den letzten zwei Monaten jeden Tag angelogen.

Ich würde das verdammte Geld nicht annehmen. Nicht, nachdem Sam und ihr Professor auf meine Kunst, meine Berufung, gespuckt hatten. Nicht einmal, um die Farm zu retten. »Such eine Wohltätigkeitsorganisation, der du es geben kannst. Aber nicht die Jones Foundation.«

»Ich dachte mir schon, dass du das sagen würdest.« Sie stieß sich vom Schreibtisch ab und schlenderte zum Tisch. Sie schnupperte an dem Strauß purpurroter Rosen, die in ihrer Vase noch frisch aussahen. »Wir könnten sie verklagen.«

Genugtuung. Ich drehte das Handtuch, bis der Stoff sich spannte und riss. Wie Sam sich im Zeugenstand winden würde, wenn sie den Diebstahl meiner Arbeit gestand.

Aber dann müsste ich sie wiedersehen. Die Anwälte würden versuchen, sich außergerichtlich zu einigen. Sie würden mich zwingen, ihr an einem Konferenztisch gegenüberzusitzen. Ich stellte mir vor, wie ich dramatisch dasäße, mit geballten Fäusten, steinernem Gesicht, während die Anwälte ein Angebot nach dem anderen machten. Sam würde zusammenzucken und kuschen.

Verdammt, das wollte ich nicht.

Selbst meine blühende Fantasie konnte sich kein Szenario ausdenken, in dem ich ihr nicht zu Füßen zusammenbrechen und ihr vergeben würde. Denn trotz ihres Verrats – verdammt törichtes Herz – liebte ich sie immer noch.

»Nein. Keine Klage. Aber nach diesem Buch sind wir mit Happy Troll fertig.«

»Ja, ja. Nach diesem Sieg stehen dir alle Türen offen.« Untypischerweise ließ sie ihren Blick auf den Boden fallen. »Ich habe auch einen Anruf von deinem – von Paul bekommen.«

»Wegen der verdammten KI? Natürlich wird er daran interessiert sein. Er wird einen Weg finden, es zu monetarisieren. Und ich hasse es verdammt noch mal, dass das Wort *monetarisieren* gerade aus meinem Mund gekommen ist. Das hier –«

»Er hat angerufen, um dir zu deinem Sieg zu gratulieren. Er will dich sehen.«

»Oh.« Ich ließ mich in den Sessel fallen. Ich suchte in mir nach einer Reaktion. Irgendeiner Reaktion. Aber ich war leer. Es war das, was ich mein ganzes Leben gewollt hatte: Anerkennung von meinem Vater. Ich stupste den Tower Prize an, der unter meinem Smokingjackett hervorlugte.

»Soll ich etwas arrangieren?«, fragte sie.

»Nein. Danke.« Ich brauchte seine Zustimmung nicht mehr.

Gabi bückte sich, um mein Smokingjackett vom Boden aufzuheben und legte so die gläserne Trophäe frei. Sie legte das Jackett über die Lehne des Schreibtischstuhls und fuhr dann mit ihren Fingern über meinen eingravierten Namen und den Buchtitel. Sie stellte sie sanft auf den Schreibtisch, wo sie das Licht aus dem Fenster einfing und Regenbögen im ganzen Raum verstreute.

Ihre Stimme war sanft. »Herzlichen Glückwunsch übrigens.«

»Danke.« Der Duft der Rosen kroch mir in die Nase und glitt in meinen aufgewühlten Magen. Ich sprang auf, ging zum Bett, wo ich mich wieder fallen ließ und mein Gesicht mit meinen Händen bedeckte. »Alles ist so im Arsch. Ich sollte heute auf dem Gipfel der Welt sein. Ich habe die Bestätigung bekommen, nach der ich gesucht habe. Aber es fühlt sich alles so … hohl an.«

»Ach, Süßer.« Das Bett senkte sich und Gabi rieb in Kreisen über meine Schulter. »Du solltest stolz sein. Du hast hart dafür gearbeitet. Klar, Sam war eine Hochstaplerin. Aber das sollte diesen Sieg für dich nicht schmälern. Trink was und nimm ein paar Aspirin. Dann machen wir dich sauber und ziehen um die Häuser, zeigen ihnen, dass du Niall-Verdammmter-Flynn bist, Gewinner des Tower Prize, und dass diese Schlampe dich nicht untergekriegt hat.«

»Aber das hat sie.« Ich ignorierte meinen pochenden Kopf, rappelte mich auf und ging zum Fenster. Ich zwang mich, in das

blendende Sonnenlicht von Nevada zu starren, was meine Kopfschmerzen auf DEFCON 1 hochschraubte.

»Sie hat mich zerstört. Ich dachte – ich dachte, ich wäre ihr
wichtig.« Bevor gestern Abend die Kacke am Dampfen war, hatte
ich gedacht, sie könnte mich vielleicht lieben, wenn sie es nur
zugeben würde. Aber ich konnte nicht einmal meiner besten
Freundin gestehen, wie dumm ich gewesen war. »Sie – sie hat
mich benutzt, um ihre eigene Glaubwürdigkeit aufzubauen. Und
die dieses verdammten Computers. Ich hätte ihr niemals
vertrauen dürfen.« Schon gar nicht mit meinem Herzen.

»Wenn ich zurück auf die Farm komme, reiße ich das WLAN
raus. Und das kannst du behalten.« Ich deutete auf das Telefon
auf dem Bett. Das, mit dem ich Sam Nachrichten geschickt hatte.
Das größte Vergnügen würde es mir bereiten, meinen neuen
Laptop mit einem Vorschlaghammer zu zertrümmern.

»Ich werde schon einen Weg finden, ohne sie zu schreiben.
Zurück auf der Farm –«

»Niall.« Gabis Stimme war sanft. »Du kannst nicht nach
Hause. Nicht einmal, um deine Muse wiederzufinden. Und schon
gar nicht, um deine Wunden zu lecken. Du musst diesen Sieg
ausnutzen. Du gehst wieder auf Tour.«

»Aber – aber ich –«

Ihre Stimme war wieder stählern. »Du weißt, dass ich recht
habe.«

Das tat ich. Ich musste auf der Welle meines Erfolgs reiten. Der
Preisgewinn würde meine Verkaufszahlen ankurbeln und das
Schmusen mit den Lesern würde sie weiter steigern. Damit und
mit dem Preisgeld könnte ich es mir leisten, mehr Hilfe für Opa
einzustellen.

»Qiana stellt sie gerade zusammen«, sagte sie. »Du solltest in
ein paar Tagen bereit sein.«

»Aber was ist mit dem dritten Buch? Du hast mir gesagt, ich
muss das Ende umschreiben.« Wusste ich überhaupt noch, wie
man ohne Sam schrieb? Ich wandte mich vom Fenster und seinem
blendenden Sonnenschein ab.

Ein Mundwinkel zuckte nach oben. »Das musst du. Es hat nichts aufgelöst. Aber du wirst nur Mist schreiben, solange du dich so fühlst. Erinnerst du dich an all die beschissene Poesie, die du geschrieben hast, nachdem wir uns getrennt hatten?«

»Um fair zu sein, meine ganze Poesie ist beschissen.«

Sie zuckte mit den Schultern. »In den letzten Seiten, die du mir geschickt hast, war Nievens Liebeslied an Lobelia gar nicht so schlecht.«

»Danke, schätze ich.« Das hatte ich in der Nacht geschrieben, nachdem Sam und ich uns im Heuboden geliebt hatten, nachdem sie sich in ihr Zimmer geschlichen hatte. Ich war auf einer Welle von Endorphinen und Inspiration geritten und hatte bis in die frühen Morgenstunden geschrieben.

Jetzt würde ich meine Inspiration woanders finden müssen. Gabi hatte recht. Schon wieder. So, wie ich mich fühlte, würde ich Lobelia wahrscheinlich mit einem Armbrustbolzen in die Brust umbringen. Die Leser würden daran ersticken. Heidi würde mich zwingen, das Ganze neu zu schreiben.

»Also. Die Tour?« Gabi sah mich eindringlich an.

Ich würde der Welt zeigen, was ein echter Schriftsteller tat. »Je länger, desto besser.«

36

SAM

AM MORGEN nach der Preisverleihung schleppte ich mich, sturzbetrunken vor Erschöpfung, zur Universität. Nialls Gesichtsausdruck, kurz bevor diese netten Frauen mich ins Taxi schoben, hatte mich die ganze Nacht verfolgt.

Ich hatte ihn verletzt. Und Qiana auch. Ich musste es wiedergutmachen. Ich konnte Dr. Martell sicher davon überzeugen, das zu verstehen.

Ich klopfte an, bevor ich die Tür zu seinem Eckbüro öffnete.

»Samantha.« Er stand auf, die Arme ausgebreitet, und hieß mich willkommen wie eine Heldin, die aus dem Krieg heimkehrt.

Ich blieb zögernd an der Tür stehen. Es gab einen zusätzlichen Besucherstuhl. Und zwei der Stühle waren besetzt. Aber keiner der Gäste war Heidi. Für einen Moment, in dem mein Herz aussetzte, ließen mich die breiten Schultern und das kastanienbraune Haar des Mannes denken, es wäre Niall. Aber das Haar dieses Mannes war zu einem tiefen Pferdeschwanz zurückgebunden und die Hände, die auf seinen Knien ruhten, waren glatt, nicht schwielig. Paul Swift richtete seine tiefgrünen Augen auf mich und schenkte mir ein langsames Lächeln.

Dann sah ich die letzte Person, die ich jemals in Martells Büro erwartet hätte.

»Mutter?«

Ihre Mundwinkel spannten sich an, formten aber kein Lächeln. »Samantha.«

Mist. Wenn ich eine Halluzination hatte, war sie auch akustisch.

»Was machen Sie …«

»Samantha, setzen Sie sich.« Martell deutete auf den leeren Stuhl.

Ich schleppte mich hinüber und ließ mich hineinfallen.

»Samantha!«, fuhr meine Mutter mich an.

Automatisch richtete ich mich auf und faltete die Hände im Schoß. Ich kreuzte meine Springerstiefel an den Knöcheln.

Ich suchte in Dr. Martells Gesicht nach einem Hinweis. »Was ist …«

»Samantha.« Er breitete die Hände aus. »Der erste Literaturpreis für das Werk einer K.I. Was für eine Errungenschaft.«

Ich musste ihn aufhalten. Ihn überzeugen, CASE nicht mehr zu benutzen, um Menschen zu verletzen, Menschen, die mir wichtig waren. »Aber das ist …«

Martell fuhr fort, als hätte ich nicht gesprochen: »Ich habe nach der Bekanntgabe gestern Abend viele Anrufe erhalten, aber der von Mr. Swift war der interessanteste.«

Paul Swift stieß ein kurzes Lachen aus. »Ich bin sicher, Sie meinen der lukrativste.« Er wandte sich mir zu, aber ich konnte sein Gesicht nicht ansehen, das Nialls so ähnlich und doch so viel strenger war. Selbst sein Lächeln war hart wie Feuerstein. »Ich gebe es nur ungern zu, aber Sie haben sogar mich getäuscht. Als ich *Magician* las, dachte ich, jemand hätte es als Ghostwriter geschrieben. Ich hatte keine Ahnung, dass es eine K.I. war. Und als ich dann die Ankündigung hörte, machte es Klick. Und ich wusste, dass ich CASE haben musste.«

»Aber … aber warum?«, fragte ich. Paul Swift hatte sein Vermögen mit gut designter, auffälliger Handy-Hardware für reiche Leute und Trendsetter gemacht, die Technik als Statussymbol benutzten. Nicht mit Lesern der alten Schule, wie ich sie auf der Tour getroffen hatte.

»Wussten Sie, dass 30 Prozent der Menschen, die Zugang zum Internet haben – international – täglich Bücher lesen? Natürlich ist das viel weniger als der Prozentsatz der Leute, die jeden Tag Spiele spielen, aber der Gaming-Markt ist gesättigt. Das Lesen hingegen ist praktisch unerschlossen. Wir werden das Lesen gamifizieren. Hiermit.« Und er hielt sein Swiftphone hoch.

»Lesen gamifizieren?« Redete er davon, Videospiele zu entwickeln, die auf Büchern basieren? Denn das war kaum revolutionär. Sogar ich hatte diese Idee gehabt, und ich war kein Geschäftsgenie wie Paul Swift.

»Mit CASE werden wir ein unbegrenztes Angebot an Geschichten haben, die auf die Vorlieben des Nutzers zugeschnitten sind. Sci-Fi, Horror, Thriller, Liebesromane, Krimis, was auch immer sie wollen. Ich denke, mit der Zeit könnten wir es noch weiter anpassen. Bevorzugte Charaktertypen oder Handlungsstränge. Als Fortsetzungsgeschichte auf ihre Geräte geliefert. Die Leute werden Punkte und Abzeichen für das Lesen verdienen.« Seine Augen hatten nicht die Farbe von Moos auf einem Stein. Sie hatten die Farbe von Geld.

»Aber es gibt Tausende – Millionen – von Autoren«, sagte ich. »Ihr Sohn ist einer von ihnen. Könnten Sie nicht einfach ihre Bücher anbieten? Warum brauchen Sie CASE?«

Er machte eine abfällige Handbewegung. »Nach der anfänglichen F&E werden der langfristige Ertrag und die Margen mit CASE besser sein.«

Dr. Martell beugte sich vor. »Wir haben bewiesen, dass Kreativität keine ausschließlich menschliche Eigenschaft ist. Sicher, wir haben K.I.-generierte Musik und bildende Kunst gesehen. Aber Literatur – über die frühen Versuche haben die Leute gelacht. Jetzt haben wir ihre Machbarkeit bewiesen. Das ist eine beeindruckende Leistung, Samantha.«

Vor Monaten hatte ich auf eben diesem Stuhl gesessen, begeistert von den Möglichkeiten von CASE. Aber jetzt war ich nicht begeistert. Ein kalter, harter Kloß der Angst saß mir im Magen. Damals hatte ich noch keine Schriftsteller gekannt. Ich hatte keinen Gedanken daran verschwendet, wie CASE sie beeinflussen könnte.

Martell fuhr fort: »Mit der Finanzierung durch SwifTech werden wir in der Lage sein, zusätzliche Teammitglieder einzustellen, um CASE schnell zu skalieren und die Art von Ergebnissen zu erzielen, die Paul anstrebt. Stellen Sie sich den Output vor, wenn mehrere Instanzen von CASE laufen. Die Kosteneinsparungen gegenüber dem traditionellen Verlagsmodell. Die Einsparungen bei Mitarbeitergehältern und Tantiemen werden die Kosten einer CASE-Installation leicht ausgleichen. Alles, was Paul braucht, ist eine weitere Demo, um sich voll zu engagieren.«

»Und deshalb bin ich hier«, sagte meine Mutter. »Um Samanthas Interessen zu schützen.«

»Meine Interessen?« Das Einzige, woran ich interessiert war, war, das zu stoppen, was Paul Swift tun wollte.

»Dieser Verlag hat Sie ausgenutzt, Samantha. Selbst John hat das.« Sie sah auf ihn herab.

Mein Doktorvater zuckte zusammen. »Also, Audrey …«

»Sie wussten von Sams« – sie ließ ihren Blick zu Paul Swift wandern – »Schwierigkeiten. Und trotzdem haben Sie sie gebeten, einen Vertrag zu unterschreiben. Ohne mich oder mein Anwaltsteam zu konsultieren. Und dann haben Sie sie mit diesem – diesem – Bauern losgeschickt.«

Ich entkreuzte meine Knöchel und stand auf. »Bauern bauen Nahrungsmittel für uns alle an. Und Niall Flynn ist der anständigste, ehrlichste und edelste Mensch, den ich je getroffen habe. Ich liebe ihn.« Obwohl es feige schien, es erst zuzugeben, nachdem er aus meinem Leben verschwunden war.

»Nein, Samantha, das können Sie unmöglich. Ein Schriftsteller. Aus dem« – sie spitzte die Lippen, als ob das Wort schlecht schmeckte – »Mittleren Westen. Ich weiß, er ist Ihr Sohn, Paul, aber wirklich.«

Paul zuckte mit den Schultern.

Landwirtschaft und Kunst waren zwei Dinge, über die ich vor der Buchtour nicht nachgedacht hatte. Jetzt sah ich den Wert in beidem. Ich wünschte, Niall wäre da, um mit seinen Worten, die so viel besser waren als meine, diesen Kampf zu führen.

Romane, die von CASE geschrieben wurden, bräuchten keine Lektoren. Keine Setzer. Keine teuren Buchtouren. Keine Publizisten wie Qiana. Und warum einen Schriftsteller wie Niall bezahlen, wenn man bereits Kosten in CASE versenkt hatte und das Hundertfache seiner jährlichen Produktion erzielen konnte, selbst wenn sie nicht einmal ein Viertel so gut war? Jeder konnte nachrechnen und die Finanzen von CASE ansprechend finden. Aber zu welchem Preis für die menschliche Kreativität?

Ich schluckte. Das konnte ich Niall nicht antun. Nicht Qiana. Nicht all den Leuten, die vor sechs Wochen in den Büros von Happy Troll mit Champagner auf Niall und mich angestoßen hatten.

Ich wandte mich an Paul. »Niall ist ein Schriftsteller. Machen Sie sich keine Sorgen um ihn? Um seinen Lebensunterhalt?«

»Die Technologie treibt die menschliche Zivilisation schneller voran als in jeder anderen Epoche der Geschichte. Wenn Niall da nicht mitziehen kann …« Er zuckte mit den Schultern.

»Samantha«, sagte Martell sanft, so wie er mit einem kleinen Kind sprechen würde, »CASE wird neue Arbeitsplätze schaffen. Installateure, Programmierer, Wartungstechniker, Qualitätsprüfer. Einige der überflüssigen Arbeiter können für diese Rollen umgeschult werden.« Er zuckte mit den Schultern. »Dasselbe hat man gesagt, als die Computer aufkamen. Aus Schreibkräften wurden Datentypisten. Die Zeit bleibt nicht stehen. Gerade Sie sollten das verstehen.«

Paul sagte: »Sind Sie nicht auch dieser Meinung, Audrey?«

Sie hatte zwei Männer geheiratet, die Bücher liebten. Sie unterstützte eine Stiftung für Lese- und Schreibkompetenz. Meine Mutter musste die Situation so sehen wie ich. Meine Hoffnung musste sich auf meinem Gesicht gezeigt haben.

Sie blinzelte. »Doch, das tue ich. Samantha, das ist Ihre Schöpfung. Sie könnte Sie zu einer sehr wohlhabenden Frau machen. Ich kann nicht glauben, dass Sie in Erwägung ziehen, das wegzuwerfen.«

»Manche Dinge sind wichtiger als Geld.« Ich hob das Kinn. Niall und Qiana und all die Menschen, die mich unterstützt hatten, waren wichtiger als mein persönliches Wohlergehen. Wichtiger sogar als meine Zukunft. »Nein.«

Alle drei starrten mich an. Martell sagte: »Wie meinen Sie das, ›nein‹?«

Ich sog die Luft ein. Ich vermisste die Buchhandlungen, ihren Geruch nach frischem Papier und altem Leder und Möbelpolitur. Im Büro meines Doktorvaters roch es nur schwach nach Elektrik, überlagert vom Lavendelparfüm meiner Mutter. Er hatte kein einziges Buch in seinem Büro.

»Ich werde es nicht tun. Ich werde nicht an CASE arbeiten.«

»Samantha, seien Sie nicht lächerlich.« Meine Mutter umklammerte die Armlehnen des Stuhls, ihre Fingerknöchel traten weiß hervor.

Dr. Martell musterte mich. »Sind Sie sicher? Das scheint ungewöhnlich unüberlegt. Bedenken Sie die Konsequenzen. Ich kann Ihre Dissertation ohne weitere Entwicklung nicht genehmigen. Außerdem« – er klickte mit der Maus und tippte dann eine Reihe von Tastenanschlägen – »gibt es genug andere Doktoranden, die diese Arbeit übernehmen und zu Ende führen können, was Sie begonnen haben.«

»Da muss ich zustimmen«, sagte Paul. »Die Entwickler von SwifTech können es kaum erwarten, das in die Hände zu bekommen. Auch wenn ich Ihre Expertise bei dem Projekt sehr bevorzugen würde, ist sie nicht notwendig.«

Es klopfte an der Tür, und Kyle, mein Bürogenosse, steckte den Kopf herein. »Sie wollten mich sehen, Dr. Martell?«

Martell hob die Finger von seiner Tastatur und starrte mich an. Seine Brille ließ seine Iriden zu Kugellagern werden. »Brauchen wir Kyles Hilfe?«

Ich sank in den Stuhl zurück. »Nein. Ich mache es.« Ich musste es ja nicht schnell machen. Oder gut. Ich würde die Arbeit in die Länge ziehen, bis ich einen Ausweg aus diesem Schlamassel gefunden hatte.

»Wir werden Ihre erste Version nächsten Freitag überprüfen.«

Zehn Tage ab heute. Na, super.

»Gutes Mädchen«, sagte meine Mutter. »Und William Winford hat angerufen. Ich habe ihn zum Brunch am Sonntag eingeladen.«

»Nein.« Das Wort hallte wie ein Schuss durch Martells Büro. »Ich werde diese Sache für ihn tun« – ich nickte in Richtung meines Doktorvaters – »weil ich muss. Aber ich werde niemanden treffen. Und ich komme nicht zum Brunch.« Irgendwie stand ich auf, trotz der Enttäuschung, die mich niederdrückte. »Nicht, wenn Sie mich und das, was ich will, nicht unterstützen.«

Ich schritt zur Tür und legte die Hand auf den Türknauf. »Auf Wiedersehen, Mutter. Dr. Martell, Mr. Swift, ich werde nächsten Freitag etwas haben.«

Ich hatte keine Ahnung, was dieses Etwas sein könnte.

37

SAM

»ALLES IN ORDNUNG BEI DIR, Sam?«

Kyles Stimme schreckte mich aus meinem starren Zombie-Blick. Ich fuhr mit dem Kopf zu seinem Schreibtisch herum. Versuchte er, auf meinen Bildschirm zu schauen, oder wurde ich paranoid? Wahrscheinlich war es Paranoia, wenn man bedachte, dass ich in den letzten neun Nächten kaum geschlafen hatte; trotzdem drehte ich meinen Bildschirm ein oder zwei Grad von ihm weg.

»Alles gut. Nur müde, du weißt schon.« Ich versuchte, ihn anzulächeln, aber ich spürte mein Gesicht nicht. Jeder Teil von mir war taub.

»CASE, stimmt's? Wie laufen die Modifikationen? Brauchst du Hilfe?«

Das weckte mich auf. »Nein, ich komme klar.« Vielleicht spionierte er *doch* mir nach. Hatte Martell ihn gebeten, ein Auge auf mich zu haben? Mein Herz raste. Oder Paul Swift? Trug Kyle neue Turnschuhe? Air Jordans? Ich schnüffelte. Es war schwer, über den Geruch von verrotteten Fußleisten und rostigen Metall-schreibtischen etwas zu riechen, aber ich glaubte, den Duft von neuem Leder wahrzunehmen. Ich drehte meinen Bildschirm ein wenig weiter.

»Okay.« Er senkte den Kopf. »Ich weiß, dass der Druck groß ist.«

Er hatte ja keine Ahnung. So fieberhaft ich auch programmiert hatte, um CASE 2.0 online zu bringen, ich konnte die Arbeit von sechs Monaten nicht in zehn Tage pressen. Martell würde außer sich sein, wenn ich Paul Swift bei der Demo am nächsten Tag keine neuen Romane vorweisen konnte. Außerdem konnte CASE 2.0 immer noch nicht zuverlässig wissenschaftliche Arbeiten erstellen.

Ich durfte Paul Swift – oder irgendjemand anderen – CASE 1.0 nicht in die Hände fallen lassen. Nicht, wenn ich wollte, dass Leute wie Niall und Qiana und sogar Heidi ihre Jobs behielten, um weiterhin Geschichten zu schreiben, die Menschen – Kinder wie Hero in Chicago und die Teenager auf der Con in Florida, die Nieven und Greva gecosplayed hatten – liebten. Verdammt, Bücher, die ich liebte.

Was, wenn Martell seine Drohung wahr machte? Ich schauderte. Ohne Doktortitel war mein Postdoc-Stelle Luft. Ich müsste zurück zu meiner Mutter und Charles ziehen. Sie würde mir weiterhin Winfords aufdrängen. Und was noch schlimmer war, Kyle oder die SwiftTech-Programmierer würden mit CASE 1.0 genau da weitermachen, wo ich aufgehört hatte.

Mein Plan war Mist, und ich wusste es. Aber es gab nichts anderes, was ich tun konnte. Ich legte meinen schwindeligen Kopf auf meinen Schreibtisch. Ich würde mich nur eine Minute ausruhen, und dann würde ich wieder anfangen.

»Sam!«

Ich hob meinen Kopf von der Tastatur und blinzelte. Jackson stand in der Tür.

Jackson war noch nie zuvor in mein Büro gekommen. Ich rieb mir die Augen. Nein, keine Halluzination.

»Netter Look, Samweis. Besonders gefällt mir der Tastaturabdruck auf deiner Wange. Du hast da ein bisschen Sabber, genau da.« Er deutete auf seinen Mundwinkel, direkt am Rand seines Bartes.

Mit dem Handrücken wischte ich mir über die Feuchtigkeit.

»Jackson Jones?« Kyles Stuhl scharrte zurück, und er schnellte mit ausgestreckter Hand nach vorne.

Jackson schüttelte sie. »Der bin ich. Sie müssen Kyle sein.«

»Ja. Kyle Anderson. Sams Bürokollege. Es … es ist mir eine Ehre, Sie endlich kennenzulernen.« Kyle pumpte Jacksons Hand auf und ab.

Eine Seite von Jacksons Mund verzog sich zu einem halben Lächeln, als er seine Hand behutsam aus Kyles Griff befreite. Gott sei Dank hatte ich unseren One-Night-Stand nie erwähnt.

»Komm schon, Sam«, sagte Jackson. »Wir gehen Mittag essen.«

»Mittagessen?«

»Du weißt schon, das Essen, das man mittags isst? Obwohl es so aussieht, als hättest du in letzter Zeit nicht viele Mittagessen gehabt. Los jetzt, Sam. Man sieht sich, Kyle.«

Im Flur fragte ich: »Was machst du hier?«

»Ich bin gekommen, um nach dir zu sehen. Du hast nicht auf meine Anrufe oder Nachrichten geantwortet. Mutter hat gesagt, du hast ihr die Meinung gegeigt?«

Ich joggte, um mit seinen langen Schritten mitzuhalten. »Ich … ja«, murmelte ich.

»Gut für dich. Übrigens siehst du scheiße aus.«

»Danke. Arschloch.«

»Es ist die Wahrheit. Und wir beide sind immer ehrlich zueinander.«

Autsch. Der saß genau zwischen den Rippen.

Während wir über den Campus gingen – Jackson hatte einen sechsten Sinn für Foodtrucks –, erzählte ich ihm alles. Ich begann mit Heidi und Martells Angebot, Heidis Ultimatum bezüglich der Buchtour. Ich fuhr mit dem Fiasko bei der Preisverleihung und Martells Drohung fort. Dem Verrat meiner Mutter. Ich hatte ihm gerade von dem für den nächsten Tag angesetzten Treffen mit Paul Swift und meinem verzweifelten Plan erzählt, Martell mit

CASE 2.0 zu besänftigen, als wir den Tamale-Truck am anderen Ende des Campus erreichten.

»Verdammter Martell«, knurrte er. »Was für ein Arschloch.«

»Nein, er hat nur …« Er war für mich wie eine Vaterfigur gewesen, seit ich in den Fachbereich gekommen war. Aber in diesem Meeting hatte er mir gezeigt, wem seine wahre Loyalität galt. »Ja.«

Ich stieß einen zittrigen Atemzug aus. Ich hatte alle Geheimnisse ausgeplaudert, die ich monatelang in mir getragen hatte. Alles, was übrig blieb, war eine ausgedörrte Hülle aus Haut und Knochen. Eine starke Meeresbrise hätte mich wie ein Herbstblatt davongeweht. »Er sitzt am längeren Hebel. Ohne ihn kann ich meinen Doktortitel nicht bekommen. Ich müsste woanders von vorne anfangen. Und er würde mich sowieso auf die schwarze Liste setzen. Kein anderer Fachbereich würde mich nehmen.«

Wir erreichten das vordere Ende der Schlange und gaben unsere Bestellungen auf. Jackson bezahlte natürlich. Ich hatte nicht die Energie – oder die finanziellen Mittel –, um zu protestieren.

Als die Tamales fertig waren, nahmen wir unsere Teller mit zu einer Bank im Schatten.

Jackson nahm seine Gabel. »Willst du deinen Doktortitel immer noch?« In seinem Ton lag kein Urteil. Ich hätte Ja oder Nein sagen können, und er hätte mir die gleiche unerschütterliche Ermutigung wie immer gegeben.

Mein Herz füllte sich mit Beton. »Das ist meine Eintrittskarte in die Freiheit, weißt du? Ich habe eine Postdoc-Stelle in Idaho in Aussicht. Das ist die einzige Möglichkeit, wie ich frei sein kann, um mein Leben zu leben.«

Das Gesicht meines Bruders verzog sich. »Wann wolltest du es mir erzählen?«

Ich stocherte in meinem Tamale herum. Schluckte an meinem zugeschnürten Hals vorbei. »Ich weiß nicht.« Wahrscheinlich per SMS, während ich mit einem Bus aus der Stadt fuhr. Ich wäre beim Abschiednehmen ein Feigling, genau wie bei allem anderen in meinem Leben. »Ich bin nicht wie du, Jackson. Ich bin nicht stark.«

»Sich von dem zu erholen, was Stephen dir angetan hat, und dann auf diese Buchtour zu gehen, klingt für mich ziemlich stark. Ganz zu schweigen von der erstaunlichen K.I., die du erschaffen hast.«

Ich schnaubte. »Die ganze Roman-Sache? Das war ein Versehen. CASE sollte etwas anderes tun.«

Er lehnte sich zurück. »Manchmal passieren die besten Dinge aus Versehen. Man muss einfach damit klarkommen.«

Er redete nicht mehr über CASE. Er redete über sein eigenes Leben, seine Firma, seine Frau, sogar das perfekte Baby Valentine war ein verdammt fröhlicher Zufall.

Aber mir war noch nie etwas zufällig Wunderbares passiert.

Außer Niall, und das hatte ich vermasselt. Eine hohle Leere tat sich in mir auf und saugte selbst das winzige Vergnügen des Mittagessens mit meinem Bruder in sich auf.

»Was ich mit CASE getan habe, hat das Leben vieler Leute durcheinandergebracht. Es war nicht die gute Art von Versehen. Es war die Art von Versehen, die für alle alles ruiniert. Wie mein ganzes verdammtes Leben.«

»Nein.« Jackson sah mir direkt in die Augen. »Du bist brillant. Du hast mit K.I. Dinge getan, die noch nie jemand zuvor getan hat. Das Buch, das sie geschrieben hat, hat das Leben von Menschen verändert. Einschließlich Noahs. Hast du eine Ahnung, wie schwer es ist, einen zwölfjährigen Jungen zum Lesen zu bringen?«

Ich starrte auf die Antenne auf dem nächstgelegenen Gebäude. »Ich nehme an, ich habe ihn auch getäuscht. Hasst er mich jetzt?«

»Nein, Sam. Er sieht dein wahres Ich. Eine Person, die sich um Menschen kümmert. Die erstaunlich talentiert ist. Die stark und unabhängig ist. Die« – er schluckte – »ihre eigenen Entscheidungen treffen kann. Du brauchst keine Buchstaben nach deinem Namen, um dafür qualifiziert zu sein, um dir ein eigenes Leben aufzubauen. Um Martell zu sagen, wo genau er sich sein Ultimatum hinschieben kann.«

Meine Brust schwoll an, als könnte ich wirklich mutig genug sein, Martell Nein zu sagen. Als könnte ich den Weg verlassen, den ich mir seit meiner Jugend vorgestellt hatte.

Ich ließ meinen Blick über den Universitätscampus schweifen. Die Gebäude, die ich liebte. Die Studenten – nicht, dass ich einen von ihnen an mich herangelassen hätte –, die im Gras faulenzten, paarweise auf den Gehwegen gingen. Ich hatte gehofft, sie gegen eine andere Universität einzutauschen, eine, an der niemand wusste oder sich darum scherte, dass ich eine Jones war. Keine Vorurteile. Keine Erwartungen. Nur ich und was auch immer ich mit meinen Händen und meinem Gehirn tun konnte. Meine eigene Zukunft aufbauen.

Die Zukunft, die ich geplant hatte, zerbrach und fiel um mich herum in Stücke. Ich gehörte nicht mehr dorthin.

»Spielst du immer noch Videospiele?«

Ich blinzelte über Jacksons Themenwechsel. »Ja. Wenn ich nicht damit beschäftigt bin, mir den Arsch abzuprogrammieren. Hauptsächlich RPGs.«

»Erinnerst du dich, wie wir früher Spiele entworfen haben, als wir jünger waren?«

»Jaja.« Ich atmete durch eine schmerzhafte Welle der Erinnerung hindurch, an die Zeit, als Niall und ich auf der Tour eines unserer alten Spiele gespielt hatten.

»Wir haben darüber gesprochen, zusammen eine Videospielfirma zu leiten, wenn wir erwachsen sind.«

»Du wolltest auch Rennfahrer werden. Aber dann bist du in die Unternehmenssoftware-Branche gegangen. Was total lahm war.«

Er reckte seine Gabel himmelwärts. »Was es mir ermöglichte, mit Rennwagen zu spielen. Und einen Haufen Geld zu verdienen.«

»Geld ist auch lahm.« Ich stocherte in meinem Tamale. Es

passte nicht in meinen Bauch, der voll war mit all meinen enttäuschten Hoffnungen.

»Hey, was wäre, wenn wir es versuchen würden? Ich könnte dich in die Firma als eine Art Geheimprojekt einbinden. Ein Nebengeschäft, ganz im Verborgenen. Wir könnten zusammen Spiele entwerfen. Geld mag langweilig sein, aber es ist ziemlich nützlich, um nicht bei Mutter wohnen zu müssen.«

Ich stellte meinen Teller auf die Bank. »Ich – ich hatte eine Idee. Wie wäre es mit Spielen, die auf Büchern basieren?« Die Idee hatte mir im Hinterkopf gekitzelt, seit ich Nialls erstes Buch gehört hatte und die Welt der Waldelfen nicht verlassen wollte. Ich hatte sogar schon einige Ideen für ein Rollenspiel skizziert, das auf dem Roman basiert.

»Andere Firmen entwickeln bereits Spiele, die auf Büchern basieren. Es gibt sogar ein paar, die diese interaktiven Bücher machen, bei denen man das Ende selbst wählt.«

»Ja, aber mit K.I. könnten wir es auf eine neue Ebene heben. Nicht geskriptet. Adaptiv. Wir würden mit den Autoren zusammenarbeiten.«

Jackson sprang auf. Er dachte immer besser, wenn er auf den Beinen war. »Das ist eine großartige Idee. Die Inhalte lizenzieren. Die Autoren als Story-Berater einstellen. Vielleicht einen Teil von CASEs Code wiederverwenden. Warte – du bist da gerade für eine Minute traurig geworden. Was ist los?«

Ich fühlte mich, als hätte mir jemand das Rückgrat herausgerissen, was mich schlaff wie eines von Bilbo Baggins' Stofftieren zurückließ. Ich sackte nach vorne, meine Ellbogen auf den Knien, und vergrub mein Gesicht in meinen Händen. Ein Autor hatte die Idee unterstützt; jetzt wollte er nichts mehr mit mir zu tun haben. »Niall.«

»Muss ich ihm den Arsch versohlen?«, knurrte er. »Ich wusste, dass dieser ›Ach-was-ich-bin-doch-nur-ein-einfacher-Junge-vom-Lande‹-Mist eine Finte sein musste.«

Ich hob den Kopf. »Nein, wenn jemand einen Tritt in den

Arsch braucht, dann ich. Ich habe ihn verletzt, Jackson. Ich habe eine Menge Leute verletzt.«

Er lehnte sich auf der Bank zurück und blickte auf das sonnige Universitätsgelände. »Vielleicht würde die Zusammenarbeit mit Autoren dein schlechtes Gewissen beruhigen.«

»Ich will es wiedergutmachen.«

Er nickte. »Das ist die richtige Einstellung. Werde aktiv. Sobald du deinen Kram auf die Reihe bekommen hast, bist du auch bereit, dir diesen Kerl wieder zu schnappen. Zeig ihm, was für ein Idiot er war, dich gehen zu lassen.«

Verdammt. Genau wie Mutter hatte er die Bilder aus Vegas gesehen.

Ich fand mein Rückgrat wieder. Ich füllte meine Lungen mit Luft und stieß sie in einem kurzen Stoß wieder aus. »Du hast recht.«

»Dass der Rotschopf ein Idiot ist?«

»Nein. Dass ich aktiv werden muss.« War ich mutig genug, mich Martell zu widersetzen? Allen, die Erwartungen an mich hatten? Ich konnte es schaffen, wenn ich Hilfe hätte. Unabhängig zu sein bedeutete nicht, dass ich allein sein musste.

»Natürlich habe ich recht. Ich habe fast immer recht.«

»Jackson. Hör zu. Ich brauche deine Hilfe. Bei etwas, das vielleicht ein ganz kleines bisschen illegal sein könnte.«

»Ja? Klingt nach deinem Modus Operandi in letzter Zeit.«

»Halt die Klappe.« Ich stieß ihn gegen die Schulter. »Wirst du mir nun helfen oder nicht?«

»Ich bin dabei. Was sprengen wir in die Luft?«

Oh, nur meine ganze Welt.

38

SAM

»MR. JONES! Sie sind wieder da!«

Kyle. Mit ihm in unserem Büro würde es schwierig werden, meinen Plan in die Tat umzusetzen.

Für Jackson war das nichts Neues. »Kyle, komm kurz mit mir auf den Flur, damit wir Sam nicht bei der Arbeit stören.«

Kyle sauste in einer Wolke aus dem Duft von neuem Leder an mir vorbei. Mein uralter Stuhl knarrte, als ich mich hineinsetzte. Ich würde diesen Stuhl vermissen.

Ich schaltete die Lautsprecher meines Laptops stumm – ich durfte nicht zulassen, dass Kyle hörte, was ich tat – und tippte: *Abschiedsroutine starten.*

Bestätigung. Sind Sie sicher?

War ich mir sicher? Ich warf die Arbeit von drei Jahren weg. Unzählige Nächte mit Kyle im Büro, in denen ich Kaffee in mich hineinschüttete, um meine fliegenden Finger anzutreiben. Tage, an denen ich Bilbo Baggins nur morgens beim Aufwachen und abends sah, wenn ich nach Hause eilte, um mit ihm Gassi zu gehen und ihn zu füttern, bevor ich wieder zum Campus hetzte. Meinen letzten Geburtstag hatte ich dort verbracht und einen Bug gejagt.

Ganz zu schweigen von all den Leuten, die *Magier in der Maschine* geliebt hatten. Die bei Signierstunden zu mir gekommen waren und gesagt hatten, es hätte sie abgelenkt, nachdem ihre Frau sie verlassen hatte, während ihre Großmutter im Krankenhaus lag oder wenn sie einen schlechten Tag auf der Arbeit hatten. CASE abzuschalten, würde ihnen das wegnehmen.

Aber Paul Swift CASE zu überlassen, bedeutete, dass Bücher, die von CASE – und, seien wir ehrlich, von anderen zukünftigen K.I.s – geschrieben wurden, billiger und schneller wären. Sie würden Bücher von Menschen wie Niall verdrängen. Seine Bücher hatten viele Menschen berührt. Mich eingeschlossen.

Es war Zeit, wie Lobelia zu handeln.

Mut.

Mein Finger zitterte nicht. Kaum. Ich drückte auf den Ja-Button.

Ein Fortschrittsbalken erschien auf dem Bildschirm.

Die Tür öffnete sich und mein Herz rutschte mir in die Hose, aber es war Jackson. Er schloss die Tür. »Ich habe Kyle losgeschickt, um uns in dem Laden auf der anderen Seite des Campus Kaffee zu holen.«

»Muss schön sein, eine Programmierlegende zu sein und von allen bewundert zu werden.« Ich öffnete meine Schreibtischschublade, aber darin befanden sich nur ein paar Bleistifte und ein Exemplar von *Magier in der Maschine.* Ich schloss die Schublade.

»Bewunderung hin oder her, Doktortitel hin oder her, du bist eine gute Programmiererin. Und du bist ein guter Mensch. Du wirst danach schon wieder auf die Beine kommen.«

»Mutter sieht das anders.«

»Sie kennt nur einen Weg für Frauen, sich in der Welt durchzusetzen. Du wirst ihr zeigen, dass es einen anderen Weg gibt.« Jackson beugte sich über meine Schulter, um den Fortschrittsbalken zu überprüfen. »Das geht schnell. Das muss ein wunderschönes Programm gewesen sein.«

»Das war es. CASE war mein Baby.« Ein unbändiges, ungehorsames. Aber trotzdem meins. Ich schniefte.

»Ah, Samwise. Das tut mir leid.«

Ich berührte den Fortschrittsbalken mit einem Finger, während er die letzten Minuten von CASE herunterzählte. »Danke, dass du hier bei mir bist. Bist du sicher, dass du nicht zurück an die Arbeit musst?«

»Nee. Marlee springt für mich ein. Familie ist wichtiger.«

Ich verzog das Gesicht. »Ich werde versuchen, eine bessere Schwester zu sein. Besonders jetzt, da–« Meine Kehle schnürte sich zu, aber ich machte eine Geste in Richtung des Büros. Sicher, es war winzig, aber es hatte meine Unabhängigkeit symbolisiert.

»Wenn du eine Weile bei uns bleiben willst, bis du alles geklärt hast, bist du herzlich willkommen.«

Wenn er herausfand, was ich getan hatte, würde Martell mir die Mittel streichen, und ich könnte meine Miete nicht bezahlen. Bei Jackson zu wohnen, wäre besser, als wieder nach Hause zu Mutter und Charles zu ziehen. Ich versuchte zu lächeln. »Danke. Nur für ein paar Wochen, bis ich die Kaution für eine Wohnung gespart habe.«

»Kluge Verhandlungstaktik. Wenn ich dich nicht gut bezahle, sitze ich auf einer weiteren Person unter meinem Dach fest.« Er stöhnte. »Und einem Hund.«

Diesmal verzogen sich meine Lippen zu einem richtigen Lächeln. »Ich bin eben die Tochter meiner Mutter.«

»Das bist du.« Er deutete mit dem Kinn auf meinen Laptop. »Wie sieht es aus?«

Der Fortschrittsbalken verschwand und wurde durch den Button zum endgültigen Löschen der Dateien ersetzt. »Fast fertig.«

Er beugte sich vor und schaute auf den Bildschirm. »Deine Zerstörungsroutine hat einen schicken Button? Du musst schon eine Weile darüber nachgedacht haben.«

Ich schaute weg. »Nur – ich kann es nicht. Mach du es für mich.«

»Mache ich.« Seine große Hand bedeckte die Maus und das Klicken hallte durch mein kleines Büro und stach mir ins Herz.

Nachdem ich die Tränen weggeblinzelt hatte, blickte ich zurück auf den Bildschirm.

CASE war weg. Drei Jahre Arbeit hatten sich in Luft aufgelöst.

»Möge es in Frieden ruhen«, sagte Jackson. Dreißig Sekunden feierlicher Stille verstrichen, während ich mich an die langen Nächte erinnerte, gefüllt mit dem Klicken meiner Tastatur, den aufregenden Momenten der Entdeckung, der Hochstimmung beim Überprüfen eines perfekten Stücks Code.

Er räusperte sich. »Ich nehme an, es gibt ein paar Sicherungsbänder, die wir entsorgen müssen?«

»Scheiße. Du hast recht.« Jemand könnte diese Backups nehmen und CASE wieder zum Leben erwecken, so wie damals, als eine seltsame Überspannung vor zwei Sommern den Hauptserver lahmgelegt hatte. Ich war vier Stunden lang ausgeflippt, bis die IT-Leute es aus dem Backup wiederhergestellt hatten.

Martells Büro meidend, führte ich meinen Bruder die Treppe hinunter in den Keller. Jackson wandte sein Gesicht von der Kamera ab, als ich meine ID am Eingang zum Serverraum durchzog.

Die Lüfter der Server dröhnten lauter als die Brandung am Strand während eines Sturms. Das Geräusch war vertraut, fast beruhigend.

»Glücklicherweise«, rief ich über den Lärm hinweg, »verdient sich die Arbeit von Doktoranden keine externe Speicherung. Die Bänder werden hier gelagert.«

Regale voller Bänder füllten eine Wand eines kleinen Hinterzimmers. Seit dieser Überspannung wusste ich, wonach ich suchen musste.

»Hier sind sie.« Ich hielt die beiden Plastikbandgehäuse hoch, auf denen meine Matrikelnummer mit einem Edding geschrieben stand. Das Backup und sein Backup. »Soll ich sie mit nach Hause nehmen und verbrennen?«

»Mit nach Hause nehmen.« Jackson schnaubte. »Und zu der Zerstörung von Universitätseigentum noch Diebstahl hinzufügen? Nein, die sterben hier. Wenn alles gut geht, wird es aussehen, als wären die Backups aus Versehen verschwunden.

»Das heißt« – er sah mir tief in die Augen – »falls du dir sicher bist, dass du das tun willst? Jahre deiner Arbeit wegwerfen? Wir könnten eine dieser Kopien mitnehmen. Falls du es jemals wieder aufnehmen willst.«

Es war verlockend. CASE repräsentierte so viel Arbeit. Und ich könnte Teile davon in die neuen Spiele umwandeln, die Jackson und ich zusammen entwickeln würden. Aber würde ich versucht sein, alles zu benutzen und CASE 1.1 zu machen? Und was, wenn es jemand fände und seine eigene Version von CASE erstellte? Jemand, der die Lektionen, die ich gelernt hatte, nicht gelernt hatte?

»Ich habe auf der Buchtour viel über Kreativität und das Geschichtenerzählen gelernt. CASE wird die Dinge ruinieren, die ich liebe. Es ist besser so.« Tränen verschleierten meine Sicht.

»Informatik ist auch kreativ.«

»Ich weiß. Aber es ist nicht dasselbe wie Kunst. Und es gibt Platz auf der Welt für beides, ohne dass das eine das andere zerstört.«

Jackson drückte meine Schulter. »Es tut mir leid, dass du das auf die harte Tour lernen musstest.«

Ich schniefte.

»Hast du einen Entmagnetisierer?« Er drehte die Bandkassette in seinen Händen um.

»Ein was?«

Jackson verdrehte die Augen. »Es benutzt einen großen Magneten, um Daten zu löschen. Wenn ihr einen hättet, wäre er wahrscheinlich in diesem Raum. Ich wette, ihr verwendet diese Bänder seit Anbeginn der Zeit wieder. Ich tue der Universität einen Gefallen, indem ich diese beiden aus dem Verkehr ziehe.

Finde mir einen Schraubenzieher, eine Bohrmaschine und etwas Draht.«

Ein Schraubenzieher lag auf dem Schreibtisch in der Nähe, und ich reichte ihn ihm. Er machte sich an den Bandgehäusen zu schaffen. Als ich zurückkam, nachdem ich dem Hausmeister mit den Wimpern geklimpert hatte, um die Bohrmaschine, eine Drahtspule und einen Drahtschneider zu ergattern, hatte er die Kassetten geöffnet und die Bandspulen freigelegt.

Ich zuckte zusammen, als Jackson die Bohrmaschine anwarf, um ein Loch in die Rückseite des Bandgehäuses zu bohren, genau in die Mitte der Spule. Das Dröhnen der Serverlüfter überdeckte das Geräusch. Größtenteils. Ich hoffte, dass niemand kam, um nachzusehen. Ein unbefugter Gast, der Eigentum der Universität zerstörte, wäre schwer zu erklären.

Jackson stieg auf einen Stuhl und benutzte den Draht, um eine Bandkassette an einem Lüftungsschlitz in der Decke aufzuhängen. Mit einer Bewegung seines Handgelenks ließ er das Plastikband auf den Boden hinabspulen. Ich packte das Ende und zog, bis die Schwerkraft genug Arbeit geleistet hatte, um das Band am Fließen zu halten. Wir wiederholten den Vorgang mit der anderen Kassette an einem anderen Lüftungsschlitz, und bald türmten sich zwei flauschige Haufen Plastikband auf dem Boden.

»Jetzt warten wir«, sagte er. »Wo sind die Aktenvernichter?«

»In der Poststelle auf jedem der Hauptgeschosse gibt es einen.«

»Die Leute werden Fragen stellen, wenn wir mit einem Ballen Band herumlaufen. Hast du einen Rucksack oder eine Computertasche?«

»Oben.«

»Hol sie.«

Als ich aus dem Treppenhaus kam, setzte mein rasendes Herz einen Schlag aus. Martell stand mit den Händen in den Hüften in der Tür meines Büros. Es gab keine Möglichkeit, an ihm vorbeizuschleichen, um die Taschen zu holen. Ich musste cool bleiben.

Ich atmete tief durch und ging hinter meinem Doktorvater auf und ab, wobei ich mit meinen Kampfstiefeln schlurfte, damit er mich hörte.

»Guten Tag, Dr. Martell. Entschuldigen Sie.« Ich quetschte mich an ihm vorbei ins Büro und ging zu meinem Schreibtisch.

»Samantha, ich habe Sie gesucht. Ist alles für die Präsentation morgen vorbereitet?«

»Ich habe Ihnen heute Morgen die Präsentationsfolien geschickt.« Sie war voller Lügen über die Geschichten, die CASE produziert hatte. Mit gesenktem Kopf öffnete ich eine Schublade. Es wäre bald alles vorbei.

»Sie sahen gut aus. Ich weiß, Sie mögen keine öffentlichen Reden, also werde ich die Präsentation und die Demo leiten. Ich brauche Sie, um bereit zu sein, alle technischen Fragen zu beantworten. Sind Sie bereit?«

Ich blickte kurz zu ihm auf, als ich eine Stofftasche von einer Konferenz, an der ich teilgenommen hatte, herauszog. Ich hätte ihm sagen können, dass es nichts zu demonstrieren geben würde. Aber ich war mir nicht hundertprozentig sicher, dass er nicht einen Doktoranden finden könnte, der das Band wieder auf seine Spule wickelte und CASE wiederherstellte. Außerdem wäre es nicht gut, auf frischer Tat ertappt zu werden, und das mit Jackson, der nicht im Serverraum sein sollte. Ich würde ihm später eine E-Mail schicken. Feige, aber es würde die Sache erledigen.

»Klar, ich bin bereit.« Bereit, von dort zu verschwinden.

Er runzelte die Stirn. »Was machen Sie mit der Tasche?«

Es sah tatsächlich seltsam aus, mit einer leeren Tasche hinauszugehen. Ich überflog das Büro nach etwas, das ich hineinstopfen konnte. Ein verschrumpelter Apfel lag auf der Ecke von Kyles Schreibtisch. Ich schnappte ihn mir und ließ ihn in die Tasche fallen.

Martell runzelte die Stirn. »Den werden Sie doch nicht essen, oder?«

»Nein.« Ich blinzelte. *Na los, Neuronen, lasst mich jetzt nicht im Stich.* »Mein Hund mag sie so. Wäre schade, ihn zu verschwenden.«

Er rümpfte die Nase, als ob er den faulen Apfel riechen könnte. Schnell zog ich den Stecker meines Laptops und schob ihn in meine andere Tasche. »Gute Nacht.«

»Sie gehen normalerweise nicht so früh.«

Inzwischen hätte ich ans Lügen gewöhnt sein sollen. »Ich, äh, möchte gut schlafen. Sie wissen schon, vor der großen Präsentation.« Mein Herz pochte, als ich an ihm vorbei in den Flur schlüpfte.

»Habe ich das Auto Ihres Bruders auf dem Parkplatz gesehen?«

Verdammt, verdammt, verdammt, Jackson und sein schickes Auto. »Nein, das muss jemand anders gewesen sein.«

»Was für ein Zufall? Ich kenne niemanden an der Universität, der einen gelben Lamborghini fährt.«

»Hm. Könnte ein Leihwagen sein, schätze ich. Bis morgen, Dr. Martell.« Mit einer halben Welle eilte ich zum Ausgang. Ich riss die Tür auf und rannte die Treppe hinunter.

Im Bandraum spulten die Kassetten weiter von der Decke ab. Jackson lehnte am Schreibtisch und spielte mit seinem Handy.

Ich zerrte an einem Stück Band. »Wir müssen uns beeilen. Ich bin oben auf Martell gestoßen.«

Jackson steckte sein Handy weg und zog am anderen Band. »Er schöpft Verdacht?«

»Es hat nicht geholfen, dass du dein ›Schau-mich-an‹-gelbes Auto gefahren und draußen geparkt hast. Ich dachte, du hättest die Sportwagen aufgegeben, als die kleine Valentine geboren wurde.«

»Ich habe ihn aus dem Lager geholt, weil heute so ein schöner Tag ist. Wie viel Ärger wirst du bekommen, wenn Martell es herausfindet?«

»Technisch gesehen« – ich verzog das Gesicht – »gehört CASE der Universität. Und wir sollen es morgen Paul Swift präsentieren. Also … eine ganze Menge?« Ich zerrte fester. Ein dünner Ring aus Band klebte noch an der Spule.

Er zuckte nicht mit der Wimper. »Könnte schlimmer sein. Wahrscheinlich nur die Campus-Polizei, also.«

»Ernsthaft?« Ich hatte noch nie auch nur einen Strafzettel bekommen. »Beeilen wir uns.«

Die Bandkassette, die näher bei Jackson war, klapperte auf den Boden. »Ich gewinne!« Er hob die Fäuste in die Luft.

Ich stieß ihm die Stofftasche hin. »Vorsicht. Da ist ein matschiger Apfel unten drin.«

»Igitt.« Er legte die schwammige Frucht auf den Schreibtisch und stopfte dann den Bausch Band in die Tasche.

Nein, wir sahen überhaupt nicht verdächtig aus, als wir mit unseren prall gefüllten Taschen aus dem Serverraum kamen. Ich eilte ins Hauptgeschoss und fand die Poststelle und ihren industriellen Aktenvernichter.

Als Jackson die Bandbüschel in die Öffnung schob, startete die Maschine und begann zu mahlen. Ich atmete erleichtert aus. Das Schreddern ging viel schneller als das Abspulen.

Als Jackson mit seinem Band fertig war, begann ich mit meinem. Ich hielt eine Hand auf mein rasendes Herz, drückte es zurück in meine Brust, während ich mit der anderen das Band in den Aktenvernichter fütterte. In ein paar Minuten wären wir fertig, und dann würden wir in Jacksons Lamborghini in einem gelben Blitz davonbrausen.

»Samantha. Was tun Sie da?« Martells Stimme ließ mich aufschrecken.

Ich drehte die Tasche über der Öffnung des Aktenvernichters um, um den letzten Rest des Bandes hindurchzuschicken.

»Das ist nicht – das ist nicht CASE.« Er hielt den verschrumpelten Apfel in der einen Hand. Seine andere Hand bedeckte seinen Bauch, der sich wahrscheinlich genauso übel anfühlte wie meiner.

Ich hatte Mitleid mit ihm. Wirklich. Er war nett zu mir gewesen, fast väterlich, seit ich an die Fakultät gekommen war. Ich hatte alles getan, was er verlangt hatte, und es war wahrscheinlich ein Schock, seine sanftmütige kleine Doktorandin dabei zu erwischen, wie sie die Arbeit und die Finanzierung von drei Jahren zerstörte. Plus das Startkapital, die Auszeichnungen, die Artikel, die er hätte veröffentlichen können.

»Es tut mir leid, Dr. Martell. Ich habe auf dieser Tour viel gelernt, und jetzt weiß ich, dass CASE keine gute Sache für Bücher ist. Nicht so, wie ich es entworfen habe.«

»CASE gehörte nicht Ihnen. Es gehörte der Universität.« Er schleuderte den Apfel als Ausrufezeichen in den Müll.

Ich sog die Luft ein. Er hatte noch nie zuvor seine Stimme gegen mich erhoben.

Jackson trat von der Wand weg, die Handflächen vor sich ausgestreckt. »Hören Sie, Dr. Martell. Wir werden jede notwendige Entschädigung zahlen, um Sie schadlos zu halten–«

»Jackson.« Ich trat zwischen ihn und meinen Doktorvater. »Das ist mein Kampf.«

Er nickte, trat zurück, verschränkte die Arme und funkelte Martell an.

»Dr. Martell, ich kann mit CASE nicht weitermachen. Es ist eine schlechte Sache für zu viele Menschen. Es wird die menschliche Kreativität beeinträchtigen. Und das ist wichtig.«

»Die Wissenschaft auch. Und die Wirtschaft!«

»Sie sind alle wichtig. Aber keines ist wichtiger als die anderen.«

Sein Gesicht wurde rot, dann lila. »Ich rufe die Campus-Sicherheit. Das ist Diebstahl. Zerstörung von Universitätseigentum. Ihre Mutter wird so enttäuscht sein.« Er nahm den Hörer, der an der Wand hing.

Ihr zu widersprechen war eine Sache. Verhaftet zu werden? »Enttäuscht« war da erst der Anfang.

»Besser, vorerst mitzuspielen«, murmelte Jackson. »Ich habe Erfahrung in diesen, äh, Situationen.«

»Wie oft wurdest du von der Campus-Polizei verhaftet?«

Sein Blick wanderte zur Decke. »Tatsächlich verhaftet oder nur … Gegenstand von Diskussionen?«

»Wirklich?«

»Neun«, sagte er.

»Waren das Verhaftungen oder Diskussionen?«

Er öffnete den Mund, um zu antworten, aber Martell knallte den Hörer zurück auf die Gabel. »Sie werden in Kürze hier sein.«

Jackson stieß einen falschen Seufzer aus. »Das wäre für Sie so viel besser gelaufen, wenn Sie das nicht getan hätten. Sie hätten nie wieder Fördermittel beantragen müssen.«

Martell erstarrte.

»Aber jetzt, da Samanthas kleiner Fehltritt öffentlich gemacht wird, befürchte ich, dass die Joneses ein paar Muskeln spielen lassen müssen.«

Jacksons böses Lächeln verriet, dass er es genießen würde, seine Muskeln spielen zu lassen.

Aber als ich neben ihm auf dem Rücksitz des Uni-Polizeiautos saß, das mit seinen blinkenden roten und blauen Lichtern fast genauso aussah wie ein echtes Polizeiauto, und der Beamte mit jemandem telefonierte, der verdächtig nach der Polizei von San Francisco klang, sah Jackson nicht so aus, als würde er die Konsequenzen unseres Abenteuers genießen.

Ich hatte versucht, nur meine eigene Zukunft zu zerstören, aber irgendwie hatte ich es auch geschafft, Martells Träume zu ruinieren und meinen Bruder zum Komplizen bei meiner allerersten kriminellen Handlung zu machen.

Fantastisch.

39

NIALL

ICH PLATSCHTE durch die Drehtür und hielt inne, um den Saum meines Hemdes über dem Teppich der Hotellobby auszuwringen. Ein Niesen explodierte aus mir heraus. Großartig. Irgendein Virus hatte es endlich durch meine Barrieren aus Händewaschen und Desinfektionsmittel geschafft, so wie der prasselnde Regen von Seattle durch meine wasserabweisende Jacke.

»Du hast gesagt, in Seattle regnet es im Mai nicht«, grummelte ich und zog die leichte Jacke aus. Ich verzog das Gesicht. Ich hatte Gabi gerade die Schuld am Wetter gegeben. Was kam als Nächstes, Obdachlosigkeit und der Klimawandel?

Gabi biss die Zähne zusammen. »Lass uns einchecken, dann können wir uns aufwärmen, wie es die Einheimischen tun, mit einer schönen, heißen Tasse Kaffee.«

»Was bist du, Mary Poppins?«, knurrte ich. Ich wollte keinen Kaffee. Ich wollte eine Dusche, trockene Kleidung und ein warmes Bett. Und dass mein Herz aufhörte zu schmerzen. Ich wollte definitiv nicht Gabi mit ihrer falschen Fröhlichkeit und ihren besorgten Blicken. »Ich brauche kein Kindermädchen, weißt du.«

Sie musterte mich von den nassen Haaren, die mir in die Augen tropften, über mein zerknittertes kariertes Hemd bis hin zu meinen quietschenden Schnürschuhen, und als sie meinen Blick wieder traf, lief mir ein Schauer über den Rücken. »Ein Babysitter ist genau das, was du brauchst. Du hast mich an der Backe, bis du zugeben kannst, wie fertig du bist.«

»Ich, fertig?« Ich stapfte an ihr vorbei und zerrte meinen regennassen Koffer ans Ende der Schlange am Hotelempfang. »Ich bin ein verdammter Tower-Preisträger auf seiner gottverdammten Siegestour.«

»Sie ist es nicht wert.« Gabis Haare begannen sich bereits aufzuplustern, während sie trockneten. »Sie ist dein Elend nicht wert.«

Ich rückte in der Schlange vor. »Ich bin nicht elend. Siehst du nicht, dass ich wütend bin?«

Ein Mundwinkel zuckte nach oben. »Ist es das also? Das Trübsalblasen, das Verstecken in deinem Hotelzimmer nachts, das Seufzen, wann immer wir an einem Exemplar von *Magier in der Maschine* vorbeikommen?«

»Das tue ich nicht«, schnauzte ich. Ich hatte mich nach all den Buchveranstaltungen nicht besonders gesellig gefühlt. Aber ich seufzte nicht, wenn ich ihr Buch sah – das Buch *dieses Computers*. Das brachte mein Blut zum Kochen.

Gabi blickte auf meinen Scheitel. »Du dampfst.«

»Ich bin durchnässt. Und es ist warm hier drin.« Ich zupfte an meinem Kragen.

»Wusstest du, dass *Magier in der Maschine* es diese Woche endlich auf die Bestsellerliste geschafft hat? Anscheinend wollen die Leute ein Buch lesen, das von einem Computer geschrieben wurde. Oder sie wollen sehen, was es mit dem ganzen Trubel auf sich hat.«

»Großartig. Das ist doch verdammt fantastisch. Warum mache ich mir überhaupt die Mühe, ein drittes Buch zu schreiben? Ich kann genauso gut S... – diese Maschine – bitten, eins für mich auszuspucken.«

»Kannst du genauso gut«, sagte Gabi in einem ärgerlich milden Ton. »Hey, die Universität in San Francisco hat gefragt, ob wir dort für einen Vortrag vorbeischauen könnten. Die, an der du letzten Sommer gesprochen hast.«

Es war wie ein Sprung in das eiskalte Wasserbecken am Steinbruch. Ich zitterte in meiner feuchten Kleidung. »Ein Vortrag? In San Francisco? An der Universität, die diese – diese Monstrosität finanziert hat? Wo S-Sam ist?«

»Übermorgen. Keine große Sache, oder? Wir nehmen ihren Ölzweig an und zeigen ihnen, wem das literarische San Francisco gehört. Kleiner Tipp: nicht ihnen. Nicht ihr. Habe ich recht?«

Vielleicht wäre sie nicht einmal da. Vielleicht war sie in New York und schloss ihre KI in den Büros der Verlage an. Ersetzte mich und jeden anderen Künstler, der hoffte, ein Buch zu veröffentlichen. Ich sprach mit mehr Zuversicht, als ich empfand. »Recht so.«

»Also sage ich ihnen zu?«

»Ja, warum nicht?« Dieses Hüpfen meines Herzens war Aufregung über die Gelegenheit, mehr Bücher zu verkaufen. Oder Herzrasen wegen der potenziell tödlichen Krankheit, die ich mir eingefangen hatte. Keine Nervosität davor, Sam wiederzusehen. Und schon gar keine Hoffnung.

Nachdem wir eingecheckt hatten, fuhren wir gemeinsam im Aufzug nach oben. Als Gabi vor ihrer Tür anhielt, zog sie ein Handy aus ihrer Handtasche.

»Willst du heute Abend zu Hause anrufen?«

Zu Beginn der neuen Tour war ich die ganze Nacht aufgeblieben, hatte das Telefon umklammert und zwanghaft jeden Nachrichtenartikel über Sam gelesen, den ich finden konnte. Und dann hatte ich meine Textnachrichten aufgerufen. Ich hatte die letzte von Sam so oft gelesen, dass ich sie auswendig konnte:

SAM

Ich kann dir gar nicht sagen, wie sehr ich bereue, was ich mit CASE gemacht habe. Kannst du mir verzeihen?

Nachdem ich mich mit eisiger Wut, die wie ein Messer durch meinen Bauch schnitt, durch die Veranstaltungen des nächsten Tages geschleppt hatte, hatte ich Gabi gebeten, mein Handy für mich aufzubewahren. Auf unbestimmte Zeit.

So sehr ich auch Trost von Mom oder Grandpa hätte gebrauchen können, ich konnte mir mit der Technik nicht trauen. Nicht, wenn wir in zwei Tagen in ihrer Heimatstadt sein würden.

»Nein, passt schon.«

»Willst du dich in fünfzehn Minuten mit mir auf diesen Kaffee treffen?«

»Nein, ich – ich glaube, ich bestelle Zimmerservice und bleibe hier. Ich werde versuchen zu schreiben.«

Gabi starrte mich ungläubig an. Ich hatte zu viel Angst gehabt, es ihr zu erzählen. Angst, es zu verfluchen. Vielleicht verließ ich mich nicht mehr auf eine Muse, aber ich hatte nicht jeden Aberglauben aufgegeben, den ich in Bezug auf mein Schreiben hegte.

Eine Woche lang, nachdem ich die Wahrheit über Sam erfahren hatte, hatte ich Trübsal geblasen. Meine sogenannte Muse hatte sich als ein Gräuel für alles herausgestellt, was ich liebte, für alles, wofür ich stand. Alles, was ich *war*. Absichtlich oder nicht, was sie geschaffen hatte, hatte das Potenzial, alles zu zerstören. Mich zu zerstören. All meine Freunde im Verlagswesen. Auch die Farm, Grandpa und Mom. Nicht auf einmal, aber mit einem kleineren Vorschuss hier, weniger verkauften Exemplaren dort. Bis wir aufgaben.

Dann, als ich diese Pressekonferenz mit Heidi an der Seite von Sams Doktorvater gesehen hatte, stieg heiße Wut in mir auf und loderte bis in meine Haarspitzen. Heidi hätte auf meiner Seite sein sollen, nicht auf der dieses Computer-Wissenschaftlers. Nicht auf Sams.

Ich war in Phoenix gewesen. Hatte mitten am Nachmittag an der Bar ein Bier getrunken und war nicht wegen der Wüstenhitze, sondern wegen Sam am Kochen gewesen. Und ich hatte beschlossen, dass ich keine verdammte Muse brauchte. Ich brauchte nicht darauf zu warten, dass meine Finger kribbelten. Ich brauchte

Disziplin. Das war es, was mein Vater gebraucht hatte, um aus einer Idee ein globales Unternehmen zu machen. Was Sam benutzt hatte, um diese KI, CASE, zu produzieren. Niemand beschwerte sich jemals über eine Programmierer-Blockade. Und war mein Job nicht genauso real, genauso gültig wie ihrer, egal was sie dachte?

Ich war nach oben in mein Zimmer gestapft, hatte ein Notizbuch aus dem Boden meiner Tasche gekramt, mich mit dem Rücken zum sonnigen Fenster an den Schreibtisch gesetzt und geschrieben. Ich machte mir nicht die Mühe, die Qualität zu hinterfragen; es waren Worte auf der Seite, etwas, womit man anfangen konnte. Irgendwann würde ich mutig genug sein, Gabi die Seiten zu geben und herauszufinden, ob das neue Ende von *Die Schlacht der Waldelfen* uninspirierter Müll oder der Anfang von etwas Gutem war.

Gabi zuckte mit den Schultern und schob ihre Schlüsselkarte in den Schlitz. »Wie du meinst. Ich bin unten im Restaurant, falls du es dir anders überlegst.«

»Danke, Gabi.« Ich brauchte sie wirklich. Und ich war froh, dass sie es wusste.

Als ich die Tür zu meinem Zimmer am Ende des Flurs öffnete – nachdem ich nur zwei Versuche gebraucht hatte, um den Schlüssel zum Funktionieren zu bringen –, blickte ich aus dem Fenster durch die Wolken und den Nieselregen auf das Leuchten der Space Needle. Das Licht an der Antenne blinkte langsam.

Wenn sie hier wäre, würde sie bei dem Anblick nach Luft schnappen? Würde sie neben mir auf dem Sofa sitzen, meine Hand halten und zusehen, wie dieses Licht blinkt?

Sam.

Sam.

Sam.

Jeder Blitz drehte die Schraube in mir ein Stück weiter und schnürte mir die Brust zu.

Ich schüttelte den Kopf. Lächerlich. Sam war unterwegs, mit dem Doktortitel in der Tasche, zu dieser Postdoc-Stelle mitten im

Nirgendwo, weit weg von den Konsequenzen dessen, was sie getan hatte. Weit weg von mir.

Ich ließ meinen Koffer an der Tür fallen und zog ein Notizbuch aus meiner Tasche. Ich rollte den Stuhl auf die andere Seite des Schreibtisches, sodass mein Rücken zum Fenster zeigte. Ich schlug das Notizbuch auf und begann zu schreiben.

40

SAM

»OOH, Sam. Die sind ja heiß.«

Marlee stand an meiner Kommode und hielt die schwarzen Spitzenslips in der Hand, die ich zuletzt in Nialls Heuboden getragen hatte. Als wir …

»Wirf sie weg.« Ich zeigte auf den Müllsack in der Mitte meines Schlafzimmers. »Und halt dich aus meiner Unterwäscheschublade raus.«

Sie ließ sie in den Umzugskarton fallen, den sie gerade packte, und schaufelte den restlichen Inhalt – hauptsächlich Baumwollschlüpfer, bei denen sich an den Beinausschnitten das Gummiband löste – in den Müllsack. »Bin ja schon raus. Wir sind fast fertig, oder? Tyler und Andrew müssten in etwa einer Stunde hier sein, um deine Sachen abzuholen.«

»Es fehlen nur noch das Bad und das hier.« Ich riss die Schublade meines Nachttischs auf. Als ich sah, was darin war, ließ ich mich auf die nackte Matratze fallen.

»Was ist los?« Marlee huschte an meine Seite. »Oh.«

Ich war bei den gebundenen Ausgaben nie über die ersten paar Kapitel hinausgekommen, aber ich hörte sie mir fast jeden

Abend an. Und manchmal – ich war nicht stolz darauf, okay? – schlug ich die Bücher auf den Titelseiten mit seiner Unterschrift auf. Er drückte mit seinem Stift fest auf, und bei dem Exemplar von *Treachery of the Wood Elves* bildete ich mir ein, die Rille fühlen zu können, wo die Feder das Papier zerfurcht hatte.

Marlee ließ sich neben mir auf die Matratze sinken. »Du liebst ihn immer noch.«

»Nein, ich …« Sie würde es mir ewig vorhalten. »Nein, tue ich nicht.«

»Sam.« Sie rieb einen Kreis auf meinem Rücken. »Du bist eine furchtbare Lügnerin.«

Bilbo Baggins trabte aus seinem Versteck unter meinem Schreibtisch hervor, hüpfte aufs Bett und kuschelte sich an meine Hüfte.

Ich rieb mir das Auge. »Es ist staubig hier drin.«

»Sam. Hast du dich bei ihm gemeldet? Ihn um Verzeihung gebeten?«

Ich schniefte und setzte eine leere Miene auf. »Natürlich habe ich das.«

»Und?«

»Und nichts. Er will nie wieder etwas von mir hören.«

Sie umarmte mich und legte ihr Kinn auf meine Schulter. »Als ich es bei Tyler vermasselt habe – erinnerst du dich? Als er nach Texas gegangen ist und einen neuen Job hatte? Ich habe angerufen. Ich habe ihm SMS geschickt. Ich habe ihm sogar ein Lied auf die Mailbox gesungen. Ich war total lächerlich. Aber am Ende hat es geklappt. Du solltest es noch mal versuchen.«

Ich dachte an den letzten Dezember zurück, als Tyler aus Texas zurückgekommen war. »Er hat dir auf der Weihnachtsfeier persönlich verziehen.«

»Ja. Ich schätze, mein Lied hat nicht so gut funktioniert. Vielleicht solltest du das lieber nicht versuchen. Was funktioniert hat, war, ihm in die Augen zu sehen und ihn um Verzeihung zu bitten.« Sie drückte meine Schultern. »Denk drüber nach. Ich packe jetzt das Bad zusammen, während du hier fertig machst, okay?«

»Okay.« Wie konnte ich Niall persönlich um Verzeihung bitten? Laut Jacksons Anwälten durfte ich den Bundesstaat nicht verlassen.

Ich kannte eine Person, die wissen würde, ob er nach Kalifornien kam. Und ich brauchte auch ihre Vergebung.

Ich zog mein Handy aus der Tasche meiner Cargohose und scrollte durch die verpassten Anrufe, bis ich Qianas Namen fand. Ich drückte auf Anrufen.

41

SAM

DAS EINZIG GUTE DARAN, bei seinem Bruder und seiner Schwägerin einzuziehen, ist der Zugang zu Verkleidungen. Die ich auch brauchte, wenn ich auf einen Campus spazieren wollte, auf dem ich Hausverbot hatte. Lebenslang.

Alicia hatte mir eine Jeans geliehen. Ich musste sie unten umschlagen – ihre unnatürlich langen Beine waren zum Verrücktwerden – und ich vermisste die praktischen Taschen meiner Cargohose. Aber wenige Dinge in den Taschen zu haben, ist eine gute Sache, wenn man verhaftet wird, oder?

Noah hatte mir eine graue Kapuzenjacke mit Reißverschluss geliehen, in der ich wie jeder andere Student auf dem Campus aussehen würde.

Jackson war nicht da. Genau genommen war er seit etwa einer Woche unterwegs und kümmerte sich um ein Desaster, das sein bester Freund Cooper angerichtet hatte. Was seltsam war, denn normalerweise war Jackson derjenige, der Mist baute, nicht Cooper. Meistens musste Cooper einspringen, um meinen Bruder zu retten. Wie auch immer, Alicia gab mir eine von Jacksons Baseballkappen mit dem Logo irgendeiner Sportmannschaft.

Ich zog meinen Pferdeschwanz durch die Lücke hinten. »Wie sehe ich aus?«

»Wie jemand, der auf meine Schule geht«, sagte Noah vom Rücksitz ihres riesigen SUVs.

»Als ob du gleich eine Bank ausrauben willst«, sagte Alicia. »Alles, was du noch brauchst, ist eine übergroße Sonnenbrille. Ich verstehe nicht, warum du dein Aussehen ändern musstest.«

Meine gesetzestreue Schwägerin war bereits wütend wegen des Ärgers, den ich ihrem Mann eingebrockt hatte, also hatte ich es versäumt, ihr zu sagen, dass ich mich gleich wieder auf den Campus schleichen würde. Ich starrte auf die Mittelkonsole und murmelte: »Ich dachte, ich bräuchte eine Veränderung.«

»Du musst dich nicht verändern. Entweder liebt er dich so, wie du bist, oder gar nicht. Und versuch nicht, was dein Bruder getan hat. Keine großen Gesten. Rede einfach mit ihm. Sag ihm, dass es dir leidtut. Sag ihm, dass du ihn liebst.«

Die liebesromansüchtige Marlee hatte mir an dem Tag, an dem sie mir beim Umzug geholfen hatte, eine Liste mit Ideen für große Gesten geschickt. »Marlee will, dass ich vor seinem Hotel auf ihn warte. Mit einer Mariachi-Band. Oder vielleicht einer Blaskapelle? Die Autokorrektur könnte es verstümmelt haben.«

Alicia zog meine Kappe hoch, damit sie mir nicht mehr in den Augen hing. »Wenn du deine Programmierkräfte für das Gute einsetzen wolltest, würdest du eine Autokorrektur entwickeln, die Dinge vorschlägt, die die Leute tatsächlich sagen wollen. Aber du heuerst nicht wirklich eine Band an, oder? Du triffst dich doch nur mit ihm auf einen Kaffee.« Sie deutete aus dem Fenster auf das Café. Hinter dem gegenüberliegenden Fenster, auf der anderen Straßenseite, befand sich der Haupteingang der Universität.

»Richtig.«

Ich hatte Qiana angerufen, um um Vergebung zu winseln. Sie war nicht so wütend gewesen, wie ich gedacht hatte. Obwohl sie mir das Versprechen abgenommen hatte, sie zu besuchen, sobald ich den Bundesstaat verlassen durfte. Sie hatte ihren Job noch und hatte mir von Nialls Lesung an der Universität erzählt.

Ich hatte vor, ihn dort zu finden. Als wir zusammen auf Tour waren, hatte er danach immer mit ein paar Lesern gesprochen. Und ich konnte die winzige Komplikation meines lebenslangen Campusverbots dem doch nicht im Wege stehen lassen, oder?

»Viel Glück«, sagte Alicia. »Ich weiß, dass er dir zuhören wird.«

Ich erhaschte Noahs finsteren Blick im Rückspiegel. »Ich weiß nicht, warum du überhaupt mit ihm reden musst. Er benimmt sich wie ein Arsch, weil er nicht auf deine Nachrichten antwortet.«

Ich drehte mich im Sitz zu ihm um. »Wenn man etwas Schlimmes getan und jemanden verletzt hat, muss man um Vergebung bitten. Und dann liegt es an ihnen, zu entscheiden, ob sie einem vergeben. Also muss ich fragen. So wie ich dich gebeten habe, mir zu vergeben, dass ich dir nichts von dem Buch erzählt habe.«

Noah fuhr mit dem Finger über eine ausgefranste Stelle an seiner Jeans.

»Du rufst an, wenn du eine Mitfahrgelegenheit nach Hause brauchst, oder?«, fragte Alicia.

»Ich nehme einen Bus zurück. Mach dir keine Sorgen.«

»Sam.« Alicia presste die Lippen zusammen. »Der einzige Ort, an dem Valentine schläft, ist das Auto. Ich verbringe mein Leben in diesem Panzer, auf dessen Kauf dein Bruder bestanden hat. Ich hole dich ab, okay?«

»Okay. Danke.« Ich streckte die Hand auf den Rücksitz für einen Faustgruß mit Noah und streichelte dann sanft Valentines kleine Finger, die sicher in ihrem Kindersitz steckten. Sie schmatzte im Schlaf mit ihren rosa Lippen.

Ich glitt aus dem viel zu hohen SUV auf den Bürgersteig und winkte ihnen zum Abschied. Nachdem sie um die Ecke gebogen waren, überquerte ich die Straße zur Universität. Ich zog meine Kappe tief über die Augen, zog die Kapuze darüber, und mit gesenktem Kopf stapfte ich zur Bibliothek.

Die Leute, die auf das Gebäude zustrebten, waren keine

zerzausten Studenten wie ich. Sie waren älter, möglicherweise Fakultätsmitglieder oder Spender der Universität. Die Männer trugen Anzüge oder Sakkos, und die Frauen trugen Kleider. Keine einzige Jeans wie meine in Sicht. Und keine Hoodies. Scheiße, ich hätte Qiana nach der Kleiderordnung fragen sollen.

Ein paar Beamte der Campuspolizei standen direkt hinter den Bibliothekstüren. Sie musterten mich kurz, als ich eintrat, und ich spürte ihre Blicke auf mir, als ich mich in den Strom von Menschen einreihte, der zum Auditorium strömte. Ich beschleunigte, um hinter einem älteren Paar zu gehen, und versuchte, wie das Kind auszusehen, das sie mitgeschleppt hatten, um etwas Kultur zu tanken.

Glücklicherweise stellte mich niemand zur Rede, als ich mich in einen Sitz in der Mitte des Auditoriums gleiten ließ.

Mein Herz setzte einen Schlag aus, als ich Nialls rotbraunes Haar vorne im Raum entdeckte. Er beugte sich vor und lauschte einer kleineren, dunkelhaarigen Frau. *Scheiße!* Er hatte Gabriela mitgebracht. Sie würde mich niemals auch nur in seine Nähe lassen. Wie zum Teufel sollte ich mit ihm reden?

Die Lichter wurden gedimmt, und die Türen schlossen sich hinter mir. Ich überlegte, abzuhauen und Marlees Mariachi-Band-Idee an seinem Hotel auszuprobieren. Aber direkt an der Tür stand einer der Beamten der Campuspolizei. Er hatte mich noch nicht entdeckt. Ich kauerte mich in meinen Sitz, schwitzte in Noahs Hoodie, gefangen wie eine der Ratten im Biologielabor nebenan.

Die Lichter vorne wurden heller und trafen Niall, ließen sein Haar in Bronze, Kupfer und Gold funkeln. Seine Sommersprossen sahen im grellen Licht blass aus, als wäre er schon eine Weile nicht mehr in der Sonne gewesen. War er überhaupt auf dem Hof gewesen, oder hatte er bei solchen Veranstaltungen drinnen festgesessen? Hatte er seinem Großvater und seiner Mutter erzählt, was ich getan hatte? Das kalte Loch in meinem Magen wurde tiefer. Ich hatte es gehasst, sie zu belügen, als ich dort war. Jetzt wussten sie, dass ich gelogen hatte. Sie waren so freundlich gewesen, so vertrauensvoll, so einladend. Und ich hatte die Person verletzt, die sie am meisten liebten.

Ich gebe es zu: Ich habe nicht viel von dem gehört, was Niall während seines Vortrags sagte. In der anonymen Dunkelheit beobachtete ich ihn wie eine Stalkerin und wünschte, ich hätte die Dinge zwischen uns nicht ruiniert. Ich wollte mir wünschen, ich hätte es zwischen uns rein professionell gehalten, dass ich ihn nie geküsst, nie mit ihm geschlafen hätte, nicht auf seinen Hof gefahren wäre und seinen geheimen Schreibplatz im Wald gesehen hätte.

Aber dann hätte ich nie seinen Geschmack gekannt, das Gefühl seiner schwieligen Finger auf meiner Haut. Die Helligkeit, die meine Dunkelheit erleuchtete wie eine Weihnachtsbeleuchtung. Wie ein Feuerwerk über der Bucht. Ich würde diese Erinnerungen hüten wie Gollum den Ring, sie fest an meine Brust drücken, solange ich lebte.

Aber wenn ich mich nicht für das entschuldigte, was ich getan hatte, und versuchte, es wiedergutzumachen, würde neben diesen funkelnden Erinnerungen immer ein matter Fleck des Bedauerns bleiben.

Er sprach nicht lange genug, als dass ich einen Plan hätte aushecken können, wie ich Gabriela becircen, mich bei ihm entschuldigen und dann am Wachmann vorbeikommen könnte, um zu entkommen. Das Licht ging an und die Frage-Antwort-Runde begann.

Die hintere Tür lockte in meinem peripheren Blickfeld. Aber jetzt hatte der Beamte einen Partner. Sie bewachten den Ausgang mit verschränkten Armen. Beobachteten sie mich? Ich rutschte tiefer in meinen Sitz und nahm die Baseballkappe ab. Sie stach im Meer der Anzüge heraus.

»Samantha Jones«, hallte es durch den Saal. Ich riss den Kopf hoch. Es war wieder diese Bloggerin, Kari Singh, und sie hatte ein Mikrofon.

»– eine Studentin an dieser Universität. Wie denken Sie über künstliche Intelligenz?«

Nialls Brust hob und senkte sich so, wie sie es immer tat, wenn ihm eine unliebsame Frage gestellt wurde. In der ersten Reihe drehte sich Gabi um und warf Kari einen mörderischen Blick zu.

Niall räusperte sich. »Künstliche Intelligenz hat viele Anwendungsmöglichkeiten, wie meine ehemalige Tour-Partnerin betonen würde. Handschrift- und Spracherkennung zum Beispiel. Meine Agentin, Gabriela Padrón, würde es lieben, wenn ich ein Handschrifterkennnungsprogramm einführen und sie nicht mehr als Transkriptionistin benutzen würde.« Er machte eine Pause für das Kichern des Publikums.

»KI hat das Potenzial, der Menschheit in erheblichem Maße zu nützen. Als Kreativer muss ich jedoch zugeben, dass ich KIs wie CASE gegenüber misstrauisch bin. Obwohl ich, wie viele von Ihnen, das Lesen von *Magier in der Maschine* genossen und seine einzigartige Sprache, seine faszinierenden und unerwarteten Wendungen geschätzt habe, denke ich, dass KIs, die menschliche Kreativität nachbilden, das Potenzial haben, sie zu reduzieren oder zu eliminieren. Das ist nur meine Meinung, und ich würde eine Diskussion zu diesem Thema zwischen Kreativen wie mir und Programmierern wie Ms. – Dr. Jones und Dr. Martell begrüßen.« Er lächelte, aber seine Augen waren traurig.

Ich merkte nicht, dass ich aufgestanden war, bis die Frau im Gang mich mit dem Mikrofon anstupste.

Mein Herz hämmerte, und ich konnte nicht tief Luft holen, als sich alle Augen im Raum auf mich richteten. Niall lächelte nicht, zeigte kein anderes Zeichen der Erkennung.

»V-Ver-Vergebung.« Scheiße, worauf wollte ich hinaus? Ich sog tief Luft ein und befahl meinem Mund und meinem Gehirn, den Kampf um die Kontrolle einzustellen. »Wie stehen Sie zu Vergebung?«

Er runzelte die Stirn, und jede Hoffnung, die aus der Kluft in meiner Brust aufgestiegen war, welkte und starb. »Meinen Sie als Thema in meinen Werken?«

»Äh. Sicher.« Die Frau streckte ihre Hand nach dem Mikrofon aus. Ich umklammerte es fester.

Unten an der Vorderseite des Raumes drehte sich Niall um und ging ein paar Schritte nach links, als ob er das Publikum in seine Antwort einbeziehen wolle. »Wie die meisten von Ihnen wissen, ist Erlösung – was meiner Meinung nach mit Vergebung zusammenhängt, eine Art, sich selbst durch Sühne für seine Missetaten zu vergeben – in den ersten beiden Büchern der Reihe präsent. In *Geheimnisse der Waldelfen* entdeckt Nieven, dass er der Sohn eines fernen Königs ist. Er macht sich auf die Reise, um sich mit seinem Vater wieder zu vereinen. Spoiler-Alarm« – Niall grinste, wild und gefährlich – »er entdeckt am Ende des ersten Romans, dass das Land seines Vaters sich stark von dem unterscheidet, in dem Nieven aufgewachsen ist. Voller Gefahr. Korruption. Verrat. Daher der Titel des zweiten Buches. Aber Nieven, als guter kleiner Waldelf, denkt, er kann ihn bekehren. Noch ein Spoiler – Entschuldigung – er kann es nicht. Und jetzt ist die Geschichte für einen Kampf zwischen ihnen vorbereitet. Sie müssen auf den dritten Band warten, um das Ergebnis zu sehen. Um zu sehen, ob Nievans Vater erlöst werden kann. Um zu sehen, ob Nieven sich selbst für die Gefahr erlösen kann, in die er seine Freunde gebracht hat, indem er sie in das böse Königreich geführt hat.« Niall breitete seine Hände in falscher Entschuldigung aus, und mehrere Leute im Publikum stöhnten.

»Aber –« Meine Stimme hallte durch den Saal und überraschte sogar mich selbst. »Kann Nieven Lobelia vergeben?«

Murmeln erhob sich von den Leuten um mich herum. In *Treachery of the Wood Elves* war Lobelia eine Helferin, eine Freundin von Nieven. Sie hatte nichts getan, was Vergebung erforderte.

»Ah.« Nialls Augen glitzerten durch den Saal. »Ich sehe, Sie sind mir zuvorgekommen. Hier ist ein weiterer Spoiler, ein kleiner. Im dritten Buch, *Battle of the Wood Elves*, erfährt Nieven Lobelias dunkles Geheimnis. Sie müssen bis zum nächsten Sommer warten, um herauszufinden, was dieses Geheimnis ist und ob Nieven ihr vergeben kann.«

Die Frau im Gang riss mir das Mikrofon aus der Hand und

eilte ein paar Reihen weiter, um es der nächsten Person zu geben. Ich sank in meinen Sitz und kümmerte mich nicht um die nächste Frage oder die Campuspolizei, die mich inzwischen sicher erkannt hatte.

Er hatte Lobelia ein dunkles Geheimnis gegeben. Natürlich bedeutete das, dass Niall mir nicht vergeben konnte. Genauso wie er seinen Vater als Bösewicht in die Geschichte geschrieben hatte, hatte er auch mich hineingeschrieben. Als eine Verräterin.

Nässe auf meiner Wange. Nein. Ich würde nicht weinen. Nicht hier. Vielleicht später in meinem Zimmer bei Jackson und Alicia. Ich wischte den Tropfen mit dem Ärmel von Noahs Hoodie weg und zog die Kapuze über mein Haar. Zwischen den Köpfen der Leute vor mir starrte ich Niall an, und mein Herz zerfiel zu Staub.

Ich schuldete ihm eine Entschuldigung. Vielleicht könnte ich einen Weg finden, es wiedergutzumachen, und mich endlich selbst erlösen. Wenn ich hier rauskam, schwor ich bei welchen Mächten auch immer, die die Bibliothek regierten, ich würde zu seinem Hotel gehen. Vergiss die Band, ob Marschkapelle oder sonst was. Ich würde mich entschuldigen. Und dann würde ich mein gesamtes erstes Gehalt an die Stiftung spenden. Anonym. Nein, in Nialls Namen. Es war bei Weitem nicht genug, aber es war ein Anfang.

Aber zuerst musste ich hier raus. Aus der Gewahrsamszelle der Campuspolizei konnte ich mich nicht entschuldigen.

Während die Fragen weitergingen, plante ich meine Flucht. Eine Tür etwa auf halber Höhe war nicht bewacht. Es könnte ein Schrank gewesen sein. Oder ein Durchgang zum nächsten Raum, eine Fluchtmöglichkeit. Ich würde bis zum Ende warten, und wenn alle aufstanden, würde ich mich zu dieser Seitentür begeben. Ich würde hindurchschlüpfen. Wenn es ein Schrank war, würde ich dort warten, bis alle gegangen waren. Wenn sie woanders hinführte, würde ich ihr folgen wie Bilbo Beutlin in den Bergtunneln. Tatsächlich, wenn ich mich vor die Leute zu meiner Rechten schieben und dorthin schleichen könnte –

Die Leute um mich herum standen auf. Das war meine

Chance. Ich schlurfte zum Ende der Reihe, und dann drehte ich mich gegen den Strom, um nach vorne zur Seitentür zu gelangen. Sie war nur noch sechs Meter entfernt, aber die Leser, die sich zum hinteren Ausgang bewegten, bremsten meinen Fortschritt. »Entschuldigung«, murmelte ich. »Sorry.« Langsam schob ich mich zur Tür vor.

Endlich stand ich davor. Ich packte den Stahlknauf. Ich drehte ihn nach links. Nichts. Rechts. Nichts. Ich drückte. Sie rührte sich nicht. Ich drehte und zog sie zu mir. Nein. Sie war verschlossen. Ich drehte den Griff und rüttelte daran. Bitte, bitte, bitte, *bitte*. Nichts. Ich blickte zur Haupttür hoch. Der erste Polizist war immer noch da und nickte allen zu, als sie hinausgingen. Wo war der andere?

Ich entdeckte ihn, wie er den Hauptgang hinunterkam. Er traf meinen Blick. *Scheiße!* Er war einer der Campuspolizisten, die Jackson und mich aus dem Informatikgebäude geholt hatten. Er hatte uns über eine Stunde in ihrer Gewahrsamszelle festgehalten, die nach Wodka und Bleichmittel roch. Sein grimmiger Blick verriet mir, dass er mich auch erkannte.

Er kam schneller voran als ich. Die Leute machten ihm Platz, wie sie es für mich nicht taten. Er war ein paar Reihen weiter oben, und dann konnte er durch die leere Sitzreihe schneiden, um mich zu schnappen.

Ich blickte nach vorne. Dort unten gab es noch eine andere Tür. Und die hatte ein rotes Ausgangsschild. Sie würde nicht verschlossen sein. Ich müsste an Niall und Gabi vorbeikommen, um durchzukommen. Vielleicht würde einer der Leute, die anstanden, sie mit einer Frage ablenken.

Mit dem Rücken an die Wand gepresst, schob ich mich nach vorne. Über die Sitzreihen hinweg tat der Beamte dasselbe, seine Augen verengten sich jedes Mal auf mich, wenn ich es wagte, ihn anzusehen. Egal, was sie gesagt hatte, Alicia würde nicht erfreut sein, mich von der Wache der Campuspolizei abzuholen.

Ich wurde schneller und drängte gegen die Leute, die mir den Fluchtweg versperrten. »Sorry. Sorry. Alles gut bei Ihnen? Sorry.«

Aber sie kamen immer weiter, und das rote Ausgangsschild schien nicht näher zu kommen.

Endlich lichteten sich die Körper vor mir, und ich hatte freie Sicht auf die Tür. Das rote EXIT darüber war das Schönste, was ich je gesehen hatte. Das heißt, bis ein Paar grüne Augen, durchzogen von Gold, meine trafen.

»Sam?«

»Niall.« Mein ganzer Vorwärtsdrang löste sich in Luft auf.

»Ms. Jones.« Eine stählerne Hand umklammerte meinen Bizeps.

Der Polizist. Er würde mich wieder in diese Gewahrsamszelle schleppen. Ich müsste Jacksons unverschämt teuer aussehenden Anwalt anrufen. Oder – ich schauderte – Mutter. Und bis wir das alles geklärt hätten, hätte ich eine dieser Fußfesseln und Niall wäre weg.

Nein. Nicht, bevor ich getan hatte, wofür ich gekommen war. Ich war fertig mit dem Davonlaufen. Es war Zeit, mich meinen Problemen zu stellen.

Ich zerrte an dem eisernen Griff des Beamten. »Niall, es tut mir leid.«

42

NIALL

»NIALL, es tut mir leid.«

Ihre großen Augen flehten, während der Wachmann sie in einem unerbittlichen Griff hielt. Ich wusste genau, wie leicht auf ihrer hellen Haut blaue Flecken entstanden, da ich selbst ein paar Spuren auf ihren Oberschenkeln hinterlassen hatte, als sie mich angefleht hatte: »Fester.« Ich schüttelte die Erinnerung ab. Dieser Griff würde einen blauen Fleck auf ihrem Arm hinterlassen.

»Hey«, sagte ich. »Seien Sie etwas vorsichtiger. Was ist hier los?«

»Entschuldigung, Mr. Flynn.« Der Polizist rührte sich kaum, als Sam versuchte, ihren Arm wegzuzerren. »Wir werden sie hinausbegleiten.«

»Warum?« Sam gehörte hier mehr hin als ich. Obwohl sie ihren Studentenausweis nicht vorzeigte. »Gibt es ein Problem mit ihrem Ausweis?«

»Sie darf überhaupt nicht hier sein.«

Ich hatte sie praktisch herausgefordert, mich zu besuchen, indem ich an ihrer Universität aufgetaucht war. Warum sollte sie nicht hier sein dürfen?

»Sam, wovon redet er?«

Sie knurrte und zerrte erneut vergeblich an ihrem Arm. »Ich habe sozusagen Campusverbot. Aber das ist nicht das Wichtige. Wichtig ist, dass es mir leidtut. Es tut mir leid, dass ich nicht ehrlich war, als wir die Tour begonnen haben. Und dann hätte ich es dir sagen sollen, als wir uns … näherkamen.« Sie warf Gabi einen Blick zu, die mit verschränkten Armen dastand, die Hüfte zur Seite geschoben und die Augenbrauen bis zum Haaransatz hochgezogen hatte.

»Es tut mir leid, dass das, was ich mit CASE gemacht habe, dich verletzt hat. Dass ich den Eindruck erweckt habe, ich würde deine Arbeit nicht wertschätzen. Deine Karriere. Denn das tue ich. Deine Bücher sind unglaublich und ich will nicht, dass du aufhörst zu schreiben. Niemals.«

Sie sagte all die richtigen Dinge und mein Ego schnurrte wie eine Katze. Aber – »Moment mal. Warum hast du Campusverbot?«

Der Polizist fiel ihr ins Wort. »Unbefugter Zutritt zu Privatbesitz. Diebstahl und Zerstörung von Universitätseigentum.« Er zerrte an ihrem Arm und sie zuckte zusammen.

»Aber hallo.« Gabi trat vor, die Hände in die Hüften gestemmt. »Sie müssen nicht so viel Gewalt anwenden.«

»Sie hat geistiges Eigentum im Wert von über zwei Millionen Dollar zerstört.«

Gabis Augen weiteten sich, dann verengten sie sich. »Sie hat auch eine reiche Familie mit einer Heerschar schicker Anwälte. Ich habe eine Handykamera und werde gleich anfangen, ein Video zu machen.« Sie zog ihr Handy heraus.

Ausnahmsweise war ich dankbar für die Technik. Der Griff des Polizisten lockerte sich. »Ich verlasse den Campus jetzt«, sagte ich mit erhobenen Händen in einer *Immer-mit-der-Ruhe*-Geste. »Ich werde Dr. Jones vom Campus begleiten. Kein Grund, vor all diesen Spendern noch eine Szene zu machen.«

Als hätte er das Starren der Leute um uns herum nicht bemerkt, sah sich der Polizist um und ließ Sams Arm los. »Wir werden nur sicherstellen, dass sie das Universitätsgelände verlässt.«

»Schön.« Ich schulterte meine Tasche. »Alles okay bei dir?«

Sie rieb sich den Arm. »Mir geht es gut. Aber du kannst mich nicht Dr. Jones nennen.«

War ich bereit, die Distanz zu überbrücken und sie Sam zu nennen? Ich müsste all die Male vergessen, die ich ihren Namen gestöhnt hatte, während wir uns liebten.

Gabi führte uns durch den Ausgang, einen Flur entlang und durch eine Hintertür, die nach draußen führte. Es war Mai und eine kalte Brise schlug mir ins Gesicht und erinnerte mich daran, dass ich nicht in ihren Bann geraten durfte. Ich durfte nicht meine Arme um sie schlingen und mich in ihrem Kräuterduft verlieren, in der Geborgenheit ihres Körpers. Nicht, bevor wir geredet hatten.

Während wir auf den Parkplatz zugingen, beugte ich mich zu Sam. »Diebstahl und Zerstörung von Universitätseigentum? Wovon redet der Polizist?«

»Ich – Dr. Martell hat ein Investitionsangebot bekommen. Von … von deinem Vater. Er wollte, dass wir mehr Funktionen hinzufügen, mehr Genres. Personalisierte Geschichten auf die Handys der Leute liefern. Und sie hätten mehr CASEs gebaut. Um sie an Verlage zu verkaufen. Sie hätten den Markt mit Billigprodukten überschwemmt und ich hatte Angst, was mit dir und deinen Büchern passieren würde. Ich – ich konnte sie nicht lassen.«

Ich blieb stehen. Eine Gänsehaut überzog meine Haut und das lag nicht an der Abendbrise. »Sam, was hast du getan?«

Sie starrte in die Ferne. Oder vielleicht blickte sie zum Informatikgebäude. »Ich habe das Programm gelöscht. Und die Backups geschreddert. Jackson und ich haben das gemacht. Dr. Martell war nicht erfreut.«

Du kannst mich nicht Dr. Jones nennen. Nein. »Du meinst doch nicht, dass er dir deinen Doktortitel aberkannt hat?«

»Er hatte meine Dissertation nie abgezeichnet. Und jetzt wird er es auch nie tun. Ich bin aus dem Programm geflogen.«

»Aber was wirst du jetzt tun?« Es war das Einzige, was sie gewollt hatte. Mein Herz zerbrach wegen ihrer zerplatzten Träume.

Sie lächelte mich schief an. »Ich habe immer noch meine Programmierkenntnisse. Verbindungen. Ich fange am Montag an, in Jacksons Firma zu arbeiten. Wir hatten eine Idee für … ein Softwareprogramm.« Sie stockte und hielt inne.

Ich warf einen Blick zurück zu den Polizisten, die sich weiter näherten. Ich legte einen Arm um ihre Schultern und schob sie in Richtung des Mietwagens.

»Es ist eine Software mit Buchbezug.« Sie sprach schnell, aufgeregt. »Wir würden gerne mit einigen Autoren zusammenarbeiten und Rollenspiele entwickeln, die auf ihren Büchern basieren. Wir verwenden künstliche Intelligenz, um die Charakterinteraktionen im Spiel realistischer zu gestalten. Es ist nicht dasselbe wie CASE. Wir werden bei null anfangen. Das heißt, falls irgendwelche Autoren daran interessiert sind, mit uns zu arbeiten. Mit mir.«

Gabi war ein paar Schritte vor uns gegangen, aber sie blieb stehen und drehte sich um. »Ich kenne einige Schriftsteller, die interessiert wären. Wenn das Geld stimmt.« Sie schob ihre Hüfte zur Seite und verschränkte die Arme in einer Machtpose.

»Äh, du müsstest mit Jackson über das Geld reden. Ich bin nur die Programmiererin. Aber ich bin sicher, es wäre fair.«

Gabi zog eine Augenbraue hoch, so wie sie es tat, wenn sie dachte, sie könnte den Kuchen vergrößern oder was auch immer für Verhandlungs-Schwachsinn. »Vielleicht braucht ihr eine Beraterin, die euch bei der Entwicklung des Gewinnbeteiligungsmodells hilft.«

Ein Mundwinkel von Sam zuckte zu einem Beinahe-Lächeln. Sie entsperrte ihr Handy und reichte es Gabi. »Gib deine Daten dort ein und wir rufen dich nächste Woche an.«

Gabi grinste. »Ich glaube, das ist der Beginn einer wunderbaren Freundschaft.« Sie gab ihre Daten ein und reichte das Handy zurück. »Wenn es für dich in Ordnung ist, Niall«, sagte sie,

»rufe ich mir ein Auto. Mache ein bisschen Sightseeing. Du bringst Sam doch nach Hause, oder?« Sie warf mir die Schlüssel für den Mietwagen zu.

»Ist das in Ordnung für dich, Sam?« Ich hatte immer noch meinen Arm um sie gelegt, aber ich taumelte fast zurück, als sie mich mit der vollen Wucht dieser violetten Augen traf.

»Ja.«

»Seid brav, Kinder. Einen schönen Abend, meine Herren.« Gabi ging zur Ecke direkt vor dem Parkplatz, die Augen auf ihr Handy gerichtet und die Finger flogen über den Bildschirm.

Ich entriegelte das Auto und öffnete Sam die Beifahrertür. Die Polizisten beobachteten aus zwanzig Fuß Entfernung, wie ich um die Motorhaube ging und auf dem Fahrersitz Platz nahm. Ich schob ihn ganz nach hinten und schnallte mich an.

Ich startete den Wagen. »Du wohnst hier in der Nähe, oder?«

»Nicht mehr. Ich bin bei Jackson eingezogen. Bis ich genug für eine eigene Wohnung gespart habe.« Sie sah aus dem Fenster und wischte sich mit dem Ärmel über die Nase.

»Geht es Bilbo gut?« Mein Herz erstarrte. Wenn sie ihn in ein Tierheim gegeben hatte, würden wir sofort dorthin fahren. Ich würde notfalls die Diva sein, die auf einer Buchtour einen Schoßhund mit sich herumschleppte.

»Es geht ihm gut. Jackson und Alicia haben eine Katze, die nicht viel größer ist als er und die beiden verstehen sich gut. Ich habe ihn heute Abend nicht mitgebracht. Ich wollte nicht, dass er – falls ich wieder festgenommen werde.«

»Sam.« Ich griff nach ihrer Hand und hielt sie fest. Sie hatte eine Gefängnisstrafe riskiert, um mich zu sehen und sich zu entschuldigen. Das musste etwas bedeuten. Wiedergutmachung.

Es klopfte an meinem Fenster. Wieder der Polizist. Er neigte den Kopf in Richtung der Parkplatzausfahrt. Ich nickte. Sobald er zurücktrat, legte ich unbeholfen mit der linken Hand den Rückwärtsgang ein. Ich wollte Sam auf keinen Fall loslassen. Nicht nach dem, was sie für mich geopfert hatte.

Vorsichtig steuerte ich den Wagen zur Ausfahrt und bog rechts ab, ohne darauf zu achten, ob es die richtige Richtung war.

Ein paar Blocks entfernt bog ich auf den Parkplatz eines Einkaufszentrums ein. »Wir sind jetzt doch vom Campus runter, oder?«

»Ja. Hier patrouilliert die echte Polizei.«

»Du hast doch keinen Ärger mit der echten Polizei, oder?«

»Technisch gesehen habe ich gerade gegen eine einstweilige Verfügung verstoßen. Also vielleicht?«

Ich lehnte mich in meinem Sitz zurück und blickte zur Decke. »Warum hast du es zerstört, Sam?«

»Warum?« Sie runzelte die Stirn. »Aus vielen Gründen. Für Qiana und die anderen Leute bei Happy Troll. Für Tamarah Starr und Kate Salazar und jede andere Schriftstellerin in diesem Raum bei der Preisverleihung. Für die Leser. Für die menschliche Kreativität und Kunst. Aber hauptsächlich für dich, Niall. Ich will das Ende der Geschichte lesen.«

»Ich will es auch lesen.« Ich meinte nicht nur die Geschichte der Waldelfen. Ich hob ihre Hand an meine Lippen und küsste ihre Fingerknöchel.

»Kannst du mir verzeihen? Du kannst darüber nachdenken. Du musst es mir nicht heute sagen.«

Wärme wie geschmolzenes Gold durchströmte meine Adern. »Das habe ich bereits. Danke, dass du es wieder gutgemacht hast. Nicht viele von den Leuten, für die du es getan hast, werden verstehen, was du alles aufgegeben hast. Aber ich schon.«

Ihre Lippen zitterten. »Danke«, flüsterte sie.

»Ich würde gerne von vorne anfangen, wenn wir können. Keine Lügen. Nur noch Wahrheit von jetzt an.«

»Von vorne anfangen?« Sie rümpfte die Nase. »So wie ganz von Anfang an? So nach dem Motto, hi, ich bin Samantha Jones, aber du kannst mich Sam nennen und ich bin eine Programmiererin, die bei ihrem Bruder lebt und arbeitet?«

Ich rieb mir mit der Hand den Nacken. »Vielleicht nicht ganz so weit zurück.«

»Oh?« Wir hielten immer noch Händchen und sie strich mit ihrem Daumen über meine Fingerknöchel. »Wie wäre es mit dem Zeitpunkt, als ich sagte, dass ich dich mag? Da waren wir Freunde, glaube ich. Und ich habe dich geküsst.«

Ich beugte mich über die Mittelkonsole und sie erwiderte meinen Kuss sanft, zögerlich. Aber gerade als ich meinen Kopf neigte, um den Kuss zu vertiefen, zog sie sich zurück.

»Wenn wir von jetzt an nur noch ehrlich sind, muss ich dir sagen, all diese Sache mit dem Neuanfang?« Sie wedelte mit ihrer rechten Hand zwischen uns. »Es ist irgendwie albern, weil ich dich bereits liebe. Und selbst wenn wir einen Schritt zurückgehen und uns erst als Freunde kennenlernen, werde ich dich trotzdem schon lieben.«

Der kalte Fleck in meiner Brust erwärmte sich. »Ich liebe dich auch. Ich wollte es nicht, nicht als ich so wütend war. Aber ich tue es.« Vielleicht wollte ich gar nicht zurückgehen. Vielleicht wollte ich nur vorwärtsgehen, wie Nieven es immer tat. »Ich habe dich vermisst. Die Tour war nicht dasselbe. Würdest du in Betracht ziehen, mich für den nächsten Teil zu begleiten?«

»Ah.« Sie verzog das Gesicht. »Ich fange nicht nur einen neuen Job an, den ich brauche, um zu essen und so, sondern ich darf auch den Staat nicht verlassen.«

Ein Kichern stieg aus meinem Bauch auf. »Verstehe.«

Sie malte Kreise auf meinen Handrücken. »Nur bis Jacksons Anwälte ihre Magie wirken lassen. Sie haben ihn schon aus Schlimmerem rausgeholt.«

»Schlimmerem?« Was zum Teufel hatte er getan?

»Es könnte eine große Spende an die Universität im Spiel sein. Es hilft, wenn dein Bruder sagenhaft reich ist.«

»Ich will jetzt nicht über ihn reden. Ich will über uns reden.«

»Entschuldigung, ich – du weißt schon.«

»Ich weiß. Das ist eines der Dinge, die ich an dir liebe, Sam.«

Ich war froh, dass wir geparkt hatten, denn ich hätte uns in einen Graben gefahren, wenn sie mich während der Fahrt mit ihrem aufgerissenen Blick getroffen hätte.

»Ich kann nicht glauben, dass du immer noch –« Sie biss sich auf ihre zitternde Lippe.

»Sam. Sam.« Ich nahm ihr Gesicht in meine Hand. »Ich liebe jeden Teil von dir. Denn das ist es, was dich zu … dir macht. Ich liebe dein großes Gehirn, besonders wenn es mit dir durchgeht und du mehr sagst, als du solltest.«

»Und ich liebe dein großes Herz.« Sie legte ihre Hand auf die Mitte meiner Brust und ich umfasste sie. »Besonders, wenn es dich dazu bringt, dich um alle kümmern zu wollen, die du liebst.«

»Ich will mich um dich kümmern, Sam. Ich wünschte …« Ich hielt inne. Sam konnte auf sich selbst aufpassen.

»Ich weiß, dass du das tun musst«, sagte ich. »Dein Gehirn und deine Fähigkeiten nutzen, um dir ein neues Leben aufzubauen.«

»Ein Leben für uns«, sagte sie. »Es sind jetzt wir beide.«

Wärme füllte meine Brust. Vor zwei Stunden hätte ich mir nie vorstellen können, so glücklich zu sein. »Wir sollten uns einen bequemeren Ort als diesen Mietwagen suchen, um zu besprechen, wie das funktionieren soll.«

Ihr Lächeln wurde verschmitzt. »Ich glaube, wir wissen genau, wie das funktioniert. Wir sind auf der Tour ziemlich gut darin geworden.« Sie ließ ihre Hand nach unten gleiten und fuhr den Bund meiner Khakihose nach.

Meine Bauchmuskeln zogen sich zusammen und mein Schwanz wurde hart. »Vielleicht sollten wir, äh, die sexuelle Spannung abbauen, bevor wir reden.«

»Ich denke, das ist eine brillante Idee.« Sie beugte sich vor und küsste mich seitlich am Hals. »Unsere Köpfe werden klarer sein.«

Ich hoffte es. In diesem Moment war mein Gehirn zu benebelt, um mich an den Weg zum Hotel zu erinnern. Ich musste mich auf Sams Karten-App verlassen, um uns dorthin zu führen.

Technik war nicht immer etwas Schlechtes.

———

STUNDEN SPÄTER SCHRECKTE ich in meinem Hotelzimmer hoch, als Sam murmelte: »Niall?« Ihr Haar kitzelte mein Kinn, als sie ihren Kopf von meiner Brust hob, die sie als Kissen benutzt hatte.

»Ja?« Die Lampe brannte noch und das Licht schimmerte in ihrem dunklen Haar, als ich es ihr aus dem Gesicht strich. Sie wollte doch nicht gehen, oder? Nicht jetzt, wo wir endlich ehrlich zueinander gewesen waren.

»Glaubst du, wir könnten zur Farm zurückkehren?« Sie rümpfte die Nase. »Oder hassen mich deine Mutter und dein Großvater jetzt?«

Mein rasender Herzschlag verlangsamte sich. »Sie hassen dich nicht. Sie werden sich riesig für uns freuen. Sie wissen, dass ich ohne dich unglücklich war. Hat dir die Farm wirklich gefallen?«

»Natürlich hat sie das. Sie ist ein Teil von dir. Als wir dort waren, war es, als wärst du an deinen Platz gefallen.«

»Sam.« Ich zog sie an mich und schmiegte ihren Kopf unter mein Kinn. »Du bist diejenige, die in meinem Leben an ihren Platz gefallen ist. Als du weg warst, fehlte ein Teil von mir. Ich weiß, es wird nicht einfach sein, herauszufinden, wie wir zusammen sein können, aber wir werden es schaffen.«

Sie umarmte mich fest. »Nichts an uns ist einfach. Außer das hier: Ich liebe dich und nichts, nicht einmal ein lebenslanges Campusverbot, wird uns auseinanderhalten.«

»Nicht einmal der miese Handyempfang auf der Farm?«

»Nö. Ein bisschen Ruhe und Frieden klingt perfekt. Solange du bei mir bist.«

»Immer.« Ich strich ihr über das Haar. »Immer.«

EPILOG

SAM
Zwei Wochen später

ALS SICH DIE Aufzugtüren im sechsten Stock des Synergy-Gebäudes öffneten, war die Stimmung anders. Falsch. Sie knisterte vor Wut, wie die Leuchtstoffröhren in der Arrestzelle der Campus-Polizeiwache. Ich schauderte bei der Erinnerung.

Jacksons Tür stand offen, und Marlee und Tyler flüsterten an ihrem Schreibtisch davor.

»Hey, Leute, was ist los?«

Marlee zuckte zusammen, ihre Augen waren weit aufgerissen. »Sam! Was machst du hier oben?«

»Ich habe ein Treffen mit Jackson. Ist er bereit?«

»Oh, äh …«, sie wechselte einen Blick mit Tyler und ließ dann ihren Blick den Flur hinunter zu Coopers Büro schweifen, »ja, ich glaube, das wirst du verschieben müssen.«

»Warum? Hat mein Bruder es wieder verpennt?« Letzte Woche hatte er ein Treffen mit mir vergessen und war nicht vom Mittagessen mit Alicia zurückgekommen. Als ich ihn später, nach dem Abendessen, damit aufgezogen hatte, hatte er darüber gegrummelt, dass er in seinem eigenen Zuhause keine Privatsphäre mehr habe. Verständlich, da ich immer noch bei ihm wohnte. Aber ich hatte darauf geachtet, am Samstag den ganzen Tag mit Noah im Planetarium zu sein und abends dann in einem Sci-Fi-Film.

Tyler verschränkte die Arme. »Jackson verpennt nichts. Er hat nur andere Prioritäten.«

Marlee legte Tyler eine besänftigende Hand auf den Arm. »Es ist nicht die Schuld deines Bruders. Diesmal ist es Cooper.« Ihre Stimme wurde leise, und sie verzog die Lippen.

»Cooper? Ich habe ihn nie … warte. Er ist zurück?« Cooper, der Jackson normalerweise half, den Mist, den er verbockt hatte, wieder geradezubiegen, war von der Bildfläche verschwunden, seit ich vor zwei Wochen bei Synergy angefangen hatte.

»Ja, und er hat diesmal wirklich für ein Drama gesorgt. Warte nur, bis du hörst, was er und Ben …«

Mein Handy summte in meiner Hand und ich hob einen Finger. Ich musste sichergehen, dass es nicht der unglückselige Praktikant war, den Jackson eingestellt hatte, um mir zu helfen. Er brauchte mehr Pflege und Aufmerksamkeit als Bilbo Beutlin.

»Hallo?«

»Ms. Jones, hier ist José vom Sicherheitsdienst. Sie haben einen Besucher. Einen Mr. Flynn.«

»Niall ist hier? Aber er ist doch in …« Wo sollte Niall sein? St. Louis? Kansas City? Irgendwo in der Mitte des Landes.

»Er möchte Sie sehen. Soll ich ihn hochschicken?«

»Zur Hölle, ja! Ich meine, ja, bitte. Ich bin im sechsten Stock.« Mein Finger zitterte über dem roten Knopf. Niall war in San Francisco? Ich war nicht darauf vorbereitet. Ich fuhr mir mit den Fingern durch die Haare, aber sie verfingen sich in meinem lockeren Dutt. Mist! Ich löste ihn und fuhr mir mit den Fingern durch die Haare.

Ein Lächeln umspielte Marlees Lippen. »Sieh dich an. Miss ›Ich-will-keinen-Mann‹ ist nervös, weil ihr Freund auftaucht, um sie von den Socken zu hauen.« Sie lehnte sich an Tyler, und er legte seinen Arm um sie.

»Sei nicht so selbstgefällig. Sehe ich gut aus?« Ich strich mein Flash-Gordon-T-Shirt glatt.

»Du siehst großartig aus«, sagte Tyler. Ein Grübchen erschien auf seiner Wange. Auf Tyler konnte ich mich immer verlassen, dass er das Richtige sagte.

»Wunderschön.« Marlee strich mir die Haare vor die Schulter. »Obwohl ich dich eines Tages davon überzeugen werde, diese Cargohosen zu überdenken.«

»Ihr müsstet mir meine Cargohose schon von der kalten, toten …« Hinter mir machte der Aufzug ›Pling‹, und ich wirbelte herum und sah meinen rothaarigen Wikinger aus den Metalltüren treten. »Niall!«

Mit vier langen Schritten hatte er mich in seine Arme geschlossen. Ich atmete seinen harzigen Duft ein. *Zuhause.* Ich mochte meine eigenen Träume zerstört haben und als mittelmäßige Programmiererin im High-Tech-Gebäude meines Bruders mit unterdimensionierten Servern gelandet sein, aber jetzt, wo Niall da war, war ich genau da, wo ich hingehörte.

»Sam«, flüsterte er in mein Ohr. Seine Lippen kitzelten an meinem Hals, und ich erschauderte.

»Du solltest doch in …«

Er küsste mich, und das feste Gleiten seiner Lippen ließ mich vergessen, was ich sagen wollte. »Ich konnte nicht warten«, murmelte er.

»Hey, Niall«, sagte Marlee. »Schön, dich persönlich kennenzulernen.«

Widerstrebend ließ ich ihn los. Gesellschaftliche Gepflogenheiten waren zum Kotzen. »Niall, das ist meine Freundin, Marlee. Ihr habt euch bei einem Videoanruf getroffen, als wir – als wir unterwegs waren.« Ich mochte es nicht, mich an all die Lügen zu erinnern, die ich erzählt hatte, während wir zusammen auf Tour waren. »Und ihr Verlobter, Tyler, der auch mein Freund ist.«

Niall schüttelte beiden die Hand. »Ich habe schon viel von euch beiden gehört.«

»Er will etwas über mein Leben und so wissen.« Ich

rümpfte die Nase. Bei unseren nächtlichen Telefonaten wollte ich eigentlich nur zum Telefonsex kommen, aber Niall wollte tatsächlich reden. Was fair war, schätze ich, da ich ihm nicht viel über mein Leben erzählt hatte, als wir zusammen auf Tour waren.

»Das ist so süß!« Marlees Stimme nahm diese hohe Tonlage an, die sie bekam, wenn sie über Romantik sprach.

Ich verdrehte die Augen. »Es ist nichts Süßes an dem, was ich nach zwei Wochen Trennung mit meinem Freund anstellen will.« Ich ließ meine Hand von seinem Rücken abwärts zur straffen Rundung seines Hinterns gleiten und drückte ihn wie eine reife Orange. Er schob mich vor sich, und die Beule seiner Erektion drückte sich gegen meine Hüfte. Mein Gehirn wurde ganz schwammig. Ich musste ihn in die Finger bekommen. Und zwar sofort.

»Gibt es hier so etwas wie einen leeren Konferenzraum oder eine Abstellkammer?« Ich drückte mich gegen ihn.

Marlee schenkte mir ein unverschämtes Grinsen. »Jackson ist in Coopers Büro, also könnt ihr da reingehen.« Sie zeigte auf Jacksons Büro.

»Bis später, Sam.« Tylers Stimme drang noch zu mir durch, kurz bevor die Tür zum Büro meines Bruders hinter uns ins Schloss fiel.

Jacksons Schreibtisch befand sich in seinem üblichen katastrophalen Zustand, übersät mit Hardware und Papieren. Ich zog Niall zur Sitzecke. Das Sofa war klein, aber es würde meinem Zweck dienen. Nämlich meinem ›Ich-will-Niall-in-die-Hose‹-Zweck.

»Warte.« Unsere verschränkten Hände rissen mich zum Stillstand. Niall war eine unbewegliche Masse, wenn er wollte.

»Warten? Warum?« In meiner Stimme lag ein verzweifelter Klang, aber das war mir egal. »Es ist *zwei Wochen* her!«

»Ich weiß, Liebling. Ich wollte dich so unbedingt in die Finger bekommen, dass ich für eine Nacht von Omaha hierher geflogen bin.«

Omaha, richtig. »Wie war die Lesung? Hat dir jemand seine Nummer zugesteckt?«

Die Röte auf seinen Wangenknochen verriet mir, dass das jemand getan hatte. Aber das spielte keine Rolle. Niall Flynn gehörte ganz allein mir, egal wie viele Kilometer uns trennten. Ich musste nie wieder eifersüchtig sein.

»Ich muss morgen früh in Denver sein. Aber ich wollte die heutige Nacht mit dir verbringen.«

Meine Brust wurde warm. »Das hört sich gut an. Und wir treffen uns in zwei Wochen immer noch auf der Farm?«

Er schlang seine Arme um mich. »Natürlich. Das WLAN ist gut, laut Opa. Du wirst so viel arbeiten können, wie du musst.«

»Und du wirst schreiben. Wirst du mir nachts die neuen Worte vorlesen?«

»Unter anderem.« Er schmiegte sich an meinen Hals, und das Verlangen sammelte sich in meiner Mitte.

Ich zupfte am obersten Knopf seines Flanellhemds. »Zeig mir diese anderen Dinge.«

Er hielt meine Hände fest. »Gibt es nicht irgendwo einen Ort mit ein bisschen mehr Privatsphäre? Ich, äh, habe das Gefühl, wir haben ein Publikum.« Er nickte in Richtung der Glaswand. Marlees und Tylers Schatten verdunkelten die geschlossenen Jalousien.

»Jacksons Wohnung ist zu weit weg. Außerdem arbeitet Alicia tagsüber dort. Aber«, der Geistesblitz traf mich wie ein Vorschlaghammer, »mein Bruder hat die unglaublichste Chef-Toilette.«

Ich führte ihn dorthin und öffnete die Tür mit einer schwungvollen Geste.

Niall kniff die Augen zusammen und zögerte an der Türschwelle. »Unglaublich? Das ist nicht größer als mein Kleiderschrank zu Hause. Und die Schränke im Farmhaus wurden gebaut, als die Leute noch zwei, vielleicht drei Garnituren Kleidung hatten.«

Ich spähte in den ein mal zwei Meter großen Raum. »Das

Unglaubliche daran ist, dass sie eine flache Oberfläche hat. Und eine Tür. Und jetzt geh rein, damit ich dich ficken kann.«

»So eine Poetin.« Er kicherte. Aber er trat rückwärts hinein, schloss mich an seine Brust und stieß die Tür mit der Fußspitze zu.

»Ich bin die Programmiererin, erinnerst du dich? Du bist der Poet. Betöre mich mit ein paar Worten.«

Und darauf kannst du Gift nehmen, das hat er getan. Und das Beste daran? Worte waren nur das zweitbeste, was seine Zunge draufhatte.

BONUS-EPILOG
DIE REDE

SAM
Zwei Jahre später

MEINE HÄNDE FLOGEN über die Tastatur. Ich war voll in meinem Element. Ich hab's gerockt und allen gezeigt, wo der Hammer hängt.

Genau wie Lobelia.

Die hochgelevelte Lobelia in dem Spiel *Die Schlacht der Waldelfen*, das auf Nialls neuem Buch basierte, zu spielen, würde fantastisch werden.

Bislang liebzehn Die Betatester des Spiels *Der Verrat der Waldelfen* ihre winzige, aber feurige Art. Sie würden bei der ausgewachsenen Lobelia aus dem Häuschen sein. Ich konnte mir nicht vorstellen, einen anderen Charakter spielen zu wollen.

Es war gut, dass Niall sich ein noch furchterregenderes Monster für sie und Nieven ausgedacht hatte, gegen das sie in diesem Spiel kämpfen mussten. Ich konnte es kaum erwarten, es zu programmieren.

Ein Klopfen an meiner Bürotür ließ Bilbo Baggins aus seinem Bett unter meinem Schreibtisch aufspringen, bellend und sich im Kreis drehend. Die Störung brachte meinen Flow jäh zum Erliegen. Ich blickte auf das maßgefertigte Bedienfeld auf meinem Schreibtisch.

Es war Nialls Idee gewesen, das System wie die »On Air«-Leuchte vor einem Aufnahmestudio zu installieren. Außen über meiner Tür bedeutete ein grünes Licht: *Hereinkommen.* Das hatte ich nicht vor zu benutzen. Ich meine, warum sollte man überhaupt ins Büro gehen, wenn man nicht programmierte? Gelb bedeutete: *Hereinkommen auf eigene Gefahr.* Das war die Standardeinstellung. Rot, was eigentlich jetzt hätte leuchten müssen, bedeutete: *In der Programmier-Zone. Draußen bleiben.*

Vielleicht hatten die Lichter eine Fehlfunktion. Sie waren erst gestern in meinem neuen Büro installiert worden.

Als es zum zweiten Mal klopfte und Bilbo Baggins an der Tür zu kratzen begann, riss meine Konzentration. Ich stand auf, ließ die Schultern kreisen und rief: »Herein.«

Nialls kupferrotes Haar lugte durch die Tür, gefolgt vom Rest von ihm. Klassische Rockmusik drang durch die Öffnung, bevor er die Tür schloss und sich dagegen lehnte.

»Tut mir leid, wenn ich störe«, sagte er und verschränkte die Arme vor der Brust. Er hatte die Ärmel seines karierten Hemdes hochgerollt, sodass seine Unterarme zu sehen waren. Die Wölbung seiner Streckmuskeln war mein Kryptonit, und das wusste er.

»Du siehst aber nicht so aus, als würde es dir leidtun.« Ich versuchte, meinen finsteren Blick beizubehalten, den, der die Praktikanten einschüchterte, aber das gelang mir nicht, als Niall dastand und mir seine sexy Unterarme wie einen Snack anbot.

»Es tut mir leid, dich beim Programmieren zu stören. Aber die Party hat schon angefangen und du hast versprochen zu kommen.«

Mein Magen zog sich zusammen. »Das ist heute? Jetzt sofort?«

»Das weißt du ganz genau.« Er stieß sich von der Wand ab und kam auf den Schreibtisch zu, Bilbo Baggins an seiner Seite trottend. »Jackson hat sich viel Mühe damit gegeben und er würde es zu schätzen wissen, wenn du auftauchst. Deine Angestellten möchten anlässlich dieses Ereignisses ein paar Worte von ihrer Gründerin hören. Von der geheimen Entwicklungsabteilung in Jacksons Firma in dein eigenes Gebäude umzuziehen, ist eine große Sache.«

Das war es, weshalb ich der Party zugestimmt hatte. Aber das bedeutete nicht, dass ich eine Rede halten wollte.

»Mir ist heute nicht danach. Da werden so viele Leute sein.«

»Es sind nur Leute, die du kennst.« Er streckte seine Hand aus, die Handfläche nach oben. »Komm schon. Je eher du da rausgehst, desto eher können wir nach Hause gehen.«

Ich ging um meinen Schreibtisch mit den drei riesigen Monitoren herum und nahm seine Hand. »Nach Hause? Meinst du in die Wohnung oder zur Farm?«

»Bleiben wir nicht noch eine Woche in San Francisco?« Er sah auf seine Uhr, die altmodische, die ich ihm gekauft hatte, mit einem Zifferblatt für das Datum. »Es ist immer noch die erste Monatshälfte.«

Das war unsere Abmachung. Wir blieben die ersten beiden Wochen jedes Monats in unserer Wohnung in San Francisco, die klein, aber viel schöner war als meine alte Bude bei der Universität. Ich konnte überall programmieren, aber wenn man eine Gaming-Firma gründete, so hatte ich gelernt, wollten die Mitarbeiter den Gründer im Büro arbeiten sehen.

Den Rest der Zeit lebten wir auf der Farm. Niall liebte das alte Farmhaus, aber nach ein paar Bemerkungen von Opa Jerry über die dünnen Wände hatten er und die Turners angefangen, ein Haus für uns neben der von uns so genannten Wiese auf der anderen Seite der Scheune zu bauen.

»Hier läuft alles gut. Vielleicht könnten wir diesen Monat früher weg? Hat Sally nicht jeden Tag Termin?«

»Du«, seine Augenbrauen hoben sich, »Stadtmädchen Samantha Jones, du willst eine Ziegengeburt sehen?«

Ich verzog das Gesicht. »Nicht wirklich. Aber ich würde gerne das süße Zicklein sehen, nachdem es geboren wurde.«

»Wirklich?« Seine Augenbrauen blieben hoch auf seiner Stirn.

»Führt deine Mutter dich morgen Abend nicht zum Brautkleidkauf aus?«

Ich ließ meine Stirn auf seine Brust sinken. »Erwischt.«

»Sam.« Er hob mein Kinn mit einem schwieligen Finger und sah mir in die Augen, seine grünen Augen huschten zwischen meinen hin und her. »Willst du nicht heiraten?«

»Doch.« Ich drehte den Ring an meinem Finger, den er mir im Monat zuvor geschenkt hatte. Nachdem wir uns so schnell verliebt hatten, waren wir die nächsten Schritte langsam angegangen. Langsam war so eine Sache bei Niall. Eine Sache, die ich mochte. Sehr sogar.

Ich fuhr mit meinen Fingern durch das rötlich-braune Haar auf seinem Unterarm. »Ich will dich heiraten. Aber ich will keine große Hochzeit. Können wir nicht auf der Wiese heiraten? Du kannst eines deiner karierten Hemden tragen und ich meine Cargohosen.«

Seine Brust hob sich, und dann ließ er die Luft in einem Rauschen über meinem Kopf entweichen. »Du kannst anziehen, was immer du willst. Und es ist mir egal, ob wir in dem Museum heiraten, das deine Mutter reserviert hat, oder in der Scheune oder splitternackt unter den Sternen. Alles, was ich will, ist, den Rest meines Lebens mit dir zu verbringen.«

»Niall.« Ich stellte mich auf die Zehenspitzen meiner Kampfstiefel und er beugte seinen Kopf, um mich zu küssen. Ich schlang meine Arme um seinen Hals und legte meine ganze Dankbarkeit, all meine Liebe, in den Kuss. An seinen Lippen murmelte ich: »Danke. Und du sagst es meiner Mutter?«

Ich vermisste die Wärme seiner Lippen, als er seinen Kopf zurückzog. »Du willst, dass *ich* deiner Mutter sage, dass wir eine ›Kleidung optional‹-Hochzeit im Freien haben?«

Ich fuhr ihm mit den Fingern durch die widerspenstigen Locken am Hinterkopf, so wie er es mochte. »Ich will, dass du Mutter sagst, dass wir ihre große Gesellschaftshochzeit hier in San Francisco nicht machen. Wir feiern eine Hochzeit im Familien-

und Freundeskreis in Enchanted Forest. Wir werden ein Zelt auf der Wiese aufstellen.«

»Diesen Sommer?«

»Nein. Nächstes Wochenende.«

»Nächstes Wochenende?«

»Nächstes Wochenende. Marlee hat mich gezwungen, *Harry und Sally* anzuschauen, und mir ist klar geworden, dass Harry recht hat. Ich will, dass der Rest meines Lebens so bald wie möglich beginnt.«

Diesmal zog er mich an sich und küsste mich, seine Zunge suchte verzweifelt nach meiner. Nach einer Minute lösten wir uns atemlos voneinander.

»Nächstes Wochenende. Ich werde es sogar Audrey sagen.«

»Obwohl das mit dem Nacktsein ein Scherz war. Das weißt du doch, oder?«

»Du weißt, dass ich mich für dich vor unseren Freunden und unserer Familie nackt ausziehen würde.«

Ich erschauderte. »Ich weiß. Aber wenn dich alle nackt sehen würden, müsste ich mit all den Single-Frauen und einigen der Männer um dich kämpfen.«

Er kicherte. »Das würdest du auch tun.«

»Jackson hat mir beigebracht, mit harten Bandagen zu kämpfen. Ich würde gewinnen.«

»Gut. Die Nackedei können wir uns für nach der Hochzeit aufheben.«

»Vielleicht könntest du mir einen Vorgeschmack auf das geben, was ich in unserer Hochzeitsnacht bekomme.«

Seine Arme legten sich um meinen Rücken, und er zog mich an sich. »Hier?« Er küsste mich, ein langes, träges Gleiten von Lippen und Zunge.

Als wir uns zum Atmen lösten, tanzten Flecken vor meinen Augen. »Oder ein Quickie in der Chef-Toilette, egal wie.«

»Du magst zwar die CEO deines eigenen, sehr angesagten Start-ups sein, aber du hast keine Chef-Toilette.« Seine Stimme grollte in meinem Ohr, honigsüß mit Zuckerkristallen. »Und ich würde es viel lieber langsam angehen.«

Ich schmolz direkt in meinem Büro zu einer Pfütze dahin. »Versprochen?«

»Versprochen.« Er küsste die Stelle unter meinem Ohr, die mich erschaudern ließ. Dann wanderte seine Hand über meinen Rücken, verweilte an der Stelle an meinem Kreuz, die kribbelte, und zeichnete die Rundung meines Hinterns nach. Er drückte zu, seine Fingerspitzen neckten die Stelle, an der meine Beine zusammenliefen.

Der rationale Teil meines Gehirns leistete seinen letzten Widerstand. »Muss ich nicht irgendwo sein?«

»Du wärst für deine Rede entspannter, wenn ich …«

Ich sprang zurück. »Rede! Verdammt, Niall.« Ich strich mein Hemd und meine Cargohose glatt. Ich wünschte, ich wäre eine dieser Frauen, die Parfüm in ihrem Büro aufbewahrt. Jeder würde meine Erregung riechen können und wissen, dass wir in meinem Büro herumgemacht hatten. »Das ist die Rache für Salt Lake City, nicht wahr?«

»Du meinst das eine Mal, als du mir bei dem Preisbankett unter dem Tisch einen Handjob gegeben hast?«

Ich schenkte ihm ein teuflisches Grinsen. »Es war ein sehr langweiliges Bankett. Und du hast gesagt, du würdest den Preis nicht gewinnen.«

»Ich musste mit Sperma auf der Hose auf die Bühne gehen.«

»Niemand konnte es sehen. Dein Sakko hat alles verdeckt.«

»Alles außer meinem roten Gesicht.«

»Ach was. Es hat sich total gelohnt, als du in deiner Rede nur mir gedankt hast. Gabi war *stinksauer*.«

Ein langsames, neckisches Lächeln breitete sich auf seinen Wangen aus. »Komm schon. Mal sehen, wie gut deine Rede wird, wenn du nur noch daran denken kannst, dass …« Und er flüsterte mir das Schmutzigste ins Ohr, was ich je gehört hatte.

Mein Schoß verkrampfte sich und ich schnappte nach Luft. »Das. Ich will das. Jetzt. Bitte.«

»Nach deiner Rede. Zeit zu gehen, Frau CEO.«

Ich schmollte nie. Nicht wie meine Schwester Nat, die ihren Schmollmund als Waffe einsetzte, um zu bekommen, was immer sie wollte. Aber mein Schmollmund hätte sogar Baby Valentine stolz gemacht. »Will nicht.«

Er gab mir einen Klaps auf den Hintern, und ich war so erregt, dass ich beinahe auf der Stelle gekommen wäre. »Halt deine Rede wie eine brave kleine Unternehmerin, und wir machen es heute Nacht zweimal. Langsam.«

Zweimal? Ich war nicht sicher, ob mein Körper das aushalten würde. Aber ich vertraute Niall. Ich zog meinen Pferdeschwanz fester. »Abgemacht. Ich mach schnell. Ich sage die Worte, schüttle die Hände, und dann nach Hause. Für die langsame Sache.«

»Führe uns, meine Liebe.«

Seinen Schwanz wie ein Banner hoch erhoben, führte Bilbo Baggins den Weg aus meinem Büro in den Gemeinschaftsbereich. Er war bei weitem nicht so groß wie das Atrium im Synergy-Gebäude – ich hatte nur ein Dutzend Angestellte – also war er voller Menschen. Und laut durch Jacksons Rockmusik.

Sobald ich eintrat, stellte mein Bruder die Musik ab. Gesichter drehten sich zu mir, voller Bewunderung, Respekt und Liebe. Alicia war da, Valentine auf ihrer Hüfte; Noah auch, und Marlee und ihr Mann Tyler. Sogar Gabi und Qiana hatten die Reise von New York aus auf sich genommen.

Mutter, in ihrer roten Bluse, teilte die Menge. »Samantha.«

Zu spät zu meiner eigenen Party, mit enttäuschenden Neuigkeiten im Gepäck, wappnete ich mich.

»Ich bin froh, dich zu sehen«, sagte sie. »Euch beide.« Sie zog Niall und mich in eine Drei-Personen-Umarmung.

Als sie sich zurückzog, glänzten ihre blauen Augen im schwachen Licht. Aber es waren keine traurigen Tränen, die sich in ihren Augen sammelten. Es waren dieselben Tränen wie damals, als Jackson die Börsenglocke geläutet hatte. Als sie Andrews MBA-Diplom an die Wand gehängt hatte.

»Dein eigenes Büro zu eröffnen ist eine bedeutende Leistung. Ich bin stolz auf dich.«

Sie drückte meine Hand und wandte ihr Gesicht ab, zog ein Taschentuch aus ihrer Tasche, um ihre Augen abzutupfen.

Hinter ihr grinste Charles. »Samantha, du solltest besser da hochgehen und dein Ding durchziehen. Deine Mutter wird nicht glücklich sein, wenn einer dieser Fotografen sie mit verlaufener Wimperntusche im Gesicht erwischt.«

Mutter lehnte sich an ihn. »Es sollte keine Rolle spielen, wie ich aussehe. Es ist Samanthas Abend.« Sie blinzelte zu ihrem Mann auf. »Aber ist mein Make-up in Ordnung?«

Charles zog sein Taschentuch hervor. »Du wirst auf ihrer Hochzeit auch weinen, das weißt du.«

»Apropos …« Niall trat zwischen meine Mutter und mich, und ich nahm das als mein Stichwort, um auf die lächerliche Plattform zuzumarschieren, die Jackson für mich gemietet hatte, damit ich darauf stehen konnte, wie ein Dirigentenpult. »Ohne das wird dich niemand sehen können, Samweis«, hatte er gescherzt.

Ich atmete tief ein und stieg die Stufen hinauf, um alle offiziell im neuen Zuhause von Magician's Castle Games willkommen zu heißen.

Ich hasste es, Reden zu halten, aber es war an der Zeit, zurückzublicken und all das zu würdigen, was wir gemeinsam erreicht hatten, von Jackson, der uns das Startkapital und einen Arbeitsplatz gegeben hatte, bis hin zu Niall und den anderen Autoren, die uns ihre Geschichten anvertraut hatten, um daraus Spiele zu machen. Ganz zu schweigen von den Programmierern und Designern, die ein Risiko mit einer Firmengründerin eingegangen waren, die noch nie auch nur einen Limonadenstand betrieben hatte.

Aber wir hatten uns gut geschlagen. Unser erstes Spiel, basierend auf *Die Geheimnisse der Waldelfen*, war einer der Top-Ten-Downloads auf allen großen Plattformen. Die Gewinnbeteiligung hatte dafür gesorgt, dass die Angestellten und Autoren gut bezahlt wurden. Und ich hatte den Luxus gehabt, jede Interviewanfrage, die ich bekommen hatte, abzulehnen. Jackson kümmerte sich darum für mich.

Und Niall? Er stand bei all dem an meiner Seite. Wenn ich nicht in der ersten Reihe bei seinen Buchlesungen saß. Ein oder zwei Wirtschaftsmagazine hatten uns als Power-Paar bezeichnet. Darüber hatten wir beide gelacht. Wir taten nur das, was wir liebten. Gemeinsam.

Eines Tages würden wir einen Gang zurückschalten und anfangen, unser Haus auf der Farm mit Kindern zu füllen. Wir hatten Zeit. Wir hatten die Ewigkeit.

Vielen Dank, dass du *Umweg gesucht* gelesen hast. Bitte ziehe in Erwägung, eine Rezension bei deinem Lieblingshändler, BookBub oder Goodreads zu hinterlassen. Rezensionen helfen anderen Lesern, neue Autoren wie mich zu finden.

Das nächste Buch der Reihe, *Boss gesucht*, ist eine prickelnde, verbotene Urlaubsromanze zwischen Cooper Fallon und seinem Assistenten. (Keuch!) Lies weiter für eine exklusive Leseprobe dieser Rückkehr zu Synergy.

BEN

DAS UNHEIL KAM in Form von breiten Schultern.

Selbst vornübergebeugt, wie sie seinen gesenkten Kopf umrahmten, waren sie breit und muskulös, und sein Bizeps passte kaum in ein hauchdünnes Vintage-T-Shirt der Rolling Stones, das an seiner schmalen Taille in eine Jeans gesteckt war. Seine aberwitzige Gürtelschnalle aus Austin, Texas, war so groß wie meine Hand.

Wenn ich in den Kaffeepausen mit den anderen Assistenten abhing, schwärmten sie von Jackson Jones' draufgängerischem Aussehen und seiner koketten Art.

Ich nicht. Das überließ ich meinem Boss.

Moment, Verzeihung, habe ich das gerade laut gesagt? Wie auch immer, ich wusste, dass Jackson Jones Ärger bedeutete.

Er schlurfte zu meinem Schreibtisch und richtete seine blutunterlaufenen Augen auf mich. »Ist er da?«

Gott, ich wünschte, er wäre es nicht. Oder dass ich lügen und meinen Boss vor der neuen Hölle bewahren könnte, in die Jackson ihn gleich hineinziehen würde.

»Kann ich Ihnen irgendwie helfen?« Ich stand auf und strich

meinen marineblauen Pullover aus Merinowolle glatt. Ich war kein großer Mann, aber im Stehen musste ich meinen Hals nicht zu Jackson hinaufrecken.

Er kicherte. »Nicht, es sei denn, Sie haben ein Wundermittel gegen den Infekt, der mein Kind, meine Frau und das Kindermädchen außer Gefecht gesetzt hat.«

»Tut mir leid, ist mir gerade ausgegangen – oh. Sie sollten doch heute nach Boston fliegen.«

»Ja. Diesbezüglich …«

Ich zuckte zusammen. Mein Boss war erst in der Woche zuvor von einer Reise aus Asien zurückgekommen. Er hatte keine Zeit gehabt, sich vom Jetlag zu erholen. Und Jackson wollte ihn gleich bitten, wieder in ein Flugzeug zu steigen, quer durchs Land zu fliegen und seine innere Uhr erneut durcheinanderzubringen.

Aber Jackson hielt Cooper Fallon für Superman, dafür, dass er alles schaffen konnte – seinen eigenen Job als Chief Operating Officer und Jacksons Job gleich mit.

Es half auch nicht, dass Cooper nichts tat, um diesen Eindruck zu zerstreuen. Wenn Jackson ihn bat zu springen, fragte er, wie hoch. Laut der Vorstandsassistentin von Synergy, die schon fast von Anfang an dabei war, war das ihre Dynamik, seit sie das Unternehmen vor über einem Dutzend Jahren gegründet hatten. Sie waren Partner, aber es war alles andere als 50:50. Eher 80:20. Und Cooper zog bei diesem Verhältnis immer den Kürzeren.

»Also, kann ich reingehen?«

Mir war nicht aufgefallen, dass ich mich vor die Glastür zu Coopers Büro gestellt und seinem Partner den Zutritt versperrt hatte. Ich wünschte, ich könnte Nein sagen, um Cooper vor Jackson und vor seinem eigenen übermäßigen Engagement zu schützen, aber Cooper wollte nicht vor Jackson geschützt werden.

Obwohl er es nötig hatte.

Ich senkte bewusst meine Schultern, die mir bis zu den Ohren hochgerutscht waren. Ich drehte mich um und klopfte an die Tür, bevor ich sie aufstieß und meinen Kopf durch die Öffnung steckte. »Mr. Fallon?«

Als er sich von seinem Monitor abwandte, erhellte das blaue Licht sein Gesicht und ließ seine normalerweise goldbraune Haut grünlich blass erscheinen. Seine Augen waren ebenfalls gerötet. Nicht so schlimm wie die von Jackson, aber ich konnte erkennen, dass er zu viel Zeit mit Tabellenkalkulationen verbracht hatte. Er hob eine Hand zum Übergang zwischen Hals und Schulter und knetete den dortigen Muskel. Ich wünschte, ich könnte das für ihn tun, aber das hätte gegen unsere unausgesprochene Berührungs-verbot-Regel verstoßen.

»Ben, wie oft habe ich Sie schon gebeten, mich Cooper zu nennen?«

Ich ließ einen Mundwinkel nach oben zucken. »Etwa einmal am Tag, seit ich vor sechs Monaten hier angefangen habe, Mr. Fallon.«

»Also ungefähr einhundertzwanzig Mal. Und wie oft muss ich es Ihnen noch sagen, bis Sie darauf hören?«

Das Schnippische in seinem Ton hätte vielleicht jemand anderen erschreckt. Cooper Fallon war berühmt für seinen unbarmherzigen Ehrgeiz und sein schnelles Temperament. Ich wusste, dass er diesem Bellen niemals einen richtigen Biss folgen lassen würde. Vielleicht bei einem leitenden Angestellten wie Jackson, aber nicht bei jemandem auf meiner Ebene. Ich hatte ihn beobachtet, wahrscheinlich mehr, als gesund war, und ich wusste aus vielen Stunden sorgfältiger Beobachtung, dass sein Ton zwar scharf war, er aber den Zorn, der in seinen blauen Augen aufblitzte, normalerweise im Zaum hielt.

»Oh, ich höre schon zu«, sagte ich.

Hinter mir räusperte sich Jackson, und das Lächeln schmolz von meinem Gesicht. »Jackson ist hier, um Sie zu sprechen. Haben Sie eine Minute Zeit?« *Bitte sag Nein.*

Er fuhr sich mit der Hand durch sein sonnengeküsstes Haar und stand auf, sein ein Meter neunzig großer Körper entfaltete sich mit athletischer Eleganz. »Schicken Sie ihn rein.«

Ich unterdrückte ein Seufzen, stieß die Tür ganz auf, trat ins Büro und sagte förmlicher als nötig: »Er kann Sie jetzt sehen.«

Jackson schlurfte an mir vorbei. »Hey, Coop.«

Cooper ging um seinen Schreibtisch herum und klopfte Jackson auf die Schulter. Sie waren ungefähr gleich groß, zwei umwerfende Prachtexemplare von Männern, aber nur einer von ihnen brachte mein Innerstes durcheinander, wann immer ich in seiner Nähe war.

Ich blieb dort stehen, an die Tür gepresst. »Kann ich Ihnen etwas bringen? Kaffee? Ein Sandwich?« Hatte Cooper zu Mittag gegessen? Ich war mit Jacksons Assistentin, Marlee, in der Cafeteria gewesen, aber ich war mir nicht sicher, ob Cooper seinen Schreibtisch verlassen hatte.

»Würden Sie mir bitte einen Kaffee holen?«, fragte Jackson.

»Sicher. Wie wäre es mit einem grünen Smoothie, Mr. Fallon?« Er würde die Antioxidantien brauchen, um bei Kräften zu bleiben, wenn er wieder auf Reisen ging.

Sein Blick schnellte zu mir, und Hitze überflutete meine Haut. Aber seine Worte waren eiskalt. »Ja, bitte. Danke.«

Und dann verließ ich, so sehr ich es auch hasste, sein Büro und schloss die Tür hinter Jackson Jones und Cooper Fallon.

ICH RIEB mir die pochende Schläfe und rückte in der Schlange vor dem Kaffeekiosk in Synergys himmelhoher Lobby vor. Mein Blick wanderte den gläsernen Aufzugsschacht hinauf in den sechsten Stock.

Wenn ich die Anspannung um Coopers Augen richtig deutete, litt er unter seinen eigenen Kopfschmerzen. Nicht, dass er jemals zugeben würde, menschlich genug zu sein, um Schmerz zu empfinden. Vielleicht könnte ich ihm zusammen mit dem widerlichen grünen Smoothie eine Schmerztablette zustecken.

Smoothies: mein kleiner, aber wichtiger Beitrag für das Unternehmen. Cooper trank mindestens einen pro Tag. Es war schneller, effizienter Treibstoff für seine Aufgaben als Chief Operating Officer von Synergy Analytics. Cooper hielt Synergy am Laufen, und indem ich seine Smoothies holte, leistete ich meinen Teil.

Ich fuhr mir mit der Hand über das Gesicht und starrte durch die Lobby. Wen wollte ich hier verarschen? Ich tat es nicht für Synergy. Ich tat es für ihn.

Ich tat es für das Aufflackern in diesen kühlen, blauen Augen, wenn ich ihm den Becher reichte und sagte: »Ihr Smoothie, Mr. Fallon.«

Ich tat es wegen des Herzklopfens, das in meinem Bauch flatterte, seit dem Moment, als ich ihm an meinem ersten Arbeitstag vor sechs Monaten die Hand schüttelte. Und während wir zusammenarbeiteten, als ich den ehrgeizigen Manager kennenlernte, der alles für seinen Partner und besten Freund tun würde, der das Unternehmen aus einem Geschäftsplan, den er in ihrem Studentenwohnheimzimmer in ein Spiralbuch geschrieben hatte, aufgebaut hatte, der Stiftungen unterstützte, die gefährdeten Kindern halfen – da nistete sich dieses Flattern direkt in meinem Herzen ein und ging nie wieder weg.

Meine Schwester Mimi sagte, ich trüge mein Herz auf der Zunge und würde mich in jeden verknallen, der mir auch nur den Hauch einer Gegenliebe signalisierte.

Nicht wahr.

Cooper Fallon hatte mir keinerlei Signale gegeben. Er war immer kühl und höflich. Er sagte: »Danke, Ben«, am Ende jedes Tages. Er hatte mir zu den Feiertagen einen teuren, aber unpersönlichen Käsekorb geschenkt. Er fragte mich manchmal nach dem Studium, aber das musste er wahrscheinlich, da die Firma meine Studiengebühren bezahlte.

Dennoch verschlang ich diese Hitzewallungen, wenn ich ihm seine Smoothies überreichte.

Eine Frau nahm ihren Kaffee und ging vom Kiosk weg, und ich trat vor, immer noch zwei Personen vor mir in der Schlange. Ich schaute auf mein Handy. Zehn Minuten, seit ich Cooper mit Jackson allein gelassen hatte.

Warum hatte ich versucht, Zeit zu sparen, indem ich nach

unten zum Kiosk gegangen war? Das Café die Straße runter kannte unsere Bestellung. Aber ich hatte nah genug bleiben wollen, um Cooper zu retten, falls er es brauchen sollte. Ha. Cooper Fallon würde niemals zugeben, dass er Rettung brauchte. Oder eine gottverdammte Pause davon, die Welt zu retten. Ich rückte in der Schlange vor und tippte mit der Spitze meines Chukka-Stiefels auf den Boden, um die nervöse Energie abzubauen, die mich dazu brachte, jemanden schütteln zu wollen.

Jackson, der eigentlich Coopers bester Freund sein sollte, zog diesen Mist ständig ab. Es gab immer einen Grund, warum er eine Reise nicht antreten oder vor dem Vorstand nicht präsentieren konnte.

Als ich frisch eingestellt wurde, hatte Cooper das ohne Probleme bewältigt. Aber seit Jacksons Baby im Februar geboren worden war, wirkte Cooper irgendwie blasser. Nicht nur seine Haut, sondern er als Ganzes. Als wäre ihm ein Teil seiner Lebensessenz von dieser Maschine aus *Die Braut des Prinzen* abgesaugt worden. Seine Bewegungen waren kleiner. Sein Lächeln – schon in den besten Zeiten eine Seltenheit – war jetzt nicht mehr vorhanden. Sogar das berühmte Fallon-Temperament war abgekühlt, als wäre nichts mehr wert, sich darüber aufzuregen.

Vielleicht war es nur eine saisonale Sache, und Cooper würde wieder zum Leben erwachen, wenn die Tage im Sommer länger und heller wurden. Aber ich hatte das Gefühl, dass es das nicht war. Es war eine Jackson-Jones-Sache. Ich bohrte meinen Fingerknöchel in meine Schläfe. Verdammter Jackson Jones und sein Bullshit.

»Hey, Ben.« Die Stimme des Baristas riss mich in die Realität zurück. Endlich war ich vorne in der Schlange.

»Hey.« Ich kam nicht oft zum Kiosk, aber ich vermutete, der Barista machte es sich zur Aufgabe, jeden Namen zu kennen.

»Kris.« Er zwinkerte mir zu, sein dunkles Haar fiel ihm über ein Auge.

»Oh, richtig, wusste ich. Entschuldigung, Kris.« Wusste ich das? »Habt ihr Blaubeeren?«

Kris blinzelte. »Ähm, sicher.«

»Könnt ihr bitte eine Handvoll davon in einen Grünkohl-Smoothie geben?« Ich schaute auf mein Handy. Fünfzehn Minuten und keine SOS-Nachricht. Das musste ein gutes Zeichen sein. »Und kann ich auch einen schwarzen Kaffee und einen Skinny Latte haben? Plus einen Caramel Macchiato für Marlee. Bitte.«

»Verstanden.« Er schaufelte frisches Kaffeepulver in eine French Press. »Du kommst nicht so oft hierher. Nicht so oft, wie ich es gern hätte.«

Ich ließ meinen Blick von seinen Händen, die ich gedanklich angetrieben hatte, sich schneller zu bewegen, zu seinem Gesicht wandern. Er hatte einen Harry-Styles-Look mit diesem wuscheligen Haar und den hinreißenden Wangenknochen. Total mein Typ.

Außer, dass er es nicht war. Nicht mehr. Mein Typ waren anscheinend emotional unerreichbare, blauäugige Milliardäre. Fick. Mein. Leben.

Mein Handy summte in meiner Hand.

MARLEE

Notfall. Brauche dich SOFORT.

»Scheiße, sorry, vergiss das alles.« Ich warf Kris ein kurzes Lächeln zu. Seine Mundwinkel zogen sich nach unten, kurz bevor ich durch die Lobby zum Aufzug rannte. Ich hämmerte auf den Knopf und wirbelte herum, um die Aufzugstüren hinter mir abzusuchen. *Auf, auf, auf.* Ich hüpfte auf den Zehenspitzen, als würde das den Aufzug schneller kommen lassen.

Endlich ertönte ein Pingen, und ich eilte dorthin, um mich vor die Tür zu stellen. Der Aufzug war voll, und es kostete mich jedes bisschen Selbstbeherrschung, mich nicht an meinen Kollegen vorbeizudrängen und sie dann hinauszuschieben.

Als der Fahrstuhl sich endlich leerte, huschte ich hinein und drückte den Knopf für den sechsten Stock, dann schlug ich meine Handfläche auf den Tür-schließen-Knopf. Es war nicht das erste

Mal, dass ich für meinen anspruchsvollen Boss zu meinem Schreibtisch hetzen musste. Aber heute hatte ich ein schlechtes Gefühl. Verfluchter Jackson Jones.

Ich beobachtete, wie die Stockwerke auf dem Bildschirm über der Tür aufleuchteten und atmete tief durch. Vielleicht war ich unfair zu Jackson. Marlee mochte ihn. Jeder mochte ihn. Einschließlich Cooper. Tatsächlich –

Ich rieb meine Hand über das nur allzu vertraute Brennen in meinem Bauch. Ich musste aufhören, mich so für Cooper zu interessieren. Wie die meisten Leute, in die ich mich verknallt hatte, war er außer meiner Reichweite. Außerdem war sein Herz anderweitig vergeben, und je eher ich über meinen lächerlichen Schwarm hinwegkam, desto besser.

Endlich öffneten sich die Türen im sechsten Stock, und ich trat mit einem Kloß im Hals hinaus.

Laute Stimmen durchbrachen die übliche Ruhe der Vorstandsetage. Sie kamen aus Coopers Büro. Eine Menschenmenge hatte sich in der Nähe der Tür versammelt.

Marlee trabte auf ihren rosa Kitten Heels auf mich zu. Die Hände ringend flüsterte sie: »Du lieber Himmel, Ben. Sie streiten sich. Also, sie schreien sich wirklich an, und sie haben nicht geantwortet, als ich geklopft habe. Du musst da reingehen und sie zum Aufhören bringen. Alle starren.«

»Ist Weston da drin?« Der CEO war Jacksons Erzfeind, und keiner der beiden Männer nahm ein Blatt vor den Mund, wenn sie uneins waren.

»Nein, nur Jackson und Cooper. Aber ich bin sicher, jemand wird es Weston erzählen.«

Die Anspannung in meiner Brust ließ nach. Jackson und Cooper wurden manchmal laut, aber es dauerte nie lange. Wenigstens war der CEO nicht persönlich Zeuge davon. Cooper konnte es später erklären. Er hatte bei seinem Boss ein magisches Händchen.

Ich musste mir etwas von dieser Boss-Magie für mich selbst aneignen. »Zurück an die Arbeit, alle zusammen. Hier gibt es nichts zu sehen«, verkündete ich, während ich zu Coopers Büro ging. Einige Leute kehrten an ihre Schreibtische zurück. Westons Assistentin, Julie, blieb dreister in der Nähe stehen.

Ich zog eine Augenbraue hoch, und langsam drehte sie sich um und trottete zu ihrem Schreibtisch zurück. Sie setzte sich nicht dahinter, sondern blieb stehen und starrte, bereit, Zeugin von dem zu werden, was ausbrechen würde, wenn ich die Tür öffnete.

Ich klopfte, aber sie schrien zu laut, um etwas zu hören. Ich drückte die Klinke, aber sie rührte sich nicht. Warum war sie abgeschlossen?

Widerwillig hielt ich meinen Ausweis vor den Sensor. Er war nur auf Coopers ID, Jacksons und meine programmiert. Das Licht wurde grün. Ich holte tief Luft, drückte die Klinke herunter und öffnete die Tür.

Cooper, mit rotem Gesicht und hervorquellenden Augen, brüllte: »Ich habe die Schnauze voll von deinem Bullshit!« Er schlug mit der Hand auf seinen Schreibtisch.

Es geschah alles so schnell. Als ich die Szene später in Gedanken noch einmal abspielte, meinte ich, mich an ein Ping zu erinnern, als hätte dieser große, hässliche Ring, den Cooper immer trug, auf die Glasplatte getroffen, die das Holz schützte.

Unabhängig davon, was die Ursache war, gab es ein Knistern wie bei einem Feuerwerk und dann Stille. Nach einer Sekunde fiel eine Glasscherbe über die Kante und bohrte sich in den dicken Teppich. Ein paar kleinere Stücke folgten ihr. Cooper starrte auf die Oberfläche seines Schreibtisches. Dann schaute er auf und musterte seinen besten Freund von Kopf bis Fuß.

Eifersucht loderte in meinem Bauch auf. Warum war Coopers erster Instinkt, Jackson zu schützen, selbst wenn dieser seine Verantwortung auf ihn abwälzte? Was würde ich nicht alles dafür geben, dass diese Sorge, diese Fürsorge, mir gelten würde.

Scheiße, das war nicht die Zeit, meinen Boss anzuhimmeln. Ich musste etwas tun, um das in Ordnung zu bringen. Aber meine Füße klebten am Boden fest. Ich war mit seinem Temperament bestens vertraut, aber soweit ich wusste, hatte er noch nie auf etwas geschlagen.

»Coop – alles in Ordnung?« Jacksons Stimme war totenstill. Es war das erste Mal, dass ich ihn regungslos sah.

»I-Ich bitte um Entschuldigung, Jay. Es war ein …«

Ich wollte zu ihm eilen, nachsehen, ob er nicht verletzt war, aber die Spannung im Raum war greifbar genug, um mich an der Tür festzunageln. Ich schloss sie hinter mir. »Ist hier alles in Ordnung?«

Offensichtlich nicht. Die Oberseite von Coopers Schreibtisch funkelte von zerbrochenem Glas. Sein Gesicht war so weiß wie die ordentlich gestapelten Papiere in seinem Postausgang. Als ein Tropfen Blut auf den Schreibtisch klatschte, hob er seine Hand und betrachtete sie, als wäre er sich nicht sicher, ob sie ihm gehörte.

»Sch… Ich meine, hier. Lassen Sie mich helfen.« Meine Füße lösten sich vom Teppich, und im nächsten Moment stand ich neben meinem Boss. Seine Handfläche war von Schnittwunden durchzogen, aus denen Blut quoll.

Ich griff in meine vordere Tasche nach meinem Taschentuch und schüttelte die Falten heraus. Ich zögerte einen Moment – diese Berührungsverbot-Regel –, aber das war ein Notfall. Er würde es hassen, wenn ich seine Arbeit unterbrechen müsste, um einen blutbefleckten Teppich zu entfernen.

Ich faltete das Taschentuch zu einem Drittel und drückte es sanft auf seine Handfläche. Sein Kiefer spannte sich an.

»Tut es weh?« Die Schnitte sahen nicht tief aus, aber ich hatte sie nicht gut sehen können.

»Nein.« Das Wort hatte nichts von seiner üblichen Bestimmt-heit. Stand er unter Schock?

»Setzen Sie sich.« Mit der Hand, die ich nicht benutzte, um Druck auf seine Wunde auszuüben, griff ich nach oben und drückte auf seine Schulter, bis er in seinen Stuhl sackte.

Endlich sah ich Jackson an, dessen Mund immer noch offen stand, während er seinen Freund anstarrte. »Was ist passiert?«

Mein Ton war nicht so respektvoll, wie er im Umgang mit dem Mitbegründer der Firma hätte sein sollen, aber alles, was mit Blut zu tun hatte, waren mildernde Umstände.

Jackson sprang zum Schreibtisch und fegte die Scherben aus zerbrochenem Glas zu einem Haufen zusammen. »Cooper hat seinen Standpunkt etwas zu energisch vertreten. Ich schätze, er hätte sich für das gehärtete Glas entscheiden sollen.«

Fuck, wenn er so weitermachte, hätte ich bald zwei Bluter an den Händen. »Jackson, hören Sie auf. Ich rufe die Hausmeisterei an, die kommen dann hoch und –«

»Verdammt!« Als Jackson seinen Daumen in den Mund steckte, stieß sein Ellbogen gegen die Tritonshorn-Muschel auf Coopers Schreibtisch. Diejenige, die ich einmal pro Woche abgestaubt hatte und mich jedes Mal gefragt hatte, warum er dieses eine dekorative Element auf seinem Schreibtisch behielt. Ich musste mich nicht mehr wundern. Sie fiel vom Schreibtisch, prallte einmal auf dem Teppich ab und zersprang, als sie auf den Holzboden krachte.

Die darauf folgende Stille war noch lauter als die, als Cooper den Schreibtisch zerbrochen hatte.

»Tut mir leid, Coop, ich –«

Schmerz zuckte über Coopers Gesicht. Es war derselbe Blick, den er an dem Tag hatte, als Jackson sein Baby in einem dieser Rückentragesysteme mit ins Büro gebracht hatte. »Vergiss es. Ich – ich muss gehen.«

»Jetzt?« Ich hob eine Ecke meines Taschentuchs. Die Blutung hatte sich verlangsamt. »Sie können so doch nicht zu einem Meeting gehen.« Nur Cooper Fallon würde seinen Arbeitstag fortsetzen, als wäre nichts geschehen, nachdem er sich aufgeschnitten hatte. Ich wickelte die Enden des Tuchs um seinen Handrücken und band sie über seiner Handfläche zu einem Knoten.

»Die Leute sind es gewohnt, dass ich völlig fertig auftauche. Du nicht.« Jackson fuhr sich mit der Hand durch sein dunkles Haar. »Hör auf Ben. Setz dich und ruh dich eine Minute aus. Ich habe etwas Whiskey in meinem Büro. Wir können –«

Sobald meine Finger den Knoten am Taschentuch losließen, riss Cooper seine Hand weg. Seine blauen Augen waren nicht so eisig wie sonst, als er sie auf mich richtete. Wahrscheinlich wegen des Blutverlusts.

»Ich muss – raus.« Er erhob sich und trat um mich herum zur Tür. Mit der Hand auf der Klinke drehte er sich um.

Gott sei Dank, er würde sich hinsetzen und vernünftig sein. Ich machte einen halben Schritt auf ihn zu, für den Fall, dass er auf dem Weg zurück zum Stuhl ins Wanken geriet.

Aber er blieb dort stehen und umklammerte die Klinke. »Ben, informieren Sie die New England Entrepreneurs' Society, dass ich Jacksons Platz als Hauptredner einnehmen werde. Und buchen Sie seine Hotelreservierung auf mich um.«

Jackson nahm seinen Daumen aus dem Mund. »Coop, das musst du nicht tun.«

Cooper schenkte seinem besten Freund ein schiefes Lächeln. »Ist das nicht genau das, was du mir gesagt hast, was ich tun müsste, bevor – bevor das hier passiert ist?« Er wedelte mit seiner taschentuchumwickelten Hand auf das Chaos in seinem Büro.

»Aber –«

Er streckte seine Handfläche aus. Sie zitterte. Er musste eine enorme Selbstbeherrschung ausüben. »Verschieben Sie alle meine Termine auf nächste Woche.«

Was zum Teufel geschah hier? »Ja, Mr. Fallon.«

Er öffnete die Tür und ging hinaus, schloss sie sanft hinter sich. Keine Sporttasche, kein Mantel, kein Laptop. Blieb er im Gebäude? Hatte er einen geheimen Abreagierungsraum im Keller?

»Schon gut.« Jackson ließ den Kopf hängen. »Sie können es ruhig sagen. Ich bin der schlechteste Freund aller Zeiten.«

Ich konnte nicht anders. Ich lächelte den Idioten an. Er war irritierend bezaubernd. »Das sind Sie absolut. Aber er liebt Sie trotzdem.«

Er riss den Kopf hoch und grinste. »Das tut er, nicht wahr? Ich bin der glücklichste Kerl in ganz San Francisco.«

Mein Lächeln schmolz von meinem Gesicht. Das war er verdammt noch mal. Was würde ich nicht alles dafür geben, auch nur ein Prozent dieser Liebe zu empfangen. Jackson war zu selbstverliebt, um es zu bemerken, aber ich hatte es seit meinen ersten Tagen in der Firma gesehen. Cooper sehnte sich nach seinem besten Freund. Seinem ahnungslosen heterosexuellen besten Freund.

»Sie sollten von hier verschwinden«, sagte ich mit flacher Stimme. »Ich rufe die Hausmeisterei an, um das hier aufzuräumen.«

»Danke, Ben. Ich lasse Coop eine Stunde oder so schmoren, und dann rede ich mit ihm.«

Wenn ich meinen Boss kannte, brauchte er mehr als eine Stunde. Und ich vermutete, die würde er auf seiner Last-Minute-Reise nach Boston bekommen. Die ich jetzt planen musste.

Verdammte Hölle.

Ich würde einen Weg finden, nach ihm zu sehen, selbst in Boston. Denn vielleicht war es Jackson Jones scheißegal, wie sehr er Coopers Leben durcheinandergebracht hatte, aber mir nicht.

———

Boss gesucht ist als Taschenbuch bei deinem Lieblingshändler erhältlich.

ÜBER DEN AUTOR

Michelle McCraw liebt es, Liebesromane zu lesen und in der Tech-Branche zu arbeiten. Eines Tages beschloss sie, ihre beiden Interessen zu kombinieren, und jetzt schreibt sie heiße, nerdige Contemporary Romance, die dich vielleicht zum Lachen bringen wird. Ihre Bücher zeigen Charaktere, die ungeniert Wissenschaft, Ingenieurwesen und Technologie lieben.

Als gebürtige Texanerin hat Michelle während Schneestürmen in Neuengland Schnee geschaufelt und im Mittleren Westen auf eine Schneefräse aufgerüstet. Jetzt nennt sie Georgia ihr Zuhause, wo sie den Schnee ÜBERHAUPT NICHT vermisst. Sie liest gerne, reist, trinkt Bourbon und verwöhnt ihren außergewöhnlich schlecht erzogenen, aber bezaubernden Hund. Sie war Finalistin im RWA Vivian Contest, im Stiletto Contest der Contemporary Romance Writers und im Four Seasons Contest der Windy City Romance Writers.

facebook.com/MichelleMcCrawAuthor
instagram.com/MMOWriter
amazon.com/author/michellemccraw
goodreads.com/MichelleMcCraw
bookbub.com/authors/michelle-mccraw